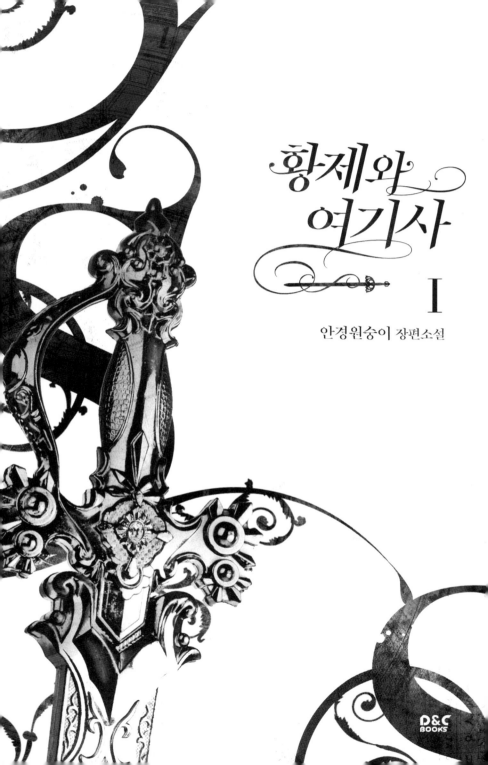

황제와 여기사

I

안경원숭이 장편소설

D&C BOOKS

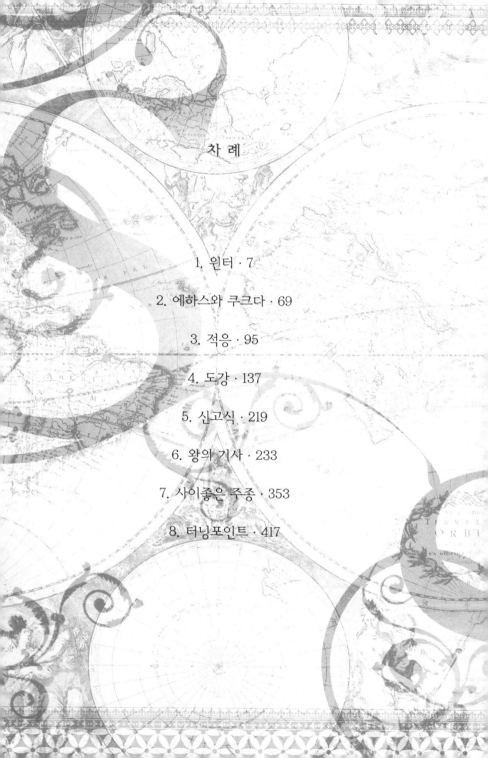

차 례

1. 윈터

1. 윈터

폴리아나의 인생은 고만고만했다.

사람들은 신기하게도 타인의 인생에 사견 붙이는 걸 좋아했다. 혹자는 '재수 더럽게 없는 비극적 인생의 고만고만함'이냐 되묻는다. 혹자는 '야망을 갖고 복수해 부와 권력을 손에 쥐는 고만고만함'을 추구하라 요구한다.

당사자로 말하자면, 폴리아나는 그녀의 인생에 별 감흥이 없었다.

남들과 조금 다르지만 고만고만했다. 시작이 같고 종착지가 같았다. 인생의 종착지는 모두 동일했다. 그러니 중간 과정이 어떠한들 모두 태어나서 죽었다. 비슷했다. 고만고만하게 태어나 고만고만하게 살다 고만고만하게 죽었다.

폴리아나가 일찍 어머니를 여의자 아버지는 아들을 얻기 위해 새 장가를 들었다. 새어머니는 시집오고 1년 만에 아이를 낳긴 했는데, 딸이었다.

아버지의 문제인지, 새어머니의 문제인지 부부는 새 아이를 얻기 위해 노력하지 않았다. 대신 딸 중 하나에게 가문을 물려주고자 했다.

이 경쟁에서 폴리아나가 밀려난 건 어찌 보면 당연한 결과다.

폴리아나의 나라 에하스 왕국은 대륙 북부에 위치한 소국이다. 소국 주제에 인근 나라와 어찌나 사이가 좋지 않은지 건국 이후 국경의 전쟁이 끝나지를 않았다.

지루한 전쟁 속에서 군대를 이끌 지휘관인 기사들과 귀족들이 죽어 나가자 귀족들은 점차 전쟁을 회피하게 되었다.

이에 에하스 왕국만의 특이한 법이 생겼다.

가문의 이름을 걸고 전장에 나가지 않은 귀족은 작위를 박탈한다. 귀족이라면 반드시 가족 중 누군가가 군역을 져야 했다.

물론 먼 친척에게 군역을 떠맡기고 호의호식하려는 얌체들을 위한 거름망도 존재했다. 군역을 통해 나라에 봉사한 당사자 혹은 직계 가족만이 작위와 영지를 계승할 수 있게 법을 제정한 것이다.

예를 들자면 이렇다. 아무개 백작 슬하에 자식이 외동딸 하나라면 친척 A군이 전장에 나갔다. 그러면 작위는 정해진 연수를 채우고 돌아온 A군이나 A군의 직계 혈족에게 돌아간다.

A군이 전사했다면 자식에게, 자식이 없다면 형제에게 돌아간다. 데릴사위를 들여 놓고 죽음으로 밀어 넣는 악용을 막기 위해 부인에겐 작위가 돌아가지 않았다.

폴리아나는 그런 에하스 왕국의 어중간한 귀족가 딸로 태어났다.

폴리아나 그녀의 동생 라이아나가 작위를 승계받기 위해선 자매 중 한 명이 군역을 져 나라에 무력으로 봉사해야 했다.

이복동생과의 경쟁에 밀려난 폴리아나가 선택받은 것도 어찌 보면 당연한 결과다.

하루에도 수십 번 빗어 내리는 삼단 같은 머리채, 색색으로 물들인 리본, 장인들이 눈과 손가락을 희생해 짜내는 레이스, 진하지 않게 뿌린 향수와 유리알로 눈을 박은 인형.

음악실에서 뚱땅거리는 피아노, 손가락으로 스치듯 만지는 하프, 귀족 여성들의 전유물인 연애 소설과 따뜻한 벽난로의 옆자리. 발목 언저리에서 하늘거리는 치맛단과 부모의 사랑.

동생 라이아나가 그러한 것들을 누릴 때 폴리아나는 일찌감치 인생이 정해져 어느 노기사의 종자가 되었다. 별로 기르지 못한 머리는 남자아이처럼 자르고 펄럭이는 치마 대신 바지를 입었다.

에하스 왕국은 그 특이한 법으로 대륙에서 유일하게 '전장에 서는 여기사'가 존재했다. 타국의 경우, 여기사라 해도 고귀한 가문의 레이디가 명예 기사작을 받거나 명예 기사단장을 겸임하는 게 고작이다.

에하스의 여기사는 전장에 섰다. 그런 법이 있지만 여기사가 등장하는 경우는 극히 드물었다. 일단 여기사의 존재 자체가 가문에 마땅한 장정이 없음을 시사해 가문의 명예를 실추했기 때문이다.

낮은 확률로 등장한 여기사들은 절반은 가문의 비호를 받았고 절반은 전사戰死를 종용당했다. 가문의 비호를 받는 여기사들은 후방에서 행정과 보급을 담당했다.

여자가 전장에 서는 건 좋은 광경이 아니기에 에하스의 군 수뇌부는 적당한 뇌물을 대가로 여기사를 후방이나 안전지대에 배치했다.

폴리아나의 부모는 그러지 않았다. 그들은 뇌물을 준비하는 대신 폴리아나의 머리를 자르고 바지를 입힌 뒤, 검을 던져 줬다. 의도는 명확했다.

나가서 죽어라.

폴리아나에게 특별한 재능이 숨겨져 있었을 수도 있다. 천재적인 검술 솜씨로 다른 남자들과 자웅을 겨루기에 부족함이 없었을 수도 있다. 가능성으로 치자면 그녀의 부모가 갑자기 변심해 라이아나를 군으로 보낼 정도로 희박했지만.

폴리아나의 가문은 무가가 아니요, 그녀의 아버지나 요절한 어머니는 체력적 요건이 우수한 편은 아니었다. 폴리아나는 노기사의 종자로 들어가 금방 그녀의 한계를 깨달았다.

그녀가 죽을 만큼 노력해도 다른 남자들이 설렁설렁 노력하는 걸 이길 수 없었다.

날카로운 칼붙이는 폴리아나가 사람의 피부를 베는 걸 허락했다. 겉가죽을 벗기고 진피 아래의 지방층에 도달했다. 하지만 단련된 근육과 그 아래의 하얀 뼈를 도려내는 괴력을 선사하진 않았다.

살아남기 위해 필요한 것은 재능. 남들보다 배는 필요한 재능.

그녀의 소질이 대단치 않은 것 또한 당연한 결과였다. 폴리아나에겐 검의 재능이 없었다.

노기사는 폴리아나의 아버지에게 딸을 죽이고 싶지 않다면 포기하라고 말했지만 아버지는 그러지 않았다. 당연한 일이었다. 그들이 바라는 것은 폴리아나가 전사해 동생 라이아나가 작위를 승계받는 것일 테니.

노기사는 폴리아나에게 숙녀의 교양이 아닌 칼잡이의 교양을 가르쳤다. 동시에 말했다.

"살아라. 무슨 일이 있어도 살아남아라. 그게 네 부모에게 할 수 있는 복수다."

폴리아나가 군에서 10년을 채워 군역을 완수하면 작위는 그녀의 것이다. 노기사는 그 점을 꼬집었다. 하지만 폴리아나 같은 계집애가 검만 들고 전장에서 10년을 버티는 건 단검으로 곰을 잡으러 가는 것보다 죽을 확률이 높았다.

노기사는 수단과 방법을 가리지 말고 상부에 접근해 다른 보직을 신청하라는 조언을 남겼다. 불가능했다. 폴리아나는 가진 것이 없었다.

뇌물을 쓰자니 돈이 없고, 아부를 떨자니 군인들은 눈 하나 깜빡하지 않았다. 세대를 넘기는 소모전에 군인들은 지쳐 갔다. 군의 상부라고 해도 다를 건 없었다. 폴리아나의 사정은 동정을 살 여지가 충분하다. 그러나 에하스의 국경에 흐른 피 중엔 그녀보다 억울한 피도 있을 것이다.

결국 상부를 움직일 수 있는 건 눈에 보이지 않고 손으로 잡지 못하는 인정보단 물질적인 것이었다. 뇌물을 마련해도 좋은 결과를 장담하긴 어렵다. 보통 이런 일은 아버지가 나서서 해결한다. 어린 계집이 직접 나서서 뇌물을 바친다면?

가문에서 버려진 처지인 것이 한눈에 보이니 누구도 사정을 봐주지 않을 것이다.

"전술을 공부해. 지휘관을 믿지 마라. 질 전투라면 도망쳐. 군영으로 돌아가기만 하면 그건 탈영이 아니다."

그나마 다행인 점은 폴리아나가 귀족이라는 사실이었다. 귀족들은 모두 장교로 분류되기에 가장 먼저 돌격해 오는 창대에 찔려 죽을 확률이 낮았다.

혼전에 들어서면 폴리아나 또한 전투에 참가해야겠지만, 전투에서 사상자는 두 진영이 마주치고 처음 부딪친 돌격에서 가장 많이 발생했다.

몇 번의 전투에서 생존하면 폴리아나도 소대를 받게 된다. 그럴 때를 위해 노기사는 폴리아나에게 전술을 공부하라 일렀다. 아무리 노력해도 타고난 신체적 조건과 보잘것없는 재능은 나아지지 않는다. 그럼 다른 부분을 갈고 닦을 수밖에.

다행히 폴리아나의 머리는 명석했다. 재능이 있다면 이쪽이었다.

볕에 그을린 피부, 상처투성이 몸, 굳은살이 박였다 피를 보고 다시 박이길 수십 번 반복한 두 손, 남자애들보다 짧게 깎은 머리. 고된 훈련으로 비쩍 마른 폴리아나는 아직 2차 성징이 오지 않아 다들 사내아이로 봤다.

2차 성징이 오고 생리를 시작하자 노기사는 전장에서 여기사가 겪을 수 있는 최악의 상황을 말했다.

"지면 강간당할 거다."

"알아요."

전장의 여자는 죽이지 않는다. 건드리지도 않는다. 대부분 병사들을 따라온 창부거나 미처 피난하지 못한 민간인이기 때문이다. 군법에선 민간인 약탈과 창부 살해를 엄격히 금지했다.

하지만 그 여자가 검을 들고 있다면 이야기가 달라진다. 검을 든 이상 적이니 죽여도 되고 강간해도 문제 삼지 않았다.

에하스가 누린 전쟁의 역사는 깊었다. 전사를 종용당한 여기사 중엔 천재적인 기사가 몇 번 등장한 적 있다. 그녀들은 남자를 압도하는 무력으로 역사에 이름을 새겼으나 결국엔 전사했다. 무위를 칭송해 기사의 예우를 갖출 수도 있건만 적은 그러지 않았다. 단지 그녀들이 전장에 선 여자이기 때문에.

여기사들의 끝은 대부분 비슷했다. 간살姦殺이었다.

"아군이 그럴 수도 있다."

"알아요."

전장에서 여자는 존재해선 안 되는 불순물과 같다. 검도 살인도 모두 남자들의 전유물. 피를 본 남자들은 결코 전장의 여자를 인정하려 들지 않을 것이다.

법으론 존재해도 사람들의 생각까지 강제할 수 없다. 간살당한 여기사 중 소수는 아군의 손에 죽었다.

전장이 여자를 거부했기에 격전지에 발령받는 여기사는 흔치 않았다. 간소한 뇌물이면 후방이나 행정장교로 입대할 수 있었으니까. 폴리아나처럼 작정하고 죽으라 내모는 경우는 흔치 않았다.

노기사는 폴리아나의 담담한 눈빛을 보고 물었다.

"너는 무엇을 위해 그리 노력하느냐."

"모르겠어요."

"목적 없는 노력은 사람을 망친다."

"노력 말곤 할 게 없는 걸요."

이렇게 노력해 봐야 다가올 결말을 안다. 모든 삶의 종착점은 죽음. 알면서도 폴리아나는 노력했다. 그녀가 남자였다면 주위의 공경을 샀겠지만 여자라 다들 비웃었다.

폴리아나는 아무것도 하지 않다 죽으나 노력하다 죽으나 죽는 건 마찬가지라고 생각했다. 그리고 노력하다 죽으면 조금 더 멋있지 않나 생각했다.

집에선 동생 라이아나가 달콤한 말과 달콤한 과자, 달콤한 공기에 휩싸여 달콤하게 웃었다. 엉덩이까지 내려오는 기나긴 머리채는 라이아나의 자랑거리였다.

두 살 어린 동생이 바짝 깎은 머리를 보고 비웃을 때마다 노기사는 뺨을 치라고 말했다. 그 정도는 할 수 있다고.

폴리아나가 머리를 짧게 깎은 것도 인형 대신 검을 쥔 것도 모두 라이아나를 위해 부모가 강요한 것들이다.

폴리아나는 라이아나의 콧대를 뭉개 버릴까 하다가 그만뒀다. 부모가 그녀를 일찌감치 버렸기에 애정도 증오도 없었다. 혹자는 어떻게든 살아남아 복수하라고 하는데 그렇게 해서 행복해질 것 같진 않았다.

노력해도 목적은 없다. 폴리아나는 행복하지 않았다. 다들 그녀의 처지라면 행복할 수 없다고 말하지만 그런 문제가 아니었다. 그녀는 불행하지 않았고 행복하지도 않았다. 그렇다면 무엇을 위해 사는가.

검을 휘두르다 보면 행복을 느낄까. 전투에서 승리하면 행복을 느낄까. 복수를 하면 행복해질까. 아니면 머리를 기르고 피아노를 치고 자수를 놓는 인생이 행복에 가까웠을까.

재능이 없는데도 악착같이 노력하는 건 그러다 보면 무언가를 붙잡을 수 있을 것 같아서다.

생존의지. 악바리 같은 노력. 행복이 뭔지 찾아내기 전까진 죽을 수 없다는 의지만이 그녀를 지탱했다.

14살이 되자 폴리아나는 징집되었다. 비슷하게 징집당한 귀족 가문의 소년들은 몇은 울었고 몇은 담담했고 몇은 분노로 이를 갈 았다. 그들은 다 폴리아나와 처지가 비슷했다. 부모 혹은 친척이 뇌물을 써서 후방에 빼는 대신, 뇌물을 써서라도 전사하길 바라는 처지였다.

계집애는 폴리아나 하나였지만 아무도 그녀가 여자인 걸 눈치채 지 못했다.

일단 여자의 성장이 남자보다 빠르기에 폴리아나는 또래 소년들 보다 키가 컸다. 2차 성징이 시작되었지만 아직 자라는 중이라 체 형은 소녀보단 비쩍 마른 소년에 가까웠다.

볕에 그을린 피부나 상처 많은 몸은 소녀를 떠올리기 어려웠다. 무엇보다 머리카락. 귀족가의 여자는 절대 폴리아나처럼 머리를 바짝 깎지 않았다. 귀족만이 아니라 평민들도 그랬다. 머리가 짧으 면 남자, 길면 여자 혹은 귀족 남성.

그런 데다 폴리아나의 차림은 주변 소년들과 비슷했다. 바지와 갑옷, 허리에 맨 검대까지. 비루먹은 개 같은 인상을 주면 줬지 귀 족가 장녀로는 생각할 수 없는 모습이었다.

때문에 소년들을 전송하기 위해 나온 사람 중 몇은 폴리아나를 귀족가의 사생아로 오해했다.

울면서 전장으로 떠나는 가족을 배웅하는 인파에 폴리아나의 가족은 없었다. 노기사만이 사지로 들어가는 소녀를 전송했다.

레이디가 생환을 기원하며 기사에게 선물하는 손수건이 곳곳에서 휘날리다 손목에, 허리띠에, 머리에 묶이거나 품속으로 들어갔다. 폴리아나는 손수건 대신 검과 갑옷을 받았다.

그나마 최소한의 양심으로 아버지가 해 준 물품들은 그렇게 고급품도 아니었다. 죽으러 가는 딸에게 선물할 돈이면 살아서 가문을 이을 딸에게 투자하는 게 낫겠지.

폴리아나는 대수롭지 않게 여겼다. 어차피 가족에게 미련은 없었다. 증오하지 않으니 그녀에게 있어 중요한 대상도 아니었다.

에하스 왕국과 마주한 쿠크다 왕국. 두 국가의 분쟁은 역사가 깊다. 농사를 지어야 하는 봄, 여름, 가을은 휴전하고 첫눈이 내리자마자 전투를 하다. 새순이 돋으면 다시 휴전하는 일이 지루하게 이어졌다.

오랜 전쟁은 국력을 깎아먹고 국민들의 의욕까지 야금야금 먹어치우고 있었지만 두 왕국의 수뇌부들은 절대 종전을 선언하지 않았다.

출정 첫날 폴리아나는 배치된 부대까지 가는 마차에서 쫓겨났다. 계집애라는 이유였다. 마차에 탄 이들끼리 통성명을 하기에 이름을 밝히자 다들 깜짝 "너 계집애냐"를 연발했다. 그러더니 가차 없이 내쫓았다.

마차에 타고 있던 건 모두 폴리아나와 비슷한 처지의 소년들이었다. 귀족의 사생아, 혹은 먼 친척, 기사 서임을 아직 받지 않은 자들이었지만 종자로 일하며 기사로서의 소양을 닦은 자들이었다. 물론 폴리아나는 소년들에게 공경해야 할 레이디가 아니었다.

그들에게 레이디란 긴 머리채를 늘어트리고 분내를 풍기는 치마를 입은 여성이지 대머리처럼 짧은 머리에 비쩍 말라서 땀 냄새나 풍기는 바지 입은 새끼가 아니었다.

전쟁은 장난이 아니다. 부엌에 가서 설거지나 해라. 영지로 돌아가 오빠나 불러 와. 순화하자면 저 정도인 말을 들으며 마차에서 굴러 떨어진 폴리아나는 자칫 크게 다칠 뻔했지만 갑옷으로 큰 부상을 피했다.

귀족들을 실은 마차와 보급물품, 징집당한 평민 병사들의 행렬 끄트머리를 폴리아나는 놓치지 않기 위해 악을 쓰고 걸었다.

정해진 시간까지 부대로 가지 않으면 탈영이고, 탈영의 끝은 죽음이었다. 이대로 도망가도 좋겠지만 갈 데도 없는데 길가에서 방황하다 죽느니 전쟁이라도 겪어 보고 죽는 게 낫겠지 싶었다.

갑옷은 부상은 막아 줄망정 행군에선 거추장스러웠다. 그렇다고 벗어서 버릴 순 없었다. 전쟁은 겨울에 시작되지만 그전에 도착해야 부대에 적응할 수 있다. 늦가을의 볕이 폴리아나를 찜으로 만들었다.

귀족 도령들에게 따돌림 당하는 귀족으로 착각한 병사 몇이 폴리아나에게 갑옷을 벗으면 나눠서 들어 주겠다고 제의했다. 하지만 폴리아나가 여자라서 쫓겨났다는 걸 알자마자 눈살을 찌푸리고 침을 뱉었다.

전쟁이 길었던 만큼 미신도 많았는데, 전장에 가기 전 가족 아닌 여자랑 닿으면 첫 전투에서 전사한다는 속설이 팽배했다. 전장에 가기 전엔 금욕해야 한다는 믿음도 있었다. 물론 딴 지역에선 모르는 여자와 자야 운수가 대통한다는 미신도 있었다.

어쨌든 폴리아나는 재수 없다는 소리를 들었다. 그 뒤로도 욕이 이어졌는데 평민들의 속어라 잘 알아들을 수 없었다.

"낙오자는 탈영으로 간주한다!"

말을 탄 기사 한 명이 행렬의 앞뒤를 오가며 큰소리로 외쳤다. 쓰러졌던 폴리아나는 그 소리에 퍼뜩 놀라 일어나 걸었다. 비실거리는 폴리아나의 뒤에서 말을 탄 기사가 큰소리로 이름을 물었다. 서류로 그녀의 신분을 확인한 기사는 큰소리로 혀를 찼다.

"여자는 어쩔 수 없어."

여자가 어쩔 수 없는 걸 알지만 놔줘 봐야 탈영이 되니, 기사는 폴리아나를 재촉했다.

"투구라도 벗어라."

여기사를 우습게 보면서도 환상을 품는 게 남자들이다. 투구를 벗으면 이야기 속 여기사들처럼 긴 머리채가 흘러내리며 미소녀라도 등장하지 않을까 기사는 내심 기대했다.

물론 폴리아나는 미소녀와 거리가 멀었다. 머리는 투구를 쓰기 위해 바짝 깎았고, 어릴 때부터 훈련받으며 밖에서 굴렀다.

차라리 미소년이 낫다 싶은 외모에 기사는 약간 실망하곤 일말의 호의마저 내버렸다. 미소녀였다면 말에 태워 줄 것처럼 굴더니. 아니, 미소녀가 아니라 평범한 계집애 얼굴만 되었어도 말에는 태워 줄 것 같더라니.

폴리아나는 멀리 떠나는 기사를 보다가 다시 걸었다. 머리를 감싼 수건을 벗고 얼굴을 닦으며 며칠 남은 일정을 떠올렸다.

놀랍지만 이제 시작이었다.

부대에 도착하기 전까지 귀족 소년들은 모두 기사가 아니었다. 전에는 기사 서임을 하고 도착했다고 하는데 점차 제도가 바뀌어 종자 신분으로 전쟁에 참전해 3번 전투에서 생존해야 기사 서임을 받을 수 있게 바뀌었다.

물론 보상금 문제였다. 첫 전투에 참가한 귀족들은 어설프게 굴다 죽거나 포로로 잡히는 일이 많았다. 기사와 종자 중에 어느 쪽의 목숨 값이 큰지는 뻔한 일이다. 그러다보니 폴리아나를 비롯한 다른 귀족 소년들의 신분은 모두 종자였다.

"크렌벨의 바세트 경의 종자 폴리아나 크렌벨!"

폴리아나가 배정된 지역은 산과 평야가 맞닿은 곳의 접전지였다. 산에서의 기습과 평야에서의 돌격이 공존하는 최접전지로, 전사자의 수를 헤아리기 힘들었다.

멀쩡한 부모라면 뇌물을 써서라도 빼낼 곳이었으니 폴리아나와 함께 일렬로 선 소년들은 대부분 버린 패로 봐도 좋았다. 그게 아니더라도 가문의 힘이 없거나 아주 운수가 더러운 소년일 것이다.

3번 싸워 생존한다면 폴리아나와 소년들을 기사로 만들어 줄 부대의 지휘관은 매서운 눈으로 신참들을 관찰했다. 폴리아나를 비롯한 소년들은 잘 보이기 위해 턱을 들고 꼿꼿이 섰다.

신입을 관리하는 기사가 갖은 규칙과 알림사항을 공지하는 동안 지휘관은 종자들에게서 눈을 떼지 않았다. 혹시라도 대리 입대한 자를 색출하기 위해 초상화와 서류, 본인을 확인하는 절차가 이뤄졌다.

종자들을 노려보다가 서류로 이동한 지휘관의 왼쪽 눈썹이 올라갔다.

"계집?"

폴리아나는 침을 꿀꺽 삼켰다. 지휘관 배트르 경은 제법 평판이 괜찮은 군인이었다. 물론 그 평판은 전장의 평판이지 개인적인 인품을 고려한 것은 아니다.

어찌됐든 간에 그는 사람을 죽이고 병사를 부리는 재능이 있었고 병사 목숨을 파리 잡듯 날려 보내는 인사는 아니었다. 그 정도면 지휘관으로서 훌륭했다.

"네! 그렇습니다!"

"처녀냐?"

"네?"

갑작스러운 질문에 폴리아나가 놀라 반문하기 무섭게 종자들 앞을 걷던 기사가 그녀의 뺨을 후려쳤다. 고개가 돌아가고 그대로 쓰러질 뻔했지만 폴리아나는 이를 악물어 비틀거리는 선에서 그쳤다.

"처녀냐고 물었다."

"네! 그렇습니다!"

치욕을 감수하고 버럭 외치듯이 대답하자 지휘관은 고개를 끄덕였다.

"오랜만에 꽉 다물린 조개 맛이나 볼까 했더니만 저런 게……."

폴리아나는 이를 악물었지만 전신이 떨리는 건 어쩔 수 없는 일이었다. 수치로 붉어진 얼굴을 가리기 위해 고개를 숙이자 기사가 다시 그녀의 뺨을 후려쳤다.

"고개를 들어라!"

"죄송합니다! 시정하겠습니다!"

눈빛이 느껴졌다. 고개를 돌려 보지 않아도 그녀 양옆으로 선 종자들이 그녀를 비웃는 게 여실히 느껴졌다.

폴리아나는 눈물을 흘리지 않기 위해 고개를 치켜들었다. 그러게 여자가 왜 전장에 와서. 집에서 애나 보지. 저렇게 생겨서 시집이나 가겠어?

늦된 나이면 사타구니에 털도 안 났을 또래 소년들의 비아냥이 꽂혔다. 부들부들 떨고 있던 폴리아나를 무시하고 지휘관은 다시 누군가의 이름을 불렀다.

지목당한 건 금발의 소년이었다. 잘생긴 얼굴의 장래가 기대되는 미소년이었는데 갑자기 이름이 불리자 군기가 바짝 들어 어깨를 펴고 대답했다.

대체 무슨 일일까. 폴리아나를 비롯한 종자들이 의아해하고 당사자인 소년이 가장 궁금해하는 가운데 지휘관이 말했다.

"너는 밤에 내 막사로 와라."

그 말이 의미하는 바는 명확했다. 폴리아나의 눈에서 눈물이 쏙 들어갔다. 배트르 경은 남녀를 가리는 인물이 아니었다.

아침이면 수치로 물든 얼굴을 하고 지휘관의 막사에서 나오는 종자들을 볼 수 있었다. 조금이라도 얼굴이 반반하다 싶으면 어김없이 지휘관에게 불려 갔다.

뒷배 없이 차라리 죽어 주길 바라 보내진 종자들과 한 부대의 실력 있는 지휘관의 신분은 하늘과 땅만큼 차이가 났다. 심지어 이곳은 전장이었다. 상관이 까라면 까야 하는 곳.

군법위반이었지만 다들 알면서 쉬쉬했다. 선배 기사는 배트르 경이 귀족답게 귀족만 건드리고 창부나 일반 병사는 건드리지 않는다고 말했다.

어린 종자들이나 얼굴 반반한 기사의 뒤를 탐하는 게 귀족의 긍지를 지킬 수 있는 방도인지 알 수 없는 일이었다.

어찌되었든 생리하는 계집애처럼 짜증 내는 소년들을 볼 수 있게 되어서 폴리아나는 아무래도 좋았다. 기어이 그녀가 불려가게 되었을 때에도 별생각 들지 않았다. 종자들이 대부분 당했으니 그녀 차례가 올 때도 되었다는 생각을 했을 뿐.

그렇다고 막사에 들어가자마자 머리를 탁자에 짓눌리고 뒤를 뚫릴 거란 생각은 못했다. 고통으로 퍼덕거리는 폴리아나를 짓누르고 배트르 경은 제 욕심만 채우고선 빠져나갔다. 귓가에서 헐떡이는 남자의 거친 숨과 그가 몸을 부르르 떨며 사정하기 직전에 한 말이 폴리아나의 머리에 남았다.

"그래도 귀족 여자니, 순결은 지켜 줘야지."

그래서 폴리아나도 공평하게 뒷구멍을 뚫렸다는 소리다.

너무 어이가 없어서 폴리아나는 다른 종자들이 그러하던 것처럼 근처의 나무를 걷어차고 주먹을 날렸다. 강간을 당했는데 눈물 한 방울 나오지 않았다.

다른 기사들이 울지 않는 그녀를 보고 독한 년이라고 손가락질했다. 기가 차서 거짓으로 우는 시늉을 해 볼까 하다가 폴리아나는 그만뒀다. 울면 우니까 계집애는 어쩔 수 없다고 손가락질하겠지.

지휘관이 모든 종자들을 공평하게 한 번씩은 따먹고 난 뒤, 첫눈이 내렸다.

전투는 하나의 계절에만 이뤄졌다. 이건 대륙의 암묵적인 약속이었다. 사계절 내내 전투를 지속하게 되면 농토는 황야가 되고 결국엔 나라 자체가 패망해 버린다. 농사를 짓지 않는 겨울에만 전쟁을 하는 건 대륙의 관습이었다.

폴리아나는 6번의 첫눈을 보았다. 6번의 전쟁에서 생존했다. 정식 기사가 되었고 소대를 이끌게 되었다. 6년 동안 들은 모욕은 그녀를 무병장수하게 해 줄 게 분명했다.

스무 살이 되어 완연한 여자의 몸이 되었지만 폴리아나는 변하지 않았다. 가슴이 커지고 허리가 잘록해지고 엉덩이가 커지는 건 규중에서 곱게 자란 아가씨에게만 해당되는 일이다.

먹은 게 부족하고 활동량이 많아 전체적으로 살집이 부족했다. 엉덩이는 특히 그렇고 가슴은 없는 건 아닌데 갑옷을 입으면 티가 나지 않아 다들 가슴도 빈약한 줄 알았다.

무장한 상태로 아무 말도 하지 않으면 아무도 여자인 걸 몰랐다. 자세히 뜯어보면 여자인 게 보인다. 폴리아나와 같은 기사는 널리고 널렸기에 자세히 보는 사람은 없었다.

그래도 6년을 버티니 소문이 났다. 부딪친 검이 유독 가벼우면 그녀였다. 적군은 더러운 마녀나 창녀라고 외쳤다. 가끔 계집애까지 국방에 써먹는 나라라고 조롱하는 소리도 있었다. 그러면 폴리아나 주위의 기사는 물론이고 병사들까지 그녀 탓이라는 눈빛을 보냈다.

폴리아나는 당당했다. 주눅 들지 않았다. 그녀의 잘못이 아니었으니까.

그리고 여기. 전장이 아닌 크렌벨 영지에도 모두 그녀의 탓이라고 눈빛을 보내는 인간들이 있었다.

폴리아나의 가족들. 그녀를 사지로 보내어서 죽기만을 기원한 아버지와 계모, 이복동생은 휴가를 받아 집으로 돌아온 폴리아나를 무시했다.

그들이 어떤 시선을 보내든 집에 도착하자마자 폴리아나는 배터지게 먹고 잤다. 그녀의 방은 없어진지 오래여서 아무 방이나 문을 열고 들어갔다.

씻지도 않고 손님방을 사용해, 방을 더럽히면 어떡하냐는 계모의 잔소리에 깨어났다. 다시 뭔가를 먹기 위해 1층으로 내려가 부엌 근처를 어슬렁거리던 폴리아나의 후각에 음식이 아닌 달콤한 향기가 잡혔다. 2층으로 올라가는 계단 끝에서 인형처럼 차려입은 라이아나가 혐오와 짜증이 치밀어 오르는 얼굴을 하고 있었다.

살랑살랑. 라이아나가 계단에서 한 발 디딜 적마다 가느다란 그녀의 고수머리가 하늘거렸다.

아. 폴리아나는 입을 벌렸다. 라이아나는 확실히 예뻤다. 6년 만에 본 이복동생은 모두가 바라는 이상적인 레이디의 상에 근접해 있었다. 그녀가 지나가면 기사들은 정중하게 고개를 숙여 인사하고 디디는 길에 흙먼지가 치마에 튀지 않도록 망토를 펼쳐 깔아 줄

것이다.

"꼴이 그게 뭐야?"

라이아나가 가까이 다가오더니 코를 막았다. 냄새가 난다는 태도였다.

폴리아나는 냄새를 맡아 봤지만 평소와 다를 게 없었다. 땀과 피, 먼지, 흙, 오물, 오줌, 미량의 똥, 내장, 생물의 분비물, 곰팡이, 몇 달 동안 빨지 않은 의복의 쩐내와 모든 걸 압도하는 죽음의 냄새.

"미쳤어? 곧 있으면 내 생일인데 일부러 온 거야?"

엿 먹일 의도는 없었지만 본인이 그렇게 여긴다면 어쩔 수 없지. 폴리아나로선 스무 살도 되었겠다, 정해진 10년 중 6년이나 보냈겠다. 살아남을 수 있다는 희망이 보여야 하는데 어쩐지 점점 수렁으로 빠져드는 듯한 전장의 상황도 있어 사태 파악이라도 해 보고자 휴가를 신청해 돌아온 것이었다. 그러나 라이아나는 그렇게 생각하지 않는 모양이었다.

별수 없었다. 설명을 안 해 줬으니 그럴 수도 있지.

폴리아나는 음식을 만들어 주겠다는 고용인들을 뿌리치고 당장 먹을 수 있는 빵만 건져 버터를 듬뿍 발랐다. 유제품은 금방 상할 수 있어서 큼큼한 냄새가 나는 치즈가 아니고선 구경하기 힘들었다.

멀뚱히 쳐다보다가 빵만 먹는 폴리아나의 모습에 화가 났는지 라이아나는 더욱 더 짜증이 치미는 듯했다. 어쩜. 얼굴을 찡그리는 것도 귀여워서 하품이 나올 정도였다.

"당장 나가!"

"라이아나. 내가 4년 더 살아남으면 나가야 하는 건 너야."

라이아나의 얼굴이 창백하게 질렸다. 폴리아나는 만약 4년을 버텨 작위를 이어받아도 여동생을 내쫓을 생각이 없었지만, 주위에서 하도 호구라고 욕을 들은 게 있으니 이 정도 말은 해야 했다.

소대의 병사들이고 동료 기사들이고 어찌나 호구라고 욕을 해 대는지 폴리아나로선 귀에 딱지가 앉을 정도였다.

그녀가 구르는 전장이 곧 그들이 구르는 전장이다. 그녀의 동료들은 모두 버려진 패였다. 똑같이 버려진 처지에 호구는 무슨.

폴리아나의 사정을 아는 모두가 그녀에게 말했다.

동생의 뺨을 후려쳐.

그녀에겐 그럴 자격이 넘쳤다. 같은 여자끼리니 거리낄 것도 없다.

그렇게 부추겨 놓고 폴리아나가 정말로 라이아나를 후려치면 나올 말이 뻔했다. 계집애가 악독하게 복수한다는 소문이나 퍼트리겠지.

폴리아나가 당장 자길 때리기라도 할 것처럼 부들부들 떠는 라이아나의 모습이 더 어이가 없었다. 폴리아나는 한 번 건드리면 애가 깩하고 비명 지르고 기절할 것 같다는 생각을 했다.

"그게 무슨 건방진 말버릇이야!"

어디서 듣고 왔는지 아버지가 달려와 폴리아나의 뺨을 후려쳤다. 건틀렛 낀 손도 아니라 폴리아나는 선심 써서 맞아 줬다.

아버지가 달려오자 의기양양해서 기가 산 라이아나가 흥하고 콧방귀를 내뀌었다.

피비린내는 달거리할 때만 맡는 게 다인 귀족가 영애로서 살아온 라이아나는 진심으로 폴리아나를 혐오한다는 듯 얼굴을 구겼다. 경멸 어린 눈초리가 폴리아나를 위아래로 훑고 지나갔다.

싸우면서 얻은 상처는 얼굴을 피해가지 않는다. 그렇게 얻은 전신의 흉과 쥐가 뜯어먹은 것처럼 파 먹힌 짧은 머리카락, 제대로 씻지 않아 더럽고 거칠어진 피부에 손톱 밑에 낀 때까지. 전장에서 지휘하느라 걸걸해지고 거칠어진 목소리는 덤이다.

"가문을 이어받는 건 라이아나다! 어딜 후계자에게 감히!"

아버지가 그렇게 외쳐 봐야 10년 군역을 마치고 나면 작위와 영지는 자동적으로 폴리아나에게 승계된다. 그 정도 이점이 없으면 아무도 군역을 지려 하지 않을 것이다.

변경의 사령관들은 기사 서임의 권리와 작위 승계 승인의 대리권을 갖고 있었다. 의무 병역을 마친 이는 전역과 동시에 작위를 승계받는 것이다.

악용을 막기 위해 부분부분 개정된 법 때문에, 가문은 계승자가 전역 후 10년 안에 사망하면 또 다른 이가 다시 군역을 져야만 계승권이 인정되었다. 따라서 큰 부상을 입고 10년을 채워 집에서 사망한 자의 가문이 울며 겨자 먹는 식으로 다시 군역을 지는 일도 발생했다.

금방 죽을 줄 알았던 폴리아나가 무려 6년이나 살아남자 아버지는 발등에 불이 떨어진 것처럼 굴었다. 10년 동안 재산을 야금야금 빼돌리는 일도 잦다고 하니, 작위는 포기하고 그쪽을 획책하고 있을 지도 몰랐다.

모두 부질없는 짓이다.

폴리아나는 배를 채운 후 다시 아무 방문이나 열고 들어가 침대에 누웠다.

아무리 생각해도 이 나라엔 미래가 없었다. 싸우는 군인들은 대부분 희생양 취급이고, 변경 사람들은 매해 돌아오는 전투로 고통받고 있는데 조금만 안쪽으로 들어와도 전쟁을 체감하는 자가 적었다.

백성들은 높은 세율과 무리한 청년층 징집으로 고통받았지만 정작 전쟁의 화마가 직접적으로 찾아오지 않으니 현실감을 느끼지 못했다. 귀족들은 더했다.

목숨 바쳐 싸우는 군인들만 우스워지는 상황이 지속되고 있다. 이런 나라에 미래는 없다.

일반적으로, 6년을 버텼으니 남은 4년은 더 쉽게 버틸 것이란 생각이 들어야 한다. 기이할 정도로 그런 생각은 들지 않았다. 오히려 지난 6년보다 앞으로의 4년이 더 위험할 거란 예감만 폴리아나를 괴롭혔다. 굳이 여자의 직감을 이야기하는 건 아니었다.

무언가가 이상했다. 폴리아나는 그게 답답해서 휴가를 신청했다.

소문은 전장에서 도는 것과 수도에서 도는 것의 내용이 다르다. 전서구가 날아다니는 전장에서의 소문보다 가끔은 사람들의 입으로 오고가는 수도의 소문이 더 빠를 때도 있었다.

폴리아나는 그걸 느끼기 위해 휴가를 수도에서 보내기로 마음먹었다. 영지로 돌아온 건 수도로 가는 길목에 있었기 때문이다.

이틀 동안 먹고 자기만 하고 씻지도 않은 채 집을 나서는 폴리아나를 전송한 건 혐오로 가득 찬 라이아나의 눈초리였다. 폴리아나는 대수롭지 않게 여겼다.

'예쁘긴 예쁘네.'

곱게 빗은 긴 머리채는 확실히 라이아나의 자랑거리였다.

수도에 도착한 폴리아나는 각종 소문을 수집했다. 이번 겨울 전쟁이 마지막일 거란 이야기, 쿠크다 왕국이 총력전을 벌이려 한다는 이야기. 전쟁에 관한 소문은 많고 많았지만 그것들을 모두 들어도 폴리아나의 의아한 마음은 풀리지 않았다.

　"아크레아 왕국의 신왕이 미남이래."

　"3년 전에 즉위했는데 신왕은 무슨."

　대륙의 북방에 위치한 에하스 왕국보다 더 북쪽에 위치한, 대륙의 북쪽 끝 아크레아 왕국의 국왕이 서거하고 왕세자가 새로 즉위했다는 소식은 폴리아나도 들었다.

　신왕이 젊고 잘생긴 청년이라는 소문이 수도에 파다했다. 이웃나라로 흘러올 정도면 아주 대단히 구라를 치고 있거나 사실이거나 전해지는 와중 뻥이 첨가되었을 확률이 높았다. 어쨌든 왕과 왕비, 공주와 왕자는 못생긴 것보단 잘생긴 게 나았다.

　신왕이 즉위하면서 어린 왕의 권위를 세워 주기 위해 주변 국가에 왕의 잘생김을 소문내는 건 흔한 전략이다. 아직 별다른 위업을 세우지 못했으니 타고난 얼굴이라도 소문을 내어야지.

　'위업?'

　길을 걷던 폴리아나가 멈춰 섰다. 내내 그녀를 괴롭히던 의문의 불안감이 유독 그 부분에 엉겨 붙었다.

　폴리아나는 나름 명석하다 칭찬받는, 하지만 누구도 존중하지 않는 그녀의 머리를 굴렸다.

아크레아의 국왕은 아직 나이가 어리다. 듣기로 소년왕으로 즉위해 아직도 소년 소리를 듣는다고.

나이가 어린 왕은 권위를 세우기 위해 이것저것 복잡한 일을 벌이기 마련이다. 작은 일이라도 해치우면 주위에선 그걸 과대포장해 내세우기 바빴다. 자국만이 아니라 주변 국가에도 요란하게 선전한다. 그래야 낮잡아 보이지 않기 때문이다.

그런데 이번 소년왕은 소심한 인물인지 이룩한 업적이 아무것도 없었다. 이렇다 할 소문도 들려오지 않았다.

아크레아와 에하스의 교류가 없는 것도 아니다. 이웃한 나라여서 무역도 있었다. 쿠크다의 간자가 아크레아를 경유해 신분세탁 할 염려가 있어 자유롭게 오갈 수는 없었지만 교류가 있었다.

왕이 바뀌면서 아크레아 왕국 국경 근처의 군사 이동이 목격되었다. 그건 당연한 일이었다. 왕이 바뀌면 장군들이나 귀족도 몇몇 은퇴한다.

그러는 와중 자연스럽게 군사도 개편된다. 군대라는 것은 그 특성상 뜯어고치기가 까다로운 경직된 조직이기에 3년이 지난 지금까지도 배치 변경이 지속되는 건 이상한 일이 아니었다.

폴리아나는 여관으로 가 소대장이 되면서 받은 군사지도를 펼쳤다. 그녀가 배치된 지역만 자세하고 나머지 부분은 일부러 지운 지도였으나 국경만큼은 표시되어 있었다.

군대에서 형식적으로 보고받은 국경 근처 부대의 움직임과 최근 계속 접전이 있었던 지역 동향을 살펴보고 살펴보고 살펴봤다. 그리고 만 하루가 지나 깨달았다.

아크레아는 전쟁을 준비하고 있었다.

아크레아 북부는 인간이 살 수 없는 얼음의 세계요, 동서로는 녹지 않는 바다가 존재하며 남으로는 에하스와 쿠크다가 가로막고 있다. 얼음과 바다, 아크레아에 서식하는 커다란 백곰을 상대로 전쟁을 할 게 아니면 상대는 명확했다.

아크레아의 땅은 척박하다. 당장 먹고 살기 급급해 자국 수호에 열중하는 이웃나라를 둔 덕분에 에하스 왕국과 쿠크다 왕국은 지루한 국지전을 수백 년 이어 올 수 있었다.

시작이 무엇이었든 현재에 와선 단순한 권력다툼을 위한 소모전이 되어 버린, 승자도 패자도 없는 전쟁에 제3국이 끼어들려 하고 있었다.

제3국의 목적은 분명했다. 군대를 유지하려면 군량이 낭비된다. 식량 사정이 빠듯한 아크레아가 아무 생각 없이 군대를 조직할 리 없다. 의미 없는 국지전이 아닌 정복을 목적으로 한 전쟁 준비였다.

폴리아나는 남은 휴가를 포기하고 당장 복귀해 그녀가 알아낸 사실을 상부에 보고했다. 높으신 분들은 여태까지 그래 왔듯 그녀의 보고를 무시했다.

"아크레아가? 침략을? 기가 차서. 계집애 머리에 든 게 똥밖에 없으니 그딴 소리나 지껄이지."

"허황된 꿈은 침대에서나 꿔라."

"꿈이 아닙니다. 아크레아의 군사 이동은 수상합니다. 국경으로 병사를 보내야 합니다."

"한두 해 여기서 지낸 것도 아니고 6년이나 버텼으면서 소경과 귀머거리로 지냈나 보지? 보낼 병사는 없다. 쿠크다와의 총력전이 코앞이야!"

"총력전은 없을 겁니다!"

"수도에서 내려온 명령서를 보지 못했나? 왕께서 쿠크다의 움직임이 심상치 않다고 하셨다. 올겨울이야말로 저 간악한 쿠크다와 결판을 낼 마지막 겨울이 될 거야!"

"언제나! 항상! 매해 겨울마다 그런 명령이 내려오고 봄이 되어도 끝나지 않았습니다. 대대장님도 아시지 않습니까! 이 전쟁은 절대 끝나지 않을 것이란 걸!"

당초의 목적은 상실한 채 무의미한 소모전만 반복하는 전쟁이다. 각국의 수뇌부들은 천천히 상대 국가의 국력을 깎아먹고 있다는 허황된 망상과 아집에 사로잡혀 있었다.

누구도 총력을 다하지 않고 병사와 하급 장교들만 죽어 나가는 전쟁. 병사의 사기는 바닥이고 희생양처럼 바쳐진 기사들은 복수심만으로 생존을 결심한다.

권력을 쥔 귀족들은 겨울에만 행정관이나 사령관으로 군림하다 추위가 가시면 수도로 돌아가 무도회를 즐겼다. 상이병사들은 거리에서 굶어죽어 가고 농사꾼이 부족해 농토는 조금씩 줄어들었다. 왕은 계승법을 빌미로 귀족들을 휘어잡아 왕권만 강화하고 있었다.

"한심하군. 귀경의 소대장 지위를 박탈한다. 다시 평기사로 돌아가 눈 똑바로 뜨고 전장을 체험하도록."

대대장의 말에 막사 안이 조용해졌다. 폴리아나와 같은 소대장들이 그녀를 비웃었고 중대장들도 마찬가지였다.

폴리아나가 소대장이 될 수 있었던 것도 대대장이 그녀가 지도를 잘 읽는 걸 눈여겨보았기에 가능한 일이었다. 그가 아니었다면 폴리아나는 계속, 누구도 이끌지 못하는 그냥 기사 신분에 머물렀을 것이다. 하지만 대대장이 호의를 거두니 아무 의미도 없었다.

소대장이 아니라면 작전회의 중인 막사에 머무를 자격도 없었다. 소대장의 상징인 단검을 반납하고 막사를 나가는 폴리아나의 귀에 어김없이 예상한 말이 들렸다.

"이래서 여자는."

이후에 이어질 말들도 뻔해서 폴리아나는 눈을 꾹 감고 막사를 빠져나왔다. 그들의 말대로 뭘 모르는 여자의 허황된 망상이라면 참 좋겠지만.

자신의 막사로 돌아온 폴리아나는 침낭 위에 누웠다. 기사라고 홀로 막사를 쓸 수 있는 건 아니다. 여러 명이 사용하는 막사를 폴리아나 혼자 독차지한다고 말은 또 얼마나 많았는지 모른다.

막사 세우는 걸 도와주지도 않으면서 욕은 욕대로 했다. 계집처럼 생기지도 않은 게 계집 시늉한다고 얼마나 많은 욕들을 들었나.

지난 6년의 수모는 말도 못했다. 강간은 배트르 경이 유일했지만 이후에 들은 욕과 저주와 그녀에게 석양 진 날의 그림자처럼 따라붙은 추문들은 강간보다 덜하진 않았다.

다치면 욕을 먹는다. 안 다쳐도 욕을 먹는다. 전투에서 승리하면 욕을 먹는다. 패배하면 욕을 먹는다. 밥을 먹어도 욕을 먹는다. 빨래를 해도 욕을 먹는다. 기사들의 생필품을 관리하는 보급병에게 뭔가를 받아도 욕을 먹는다. 집에 편지를 보내면 욕을 먹는다. 편지를 보내지 않아도 욕을 먹는다. 막사에서 나가면 욕을 먹는다. 나가지 않아도 욕을 먹는다.

폴리아나는 욕을 먹는다. 괄시당한다. 업신여겨진다. 이 부대에서, 전장에서 그녀는 여자이기에 부정당했다. 노력해도 바뀌는 건 없었다.

그녀와 함께 징집되어 생존한 기사들은 현재 중대장이다. 소대장 지위도 간신히 얻어내 몇 번 공도 세웠으나 무시당했다. '여자의 명령을 들을 수는 없다.' 지긋지긋하게 들은 소리였다.

'난 뭘 위해 사는 거지.'

폴리아나는 멍하니 생각했다. 목적 없는 노력은 널 망칠 거라던 노기사의 말대로 폴리아나는 스스로의 노력에 매몰당하고 있었다.

불성실한 나날을 보내다 죽는 거라면 아쉬움이라도 덜하련만 누구보다 성실하게 노력하다 무시당하니 더욱 괴로웠다.

생존을 목적으로 하는 건 의미가 없었다. 살아가는 이유가 필요했다. 복수는 더욱 무의미했다. 이대로 생존해 작위를 받고 가문의 주인이 되어 집으로 돌아가도 그녀를 행복하게 해 줄 건 없었다. 사치나 방탕은 그녀에게 어울리는 옷이 아니었다.

분명 이렇게 살다 전장에서 눈 먼 검이나 화살에 맞아 죽을 것이다. 여느 명예로운 기사들이나 이름 높은 기사들처럼 당당한 기사끼리의 대결을 통해 죽지 않고, 수십의 병사를 상대로 아군을 지키다 죽지 않고, 이름도 남기지 못하고 슬퍼해 주는 이 하나 없이 죽어 흙이 될 것이다.

그래도 죽고 싶진 않았다. 동시에 살아도 의미가 없었다.

'개새끼들.'

폴리아나는 으슥한 밤 막사를 나가 근처의 나무를 걷어차고 주먹질했다. 그녀가 보일 수 있는 유일한 스트레스 해소법에 보초를 서던 병사는 저 마녀가 또 히스테리 부린다고 욕을 하고 지나갔다.

폴리아나는 분명 경고했으나 상부는 경고를 무시했다. 결과적으로는 폴리아나가 옳고 그들이 틀렸다.

물론 그녀가 옳았다고 해서 기뻐할 일은 아니었다. 부대 전체가 아크레아 군사로 추정되는 병사들로 포위당해 조각조각 흩어져 도주 중이었으니.

군단은 집단이고, 전쟁에 있어 집단의 크기가 곧 힘이었다. 소대보단 중대가, 중대보단 대대가 강한 게 당연하고 흩어진 대대보다 응집된 중대가 강한 게 당연했다.

적의 급습에 폴리아나는 습관적으로 그녀가 지휘하던 휘하의 소대원들에게 퇴각 명령을 내렸다. 경계를 늦추지 않은 그녀의 앞선 명령에 병사들도 습관적으로 그녀의 명령을 듣고 퇴각했다. 포위당한 병사들 중 후퇴에 성공한 건 그녀와 스무명 가량이 전부였다.

6년 동안 전쟁을 하며 살아온 폴리아나이기에 그녀와 소대원들은 몇 번의 공격을 더 피할 수 있었다. 하지만 그것도 한계가 있었다.

지형은 산. 매복을 하기 좋은 지형이나 수의 차이가 너무 컸고 믿고 기다릴 원군도, 도망갈 다른 부대도 없었다.

폴리아나는 다른 부대도 비슷하게 포위당했을 거란 결론을 내렸다. 사정은 쿠크다도 마찬가지였다.

"꼴좋네."

인접한 나라 셋이서 치고 박은 것도 아니고 둘이서만 싸워 준 덕분에 가만히 있던 나라가 둘을 집어삼키게 생겼다. 미래가 없는 나라라고 생각은 했어도 살아생전 몰락하는 모습을 보게 될 줄은 몰랐다.

폴리아나는 머리를 긁었다. 그래도 귀족에 기사라고 약간 이상한 기분이 들었다.

"대장님, 어떡하지 말입니다."

그녀가 한숨을 쉬며 머리만 벅벅 긁는 걸 지켜보던 병장이 와 말을 걸었다. 폴리아나는 새삼스런 기분이 들어 병장을 비롯한 병사들의 얼굴을 확인했다.

처음 그녀가 소대장이 되자 진상이란 진상은 다 부리던 소대원들이 몇 년 같이 싸웠다고 소대장이라고 불러 주고 따라 주게 된 건 폴리아나의 불행한 생에 있어 몇 안 되는 기쁨이었다. 소대장이 바뀌었는데도 그녀의 퇴각 명령과 지휘에 따라 준 것도 군법으로 보면 즉결 처형감이었지만 고맙기는 했다.

그녀가 퇴각에 성공한 걸 목격한 대대장이 원군요청을 명령했지만 그건 불가능했다. 원군은 무슨. 다 비슷한 상황일 텐데.

몇 차례 있었던 공방은 소수의 인원과 지형을 이용한 치고 빠지기 전법으로 성공했지만 이렇게 지속할 순 없었다.

도망가다가 지쳐 잡히거나 싸우다 죽을 게 분명하다. 적에게 죽지 않더라도 불도 피우지 못한 채 겨울 산을 헤매다 동사하겠지. 대륙 북부의 겨울 추위는 매서웠다. 불 없이는 버티기 힘들다.

폴리아나는 그녀보다 나이 많은, 혹은 어린 병사들의 면면을 지켜봤다.

밤중에 막사로 들어와 강간하려던 새끼, 여자 명령은 못 듣겠다고 대놓고 허리띠를 끌러 오줌 싸던 새끼, 그걸 보고 서서 오줌 싸면 대장 인정해 주겠다고 소리치던 새끼, 동조하던 새끼, 저런 건 여자도 아니니까 선심 써서 대장으로 모셔 주자던 새끼까지.

세상 진상이란 진상은 다 모아 둔 것 같았지만 몇 년 동안 정도 들었고, 죽은 인원을 보충하기 위해 들어온 신병이 폴리아나에게 진상질을 하면 멍석을 말아 짓밟아 주는 정도의 신뢰도 쌓였다.

여자 밑에서 설설 긴다고 다른 병사들에게도 따돌림 당하던 소대원들이다. 그들은 분명히 폴리아나에게 몇 안 되는 기쁨이고 보람이었다.

폴리아나는 불쑥 말해 버렸다.

"내가 미끼가 되겠다. 너희들은 도망가라."

"그럴 수는 없습니다!"

"소대장님, 그럴 수는 없습니다!"

폴리아나는 크게 심호흡했다.

"여기 지형은 내가 제일 잘 알고, 나는 귀족이다. 저들도 나부터 잡으려고 하지 병사인 너희들에겐 관심 없을 거다. 나는 귀족이라 몸값을 받기 위해 포로로 잡고 죽이지는 않을 거다."

"소대장님은 다른 소대장님들과 사정이 다르지 말입니다."

병사중 한명이 날카롭게 지적했다. 글자도 모르는 일자무식들이 왜 이런데서 눈치를 발휘하는지. 폴리아나는 짜증 냈다.

"그들에게 기사도가 있으면 항복하는 포로에게 그러지는 않을 것이다. 그리고 날 보고 누가 그런 마음을 품겠어?"

"아, 그건 그렇지 말입니다."

맘 편히 도망가라고 농담 하나 던진 걸 진지하게 받아들이는 새끼를 손봐 주고 폴리아나는 퇴각을 명령했다. 귀족들 생리를 모르는 병사들은 폴리아나가 그렇다고 말하니 그런가 보다 하고 그녀가 일러 주는 방향으로 뿔뿔이 흩어졌다.

소대원들이 모두 떠난 걸 확인하고 폴리아나는 나무에 기대 주저앉았다.

'봐줄 리가 없지.'

포위당할 때 바로 잡혔으면 혹시 모르지만 포위망을 뚫고 퇴각에 성공해 버렸다. 거기서 그치지 않고 몇 번이나 잡힐 듯 말 듯 약을 올렸으니 저쪽에서 가만히 두고 볼 리 없다. 본보기 겸 병사들 사기 증진을 위해 처리할 가능성이 높다.

고위 귀족이나 진짜 소대장 신분이라면 그나마 괜찮겠지만 폴리아나는 그저 그런 귀족에 소대장도 아니었다. 가문에서 몸값을 내 줄 리 없고 폴리아나가 몸값을 내겠다고 해 봐야 그녀의 행색을 봐선 믿어 줄 리도 없었다. 그나마 폴리아나가 믿는 구석은 그녀의 외양이었다. 갑옷을 벗기고 자세히 보지 않으면 누구도 여자라고 봐 줄 리 없는 이 외양. 씻어 놓고 보면 성별을 알아도 선입견이 그걸 막아 줬다.

여자의 머리가 이렇게 짧을 리 없다. 여자가 전장에 나올 리 없다. 여자가 갑옷을 입을 리 없다. 여자가 검을 들 리 없다. 여자가 지휘를 할 리 없다. 그러니까 저건 계집애처럼 생긴 남자다. 목소리는 변성기 때 소리 질러 맛이 갔나 보지.

죽은 뒤에 밝혀질 진실이나 시체에 가해지는 모욕 같은 건 신경쓰지 않았다. 그녀는 느끼지 못할 테니까. 그녀의 추락한 명예에 분노할 사람도 없으니까. 하지만 생전에 가해질 모욕은.

'별수 없지. 여자인 걸 눈치채지 못하길 바라는 수밖에.'

그도 아니면 명예롭게 싸우다 전사하든가. 싸우다 죽나 잡혀서 처형당하나 죽는 건 매한가진데 명예를 끌어들여 무엇할까.

참 한심하기 그지없어서 폴리아나는 한숨을 쉬고 투구를 뒤집어 썼다.

'이젠 지쳤어.'

승기는 보이지 않고 나라엔 미래가 없다. 구차하게 생을 유지해 살아남아 봐야 삶의 목적도 찾지 못하고 죽어 버릴 것이다. 여자라고 무시당하는 것도 지긋지긋했다.

폴리아나는 처음으로 죽음을 수긍했다. 목적 없는 노력은 그녀를 쉬지 않고 달려온 사람처럼 피로하게 만들었다. 그러니 이제 쉴 때도 됐다.

아크레아군이 폴리아나를 포위한 건 며칠 뒤였다. 도망간 소대원들의 생사야 알 길 없고, 폴리아나는 반항하는 시늉을 하며 누군가의 검과 화살, 창이 그녀의 몸을 가르고 뚫고 가길 기대했다. 하지만 생포하라는 명령이 있었는지 병사들은 그녀를 죽이지 않았다. 그물이 떨어지고 거기에 걸린 폴리아나는 밧줄로 꽁꽁 묶였다.

"이 자가 맞나?"

"맞아. 저 투구 보라고."

"도망가던 솜씨를 보면 이놈이야."

억지로 폴리아나를 무릎 꿇리고 그녀를 추격한 기사가 손가락으로 투구를 튕겼다.

"이름이 뭐냐."

"죽여라."

겨울마다 목이 터져라 호령하고 호통을 친 덕분에 폴리아나의 목소리는 거칠었다. 게다가 투구는 목소리를 울리게 해 성별을 알 수 없게 만들었다.

덕분에 안심하고 말했지만 기사는 다시 한 번 손가락으로 폴리아나의 투구를 튕기더니 돌아섰다. 생포 명령이 있던 게 확실했다.

폴리아나는 질질 끌려 군영으로 돌아갔다. 막사와 물자는 아크레아군이 점령 완료한 상태. 포위당했던 다른 사람들은 어떻게 되었을지 알 길이 막막했다.

폴리아나는 그대로 사령부의 막사 앞으로 내동댕이쳐졌다. 갑옷을 입은 몸이 바닥을 구르자 묵직한 소리가 났다. 거기에서 그치지 않고 기사가 폴리아나에게 명령했다.

"무릎 꿇어라!"

대대장의 막사를 차지하고 다른 기사가 무릎 꿇릴 정도라면 부대의 지휘관급 되는 위인이 그녀를 보고자 한 게 분명했다. 팔이 뒤로 묶여 움직이기 힘들고 갑옷 때문에 몸이 무거운 상황에서 어깨로 땅을 떠밀어 간신히 일어나고 고개를 들었다.

너무 힘들어서 폴리아나는 지휘관을 보자마자 욕을 해 주기로 마음먹었다. 하지만 불발에 그쳤다.

'아름다워.'

폴리아나의 이복동생 라이아나는 색 옅은 갈색 고수머리를 금발이라 부르며 아꼈다. 빛을 받으면 반짝였기 때문에, 그 정도면 금발 맞지, 폴리아나도 인정했던 사실이다. 그러나 라이아나의 자랑거리는 이 남자 앞에서 빛바랠 게 분명했다.

북방 겨울의 해에서도 여름날 태양을 받아 반짝이는 금처럼 눈부신, 떠오르는 태양 같은 금발이었다. 그리고 그렇게 아름다운 금발에 묻히지 않는 절세미남이었다.

폴리아나는 순간적으로 남자의 정체를 깨달았다. 아크레아 왕국의 신왕이 절세미남이라고 소문이 자자했다. 너무 자자해서 선전이라고 여겼는데 사실이었다.

'죽기 전에 엄청 예쁜 건 보고 죽네.'

눈요기를 넘어 배가 터질 정도로 과한 미모다. 소년을 갓 벗어난 듯 어린 태가 남아 있는 얼굴은 남성적이고 여성적인 면을 떠나 중성적인 아름다움을 갖고 있었다. 물론 나이가 들면서 선이 굵어지고 남성미를 발휘하게 되겠지. 그럼 또 대단한 미남일 건데 폴리아나는 그 모습을 볼 수 없다. 오늘 이 자리에서 죽을 테니까.

적국 왕의 대단한 미모를 목격하자 어쩐지 이대로 죽어도 여한이 없다는 기괴한 생각이 들었다. 하여간 대단한 미남이었다.

왕의 손짓에 기사가 폴리아나의 투구를 벗겼다. 폴리아나는 넋을 놓고 있다가 정신을 붙잡았다. 여자라는 게 들키면 어떤 일이 생길지 모른다.

다행히 그녀는 참으로 박색에 가까워 얼굴만 보고선 아무도 여자라고 외치지 않았다. 머리가 길었다면 또 모르지만 폴리아나의 머리는 아주 짧았다.

"이름이 뭐지?"

"……."

얼굴은 안심이어도 투구를 벗은 목소리를 들으면 알아차릴 수 있다. 폴리아나는 침묵했다.

왕의 질문에 답하지 않는 폴리아나가 건방지다는 듯 기사가 그녀의 얼굴을 후려쳤다. 손속에 자비를 두지 않아 꽤 매웠다. 폴리아나는 피 섞인 침을 뱉고 기침했다.

"네 부하들은 어딨지?"

"……."

이번에도 손이 날아오려는 것을 왕이 막았다. 왕은 여유롭게 시를 읊듯 말했다.

"포위를 뚫고 도망가 몇 번이나 짐의 기사들을 약 올리고는 이제는 혼자 잡히다니……. 부하들은 모두 원군을 요청하기 위해 보냈나? 소용없는 짓이다. 다른 곳도 점령이 끝났다."

'짐이라니…….'

에하스, 쿠크다보다 영토는 넓어도 고만고만한 북방의 군주 주제에 거창하다. 그러나 그 부분에 대해선 깊게 생각할 겨를이 없었다.

예상하고 있었지만 직접 들으니 더욱 참담했다. 아크레아는 오래 준비했고 에하스는 방심했다. 그 결과가 이것이다.

폴리아나가 고개를 숙이자 건틀렛으로 후려친 기사가 억지로 그녀의 고개를 들게 했다. 이제 보니 이 기사도 보통 신분은 아니었다. 입고 있는 갑옷이며 걸치고 있는 망토 모두 훌륭했다. 고작 기사 하나를 붙잡기 위해 보낼 인력은 아니었다.

그만큼 왕은 폴리아나에게 관심을 갖고 있었다. 엿 먹인 놈 잡겠다고 쓰기엔 너무 귀한 칼이 아닌가?

"아니면 부하들을 도주시켰나?"

"……."

다 알고 있다는 듯 웃으며 말하는 왕의 모습에 폴리아나의 고개가 다시 꺾였다. 이번엔 억지로 들려지지 않았다.

기분 좋은 듯 왕이 웃는 소리가 들렸다. 폴리아나는 이를 악물었다. 도대체 왜 웃는 건지 알 수 없었다. 무지는 공포를 불러왔다. 죽을 다짐을 했어도 알고 있는 죽음과 미지의 생존은 다른 문제이니.

"훌륭해. 아주 훌륭해. 짐이 훌륭한 기사의 이름을 알고 싶은 것이니 이름을 밝혀라."

폴리아나는 순간 안도의 한숨을 내쉴 뻔했다. 왕은 아마도 폴리아나가 보인 전적들이 마음에 든 모양이었다. 살려 줄 생각은 없지만 기사로서 명예롭게 이름을 남기고 죽을 수 있게 해 주겠단 제안에 폴리아나는 마음을 놓았다.

명예를 약속했으니 갑옷을 벗기진 않겠지. 폴리아나가 요구한다면 갑옷을 입은 채 참수해 고향에 시신을 보내 줄 것이다. 시체를 보내 주려는 와중에 시체를 닦기 위해 갑옷을 벗긴 후 여자인 걸 알고 속았다고 분노해도 폴리아나는 모르는 일이었다.

폴리아나는 가능한 목소리를 낮게 깔고 그르륵거리는 목소리로 말했다.

"폴…… 크렌벨……."

"폴. 폴 경이로군."

왕이 흡족하여 웃었다. 웃는 모습도 눈부셨다. 과하다 싶을 정도로 아름다운 남자였다.

"전하, 어쩌시렵니까."

폴리아나의 옆에 선 기사가 왕에게 물었다. 폴리아나는 긴장한 채 둘을 살폈다. 궁금한 건 그녀도 매한가지였다. 이름도 들었으니, 이제 죽이려나?

"죽이긴 아깝지 않아?"

"그럼 이대로 풀어 주시렵니까?"

"잡아 놓고 풀어 주는 것도 아깝지."

"허면."

"죽여 주십시오."

감히 둘의 대화에 끼어들고 폴리아나는 고개 숙여 간청했다. 분노한 기사가 폴리아나를 걷어찼다.

"무례하다!"

"이노!"

왕이 의자에서 일어났다. 이대로 끝나면 좋겠는데 왕은 기사가 아닌 폴리아나에게 다가왔다.

폴리아나는 간신히 몸을 굴려 다시 무릎 꿇었다. 힘든 짓을 반복하고 나니 왕의 미모를 보고도 욕을 할 수 있을 것 같았다. 그런 생각은 가까워진 왕의 얼굴로 싹 사라졌다. 폴리아나는 순간 숨이 막혔다. 아크레아 왕의 미모는 정말 대단했다.

"어떠냐, 짐의 기⋯⋯."

기분이 좋은지 내내 입가에 미소를 띠고 있던 왕이 말끝을 흐리더니 인상을 구겼다. 왕의 아름다운 초록색 눈동자가 폴리아나의 얼굴을 샅샅이 훑더니 그녀에게서 떨어졌다.

"설마 여자인가?"

'들켰다.'

폴리아나는 두 눈을 질끈 감았다. 아무도 여자라고 생각 안 할 모습일 텐데, 어떻게 알았는지 왕이 그녀의 성별을 알아내고 만 것이다.

왕의 말이 미치는 파장은 굉장했다. 주위에 모여 있던 기사들과 장교들, 병사들이 기겁했다. 왕이 농담을 했다고 생각한 자들도 폴리아나의 반응을 보더니 깜짝 놀랐다.

"여자라고?"

왕의 말을 시작으로 야유가 쏟아졌다. 전쟁에 여자를 내보내는 에하스를 조롱하고 바지를 입고 전장에 나온 폴리아나를 조롱했다. 그녀를 전장에 내보내는 부모와 그걸 허락한 군대에 폴리아나의 외모까지 조롱의 대상은 끝이 없었다.

"여자는 기사가 될 수 없다! 장교의 애첩이겠지!"

"갑옷을 걸친 창부거나!"

"눈이 있다면 똑똑히 봐라! 저 몰골로 남자를 위로할 수 있을지!"

"광대가 분명해. 병사들이 보고 웃으라고 병영에서 공연하는 광대다!"

"여자를 내보내다니 에하스의 놈들은 모두 고자에 겁쟁이 패배자다!"

"내가 저 얼굴을 하고 여자로 태어났으면 자살했어."

사방에서 모욕이 쏟아졌다. 이 정도는 늘 듣는 수준을 벗어나지 않았다. 폴리아나를 상처 주려면 이보다 강력한 공격이 필요했다.

"검술이 뛰어난 것도 아니고 지모가 천재적인 것도 아닌데 박색의 계집에게 검을 들린 것도 모자라 기사 서임을 하다니. 에하스의 수준도 알만하군."

망해 가는 나라인 걸 알기에, 애국심도 없었기에 나라 욕도 건성으로 넘겼다. 폴리아나의 관심은 앞으로 그녀가 어떻게 되느냐지 그녀에게 쏟아지는 지긋지긋한 인신공격이 아니었다. 하도 들어서 하품이 나올 지경이니까.

아크레아의 왕은 폴리아나에게서 관심이 사라졌는지 의자에 앉지 않고 돌아서 막사로 들어가려 했다. 그렇게 되면 폴리아나의 처우는 옆의 기사에게 넘어가는가.

폴리아나가 옆에 선 기사를 흘끗 보자 기사는 왕에게 무례를 범했을 때보다 더 차가운 얼굴로 폴리아나를 노려보고 있었다.

폴리아나는 에하스처럼 특이한 국가가 아니라면 여자가 검을 드는 것 자체가 검사에 대한 모욕으로 여겨진다는 사실을 새삼 깨달았다. 여기사가 법적으로 존재 가능한 나라에서도 폴리아나의 존재를 용납치 않았다. 하물며 금지된 국가에서야. 그들이 폴리아나를 모욕으로 받아들인 건 말하지 않아도 그냥 보였다.

막사 앞에 기립해 있던 기사가 막사 천을 걷었다. 왕은 안으로 들어가려다가 갑자기 몸을 돌렸다. 그리고 폴리아나에게 물었다.

"그런데 너는 순결하느냐."

이번 정신공격은 예상치 못한 곳에서 들어온 탓에 충격이 셌다. 공격력 자체는 보잘것없으나 뒤에서 받은 기습과 같았다.

폴리아나는 얼떨떨해서 대답했다. 이젠 목소리를 숨길 필요도 없었다.

"질문의 의도를 모르겠습니다. 죽여 주십시오."

시발. 군대에서 여자 보면 처녀 여부부터 묻는 게 국가불문 전통이냐. 순결은 지켜 줬다고 생색 내며 말하던 배트르 경이 불쑥 떠올랐다.

안 좋은 기억이 떠올라 폴리아나가 들개처럼 이빨을 보이자 왕은 몸을 돌려 성큼성큼 걸어왔다.

"짐의 국가 아크레아에선 처녀가 죽으면 원혼이 되어 겨울바람을 몰고 온다고 한다. 짐의 영광스러운 첫 출정에 처녀귀신의 원혼을 끌어들이면 안 되겠지. 어지간한 인물이라면 직접 짐이 취하거나 기사들에게 시켜 순결을 취해 귀족의 명예를 지켜 준 뒤 죽이겠는데."

아크레아 왕이 당황해하는 폴리아나의 얼굴을 눈으로 훑었다.

"차라리 길가의 논다니를 안고 말지 그 얼굴은 좀. 아크레아는 미인이 많아."

미인 많은 건 모르겠고 절세의 미인이 왕인 건 알겠다. 기가 막혀서 폴리아나의 입이 벌어졌다. 폴리아나는 반사적으로 반박했다.

"누, 누가 언제 처녀랍니까!"

"그 얼굴이면 당연히 처녀겠지."

정신공격의 효과는 굉장했다! 폴리아나는 치명적인 공격의 여파로 정신을 차리지 못했다. 말을 한 아크레아의 왕이 누구보다 아름다웠기에 거의 사람 하나 죽일 수 있는 공격이었다.

뒤에 이어진 말은 더욱 치명적이었다.

"적당히 잘생기고 밤일 잘하는 병사와 붙여 준 뒤 참수해라."

시발. 그냥 죽여.

"그냥! 그냥 죽여!"

왕의 말뜻을 해석하자마자 폴리아나는 바락바락 외쳤다. 하지만 왕은 뒤도 돌아보지 않고 막사로 들어갔다.

왕의 막사 앞에서 소란스럽게 굴 순 없기에 병사들이 폴리아나를 끌어서 일으켜 세웠다. 병사들은 모두 똥 씹은 표정만 지었다. 폴리아나의 옆에 서 있던 기사가 냉정한 목소리로 말했다.

"전하의 자비에 감사해라, 계집."

"자비는 무슨, 억!"

남자든 여자든 손속에 자비를 두지 않겠다는 듯 기사가 다시 한 번 폴리아나를 후려쳤다. 이번엔 코에서 출혈이 생겼다. 코뼈가 주저앉은 것 같은 얼얼함과 순간적인 멍함에 휘청이는 폴리아나를 병사들이 붙들었다.

"시끄러울 것 같으니 재갈이라도 물리고 해라."

"그냥 죽이면 안 됩니까?"

제발. 병사가 간절한 표정으로 기사를 응시했다. 폴리아나는 멍한 와중에도 그녀를 오물 비슷하게 대우하는 병사들의 말투에서 그냥 죽을 수 있다는 희망을 느꼈다.

아니 왜. 서야 박지. 안 그래?

"전하의 명령이다."

기사의 냉정한 말투는 병사는 물론이고 폴리아나의 기까지 꺾었다. 폴리아나는 멍한 상태로 병영의 구석으로 끌려갔다.

병사들 사이에선 혼란이 빚어졌다. 왕명으로 적당히 잘생기고 밤일 잘하는 병사를 데려가야 하는데 하겠다고 나서는 놈이 없었다.

그냥저냥 볼만한 외모라도 되든가. 그도 아니면 머리라도 길어서 어깨를 넘으면 눈 딱 감고 하겠는데 머리는 바싹 깎아 두피가 보일 정도고 며칠 동안 이어진 도주로 지저분했다. 갑옷을 벗지 않고 보낸 며칠로 더럽고 냄새 나는데 심지어 못생기기까지 한 여자를 안겠다고 나서는 병사는 없었다.

폴리아나는 기가 막혀서 중얼거렸다.

"그냥 죽이라니까."

"그럴 수는 없다! 왕명이다!"

"룩소스 1세를 위해!"

"우리의 왕을 위해!"

팔을 들며 환호성하는 걸 보아 병사들의 사기는 높았고 충성심도 대단했다.

룩소스 1세, 미남 왕은 한두 해 전쟁을 준비한 게 아니었다. 병사들의 훈련된 정도와 집단생활의 능숙함. 적군 부대를 포위한 후 병영을 이용하는 모습은 오랜 세월 이것을 노리고 준비하고 훈련한 기색이 역력했다. 에하스 왕국 병사들의 바닥을 기는 사기와 급조된 장교, 기사들을 생각하면 준비하고 부딪쳤어도 필패였을 것이다.

"감시하는 자도 없으니 그냥 죽여라."

"닥쳐라, 바지 입은 계집! 네가 원혼이 되어 전하를 훼방하게 둘쏘냐!"

'개새끼들.'

누가 나서냐고 시끄러운 병사들을 보며 폴리아나는 이를 악 물었다. 그런 그녀의 뒤로 남자가 접근했다. 갑옷을 벗기 위해선 밧줄을 풀어야 하기에 병사들이 그녀를 에워쌌다.

"일단 벗겨 봐. 몸매는 볼만 할 수도 있잖아."

"얼굴에 투구 씌우고 하지 뭐."

"투구 어디 갔어!"

"구멍은 다 똑같아."

수십의 남자가 그녀의 몸을 만졌다. 수십의 남자가 폴리아나의 주위에서 쑥덕였다.

폴리아나는 이를 악물었다. 기사가 때리면서 충격이 전해졌는지 어금니 하나가 위태롭게 흔들거렸다.

이렇게 죽으려고 살았는가. 이렇게 가려고 노력했는가. 그녀는 무엇을 위해 살았나. 폴리아나의 사지가 병사들에게 짓눌리고 갑옷이 벗겨졌다. 아무리 용을 써도 그녀는 벗어날 수 없었다.

안에 받쳐 입은 로브가 벗겨지고 진짜 속옷만 드러날 때쯤 누군가 폴리아나의 다리를 벌렸다. 불쑥 들어오는 손길은 불쾌하고 거칠었다.

"잘생긴 놈!"

"우리가 얼굴 가려 줄 테니까 얼른 하고 끝내!"

"누가, 누가아⋯⋯."

누가 두고 볼 것 같으냐. 폴리아나는 필사적으로 몸을 빼내기 위해 발버둥 쳤다. 병사들이 그녀를 짓눌렀다. 참여하지 않은 자는 주위에 둘러서서 구경했다.

첫 전투를 승리한 흥분이 채 가시지 않은 상태에서 유일하게 잡지 못했던 적군 장교를 붙잡았다. 얼굴은 세운 것도 시들 박색이지만 일단은 귀족. 언제 또 귀족 여자를 안아 보겠어? 게다가 남자 여럿에서 반항하는 여자 하나를 짓누르고 있다는 상황 자체가 그들을 흥분시켰다.

"내 위에서⋯⋯ 꺼져!"

"닥쳐!"

"재갈 가져와!"

"뭐 묶을 거 없어?"

어수선하게 떠드는 목소리, 그와 함께 뱉어지는 남자의 숨결, 바지를 벗기는 급한 움직임.

폴리아나는 물에 빠진 것처럼 팔을 휘저었다. 짓눌린 팔 대신 허공을 젓던 손이 무언가를 잡았다. 폴리아나가 평생을 잡아 온 물건이었기에 보지 않아도 손끝 감각만으로도 물건의 정체를 알 수 있었다. 폴리아나는 그것을 빼들어 가차 없이 찔렀다.

"끄아아악!"

"뭐, 뭐야!"

갑작스러운 비명에 병사들이 당황하는 틈을 놓치지 않고 폴리아나는 병사들 밑에서 빠져나왔다. 나오면서 박아 넣은 단검 대신 다른 병사의 단검을 빼드는 것도 잊지 않았다.

폴리아나가 동료의 몸에 단검을 박은 걸 알아차린 병사들의 눈빛이 달라졌다. 처음엔 의욕이 없었고 중간부터 흥미가 돌았는데, 이제는 적의와 분노가 차지했다.

"저년이!"

폴리아나의 여성성이 경고했다. 이제 잡히면 윤간당할 것이다. 아까까지는 단순히 왕명에 따라 한 명의 병사가 그녀를 안고 죽이려 했다면, 이제 선공당한 병사들은 격분했다.

그전까지의 목적이 폴리아나의 처녀성을 파괴하기 위한 단순 성행위였다면 앞으로 다가올 행위는 괘씸한 자에게 보여 주기 위한 본보기였다.

여럿에, 전장에, 승리한 직후에, 다들 피에 흥분했다.

폴리아나는 피식 웃었다. 질에 단검이 쑤셔 박혀 죽게 될지도. 개처럼 끌려 다니다 사지부터 잘리고 간살당할지도.

무장이라곤 속옷뿐이니 알몸뚱이나 다름없고 손에 든 건 단검이 전부다. 그에 비해 아크레아국의 병사들은 몇은 바지를 벗었지만 대부분 무장한 상태였다.

그나마 폴리아나에게 다행인 점은 그녀를 둘러싼 병사들 모두가 그녀에게 덤벼들 것 같진 않다는 점이었다.

옷을 벗고 나니 남자와 다른 몸매로 그녀가 여자인 게 시각적으로 드러났다. 여자 하나를 상대하기 위해 무장 병사들이 모두 나설 필요는 없다. 다들 그렇게 생각하고 있을 것이다.

게다가 저들에겐 왕명도 있었다. 과정이야 어찌되었든 폴리아나의 처녀성을 파괴하고 죽이라는 지엄하신 왕명이.

죽는 것은 두렵지 않다. 삶에 의미도 없다. 명예로운 죽음을 바라는 건 아니다. 그렇지만 인간적으로 이렇게 죽고 싶진 않았다.

폴리아나는 자세를 낮추고 단검을 고쳐 쥐었다. 이걸로 자살을 하는 게 낫지 않을까. 그런 나약한 생각을 한 찰나 뒤에서 병사 하나가 그녀를 덮쳐 왔다. 반사적으로 팔을 휘둘러 단검을 꽂는 바람에 그나마 건진 무기도 사라졌다.

폴리아나가 무기를 두 번이나 뺏은 탓에 그녀와 거리를 좁혀 오던 병사들은 각자의 무기를 동료들에게 넘겼다. 그녀에겐 정말 승산이 없었다. 모국 에하스와 마찬가지였다

뒤에서 다시 병사가 폴리아나를 덮쳤다. 폴리아나는 그 힘을 이용해 병사를 메쳤다. 쉴 틈도 없이 다음 병사들이 우르르 몰려왔다. 결국 그녀는 싸울 수밖에 없었다.

"누가 그렇게 죽을까 보냐!"

막사로 들어간 아크레아 왕국의 젊은 왕 룩소스 1세는 승리의 단
꿈에 취해 자는 대신 대대장의 막사와 다른 곳에서 가져온 군사 문
서들을 읽었다. 중요한 내용은 없었기에 눈이 움직이는 속도는 빨
랐다. 회의록을 읽어보던 룩소스의 눈이 어느 지점에서 멈췄다.

"이건……."

폴리아나가 소대장 직위를 박탈당한 날의 회의록이었다. 허황된
망상이어도 회의 중에 허락을 받고 한 발언이었기에 공식 기록으
로 남아있었다. 룩소스 1세는 발언자의 이름을 확인했다.

"폴리아나 크렌벨, 폴 크렌벨…… 그런 건가."

쯧. 룩소스 1세는 혀를 찼다.

"역시 아까운데."

폴리아나는 모르고 있지만 그녀는 룩소스 1세에게 첫 만남부터
깊은 인상을 남겼다.

완벽하게 성공할 것이라 믿어 의심치 않은 포위 작전에서 단독도
아니고 소대원까지 이끌고 포위망을 벗어났고, 이후의 추적에서도
번번이 룩소스 1세의 추격대를 물 먹였다. 여러 번의 도주로 충분
히 인상에 남았는데, 자신을 미끼로 하고 소대원들을 도주시킨 것
은 더욱 인상적이었다.

물론 그런 것들은 그녀가 여자인 게 밝혀짐과 동시에 의미를 잃었다.

여자가 기사라니. 말도 안 되는 이야기다.

'그렇지만 아깝단 말이지.'

룩소스 1세는 거듭 혀를 차다가 문서를 뒤져 폴리아나 크렌벨의 이름이 적힌 것은 모조리 끄집어냈다. 그녀가 쓴 제안서, 계획서, 보고서와 작전기록 등을 읽고 있자니 더더욱 아까워졌다.

검술 실력은 그저 그렇다. 여자 몸으로 해 봐야 얼마나 하겠는가. 룩소스 1세의 시선을 잡아끄는 건 검술의 소양이 아닌 전술가와 참모로서의 소양이었다.

고국이라는 이점도 있으나 폴리아나 크렌벨의 지도 해독 능력과 지형 활용 능력은 유능을 넘어서 우월했다. 기록을 보면 세운 공도 상당한데 몇 년 째 소대장이었고 그나마도 얼마 전 박탈당했다. 이유야 뻔했다.

여자이기 때문에.

소대장 지위를 박탈당한 이유가 아크레아의 침공을 예상했기 때문이라는 점에서 실소가 나왔다. 기껏 법으로 여기사를 인정하면 뭐하나. 써먹지를 않는 것을.

"여기사라."

룩소스 1세는 생각에 잠겼다. 그는 아무리 생각해도 폴리아나 크렌벨이 아까웠다. 사나이로 태어났으면 승승장구했을 것이고 만일 오늘처럼 패배해 생포되었더라도 룩소스 1세의 제안을 받았을 것이다.

그렇다. 룩소스 1세는 포위를 뚫고 나간 그 기사를 그의 군대에

영입하고 싶었다. 룩소스 1세의 원대한 꿈은 많은 인재를 필요로 했고 그건 타국민이어도 문제되지 않았다. 룩소스 1세의 청사진에 타국민 포용 계획은 반드시 필요했다. 그 시작을 그의 마음을 사로잡은 기사를 영입하는 것으로 하려 했는데, 여자였다.

"여자, 여자, 여자."

아크레아는 겨울이 길고 식량 수급이 좋지 않아 여자들은 집밖으로 잘 나오지 않는다. 모든 경제활동은 남자의 몫이고 여자의 일은 애를 낳아 키우는 것이었다.

여자가 기사가 될 수 있는 에하스의 법을 룩소스 1세는 이해할 수 없었다. 여자가 기사가 되고 심지어는 가문도 이어받을 수 있다니. 상상도 못할 일이다.

여자는 어리석고 몸이 약하니 집에서 애나 키워야 할 존재였다. 물론 세상엔 현명한 여인도 존재하나 그런 여인들은 고귀한 출신의 영애에 한정된다.

아크레아에서 여자로 태어나 남들의 존중을 받기 위해선 훌륭한 남자와 결혼하든가 잘난 아들을 둬야 했다. 노인은 남녀 불문하고 공경받지만 애를 낳을 수 없는 여자는 더 이상 여자가 아니었다.

룩소스 1세는 고심했다. 여자. 기사. 재능. 여자. 기사. 재능. 여자. 기사. 재능.

여자. 그리고 기사.

그렇게 고민해 봐야 그는 이미 명령을 내렸고 두 시간이 지났으니 폴리아나 크렌벨은 참수당해 매장되었을 것이다.

'괜히 죽였나.'

기념비적인 첫 출정에서부터 골치 아픈 일이 발생했다는 생각에 미신 좋아하는 북부 남자 룩소스 1세는 머리는 물론이고 속까지 아팠다. 그런 와중 밖이 시끄러우니 자연스럽게 짜증을 냈다.

"무슨 소란이냐!"

"전하, 그것이!"

룩소스 1세는 벗이자 신하인 아이노 경의 당황하는 목소리를 듣고 의아해했다. 아이노 경은 빠른 행동에 비해 여간해선 당황하거나 허둥거리지 않는 성격이었다.

한 번 인지하니 소란은 점점 커졌다. 줄어들 기미가 보이지 않아 룩소스 1세는 막사 밖으로 나갔다.

남자의 고함이 들렸기에 적습이라 여겼는데, 기사들이 평화로우니 적습은 아니다. 승리가 기뻐도 며칠이나 지났다고 이렇게 기강이 해이하단 말인가. 왕으로서, 군을 통솔하는 총사령관으로서 두고 볼 수 없었다.

"도대체 무슨 일이냐!"

"계집의 반항이 거세서 소란이 있습니다."

"반항?"

뜻밖의 이야기에 룩소스 1세는 시계를 확인했다. 그가 막사에 들어가 문서를 읽는 동안 3시간 정도가 흘렀다. 그런데도 폴리아나 크렌벨은 아직까지 살아 있는 것이다. 길어야 30분일 것으로 여겼건만 그녀는 룩소스 1세의 예상을 빗겨 갔다.

동시에 왕은 불쾌해졌다. 반항이 심해도 무장도 하지 않고 밧줄로 묶인 계집이었다. 그것 하나 명령대로 처리하지 못하는 것은 병사의 무능을 의미했다.

룩소스 1세는 결코 가벼운 마음으로 남하한 것이 아니다. 그는 원대한 청사진을 그리고 이루고 싶은 꿈을 위해 준비하고 계획해 아크레아의 국경을 넘었다. 계집 처리와 같은 사소한 일에서부터 예상이 빗나가는 건 조짐이 좋지 않았다.

룩소스 1세는 첫 승리의 단꿈에 젖어 해이해진 기강을 바로세울 다짐을 하며 소란의 중심으로 발걸음을 옮겼다. 룩소스 1세가 중심지로 다가갈수록 곁으로 붙는 기사들이 많아졌다.

"계집의 반항이 거세 병사들의 사기가 떨어지고 있습니다."

"이대로는 그대로 죽어 처녀귀신이 될 겁니다. 더 사기가 떨어지기 전 새 명령을 내려주시옵소서."

"장정 여럿이 계집 하나 감당 못하는 게 말이 된다고 생각하느냐."

"송구합니다, 전하. 하지만 그 계집이 보통 독한 게 아니고."

박색으로 태어나 처녀로 죽는 인생에 처녀귀신이라도 벗어나라고 얼굴 반반한 놈과 자라는 명령까지 내렸건만. 룩소스 1세는 일단 겉으로 보이는 상황을 파악했다. 병사들이 둥글게 모인 가운데가 소란의 중심지였다. 둘러싸고 있는 병사들이 모두 달려들면 제압 못 할리 없건만 어떤 이유인지 병사들은 선뜻 나서지 않고 있었다.

룩소스 1세가 손짓했다. 기사들이 눈치를 주자 원의 밖에서부터 병사들이 갈라졌다. 그 틈으로 룩소스 1세는 현장을 목격했다.

세상에 가관도 그런 가관이 없었다. 대머리에 가까운 나신의 여자가 다섯 정도의 병사들과 악다구니를 하며 바닥을 뒹굴고 있었다. 병사가 들러붙나 싶으면 여자가 발로 차거나 주먹으로 후려쳐 떼어 냈고 붙들리면 발광을 해서 떨어트렸다. 머리를 짓누르면 고개를 돌려 짐승처럼 이를 쓰고 손톱과 발톱까지 써서 공격했다.

사기가 떨어진다는 말이 무슨 뜻인지 룩소스 1세는 현장을 보고 나서야 이해했다. 여자에게 맞아 본 적 없는 아크레아의 남자들은 태어나서 처음으로 겪는 여자의 필사적인 공격에 제정신이 아니었다.

공격 자체는 그리 강하지 않을 텐데 폴리아나 크렌벨은 훈련받은 기사였다. 룩소스 1세가 확인한 바에 의하면 전장에서 6년을 보냈다. 손속은 무자비하고 계산적이며 필사적이었다.

장정 다섯이서 여자 하나 누르지 못한다고 한심하게 여길 게 아니었다. 원을 만든 병사들의 집단은 여자에게 맞아 떨어져 기가 죽은 멍청이 집단이었다.

"멈추어라."

룩소스 1세의 명령에도 흥분한 여섯 명은 쉽게 떨어지지 않았다. 퍼억! 폴리아나 크렌벨의 주먹이 자비없이 병사의 아구창을 털었다. 퍼억! 폴리아나 크렌벨의 무릎이 무자비하게 병사의 사타구니를 응징했다. 푸욱! 폴리아나 크렌벨이 양심없이 병사의 눈을 찌르려다 빗나갔다. 명중했다면 그 병사는 한쪽 눈을 잃었을 것이다.

"다들 그만!"

목소리가 커서 보병을 관리하고 있는 래비 경이 룩소스 1세 대신 외쳤다. 지척에서 천둥이 떨어진 것 같은 고함에 여섯 명의 움직임이 멎었다. 병사들은 부상당한 부위를 감싸며 떨어졌다. 가운데에 폴리아나 크렌벨이 남았다.

폴리아나 크렌벨의 모습은 이루 말할 수 없이 참혹했다. 얻어맞아 퉁퉁 부운 얼굴은 피가 덕지덕지 말라붙었고 전신은 피와 진흙과 오물이 묻었다. 심지어 나신. 벗은 몸에 수치심도 없는지 몸을 가리지도 않았다.

스스로의 힘으로 일어서기 힘든지 폴리아나 크렌벨은 부들부들 떨었다. 어딘가 부러졌는지 팔로 상체를 지탱하다 무너지길 반복했다. 그렇지만 그녀는 일어섰다. 그리고 룩소스 1세에게 요구했다.

"주여 주시이오."

모든 게 엉망인데 입이라고 성할 리 없다. 퉤. 폴리아나 크렌벨이 피 섞인 침을 뱉었다. 살점도 같이 튀어나왔다.

유두는 물론이고 음모까지 드러났지만 그녀는 룩소스 1세에게서 시선을 돌리지 않았다.

여자의 나신을 보고 좋다는 생각보다 참혹하단 생각이 앞서는 것은 처음 있는 일이었다. 그래서 룩소스 1세는 마음을 정할 수 있었다. 말할 수 있었다.

"정말 대단하군."

그는 진정 감탄했다.

폴리아나는 왕의 말을 바로 알아듣지 못했다. 얻어맞은 머리가 띵하고 귀에선 이명이 맴돌았다. 폴리아나가 다시금 죽여 달란 의사를 밝히자 왕이 입술을 똑같이 움직였다. 그래서 폴리아나는 왕이 같은 말을 했다는 걸 알았다. 이번엔 똑똑히 들렸다.

"정말 대단하군."

'비아냥거리는 건가?'

대단하긴 대단했다. 살아생전 왕으로서 이런 귀한 구경을 할 수 있을까. 폴리아나는 하마터면 웃을 뻔했다. 그러게 왜 개소리를 해서 이런 흉한 꼴을 봐.

룩소스 1세가 폴리아나에게 다가섰다. 병사들은 일사분란하게 움직여 창대로 폴리아나를 구속했다.

폴리아나는 기껏 일어서 놓고 다시 바닥에 꿇어앉았다. 부러진 부위에서 통증이 올라왔다. 어디가 아프냐면, 다 아팠다. 안 아픈 곳이 없었다.

통증 속에서도 폴리아나는 만족했다. 이런 꼴까지 봤으니 왕은 그녀를 죽일 것이다. 그것은 기사는 아니나 전장에서 잡힌 포로로서의 죽음이었다.

"정말 대단해."

이번이 세 번째였다. 비아냥거림도 정도껏 하라는 생각에 폴리아나는 입을 열었다. 발음이 웅얼거리는 걸 알아서 그녀는 한 글자 한 글자 또렷하게 말하려고 노력했다.

"처녀의 원한보다 간살당한 여자의 한이 더 짙습니다. 당신의 군대에 겨울바람은커녕 휘파람조차 불며 따라다니지 않을 겁니다. 죽여 주십시오."

"날 따르지 않겠느냐."

왕이 어려운 말을 하는 것도 아니고, 인접국이라 아크레아의 언어와 에하스의 언어는 사투리 정도의 차이였다. 외국어도 아니고 어려운 궁중용어도 아니다. 그런데 폴리아나는 아크레아 왕의 말을 영 이해하기 힘들었다.

그녀가 멍한 표정을 짓는 사이 사방에서 큰소리가 쏟아졌다. 전하! 안 됩니다! 무슨 말씀이십니까! 대충 이런 이야기들이 뒤섞여 웅웅 울렸다.

폴리아나는 정신을 차릴 수 없었다. 왕이 지금 그녀를 조롱하는가?

"귀경은 3시간 동안 저들과 대치했다. 여자의 몸으로, 무장이 해제된 상태에서."

3시간이라니. 폴리아나에겐 끝나지 않을 것처럼 긴 시간이었다. 왕이 말해 준 시간에 놀라기 앞서, 폴리아나는 왕이 그녀를 부른 호칭에 더 놀랐다.

귀경이라니. 누군가 비난이 아닌 목적으로 폴리아나를 그렇게 불러 준 건 처음이었다.

"몸의 근골은 평범하고 검술의 재능도 미약하다. 필사적으로 노력하고 훈련하고 스스로를 갈고닦아 지금의 성취를 이뤄 낸 것이다. 여자의 몸으로, 정말 대단하다."

'무슨 소린지 모르겠어.'

폴리아나는 멍해졌다. 갑자기 현실에서 유리된 기분이었다. 모두가 화난 것처럼 시끄러운데 오로지 왕만 기분이 좋은 듯 웃고 있었다.

"귀경이 쓴 글들을 보았다. 귀경의 뛰어난 재능을 볼 수 있었다. 침착한 판단력과 상황 파악 능력, 퇴각과 패전을 두려워하지 않고 병사를 아끼는 마음은 지휘관의 자질이라고 짐은 생각한다. 어셔가 쓴 전술론은 몇 번이나 읽었지? 피엘름의 저서 『전시 보급의 이루 말하기 어려운 중요성』은 아예 암기했느냐?"

전술론도 피엘름의 저서도 모두 책이 닳아 해질 정도로 읽었다. 구할 수 있는 병법서는 모조리 읽었다. 아무도 그걸 노력이라 말하지 않았다. 미련이라 말했다.

"짐의 기사가 되어 짐을 따르지 않겠느냐."

"나를 희롱하려는 거라면……."

"짐은 노력하는 자를 좋아한다. 짐도 그러하거든. 귀경은 정말 최선을 다해 필사적으로 노력했다."

왕은 폴리아나가 노력가인 점을 칭찬했다. 그런 걸 칭찬받아도 폴리아나는 기뻐하지 않았다. 기뻐할 수 없었다. 목적 없는 노력이 그녀를 침몰시킨 지 오래였다.

그런데 이상한 일이었다. 멍하던 정신이 점점 돌아오고 있었다. 갑자기 몸이 나은 것도 아닐 텐데 앞이 캄캄하던 눈에 힘이 생겼다. 귀에선 웅웅 울리던 이명이 사라지고 왕의 말을 경청했다.

폴리아나는 힘겹게 고개를 세워 턱을 들었다. 언젠가, 그녀가 종자였던 시절 지휘관에게 잘 보이기 위해 가슴을 펴고 고개를 치켜들던 일이 떠올랐다.

아크레아 왕은 웃고 있었다. 진정 다정하고 멋진 미소였다. 모든 것을 포용해 줄 것만 같은 제왕의 미소였다.

"짐은 꿈이 있다. 계속 남하해 대륙을 일통하고 최초의 황제가 될 것이다. 그걸 위해 최선을 다해 노력했고 앞으로도 그럴 것이다. 어떠냐. 귀경도 짐의 뒤를 따라 세계의 끝을 밟는 것은."

대륙일통. 황제. 모두 허황된 꿈이었다. 소름 돋을 정도로 거대한 야망이었다. 범인은 꿈꾸지 못할 위대한 청사진이었다.

그런 꿈을 왕이 폴리아나에게 내밀고 제안했다. 같이 꾸지 않겠느냐고.

주위가 술렁거렸다. 전보다 더욱 큰 반대가 몰아쳤다. 그런데 그 많은 말들이, 그 거센 소리들이 폴리아나의 귀에는 하나도 들리지 않았다. 폴리아나의 안에서 폭풍이 몰아쳤다.

폴리아나는 그제야 깨달았다. 목적의식 없이 그저 노력만 하던 그녀에게도 사실은 목적이 있었다. 폴리아나는 누구보다.

인정받고 싶었다.

사실은 인정받고 싶었다. 칭찬을 듣고 싶었다. 그녀가 열심히 살아온 생을, 무덤덤하게 밟아 온 불행의 길을, 재능 없어도 포기하지 않고 해 온 생존의 노력을 알아주는 이가 있길 욕망했다.

그리고 여기, 그녀를 인정해 주는 아크레아의 왕이 있었다. 아니, 폴리아나의 주군이 계셨다.

"내게……."

폴리아나는 작게, 이어서 크게 외쳤다.

"내게 검을 다오!"

누구든 좋았다. 어느 검이라도 좋았다. 폴리아나에겐 기사의 서약을 할 검이 필요했다.

폴리아나를 제압하고 있던 병사들의 창대가 흔들렸다. 폴리아나는 아픈 것도 잊고, 창에 몸이 베일 것도 생각하지 않고 몸을 흔들어 제압에서 벗어났다. 당황한 병사들이 그녀를 제압하려 들자 왕이 막았다.

폴리아나는 제압에서 풀려났다. 그녀는 다시 목청껏 외쳤다.

"내게 검을 주시오!"

주위를 둘러봤다. 모인 사람 중에 아무도 폴리아나에게 검을 주지 않았다. 그들의 시선이 창보다 날카롭게 폴리아나를 찔렀다.

순간 폴리아나는 스스로를 의심했다. 죽을 위기에 처해 환상을 본 것인가 겁먹었다. 꿈결에서 벗어나 현실로 내동댕이쳐지려는 순간 앞에 선 남자가 검을 내주었다. 그러자 폴리아나는 이게 환각이 아님을 확신했다.

왕의 검이었다. 누구도 검을 주지 않았으나 왕은 그녀에게 검을 주었다. 폴리아나는 손에 들린 왕의 검을 검집에서 뽑고 힘껏 쳐들어 바닥에 박았다. 그리고 무릎 꿇었다.

"절대 배신하지 않고 그림자처럼 뒤를 지키겠습니다. 절대 패배하지 않아 명예를 수호하겠습니다. 이 생명 다 바쳐, 설사 지옥의 불구덩이라도 주군을 위해 뛰어들겠습니다. 저 폴리아나는 아크레아의 왕께 충성을 맹세합니다."

"짐은 아크레아의 왕 룩소스 1세. 세계 최초로 대륙을 일통하고 황제가 되어 이 땅에 군림할 유일한 군주다. 이제부터 귀경을 나의 기사로 삼는다. 지금의 성姓을 그대로 쓸 것이냐?"

폴리아나는 고개를 저었다. 나라는 망하고 귀족의 의미도 사라질 것이다. 그러니 폴리아나는 과한 것을 요구했다.

"전하께서 새로 지어 주시면 평생 영광으로 삼겠습니다."

"좋다! 새 시작엔 새 이름이 필요하지! 어떤 것이 좋을까."

고민하던 룩소스 1세의 시선이 부들부들 떨리는 폴리아나의 어깨에 닿았다. 계절은 겨울이었다. 알몸으로 싸울 때엔 몰랐지만 가만히 있으니 폴리아나의 몸은 매서운 추위로 떨렸다. 룩소스 1세는 그걸 보고 미소 지었다.

"귀경의 몸이 떨리는구나. 추운 게지. 계절은 겨울이다. 귀경의 성을 윈터로 삼아 오늘을 기념하도록 하자."

룩소스 1세가 말했다.

"일어나 검을 들어라, 폴리아나 윈터. 지금 이 순간부터 귀경은 짐의 기사다."

분명. 분명 이 순간을 위해 살아온 것이다.

폴리아나는 왈칵 쏟아지려는 눈물을 참았다. 울어도 욕, 안 울어도 욕. 사방에서 왕을 만류하는 소리가 쏟아졌다. 그러니 폴리아나는 울지 않았다. 이토록 가슴 벅찰 정도로 행복한 순간을 눈물로 적시고 싶지 않았다.

폴리아나 크렌벨이 폴리아나 윈터가 된 기념비적인 날이었다. 눈물은 어울리지 않았다.

2. 에하스와 쿠크다

2. 에하스와 쿠크다

룩소스 1세의 독단적인 결정에 주위의 반대는 어마어마했다.

룩소스 1세는 기본적으로 그에게 충성하는 또래의 청년들을 모아 주변을 채웠다. 왕에게 충성하지 않는 자들도 금방 친분을 쌓게끔 왕의 주변을 청년으로 채웠다.

선왕을 모시던 자와 경험 있고 연륜 있는 자들은 아크레아 왕국에 남겨 놓고 또래의 청년들, 젊은 혈기로 가득 찬 이들을 데리고 출정했다. 그렇기에 룩소스 1세의 측근들은 모두 젊었다.

룩소스 1세는 자신과 마찬가지로 젊고 어린 청년들을 때로는 벗으로, 때로는 친척 형제로, 때로는 신하로 대우했다. 그들 또한 룩소스 1세를 때로는 벗으로, 때로는 친척 형제로, 때로는 왕으로 대우했다.

그들이 보이는 충성과는 별개로, 경직되지 않은 친밀한 관계는 왕의 결정에 신하들이 목소리를 높일 수 있는 주요 원인이었다.

"전하! 있을 수 없는 일입니다!"

"계집은 검을 들 수 없습니다! 불을 지키는 게 계집의 임무입니다!"

"죽기 싫어 거짓말을 한 게 틀림없습니다. 계집들이 제일 잘 하는 게 거짓말입니다."

"간악한 창부의 세 치 혀를 믿으십니까!"

룩소스 1세는 격렬한 반대에도 불구하고 폴리아나를 내치지 않았다. 그는 폴리아나의 서약을 의심하지 않았다.

왕이 웃었다.

"곧 이 대륙이 모두 짐의 영토가 될 것인즉, 사라질 나라를 버리는 게 어째서 매국이냐. 그녀 또한 나의 백성이다."

"하오나 전하! 그 계집은 주군을 배신했습니다! 한 번 그래 놓고 두 번 하지 않으리란 법이 없습니다."

"그럴 일은 없다. 폴리아나 윈터에겐 짐이 첫 번째 주군이고 마지막 주군이 될 것이다."

왕을 마주하지 않고 대리에게 받은 기사 서임과 왕이 검을 빌려 줘 이뤄진 기사의 서약. 효과를 발휘하는 쪽은 후자였다. 룩소스 1세는 시끄러운 측근들을 물리쳤다.

막사로 돌아간 그는 빙그레 웃었다. 전투에서 승리하고 마음에 드는 기사의 마음도 얻었다.

룩소스 1세는 어릴 때부터 그려 온 머릿속 청사진을 더듬었다. 시작이 좋았다.

폴리아나 크렌벨, 아니, 왕에게 새로 성을 받아 폴리아나 윈터가 된 여자는 사령부 막사에 들어서기 전 호흡을 가다듬었다.

자신을 거둔 지 며칠이나 지났다고. 사령부 막사 출입을 허용한 주군에게 보내는 경외심은 나날이 커져갔다. 그녀는 일개 평기사에 불과하다. 그런 그녀를 사령부 막사로 부른 것은 왕의 신뢰였다.

신뢰엔 충심으로. 그리고 무용으로 보답해야 했다. 하지만 그녀의 무용은 보잘것없다.

겉의 상처는 그렇다 쳐도 부러진 뼈들은 붙지 않아 부목으로 고정한 채다. 이래서는 전장에 참여할 수도 없는 상태였다.

후에 들었지만 폴리아나의 상태는 제법 심각했다. 한쪽 눈은 실명 위기까지 갔고 치아도 어금니 하나가 기어이 빠졌다. 콧대는 부러진 게 맞았다. 이대로 부러진 뼈가 붙으면 콧날이 망가질 거라고 의사가 말했다. 콧날로 사람을 벨 수 있는 것도 아니라서 폴리아나는 신경 쓰지 않았다.

그 외에도 손가락과 발가락 뼈 몇 개가 금이 가거나 탈골되었고 내상도 있었다. 이대로 출정한다면 전사할 것이다. 폴리아나는 모두 신경 쓰지 않았다.

왕이 죽으라고 하면 죽는다. 폴리아나에겐 목적이 생겼다. 꿈을 품었다. 목적이 생겼으니 그걸 이룰 수 있다면 죽어도 좋았다.

심호흡을 하고 허리를 세웠다. 군인으로서 가장 바른 자세를 유지하려 애썼다. 폴리아나는 신호를 보내고 사령부 막사로 들어섰다. 그리고 들어가자마자 눈에 힘을 줬다.

룩소스 1세의 주변에서 그녀를 노려보는 열기가 심상치 않았다. 그야 어쩔 수 없는 일이었다. 이전의 그녀가 타국의 여기사였다면 지금의 그녀는 잡힌 지 하루도 안 되어 변절한 변절자였다.

아크레아 왕국엔 여기사가 없다고 들었다. 기사로 인정도 할 수 없는 여자의 맹세 따위, 믿지 못하는 것도 당연했다.

하지만 폴리아나는 기죽지 않았다. 얼굴에 철판을 까는 건 바위처럼 거친 피부를 지닌 그녀에겐 너무 쉬웠다.

사령부 막사 내부의 사람들은 모두 젊었다. 폴리아나는 그 점을 기이하게 여겼다.

원정의 총사령관인 왕이 청년인 것은 혈통의 고귀함에서 기인한다. 그러나 휘하의 기사, 지휘관들까지 모두 젊은 청년인 것이 폴리아나를 어리둥절하게 만들었다.

젊은 왕이 측근을 또래로 채우는 것도 흔히 있는 일이나 전쟁 정도의 큰일이라면 어느 정도 원숙한 자가 책임을 맡아 중심을 세우는 게 보통이었다. 그런 점에서 확실히 폴리아나의 주군은 범인이 아니셨다.

"폴리아나 윈터, 주군의 부름을 받고 왔습니다."

"어서 오게."

룩소스 1세가 웃으며 반겼다. 폴리아나는 선뜻 막사 안으로 진격하지 못했다. 군사용 탁자 위에 펼쳐진 군사지도와 각종 문서들이 걸음을 막았다.

폴리아나는 마음을 굳게 먹었다. 주군을 실망시킬 수 없었다.

룩소스 1세는 에하스 왕국의 본격적인 정복에 앞서 폴리아나의 의견을 듣고 싶다고 말했다. 어쩌면 왕이 폴리아나를 회유한 것은 필요한 정보만 빼돌리기 위해서인지도 모른다.

진정으로 그녀를 기사로 받아들이지 않고 정보를 토해내기 쉬운 이로 봤을 가능성도 적지 않다. 여자는 남자보다 입이 싸고 비밀을 지키지 않는다는 게 세간의 상식이니.

만일 그렇다 해도 룩소스 1세는 그녀에게 꿈을 보여 줬다. 그의 원대한 꿈과 위대한 청사진을, 뒤를 따르는 것만으로도 영광스러운 황제의 길을.

폴리아나는 이용당해도 좋다고 생각했다. 황제의 꿈을 엿본 대가라면 충분했다.

게다가 왕이 굳이 폴리아나의 정보를 필요로 할 이유도 없었다. 왕은 이미 에하스 왕국의 국경 지역 부대를 정복했고 군사 문서도 모두 접수했다. 주요 문서는 암호로 기록되어 있으나 곧 해독할 것이다. 첩자는 옛날에 각국에 풀렸겠지.

국가간에 왕래가 없던 것도 아니다. 에하스의 정보는 아크레아의 손에 들어갔고 에하스는 아무것도 손에 넣지 못했다. 정보전은 이미 아크레아의 압승이었다.

폴리아나는 지도 앞에 섰다. 막사의 모두가 그녀에게 시선을 집중했다.

'될 대로 되라지.'

"소신이 알고 있는 정보는 이미 전하의 첩자들도 대다수 습득한 정보일 것입니다."

그 말을 시작으로 폴리아나는 입을 털었다. 그녀가 알고 있는 모든 정보가 줄줄줄 흘러나왔다. 군사기밀, 국가정보, 군 수뇌부의 비리, 횡령, 지역적 약점, 수도의 방위, 주요 군사 기지 위치, 성벽의 약점, 성의 공략법, 각 지역의 세율과 영주, 영주군의 방위력까지.

거의 대부분의 군력을 국경에 배치한 에하스 왕국 점령은 이미 끝난 것이나 마찬가지였다. 문제가 되는 것은 각지의 반발이다.

폴리아나를 받아들이는 것과는 별개로 그녀의 입에서 나오는 정보들은 중요했다. 사람들의 표정이 심각해졌다. 이미 그들이 알고 있는 사항과 비교해 가며 그녀가 주는 정보의 신뢰성을 검토하는 게 눈에 훤히 보였다.

그러거나 말거나. 폴리아나는 미주알고주알 알고 있는 모든 정보를 털었다. 입이 아플 지경이었다. 에하스 사람이 봤다면 매국노라고 치를 떨 일이다.

'에하스 망해라.'

이미 망조가 든 나라다. 제국에 흡수되는 게 나았다. 정보를 밝히는 말투에서도 그런 냉담한 감정이 튀어나와 버렸다. 덕분에 다른 사람들이 그녀의 정보를 더 신뢰하게 되었다.

보고를 마친 폴리아나는 룩소스 1세의 배려로 물을 마실 수 있었다. 목을 축인 폴리아나에게 왕이 칭찬했다.

"수고했다, 폴리아나 경. 이제 편히 쉬도록 하거라."

폴리아나의 얼굴에 긴장이 서렸다. 왕이 성도 아니고 이름을 부른 것은 그녀를 온전한 기사로 인정할 수 없기 때문인가?

보고 잘해 놓고서 갑자기 실망하는 표정을 짓는 여기사로 인해 룩소스 1세는 스스로의 언행을 검토했다. 그리고 올바른 답을 찾았다.

별문제 아니다. 문화 차이. 룩소스 1세의 영토가 넓어질수록 더 많이 겪을 일이었다.

"아크레아는 사냥꾼의 나라. 남자들 대부분이 사냥에 힘써 가문의 남자들이 모두 기사로 일하는 경우가 많다. 성이 겹치니 아크레아에선 기사를 이름으로 부른다."

폴리아나의 오해였다. 룩소스 1세는 내친 김에 왕의 양옆에 선 충복들을 가리켰다.

"경의 건강이 괜찮아지면 소개하려고 했으나 이왕 이렇게 된 거 인사를 나누도록 하여라. 앞으로 자주 얼굴을 보게 될 것이니."

앞으로 폴리아나의 지위가 어떻게 될지 모르나 저들 중 누군가는 상관이 될 가능성이 높았다. 폴리아나는 새로 부대 배치를 받을 때마다 했던 인사를 했다.

"에하스의 폴리아나 윈터입니다!"

대륙일통을 꿈꾸는 남자들 앞에서 소국의 지방을 꺼내는 것은 무의미하다. 앞으로는 이렇게 작은 지방이 아닌 구왕국의 이름을 지역명으로 밝히는 날이 올 것을 폴리아나는 믿었다.

룩소스 1세는 폴리아나의 소개가 마음에 들었는지 피식 웃었다. 그리고 신분이 낮은 순서로 폴리아나와 인사했다.

통성명을 마친 폴리아나의 눈에 이채가 돌았다.

아크레아와 에하스의 군 편제가 같을 수 없다. 에하스가 병졸 25명을 소대로 묶고 그것을 지휘하는 장교를 소대장, 네 명의 소대장을 부하로 둔 자를 중대장, 다섯 명의 중대장을 부하로 둔 자를 대대장이라고 하던 것에 비해, 아크레아는 최소 단위의 부대를 열 명으로 묶고 거기에 대장을 하나씩 붙였다.

열 명의 병졸을 두면 십인장, 열 명의 십인장이 휘하에 있으면 백인대장인 식이다. 중대장은 오십 명의 병졸을 따로 관리하는 직책이었고 중대장이 있는 부대도, 없는 부대도 있었다.

이런 식으로 편제가 다르니 아직 그들의 지위가 낯설다. 하지만 분명한 것은 현재 사령 막사 내에 존재하는 이들의 지위는 결코 낮지 않다는 점이다. 가장 낮은 자가 백 명을 통솔했다. 그런 자들이 있는 막사에 폴리아나를 부르고 소개한 것은 어떤 의미일까.

지휘관으로 출정할 수 있으리란 과욕을 부리지는 않았다. 폴리아나는 자신의 처지를 잘 알았다. 하지만 폴리아나는 그녀가 그나마 잘할 수 있는 분야도 알았다. 무용이 미천하기에 그녀가 싸울 수 있는 곳은 막사 안이었다.

'이래도 좋을까.'

폴리아나는 고심했다. 통성명도 마쳤고 보고도 끝냈으니 이만 사령 막사를 나가 그들이 회의를 진행할 수 있게 해야 한다. 하지만 그녀는 선뜻 막사를 나가지 못했다. 발걸음이 쉽게 떨어지지 않았다.

군주의 마음을 헤아려라. 왕이 가려우니 긁어 달라 말하기 전에 먼저 나서서 긁어 드려라. 어찌 보면 시종에게나 어울릴 법한 마음가짐이나 시종이든 기사든 주군에게 봉사하는 건 매한가지.

폴리아나는 슬쩍 왕의 눈치를 살폈다. 룩소스 1세는 사람 좋게 웃고 있었다.

폴리아나는 감히 왕의 마음을 헤아리고자 했다. 룩소스 1세는 폴리아나를 사령부 막사로 불렀다. 그리고 군의 주요 지휘관들과 통성케 했다.

폴리아나는 주저하다가 결심했다. 괘씸하다고 욕해도 괜찮았다. 주제 모른다고 쫓겨나도 괜찮았다. 기껏 찾은 주군이 과용을 부리는 기사는 필요 없다고 내쳐도 좋았다.

폴리아나의 눈이 지도를 훑었다. 아크레아에서 가져온 지도와 에하스의 지도.

아크레아군이 지도를 갖추고 첩자를 심어 놓았다 하더라도, 자유롭게 돌아다니는 자국민의 정보력을 따라잡지 못하는 법이다.

바로 나가지 않는 폴리아나를 보는 눈이 매서웠다. 폴리아나는 결코 공손하지 않게, 한없이 당당하게 말했다.

"제안드릴 것이 있습니다."

"무엇이냐."

룩소스 1세는 폴리아나를 내쫓지 않았다. 오히려 재밌다는 듯 싱글벙글 웃고 있었다. 속내야 어떻든 참 잘 웃는 군주였다.

폴리아나는 룩소스 1세의 외모와 미소가 마음에 들었다.

"그전에 먼저, 여기 쿠크다의 지도도 있습니까?"

에하스 정복을 논하는 장소에서 갑자기 쿠크다 왕국에서 제작한 지도를 찾는 폴리아나로 인해 모두의 표정이 무너졌다. 담담한 것은 폴리아나와 룩소스 1세뿐이다.

왕의 앞이라 그런지 순순히 지도가 펼쳐졌다. 폴리아나는 탁자 위에 놓인 삼국의 지도를 보고 크게 숨을 들이 쉬었다. 그리고 말했다.

"에하스와 쿠크다의 동시 정복을 제안합니다."

결코 허세가 아니다. 폴리아나에겐 확신이 있었다. 에하스와 쿠크다는 오랜 세월 국지전을 벌이며 서로의 국력을 갉아먹었다. 쥐들이 쓸어 간 창고는 겉으로 보기엔 멀쩡하나 속은 기둥뿌리가 모두 갉혔다. 툭 치면 무너진다.

에하스의 전선에 선 기사라면, 멀쩡한 장교라면 적어도 한번쯤은 쿠크다의 영토로 진격하는 꿈을 꾸고 전술을 획책했다. 가진 것은 계획, 진격하고픈 욕망, 없는 것은 그걸 이룰 병사와 상부의 명령.

폴리아나는 평소 그녀가 생각하고 있던 최고속 정복 루트를 제시했다. 에하스는 말할 것도 없이 쉬웠고 쿠크다는 실패할 확률이 낮았다.

자국의 약점과 군진형, 지휘관을 모두 알고 있고 어떻게 진격하는 것이 가장 빠른지 알고 있으니 필승의 전략이 튀어나왔다.

쿠크다는 무리여도 에하스에 한해선 분명 필승이다. 보고를 모두 마친 폴리아나의 두 볼이 붉게 상기됐다. 그녀가 생각해도 완벽한 작전이었다.

문제는 상부의 자세다. 그들이 그녀의 의견을 묵살한다면 초고속 정복 루트도 쓰레기로 버려진다.

"전하! 함정일 수 있습니다!"

"전하, 저년을 믿을 수 없습니다! 배신할 의도가 없어도 고작 평기사에 불과합니다."

"여자의 판단은 어리석습니다. 전쟁에 여자는 무용! 왜 듣고 계셨습니까!"

"나라를 팔아먹으려는 저 기세를 보십시오!"

"군사를 절반으로 쪼개 두 나라를 함락하라니. 우릴 죽이려는 속셈입니다."

"그렇지 않습니다! 두 나라의 국력은 겉보기와 다릅니다. 병사의 사기만 보아도 나라를 위해 싸울 자들이 없습니다. 약탈 금지만 지킨다면 아무도 군사의 이동을 방해하지 않을 겁니다! 제대로 된 기사는 모두 국경에 있습니다. 내부는 텅 비었습니다. 필승입니다."

반발은 거셌다. 측근들이 한마음 한뜻으로 반대하니 어지간한 위인이라도 마음이 꺾일 법했다.

폴리아나는 아직 룩소스 1세의 휘하에 들어온 지 며칠밖에 되지 않았다. 전략이 마음에 들어도 오랜 시간을 함께한 신하들의 말을 우선하는 게 보통이다.

룩소스 1세가 턱을 매만졌다.

"귀경은 이 계책에 자신이 있는가?"

폴리아나는 침을 꿀꺽 삼켰다.

"믿어 주십시오, 전하. 아마 과자를 드시듯 수월하실 겁니다."

"그럼 믿겠다."

"전하!"

룩소스 1세의 미소가 폴리아나의 모든 근심걱정을 녹였다.

룩소스 1세는 거침없는 질풍과 같은 기세로 병사를 꾸리고 출정했다. 폴리아나는 부상이 심해 끼지 못했다. 대신 그녀는 뼈가 붙는 동안 아크레아의 군 편제와 문화에 대해 공부하고 대륙전도를 짬짬이 살폈다.

에하스와 쿠크다는 아이 손에 들린 과자처럼 부서질 것이다. 아무리 정복이 쉬워도 시간은 지난다. 두 국가의 정복이 끝날 즈음엔 겨울이 끝나고 봄이 올 것이다. 그럼 봄, 여름, 가을 동안 군사를 재정비하고 정복지를 관리하다 겨울이 되면 다시 출정해야 했다.

그때 정복할 나라는 배배로. 에하스와 쿠크다의 남쪽에 위치한 국가다. 북으론 에하스, 쿠크다와 맞닿아 있고 남으론 중부연합에 닿은, 대륙 북부의 최남단 국가였다.

배배로와 에하스, 쿠크다의 국경은 육안으로 확인이 가능했다. 삼국 사이에 흐르는 강줄기가 곧 국경이었다.

강의 이름은 코에몽. 대륙 북부에서 가장 폭이 넓고 깊은 강이다. 일개 개울과 달랐다. 정복하기 위해선 도강해야 한다. 폴리아나는 강을 낀 전투엔 무지했다. 그러니 노력해야 했다.

꿈을 위한 노력이 얼마나 사람을 행복하게 만드는지, 당사자가 아니고선 모를 것이다. 노력은 폴리아나를 집어삼키지 않았다. 이제 그녀가 노력을 디딤돌 삼아 발돋움하고 있었다.

그해 겨울의 마지막 눈발이 휘날리기 전 룩소스 1세는 에하스 왕국과 쿠크다 왕국의 항복 문서를 받아냈다.

에하스의 왕은 룩소스 1세의 앞에, 쿠크다의 왕은 쿠크다 정벌 사령관인 벤티에 경의 앞에 무릎 꿇었다.

항복 문서를 받아낸 룩소스 1세는 흡족하여 웃었다. 그의 기사가 장담한 대로 초고속 루트였다. 룩소스 1세의 당초 계획보다 몇 개월 앞당긴 정복이다.

"폴리아나 경을 포상해야겠구나."

내부의 적은 이토록 무섭다. 폴리아나는 에하스 사람으로 에하스 내부 사정에 빠삭했고 오랜 쿠크다와의 전쟁으로 쿠크다의 내정도 잘 알고 있었다.

스물두 해를 살아오다 스물셋으로 넘어가려는 시점. 한 살을 더 먹기 전 북방의 삼국을 통일하니 왕의 입가에서 미소가 떠나지 않았다.

에하스의 왕궁 옥좌에 앉은 룩소스 1세는 각종 행정 문서들을 살폈다. 널리 알려진 소문보다 아름다운 정복자의 모습에 궁에 있는 시녀들이 얼굴을 붉혔다.

에하스고 쿠크다고 왕들이 딸을 주겠다고 말했다. 룩소스 1세는 주는 여자 거부하진 않아도 각지에 씨를 뿌리고 다닐 생각은 없었다.

그는 왕이기에 너무 천한 여자는 안을 수 없었다. 적당히 고귀하고 적당히 주제를 아는 여인이 정복지를 밟는 왕의 침대를 데우는 영광을 누릴 것이다.

정복지의 공주는 후궁으로 삼을 순 있어도 지나가는 바람으로 보내기엔 지나치게 고귀했다. 그렇다고 후궁으로 맞이하는 것은 괜한 첩자를 들이는 꼴이다.

후궁도, 결혼도 모두 꿈을 이룬 뒤에 생각하겠다고 미뤘기에 청년왕은 아직 미혼이었다. 왕의 곁을 지키는 아크레아 최강의 기사 아이노 경 또한 그랬다.

"전하."

"무슨 일이냐, 이노."

"전하. 이제 그 계집의 쓸모가 다했으니 적당한 포상을 하시고 내치십시오. 아마 계집도 그에서 만족할 것이옵니다."

일국의 왕이 계집의 말을 듣고 군대를 움직였다. 일반 계집이라면 숨을 쉬지 못할 정도로 감격해 꺽꺽 울 일이다.

아이노 경의 냉정하고도 일리 있는 말에 룩소스 1세는 서류를 읽던 눈을 멈췄다.

"적당한 포상이라."

"영지입니다."

기사에게 있어 최고의 포상은 작위와 영지다. 에하스를 정복하면서 에하스의 귀족들은 신분을 유지할 수 없게 되었으니 영지를 차지하는 것은 룩소스 1세의 부하들이었다.

본래 아크레아에서 여자는 가문을 이을 수도, 영지를 가질 수도, 작위를 받지도 못한다. 그런데 아이노 경이 영지 얘기를 꺼낸 것은 아이노 경이 폴리아나 경의 공을 높이 사 제법 양보했다는 증거였다.

"소신도 동의합니다."

아이노 경의 의견에 찬성표를 던진 건 바우팔로 경이었다. 룩소스 1세의 군세에서 최고령자인 그였지만 연장자라고 해야 이제 막 마흔을 넘겼다. 제법 세심하고 세밀한 성격으로 전장의 보급을 담당하고 있었다.

"바우 경도?"

"이유는 약간 다르옵니다."

"말해 봐라."

"폴리아나 경은 에하스 출신입니다. 정복지의 가장 큰 우환은 반란입니다. 폴리아나 경에게 에하스 관리를 맡기면 전하의 심려를 사지 않을 것이라 사료합니다."

바우팔로 경의 의견은 아이노 경의 의견과 결론은 같으나 배는 설득력이 있었다. 룩소스 1세가 과연 그렇다고 맞장구쳤다. 아이노 경은 바우팔로 경의 의견이 타당하나 지나친 포상이라는 점을 지적했다.

"계집에겐 너무 과한 출세입니다."

평기사에서 정복지의 관리라니. 총독이 아닌가. 출세도 그런 출세가 없었다. 그러나 룩소스 1세는 바우팔로 경의 의견에 관심을 보였다.

"두 왕국 정복에 큰 공로를 세웠다. 또한 관리도 잘할 것이야."

룩소스 1세가 지켜본 바, 폴리아나의 머리가 명석하니 내정에도 재능이 있어 보였다. 앞으로의 정복을 위해 많은 병력을 잔존할 수 없는 현실에서, 반란의 위험이 큰 정복지엔 내부 사정을 잘 아는 인물이 필요했다. 폴리아나에게 에하스를 맡기면 안심이었다.

하지만.

룩소스 1세는 두 기사의 의견이 마음에 드는 가운데 석연치 않은 감정을 느꼈다.

바우팔로 경의 말이 옳다. 폴리아나는 분명 정복지에서 분란이 없도록 잘 관리할 것이다. 에하스는 여성도 작위를 받을 수 있기 때문에 여기사 폴리아나엔 반발해도 작위를 갖고 정복지를 관리하는 총독 폴리아나는 받아들일 가능성이 컸다. 매국노나 배신자 소리 들으리란 문제가 있는데 그것도 충분히 감당해 낼 여인이다.

하지만 뭔가 마음에 걸렸다. 도대체 무얼까.

룩소스 1세가 폴리아나에게 내릴 적당한 작위와 영지를 궁리하는 동안 뒤에서 모든 대화를 받아 적고 있던 이등기록관 모모가 말했다.

"감히 말씀 올립니다. 그 여기사가 포상을 받지 않고 전하의 뒤를 따른다면 받아 주실지요?"

"로망스를 너무 읽었군, 자네."

바우팔로 경이 택도 없는 소리라며 이등서기관에게 눈총을 줬다. 아이노 경도 고개를 끄덕였다.

영지와 작위, 정복지 관리라는 거대한 출세를 버리고 죽을 수도 있는 전장으로 향하는 것은 기사 중의 기사들이나 낼 수 있는 용기이고 충의이다.

물론 계집이 그런 어리석은 선택을 할 수도 있다. 하지만 그것은 뭘 모르는 무지와 수없이 충돌하고 변화하는 감정, 변덕의 산물이지 용기는 아니다.

룩소스 1세는 두 기사의 구박에 기가 죽어 종이와 펜만 붙들고 끼적이는 이등기록관을 봤다. 순간 재밌는 생각이 왕의 뇌리를 스쳤다.

"내기를 하지 그러느냐."

"예?"

"너희 셋만 끼면 숫자가 안 맞구나. 그러니 짐은 가엾은 모모의 편을 들어주겠노라. 내기를 하자. 폴리아나 경이 에하스에 남을지 짐을 따를지. 모모가 이기면, 그래. 폴리아나 경을 경들의 부하로 삼게. 대신 경들이 이기면……."

"그땐 계집에게 내린 성을 거두어 주십시오. 지나친 광영입니다."

"예. 소신도 그걸로 하겠습니다."

말 한번 꺼내 봤다가 일이 커지자 이등기록관은 아예 종이에 눈을 박았다. 아이노 경과 바우팔로 경은 대화가 끝나자 꾸벅 목례하고 각자의 위치로 돌아갔다. 룩소스 1세는 앓던 이가 빠진 것처럼 콧노래를 흥얼거렸다.

부상병의 이동은 본래 느리다. 중상으로 회생이 불가능한 부상병들은 완치될 때까지 에하스에 남았다. 전서구는 바쁘게 움직이며 한 나라가 된 과거의 삼국을 오갔다.

폴리아나의 상처도 거진 나았다. 코는 결국 이상하게 붙어 중간에서 휘었다. 금이 간 뼈들도 모두 붙었다. 멍은 사라지지 않아 전신에 남았지만 새로 맞지 않으면 없어질 것이다. 희미하게 남아 짙어진 피부가 과거의 입은 충격을 증명했다.

만성적인 공격에 노출되어 멍이 아예 사라지지 않는 부분도 있었지만 폴리아나는 개의치 않았다. 폴리아나는 다른 부상병들과 함께 느릿느릿 움직였다.

군기가 바짝 들어서인지 왕이 거둔 그녀에게 대놓고 침을 뱉는 병사는 없었다. 없는 사람처럼 무시당했다. 폴리아나에겐 너무나도 익숙한 고립이라 타격은 없었다.

백성들은 갑자기 바뀐 지배자를 큰 혼란 없이 받아들였다. 다행히 북방의 나라들은 인종이 같았다. 문화권도 비슷하고 언어에도 차이가 없으니 규모가 큰 영지전 정도로 여겼다.

반발이 거센 건 귀족이다. 영지와 작위를 빼앗기고 귀족이 아니게 된 그들은 관리의 이유로 전부 영주 대리가 되었다.

훗날 룩소스 1세가 대륙을 통일하고 신하들의 전공을 나눌 때 영주의 자리가 채워지게 될 것이다. 그때까진 기존의 지주와 귀족들이 영주 대리를 맡았다.

크렌벨 영지는 에하스의 수도로 가는 길목에 있었다. 폴리아나는 한때 스승이었던 노기사를 찾아갔다.

노기사는 침대에서 죽기보단 싸워 죽는 쪽을 선택했다. 미래가 없는 나라, 그녀가 배신한 나라였지만 살날이 많은 폴리아나보단 애정이 컸던 모양이다.

다행히도 노기사는 명예를 아는 기사로 대우받고 시신을 보전했다. 노구를 이끌고 나라를 위해 참전해 전사한 기사를 아크레아의 병사들이 공손히 장사지냈다. 노기사의 가족들은 시체를 인계받아 비석을 세운 제대로 된 무덤을 만들었다.

폴리아나는 노기사의 묘비 앞에 서서 보고했다.

"꿈이 생겼습니다."

생각해 보면 노기사는 칭찬을 잘 하지 않았다. 폴리아나의 노력을 인정해 주지도 않았다. 그럼에도 불구하고 노기사의 가르침은 폴리아나를 살렸다. 폴리아나가 주군에게 인정받을 수 있도록 해 줬다. 그러니 폴리아나는 마땅히 노기사에게 보고해야 했다.

"전하의 뒤를 따라 대륙의 끝을 밟고 올게요. 돌아오는 길에 다시 들르겠습니다."

인사는 짧았다. 본래 폴리아나가 말주변이 없는 것도 한몫했다.

폴리아나는 병사들이 짐을 푼 영주관으로 돌아갔다. 정복지의 영주관을 이동 중인 부상병들이 사용할 수 있게 된 것은 병사들을 배려하는 룩소스 1세의 마음씀씀이가 크기 때문이다. 이러니 병사들의 사기가 좋을 수밖에 없다.

병사들을 절대 굶기지 말 것에 더불어 다친 병사들을 절대 낙오시키지 말 것. 훌륭한 관리라고 생각하면서 폴리아나는 영주관 부엌으로 들어갔다. 그녀의 집이었지만 집인 적 없는 건물은 모습이 바뀌었기에 여전히 낯설었다.

주방에서 일을 하던 고용인들은 불쑥 들어온 기사에 놀라고, 그 기사가 큰아가씨라는 사실에 소스라치게 놀랐다.

"큰아가씨!"

"돌아오셨어요?"

폴리아나의 옷이 아직 에하스 군복이기에 사람들은 폴리아나가 전쟁에서 지고 귀향한 걸로 알았다. 폴리아나는 그들의 질문을 무시하고 먹을 걸 집어 챙겼다. 사과를 챙기고, 영지의 특산품 크랜베리도 잔뜩 집었다.

폴리아나는 걸으면서 크랜베리를 씹었다. 신맛에 침이 샘물 솟듯 솟았다.

'말린 걸 집을걸.'

그러다가 멀리서 기사들 사이를 분주하게 돌아다니는 이복동생을 발견하고 걸음을 멈췄다.

정복지의 귀족이 지배국의 기사에게 잘 보여야 하는 건 당연지사. 피와 군인이라면 질색하는 라이아나가 평소에 입는 나풀거리는 드레스가 아닌 단촐한 로브를 입고 기사들을 돌보는 척하고 있었다.

기사들 사이를 어정어정 돌아다니는 게 방해만 되었지만 기사들은 예쁜 아가씨가 돌아다니는 게 좋아서 마냥 웃고 있었다.

라이아나의 자랑거리인 긴 머리채는 위로 틀어 올려져 있었고 라이아나는 대놓고 그걸 풀었다 빗어 올리길 반복했다. 라이아나의 긴

연갈색 고수머리가 폭포처럼 떨어질 때마다 기사들 입에서 침이 흘렀다. 크랜베리가 자극하는 폴리아나의 침 못지않게 줄줄 흘렀다.

폴리아나는 뭔가 찝찝해서 유심히 살펴봤다.

'이상하네. 왜 안 예뻐 보이지.'

폴리아나의 기억 속 라이아나는 어디에 내놔도 부족하지 않은 어여쁜 레이디였다. 불편한 사이는 별개로 치고, 폴리아나는 이복동생의 외양을 인정하고 있었다.

그런데 이상하게 평소보다 덜 예뻤다. 꾸미지 않아서 그렇다고 치기에 폴리아나는 동생의 치장 전 모습도 보았다. 그때도 예쁘다고 생각했다. 입은 옷 때문인가? 그래도 화장은 했는데?

폴리아나는 남은 크랜베리를 한입에 털어 넣고 손바닥을 문댔다. 과일을 들고 먹어서 그런지 손바닥이 뻑뻑했다.

라이아나와 폴리아나의 눈이 마주쳤다. 라이아나의 눈이 커졌다. 삿대질을 하며 치마를 걷고 폴리아나에게 다가왔다. 중간에 밟힌 기사 몇은 그래도 좋다고 헤헤 웃었다.

"너어!"

라이아나가 핏대를 세우고 외쳤다.

"여긴 왜 온 거야! 나가! 줄 건 없다고!"

받으러 오지도 않았다. 폴리아나는 확신했다. 가까이에서 보니 예전보다 덜 예뻤다.

폴리아나는 아주 약간 충격 받았다. 라이아나는 한창 물오를 나이인데, 이제 시작인데 미모가 전만 못하다니.

"너 못생겨졌어."

"뭐?"

"관리 좀 해라."

라이아나가 소스라치게 놀라 손으로 얼굴을 가렸다. 폴리아나는 몇 년 지나지도 않았는데 갑자기 못생겨진 이복동생의 미모에 의문을 품었다.

딸이 큰소리를 내자 부리나케 달려온 아버지와 마주친 건 필연이었다. 부녀가 똑같이 사람을 보자마자 삿대질을 하기에 폴리아나는 전부터 궁금했던 것을 물었다. 다시 볼 일 없으니 막 나가자는 심사였다.

"그런데 둘 중에 누구 문제입니까?"

젊고 건강하면서 딸 하나 낳고 포기한 건 누군가에게 문제가 있다는 소리다. 아버지가 뭐라고 외치기 전 폴리아나는 스스로 답을 밝혔다.

"역시 그쪽 문제죠? 관리를 어떻게 했는데 그 나이에 고자예요?"

늙건 젊건 남자에게 그 부분은 가장 예민한 곳이다. 아버지가 손을 쳐들자 폴리아나는 붙잡아서 막았다. 주군을 뵈러 가는 길에 얼굴에 멍을 새로 만들 순 없었다.

"이젠 물려줄 것도 없는데 고자든 말든 무슨 상관이람. 뭘 그렇게 떨어요. 추워요? 영주관 새로 지어야겠네."

회생 불가능한 타격을 받은 전 크렌벨 영주가 뒷목을 잡고 쓰러졌다.

폴리아나는 보폭을 넓혀 영주를 건너뛰었다. 멀리서 달려오는 새어머니에게 고자랑 살지 말고 이혼하라는 적절한 충고도 했다. 덤으로 네 딸 못생겨졌으니까 관리 좀 하라는 말도 남겼다.

'이제 귀족도 아닌데 뭘 믿고 못생겨진 거야.'

그렇게 본의 아니게 나름대로 소소한 복수를 한 폴리아나였으나, 룩소스 1세가 머무르는 왕성에 도착하고 후회했다. 다시 볼 일 없다고 여겼으나 만일 다시 보게 되면 반드시 라이아나에게 사과하기로 결심했다.

라이아나가 못생겨진 게 아니었다. 폴리아나의 눈이 높아진 것이다.

찬란하게 아름다운 룩소스 1세께서 뒤늦게 도착한 부상병들을 미소로 반겼다. 태양 같은 광채에 폴리아나는 물론이고 남정네들까지 눈이 부셔 손으로 눈가를 가렸다.

각자의 공로를 치하하는 소소한 연회가 며칠 동안 이어졌다.

연회의 마지막 날 밤, 룩소스 1세가 폴리아나를 은밀히 불렀다. 폴리아나는 "혹시 전하께서 나를……." 같은 망상은 품지 않았다. 공주다 레이디다 많은데 뭣하러?

룩소스 1세는 폴리아나를 반기며 술을 한 잔 권했다. 룩소스 1세의 앞엔 잔이 없으니 이 또한 폴리아나에게 내려지는 포상이었다.

폴리아나는 술을 넙죽 마셨다. 설사 독이 들었더라도 마땅히 마셨을 것이다. 한 치의 망설임도 없이 술잔을 비운 폴리아나에게 룩소스 1세가 말했다.

"에하스의 관리를 폴리아나 경에게 맡기자는 건의가 있었다. 경이 에하스 출신이니 남들보다 나으리라 했고 짐 또한 경의 능력이 부족하지 않으리라 본다. 맡겠다면 총독의 지위를 내려주겠다."

'원샷하길 잘했다.'

원샷하지 않고 홀짝홀짝 마셨더라면 사레들렸을 것이다.

느닷없이 총독이라니. 지나친 출세였다. 또한 폴리아나가 바라는 바도 아니었다.

폴리아나는 술잔을 내려놓고 왕 앞에 무릎 꿇었다. 그리고 진심을 담아 간청했다.

"소신의 꿈은 전하의 뒤를 지켜 대륙의 끝을 밟는 것입니다. 부디 소신을 내치지 말아 주십시오. 언제까지고, 죽는 그 순간까지 전하의 기사로 남겠습니다."

룩소스 1세는 흐뭇한 듯 웃더니 뒤에 서 있는 아이노 경에게 갑자기 물었다.

"들었느냐?"

"뭐, 계집의 과욕 아니겠습니까."

"총독의 자리를 거절하는 것이 계집의 과욕이라. 뭐, 이노 네가 그렇다면 그렇다 치자."

아이노 경은 못마땅한 것이 있는지 눈썹을 치켜 올렸다. 왕 앞이라 오래가진 않았다.

폴리아나는 그저 왕과 기사들 사이에 그녀의 처우에 대한 모종의 대화가 있었으리라 짐작할 수밖에. 적어도 그녀는 왕의 마음에 드는 답을 내놓은 모양이었다. 다른 기사들의 생각이야 어떻든 주군이 만족한다면 폴리아나도 좋았다.

룩소스 1세는 술 대신 과자를 집어 들고 씹었다. 과자가 쉽게 바스러졌다.

"폴리아나 경의 말대로 과자를 부수는 것보다 수월했노라. 허니 경이 원하는 대로 해 주겠다. 짐의 뒤를 따르라. 세계의 끝에 도달할 때까지 짐을 지켜라."

"명 받들겠습니다."

"대장장이가 경의 갑옷을 만들어 줄 것이다. 무기는 왕궁의 무기고에서 원하는 것을 골라라. 상처가 나을 때까지 잠시 쉬도록 하라. 모든 나라가 이토록 쉬우면 좋으나 가끔은 힘든 일도 생긴다. 그러니 푹 쉬고 정비하고 단련하라.”

폴리아나는 묵묵히 룩소스 1세의 말을 경청했다. 왕이 말했다.

“우리는 강을 건너야 하니.”

아크레아 왕국의 북해는 파도치는 모습 그대로 언 빙해. 절대로 움직이지 않는 부동不動의 바다. 그렇다면 남으로, 대륙을 손에 넣어 세상 끝 또 다른 바다를 보고 말겠다는 왕의 포부에 기사들은 경외를 담아 경례했다.

3. 적응

3. 적응

　룩소스 1세에게 거두어졌지만 폴리아나의 소속은 불분명했다. 다행히 부상이 심해 어디 소속되어도 일은 못했다. 부상이 나아 갈수록 눈치만 보던 그녀는 소속이 확실해졌단 소식에 기쁘게 웃었다.

　바우팔로 경을 대장으로 두는 보급부대였다. 아크레아는 에하스와 다르게 군대에 별도의 행정담당이 존재하지 않고 보급부대가 임무를 병행했다. 그러니까 바우팔로 경은 행보관이라 이 말이다.

　네 남자의 내기로 바우팔로 경과 아이노 경 중 한 명이 폴리아나를 맡게 되었는데, 아이노 경이 부하로 들이느니 암살하겠다고 치를 떠는 통에 바우팔로 경이 떠맡게 된 것은 폴리아나가 알 수 없는 내막이다.

　어쨌든 왕과의 내기를 무시할 수 없는 두 기사는 폴리아나에게 부대 배치를 알렸다. 소속이 정해지고 나서야 폴리아나는 룩소스 1세 옆에서 주위 놈들에게 주먹질하던 기사, 아이노 경의 소속을 알게 되었다.

"전하께서 나나 아이노 경 중에 하나가 귀하를 부관으로 들이라 하셨네. 내가 맡겠다고 했고."

"질문해도 됩니까?"

폴리아나는 그녀가 배속되었을지도 모르는 부대가 궁금했다.

"해 보게."

"아이노 경은 어느 부대 소속입니까?"

"그는 전하의 친위대장일세."

폴리아나는 뒤늦게 아이노 경의 임무를 알았다. 국왕의 친위대. 왕의 호위기사. 왕의 옆에 딱 붙어 떨어지지 않고 주위 인물들을 감시하다 수상한 움직임이 포착되면 후려 패는 직업이다. 폴리아나가 괜히 얻어맞은 게 아니었다.

동시에 폴리아나는 아이노 경이 유독 자신을 싫어하는 이유를 알 수 있었다. 왕의 명령으로 그녀를 생포하기 위해 왕의 곁을 떠나야 했던 것이다. 다른 사람도 아닌 친위대장이. 다른 기사들에게 맡겨도 못 미덥고 안심이 되지 않았겠지.

아이노 경은 거의 일방적으로 바우팔로 경에게 폴리아나의 거취를 떠넘겼다. 그런 전말을 전해 듣고 폴리아나는 속으로 고개를 끄덕였다.

타국민을 동료로 받아들이는 것과 국왕의 호위기사로 두는 것은 전혀 다른 일이다. 폴리아나가 아이노 경의 입장이었어도 반대했다.

결사반대! 죽어도 반대!

"강합니까?"

"왕국 최강의 기사지."

따라오는 질문에 바우팔로 경은 저도 모르게 한마디 덧붙일 뻔했다.

왜, 붙어 보고 싶나?

다른 기사였다면 저 말이 튀어나왔을 것이다. 바우팔로 경이 뒷말을 삼킨 것은 폴리아나의 성별을 깨달았기 때문이다. 대화가 일상적인 군대 얘기다 보니 바우팔로 경은 잠깐 폴리아나의 성별을 잊었다.

에하스 왕국에서 6년간 현장에서 복무했다는 이야기는 사실이었다. 자기도 모르게 다른 부하처럼 대할 뻔한 것이다. 하지만 폴리아나의 눈엔 호승심이 없었다.

'여자가 다 그렇지.'

바우팔로 경은 바로 납득했다. 폴리아나는 중년 기사의 풀리는 눈빛을 놓치지 않았다. 부대의 전반적인 상황을 알려 줄 땐 군인으로 대우해 주더니 갑자기 덜떨어진 여자로 보고 있었다.

익숙한 시선이다. 그다지 중요한 문제는 아니었다. 폴리아나가 기사를 포기하지 않는 이상 일생을 두고 그녀를 지켜볼 그런 눈빛이었다.

폴리아나는 심호흡했다.

'실망하지 말자. 기죽지 말자.'

폴리아나가 맡은 임무가 가벼운 일도 아니다. 보급은 어느 군대에서건 중요한 항목이다. 보급이 끊기면 승리도 없다. 군사를 굶겨 죽이는 일은 지휘관이 저지를 수 있는 가장 어리석은 짓이다.

보급이 끊기면 탈영병이 늘고 사기가 줄어들며 장교 살해와 내통, 약탈과 민가 급습이 일어난다. 군대라는 거대한 무장집단을 유지하기 위해선 가장 우선시해야 할 것이 원활한 보급이다.

그렇기에 보급관은 '어머니'로 불린다. 군대에 아버지는 안 계셔도 어머니는 존재했다.

모순적이게도 보급부대는 다른 부대들에 비해 대우가 좋지 않았다. 남자라면 직접 적과 싸워야지 보급물자나 관리하는 건 약하다고 인식했다. 아크레아의 보급부대는 행정도 함께 하다 보니 취급이 더 좋지 않았다.

폴리아나가 그런 부대에 배속되자 기사들의 반감은 조금 누그러졌다. 여자면 보급에나 힘써. 여전히 과분해도 제자리를 찾았군. 글은 읽을 줄 알지? 이런 생각을 하는 게 훤히 보였다.

사실을 밝히자면 폴리아나도 내심 아쉬웠다. 보급과 행정은 중요해도 공을 세울 수 없다. 아이노 경의 무용을 들을 때 빛나지 않았던 그녀의 호승심은 개인 대 개인이 아닌 집단과 집단의 전투에서 욕심을 내고 반짝반짝 빛났다.

보급에 전술은 없다. 그저 성실함과 꼼꼼함, 병사들을 '어머니'처럼 보살피는 마음씀씀이가 필요할 뿐이다.

'실망하지 말자.'

첫술에 배부를 순 없다. 또한 보급부대는 군의 상황을 파악하기 제일 좋은 위치다. 아는 게 적으니 배울 것도 많았다. 지난 6년의 복무가 백지화된 게 안타까우나 부대를 변경한 것도 아니고 국가를 갈아탔다. 어쩔 수 없는 결과였다.

아크레아 왕국군 국왕 직속 정복대 행정보급부대장 바우팔로 경의 부관 폴리아나 윈터 경.

폴리아나는 새로 받은 군복과 계급표를 손가락으로 쓸었다. 수놓는 솜씨가 일품인 레이디는 손끝에 닿는 감각만으로 실의 종류를 알아챈다는데, 폴리아나의 손엔 굳은살이 많아서 우둘투둘한 걸 느끼기도 힘들었다.

폴리아나는 새로 받은 군복을 입었다. 군 편제가 다르긴 해도 부대장의 부관이다. 이전의 소대장보단 높은 지위였다. 부관이라 휘하 병사를 지휘하진 못해도 어쨌든 승진했다. 10년을 복무해도 소대장에서 끝나리라 여겼던 걸 고려하면 대단한 출세였다.

'총독은 무섭고.'

총독과 비교하면 어마어마하게 낮은 지위. 그렇지만 폴리아나는 이쪽이 더 좋았다. 총독은 너무 높아서 실감나지도 않았다.

룩소스 1세는 갑옷을 약속했지만 보급부대로 들어오게 되면서 갑옷은 여름에 내린 눈처럼 사라졌다. 불평할 순 없다. 진군하는 병사의 뒤만 졸졸 따라다니는 보급부대의 부관이 갑옷 타령을 하는 것도 보기에 안 좋다. 새로 받은 아크레아 왕국군의 군복은 폴리아나에게 소속감을 느끼게 해 줬다.

"좋은 아침입니다, 폴리아나 경."

"좋은 아침입니다."

폴리아나는 반갑게 인사하는 하우 경에게 목례했다. 본래 바우팔로 경의 부관이었던 하우 경은 아직 스물이 되지 않은 새내기 기사다. 폴리아나가 부관이 된 덕분에 보급부대를 나갈 수 있게 되어서 기쁜 눈치였다.

덕분에 인수인계는 수월했고 폴리아나를 대하는 태도도 친절했다. 아마 현재 그녀를 가장 친숙하게 대하는 인물을 꼽으라면 하우 경이 될 것이다. 그다음은 바우팔로 경?

"습득이 빠르십니다. 저보다 잘하시겠네요."

"과찬이십니다."

나가고 싶어서 찡찡거리는 열아홉과 전장에서 6년 구른 기사라면 후자가 일을 더 잘하는 게 당연하다. 아직 행정과 보급의 중요성을 깨닫지 못한 미성숙한 청년 기사는 보급부대를 나갈 수 있게 되어 진심으로 안도하는 눈치였다.

"물 가져와."

하우 경이 바우팔로 경의 종자 도나우에게 명령했다. 도나우는 들고 들어오던 의자를 던지며 짜증냈다.

"내가 네 종자냐!"

있을 수 없는 하극상에 폴리아나는 움찔 놀라기만 하고 나서지 않았다. 둘의 관계를 모른다면야 당연히 나서서 도나우의 복부를 걷어찼을 일이다.

도나우의 내장에겐 다행히도 하우 경과 도나우는 형제였다. 아버지 바우팔로 리보 경을 따라 함께 출정한 장남 하우 리보와 차남 도나우 리보.

장남은 초짜 기사라 종자를 들일 수 없었다. 집안이 유복하지 않아 동행한 시종도 없고 지위가 낮아 부려먹을 부하도 없다. 그렇다 보니 집에서 그러하듯 동생을 부려먹었다. 아버지는 아버지라고, 형은 형이라고 뻐기니 졸지에 모실 주인이 둘이 된 동생 입장에선 목에 핏대 세우며 대들 일이었다.

"욘석아, 건방지게. 내 앞이야 그렇다 쳐도 다른 기사 앞에서 무슨 추태냐."

"기사? 다른 기사가 여기 어딨어?"

도나우가 변성기의 찢어지는 목소리로 앙칼지게 외치고 나가 버렸다. 그 자리에 계속 있으면 맞을까 봐 도망간 동생을 하우 경이 벗어 놓은 건틀렛을 던져 맞췄다.

깨액! 묵직한 건틀렛에 맞은 소년이 돌 맞은 개처럼 울었다.

"아직 철이 없어서."

"괜찮습니다."

하우 경의 간단한 사과를 폴리아나가 받아들였다.

하우 경이나 폴리아나나 인수인계에 적극적이지만 안타깝게도 속도는 느렸다. 공식적인 매뉴얼이나 지침들이 부족했기 때문이다. 가족 경영의 문제점으로 볼 수 있었다.

부관과 종자가 아들이다 보니 바우팔로 경이 문서로 남기지 않고 진행한 일들이 꽤 있었다. 심지어 부관인 하우 경이 도나우를 부려먹는 바람에 도나우가 손 댄 흔적도 많았다.

아무리 종자라도 그렇지. 공식 군사 서류를 종자가 손대게 만든 하우 경의 행동은 영창 감이었다. 그 사실을 알자마자 폴리아나는 경악했고 하우 경은 두 손 모아 빌었다.

첫 소속에서부터 분란을 일으키고 싶지 않았던 폴리아나는 함구

했다. 대신 그런 부분들을 정리하고 새로 작성하느라 녹초가 되어
쓰러졌다.

'일이 끝나지를 않아!'

폴리아나는 혀를 찼다. 차라리 도나우의 서류 처리가 깔끔했지,
하우 경은 어떤 건 잘돼 있고, 어떤 건 이상하고 들쑥날쑥했다.

주먹구구식까진 아니더라도 이런 식의 일처리는 좋지 않았다. 당
장은 문제없을 테지만 시간이 지나면 대형사고로 이어진다. 차라리
일찌감치 인수인계를 하게 된 게 장기적으로 보면 다행일 정도로.

'머리가 나쁜 건 아닌데?'

폴리아나가 의구심 품은 눈으로 하우 경을 노려보자 하우 경이
두 손 모아 빌었다. 자기 일을 동생 시킬 때부터 알았어야 했는데.

뺀질거리기가 상급이다.

"아버지도 적당히 써먹으라고 했고 말입니다. 아하하. 걔가 좀
똘똘합니다."

'자랑이야 변명이야.'

자랑이든 변명이든 하나만 해 줬으면. 폴리아나는 그 점을 지적
했다.

"그래도 종자에게 일을 맡긴 건 과했습니다."

"그게. 원래 아버지는 참전 안 하고 저만 나오는 거였는데 이래
저래 일이 꼬여 버린 겁니다. 아버지가 끼시면서 동생도 끼고, 집
안 남자가 다 출정해 버리니 어머니가 걱정하면서 하다못해 한데
모여 있기라도 하라는 바람에."

덕분에 부자가 나란히 행정보급부대에 배속되었다는 말이다. 본
래 보급부대를 맡을 위인은 룩소스 1세의 사촌동생 루조 공작이었

다. 하지만 마땅히 후계자가 없는 판국에 공작이 비명횡사하면 후계자가 빈다.

룩소스 1세는 보험 겸 방패로 사촌을 아크레아에 남겨 두기로 결정했고, 결과적으로 바우팔로 경이 급파되었다. 아크레아에 남은 루조 공작은 국왕 대리로서 아크레아의 내정과 정복지 관리, 보급물을 담당하게 되었다.

다른 사람도 아니고 제2 왕위계승권을 가진 공작에게 내정을 맡기다니. 전쟁이 길어져서 돌아가면 뒤통수 맞기 딱 좋은 인선이었다. 사촌끼리 우애가 좋아도 세상일은 어찌 될지 모르는 법이다. 당장 폴리아나만 봐도 나라를 갈아탈 걸 상상 못 했으니.

'모두 전하의 뜻이다.'

폴리아나는 룩소스 1세의 결정을 의심하지 않았다. 사람의 일은 어떻게 될지 모르는 것이지만 그래도 룩소스 1세는 사촌동생을 믿기에 나라를 맡겼을 것이다. 루조 공작을 믿기보단, 루조 공작을 믿는 룩소스 1세를 믿는다는 결론이었다.

"내 동생이지만 걔가 좀 똘똘해요."

부대장인 바우팔로 경은 관록이 있어 문제가 없었는데 하우 경이 문제였다. 본래는 래비 경 휘하로 들어갈 예정이었다는 청년 기사는 원하던 직무를 받지 못하자 급속도로 의욕을 상실했다.

처음엔 그럭저럭 의욕을 낸 것 같은데 동생을 부려먹기 시작한 시점부터 의욕이 죽은 게 그냥 봐도 보였다. 동생이 못하면 사고칠까 봐 겁나서라도 스스로 일을 했을 것이다.

그런데 도나우는 제법 일을 잘했다. 나이를 고려하면 아주 그럴싸했다. 그러니 하우 경은 놀러 다니고, 어슬렁거리는 동생을 잡아다 일 시키고, 감독만 하고, 잘하니까 계속 떠넘기고.

'영창 30년 감이군.'

덕분에 일을 좀 하게 된 종자는 자기가 기사라도 되는 것처럼 으스대고 말이다.

폴리아나는 보고서를 들고 와 인사도 하지 않고 던지고 가 버리는 도나우를 보고 침묵했다. 이 정도 무시는 일도 아니긴 한데, 버릇을 고쳐 줄 필요가 있었다.

폴리아나는 무시당했다. 언제나. 항상.

그녀는 여자이기에 무시당할 수밖에 없었고 전쟁터란 금녀의 구역에서 적군만도 못한 아군 취급을 받았다. 무시가 일상이라고 그것을 그냥 둔 적은 없다. 그녀는 기사이자 군인이고 지금은 전시다.

동기와 상관의 무시는 무시로 대응하되, 하극상은 철저하게 응징한다. 그것이 폴리아나의 소대원들이 그녀를 소대장으로 받든 이유다. 똑같이 마녀 소리를 들어도 명령을 내릴 때 더럽고 치사하고 맞을까 봐 따르는 쪽이 낫다.

'손을 볼까 말까.'

인수인계가 끝나 본격적으로 바우팔로 경의 부관이 되면 필연적으로 도나우와 부딪친다. 종자들은 모시는 기사가 좋으면 들러붙고 싫으면 도망 다니는데, 아버지다 보니 들러붙을 가능성이 높았다. 게다가 형이 일을 맡겨서 자기가 뭐라도 된 것마냥 으스대고 다닌다.

종자 신분이면 병사들에겐 철없는 도련님, 기사들에겐 지나가는 애새끼 취급을 받는 것이 보통인데 도나우는 아버지와 함께 온 덕분에 다른 기사들이 제법 관대하게 대했다.

참전한 기사들의 나이가 젊다 보니 또래 종자도 몇 없었다. 같은 종자들 사이에서 아버지와 함께 참전한 도나우의 기를 꺾을 소년이 없었다.

애새끼가 버릇이 없긴 한데 쥐어 팰 정도는 아니고. 폴리아나를 대하는 태도도 아직 무시로 일관하고 있으니 그녀가 먼저 나서기도 이상했다.

무엇보다 도나우의 아버지가 누군가. 바우팔로 경이 아닌가. 상관의 아들이다. 세상에서 가장 더럽고 치사한 혈연. 도나우를 보는 폴리아나의 주먹만 근질근질해졌다.

야근투혼에 힘입어 인수인계가 끝났다. 하우 경은 허파에 바람 든 사람처럼 웃으며 떠났다. 행정보급부대의 대형 막사엔 바우팔로 경과 폴리아나, 다른 기사, 도나우만 남았다. 바우팔로 경과 기사들이 회의를 위해 사령부 막사로 떠나자 이젠 둘만 남았다.

둘만 남게 되자 도나우는 허락도 받지 않고 의자에 앉아 껄렁거렸다.

'저걸 패, 말어.'

15살밖에 안 된 놈이 의자에 앉아 다리를 떨고 있으니 의자 다리를 부러트려 넘어트리고 싶은 마음이 간절했다.

폴리아나는 문서들을 정리했다. 도나우가 문서를 건드리자 엄중히 경고하는 것도 잊지 않았다.

"건드리지 마라."

"계속 봤던 건데 무슨 상관이야. 글을 읽을 줄은 알아?"

도나우가 폴리아나를 비웃었다. 그녀는 한 번 더 경고했다.

"군사 문서다. 네겐 읽을 자격이 없다. 네 자리로 돌아가라, 도나우."

"나한테 명령하지 마! 가랑이 찢어져서 피나 흘리는 주제에 뭐가 잘났다고 검을 들어? 집에 가서 불이나 피우고 밥이나 해!"

기사의 명령을 무시하고 하극상까지 벌이고 인격적인 모독도 감행했다. 이 정도면 후려 팰 근거가 충분했다. 하지만 폴리아나의 응징은 막사로 돌아온 바우팔로 경에 의해 저지되었다.

도나우의 정신 사납게 떨리던 다리가 풀이라도 붙은 것처럼 고정됐다. 도나우는 군기 빡 든 얼굴로 아버지를 반겼다.

"아버지!"

"제대로 불러라, 도나우."

"오셨습니까."

폴리아나가 일어나 경례했다. 도나우는 종자답게 바우팔로 경의 외투, 장검을 받아 들고 군화를 벗기고 물과 수건을 가져왔다.

바우팔로 경이 무심하게 도나우의 머리를 쓰다듬었다. 얼핏 보기엔 무심해도 구태여 내세울 필요 없는 부정이 숨어 있었다.

순간 폴리아나는 지독하게 도나우가 부러워졌다.

아버지가 함께 출정했고 직위와 신분이 별로여도 다른 기사들에게 무시당하지 않는다. 형도 기사로 있어 형 또래의 기사들이 친절히 대해 주고 다른 종자들 사이에서도 상위를 선점할 수 있었다. 룩소스 1세를 왕으로 둔 덕에 상관에게 뒷구멍 뚫릴 일도 오지 않을 것이다.

제법 훈훈한 얼굴의 도나우를 보니 배트르 경이 떠올랐다. 미추, 남녀 가리지 않고 뒷구멍을 따먹던 남자가 전사했을 때, 아크레아 군대는 지휘관의 명예를 실추하지 않도록 시신을 돌려보냈다. 하지만 장례식이 진행되던 와중 불청객이 난입해 항문을 창으로 찌르고 도망갔다는 소문이 파다했다.

근거 없는 소문이라고 하기엔 지나치게 자세해서 폴리아나는 듣자마자 고개만 끄덕였다.

뿌린 대로 거두리니.

뒷구멍 뚫리는 일이야 에하스 왕국이 어지간히 막장이었음을 감안한다 쳐도 폴리아나는 도나우가 부러웠다. 일단 지금 그녀가 애새끼를 후려 패지 못하는 것도 애새끼의 아버지 눈치를 봐서니까.

바우팔로 경은 아들 대신 부관이 된 폴리아나를 어색해하면서도 공적으로 대했다. 그녀가 모신 상관들 중에선 가장 공적인 태도여서 도나우만 아니었더라면 폴리아나는 감격의 눈물을 흘렸을지도 모른다. 감격을 너무 먹어서 행정보급부대에 뼈를 묻겠다는 맹세를 했을 수도 있다.

"목표 수치까지 얼마나 걸릴 것 같나?"

"에하스의 왕성에서 절반, 쿠크다에서 도달할 절반으로 이 달 말엔 채울 수 있습니다."

"흠. 다른 건? 부족한 건 없나?"

"보고 들어온 건 없습니다."

"돌아다녀 보니 병사들 군복이 좀 부족하던데."

"곧 겨울이 끝납니다. 남는 군복을 수선하고 부족한 건 근방에서 징발할 수 있습니다. 마침 로토 영지는 면을 생산하니 재고품 중

염색이 안 된 걸 징발해 염색하면 됩니다."

"좋아. 그건 맡기겠다."

"예. 방한을 위한 솜은 아크레아산의 질이 좋으니 수확 후 수송대가 오길 기다리겠습니다. 겨울 전엔 완성될 겁니다."

"방한 군복은 필요 없다."

북쪽에서 왔다고 허세는. 에하스도 춥거든? 폴리아나는 대륙 최북단 아크레아 남자들의 추위 허세에 기가 질렸다.

아크레아에선 오줌을 누면 얼음이 되어 떨어진다는 말을 하우 경에게 백 번은 넘게 들었는데 또 듣는 건 사양이다. 그렇지만 보급을 책임지는 장교로서 할 말을 해야 했다.

병사들이 동사하거나 동상이 걸려 신체를 절단하면 큰일이 난다. 코에몽 강 근역은 습기가 있어 더 추웠다. 비가 내리지 않는 대신 공기 중에 물이 떠 다녀 늦가을부터 안개가 짙고 서리가 내려 얼음이 된다. 방한을 허술하게 할 순 없었다.

"아크레아보다 남쪽이지만 강 근처의 겨울도 만만치 않습니다, 대장님."

"아니. 그 말이 아니다. 우린 봄에 남하할 것이다."

폴리아나의 입이 바싹 말랐다. 그녀는 당황했다.

"보, 봄에 말씀이십니까?"

"그렇다. 전하의 뜻이다."

폴리아나의 영광되신 주군 룩소스 1세는 그리 어려운 말을 쓰지도 않는데 언제나 말뜻을 헤아리기 힘들었다.

폴리아나는 바싹 타는 목 때문에 침을 꿀꺽 삼켰다. 봄에 남하한다는 건 봄에 싸우겠다는 뜻이다.

전쟁은 언제나 겨울에 이뤄졌다. 세 계절의 휴식을 갖고, 겨울에 죽고, 다시 세 계절의 탄생과 휴식, 충전을 기다렸다.

기사들은 무인이다. 귀족이고 농사를 짓지 않는 계급이다. 그러나 군대의 절대다수를 차지하는 병사는 평민이다. 평민의 대부분은 농사를 지으며 그들이 농사를 짓지 않으면 농토는 황무지가 되었다.

그렇기에 전쟁은 겨울에. 파종은 봄에, 제초는 여름에, 추수는 가을에, 전쟁은 다시 겨울에. 이 말이 격언으로 돌아다녔다.

겨울을 넘겨 다음 계절까지 전쟁을 질질 끌어 봐야 돌아오는 것은 황무지가 된 농토와 굶어죽어 가는 사람, 반란뿐이다. 전쟁의 가장 기초적인 상식이 엇나가고 있었다.

"그것은 안 됩니다! 당장 올해의 수확이 반토막 날 겁니다."

"그렇지 않다."

"어떻게 그게 가능합니까?"

"아크레아군의 병사는 모두 직업군인이다."

그 말이 주는 의미는 상당했다. 폴리아나는 바로 납득하지 못했지만 일단은 반론하지 않고 물러났다.

그녀에겐 병사 모두가 직업군인인 군세에 대해 생각할 시간이 필요했다.

룩소스 1세의 군세는 바로 남하하지 않고 에하스와 쿠크다 두 곳에 거점을 삼아 소비된 물자를 보충하고 부상병을 치료했다.

폴리아나는 겨울이 끝나 가고 있으니 괜히 무력을 부딪치지 말고 휴식 후 전력을 다하려는 것으로 이해했다. 하지만 아니었다. 룩소스 1세는 모두가 알고 있는 전쟁의 상식을 깨고 봄을 기다리는 것이다.

물론 그렇게 되면 배배로 왕국의 군사는 당황할 것이다. 겨울이 끝나 안심하고 있었는데 갑자기 공격을 해 왔으니.

이미 에하스와 쿠크다의 점령 소식은 강을 건넜다. 겨울이 올 때까지 기다려 나라들이 대비할 시간을 주는 것보단 허를 찔러 단숨에 돌진하는 게 나아 보이기도 했다. 봄엔 국경도 허술할 테니.

'봄에 전쟁이라니.'

임신한 남자, 수염 난 여자라는 말처럼 어울리지 않고 따로 놀았다.

폴리아나가 화로를 들쑤시자 공기와 닿은 숯이 시뻘겋게 달아올랐다. 바우팔로 경의 막사에 넣을 화로였다.

본래 이러한 잡일은 종자인 도나우의 몫이다. 헌데 도나우는 불을 지키고 피우는 건 여자 일이라고 말하면서 도망갔다.

남자가 사냥을 하러 가면 집안을 온기로 채우고 지키고 있는 것이 여자의 일인 아크레아 사람다운 발상이었다. 화로를 내던지고 가는 걸 붙잡아 화로가 찌그러질 때까지 패고 싶었지만 폴리아나는 참을 인을 새겼다.

에하스군에 있을 땐 다인용 막사를 받아 혼자 들고, 혼자 설치했다. 이번에도 그렇게 될 거라 여긴 그녀에게 바우팔로 경은 선뜻 1인용 막사를 내줬다. 설치도 병사들이 대신했다.

상관의 호의와 배려, 그 외에 필요한 물품들도 알아서 가져가라고 들었는데 보답으로 아들을 후려 패서야 쓰나.

폴리아나는 세뇌하듯 중얼거렸다.

'저건 상관 아들이다. 저건 상관 아들이다. 저건 상관 아들이다. 저건 상관 아들이다. 저건 상관 아들이다.'

저건 씹새끼다.

"거 기사님이 한다고 말했지 않수."

보급병이 도나우에게 그렇게 들었다며 국자와 냄비를 텅하고 바닥에 내려놓았다.

"내가 그랬다고?"

"종자 도령한테 그리 들었수."

"오랜만에 계집 손닿은 밥 먹겠네."

"글쎄, 저건 계집이 아니라니까 그래."

"그래도 우리보단 낫겠지."

"원래 계집 손닿은 건 다 맛있어."

폴리아나는 그렇게 맡겨진 재료와 요리도구를 보고 난감해했다. 도나우가 그녀는 하지도 않은 거짓말을 퍼트리고 다닌 바람에 부대원들은 모두 그녀가 저녁식사를 담당한다고 믿고 있었다.

에하스에선 취사병이 요리와 배식을 담당했고 아크레아에선 취사병을 두지 않고 작은 단위로 쪼개 각자 순번을 정해 음식을 만든다. 아크레아 남자들은 사냥을 나가 야숙을 하면서 직접 음식을 해 먹는 일이 익숙하기 때문이다.

그래서 에하스의 냄비가 애 셋은 들어갈 크기였다면 아크레아의 냄비는 개 한 마리 들어갈 크기였다.

'이걸 어쩐다.'

폴리아나는 즉각 돌아다니며 해명하고 다녔지만 반응은 시원치 않았다.

"응? 거짓말이라도 한번 해 주면 덧나쇼? 어차피 많이 해 본 거 잖아."

"우린 그렇게 알고 있으니까 따지려면 종자를 찾든가."

"까짓거 좀 해 주면 손이 썩나?"

"……."

병사들이 뻗댈 것이야 예상 가능한 수준이었다. 결국 폴리아나는 상관 바우팔로 경을 찾아갔다. 상관에게 고자질하고 힘을 빌리는 건 도나우가 폴리아나를 더욱 하찮게 보게 만들겠지만 군대는 계급이 전부인 세계다.

폴리아나는 온화하게 전말을 돌려서 설명했다. 댁 아들이 친 사고를 수습 좀 해 주시죠!

바우팔로 경은 난처한 듯 사과했다. 종자의 죄는 기사가 훈육을 잘못했기에 발생하는 것이니.

"적당히 엉덩이 좀 쓰다듬어 주겠네."

"감사합니다."

"그리고 저녁은 기대하겠어."

"잘 못 들었습니다?"

"병사들도 이미 그렇게 알고 있고, 한 번 정도 하는 것도 나쁘지 않잖아."

'에라이.'

상관이고 부하고 애새끼고 알아서 밥 잘 해먹는 위인들이 식사 준비를 미루는 모습이 가당찮았다. 폴리아나는 표정 관리에 힘썼다. 대신 두 주먹 꽉 쥐고 이를 악물었다.

참아야 했다. 애새끼는 상관 아들, 바우팔로 경은 그녀의 상관. 여기는 군대. 계급이 깡패인 세계.

"으그습니다."

"응?"

"알겠습니다."

"맛있다고 다시 시킬 것도 아니고 말 나온 김에 하게 두는 걸세. 일부러 맛없게 만들지 말라고."

"노력하겠습니다."

"하하, 솜씨 발휘 좀 해 봐."

바우팔로 경이 딴에는 기분을 풀어 준다고 어깨를 퍽퍽 쳤다. 기분은 전혀 풀리지 않았다. 더러웠다.

폴리아나는 식재료를 앞에 두고 고개를 저었다. 음식 앞에서 맘 상해 있는 거 아니다. 맛없으면 맛없다고 욕먹고 맛있으면 당연하다 소리나 들을 것인데 차라리 후자가 나았다. 폴리아나도 먹게 될 식사니 일부러 맛없게 만드는 것도 싫었다.

'라고는 하지만.'

폴리아나도 명색이 귀족. 기사 계급이 아닌 영지가 있는 진짜 귀족이다. 전장에서 기사와 함께 구르는 종자 신분이라면 스승에게 줄 요리법을 배웠겠지만 그녀는 영지에서 수업을 받았다.

노기사는 폴리아나에게 낙오시에 필요한 사냥하는 법, 덫을 놓는 법, 독초와 독버섯 구분법은 알려 줬지만 요리법은 알려 주지 않았다. 국경에선 취사병들이 해 준 음식을 배식 받았다.

일생에 잡아 본 칼은 장검과 단검이고 부엌칼은커녕 과도도 잡아 본 적이 없었다.

다행히 폴리아나에겐 영양학적 지식이 있다. 그리고 군대의 식재료는 부족하다. 식재료가 풍족하면 과유불급으로 이상한 결과물이 나올 수 있다. 제한된 재료는 비슷한 결과를 내놓아 참혹한 결과를 막았다.

주어진 것은 솥단지와 비계, 소금, 육포, 귀리, 밀 약간과 그 외의 저장 채소. 폴리아나는 평소 먹던 식단을 떠올렸다.

물에 넣고 끓이면 스튜가 완성된다. 그래서 폴리아나는 모든 재료를 잘게 썰고 물을 끓인 뒤 투하했다. 칼로리를 위해 비계를 투하하고 간을 위해 소금을 넣는 것도 잊지 않았다. 육포에서 비린내가 나니까 그걸 막기 위한 향신료도 적당히 넣었다.

폴리아나가 부글부글 끓고 있는 솥을 노려보는 동안 그녀 주위로 사람들이 몰려왔다. 어디서 어떤 소문이 퍼졌는지 다른 부대의 기사들도 어슬렁어슬렁 그녀 주위를 맴돌았다.

범인은 멀리 갈 것도 없는 바우팔로 경. 연회다 뭐다, 에하스와 쿠크다를 점령하고서 여자들이 해 주는 밥 실컷 먹어 놓고 오랜만에 먹는 척하는 그가 다른 기사들에게 자랑질을 한 것이다.

오늘 우리 여자가 해 주는 밥 먹는다~.

다시 말하지만 아크레아 군대는 성공적으로 에하스와 쿠크다를 정복하고 얻은 휴식시간 동안 여자가 해 준 음식을 먹었다. 그렇지만 집 떠나면 난롯가에 앉은 어머니나 아내, 할머니, 누이가 그리워지는 법. 여자라고 잘해 주는 것도 아니고, 여자라고 인정해 주는 것도 아니며, 여자라고 욕하고 침이나 뱉는 위인들께서 폴리아나가 만든 음식 한 번 먹어 보겠다고 구걸하는 개처럼 몰려왔다.

'뭐야, 이거.'

폴리아나는 괜한 압박감에 간을 봤다. 평범한 맛이다. 그녀가 어제 먹은 스튜와 크게 다르지 않았다. 맛은 있는데 늘 먹던 맛과 너무 똑같았다. 재료가 비슷하고 조리법이 비슷하니 그럴 수밖에.

그렇지만 이렇게 평소와 똑같은 걸 내놓으면 분명 말이 나올 것이다. 천인대장의 계급장을 발견하고 폴리아나는 조바심이 났다.

취사병이 별도로 없는 아크레아에도 고위급 장교를 위한 취사병은 존재한다. 취사병이 음식을 해 줄 텐데 뭘 또 먹으러 왔는지.

이대로 내놓을 순 없다. 폴리아나는 다시 한 번 간을 보고 비계를 야무지게 때려 넣었다. 뭐든 기름지면 맛있어진다. 그녀가 개인적으로 상비하는 향신료도 죄다 털어 넣었다. 돈 아깝다는 생각이 들어서 일부러 다 쏟았다. 그러자 기름지고 자극적인 냄새가 공기 중에 퍼졌다. 주위에서 어슬렁거리던 자들의 얼굴이 환해졌다.

"다 됐나?"

바우팔로 경이 모든 사건의 원흉인 도나우와 함께 다가왔다. 폴리아나는 고개를 끄덕였다. 병사들에게 배식을 하기 앞서 맛만 보자고 몰려온 장교들에게 한 국자씩 배식되었다. 그들은 환한 미소와 함께 스튜를 한입 뜨고.

꾸에에엑.

돼지 멱따는 소리 비슷한 걸 내면서 토했다. 비위 좋은 자들은 엑엑거리면서 물을 찾아 입을 헹궜다. 그 광경을 목격한 병사들의 눈이 휘둥그레졌다.

"독이야?"

"식중독인가?"

"상한 거 없잖아!"

"독도 아니야! 만드는 걸 우리가 다 봤는데!"

"그럼 더럽게 맛없다 소리잖아!"

수전증이라도 걸린 사람처럼 손을 떨던 바우팔로 경이 폴리아나의 어깨에 손을 올렸다.

"고원가?"

"아닙니다!"

반응이 이정도면 만든 입장에서도 참담하다. 폴리아나는 떨리는 손으로 스튜를 떠 입에 가져갔다.

구토를 마치고 입을 헹군 기사들의 시선이 그녀에게 쏠렸다. 꿀꺽. 스튜를 한입 먹은 폴리아나는 멀쩡한 얼굴로 되물었다.

"먹을 만한데요?"

"뭐?"

바우팔로 경은 그 말에 한입 더 먹고 수전증이 도졌다. 폴리아나는 상관 앞에서 인상 쓰는 무례를 감수하며 반박했다.

"벌레나 흙, 썩은 고기, 시체, 오물도 들어가지 않았고 먹고 죽을 정도도 아닙니다. 먹을 수 있습니다."

"짬이라는 게 먹을 수 있다는 문제가 아니잖나."

짬밥이 맛있으면 사기가 올라간다. 맛있는 짬이라는 건 원활한 보급만큼이나 중요한 문제였다.

식사하기 전 입맛 버린 기사들이 떠나고 병사들은 저 무시무시한 걸 자기들이 먹어야 한다는 현실에 분노했다. 궁금해서 한술 떠먹어 본 병사들의 반응이 기사들과 비슷했기에 더욱 그랬다.

결국 폴리아나는 그녀가 만든 음식물을 책임지기로 했다.

"정 그러시면 소관이 다 처리하겠습니다."

"경 혹시 미맹인가?"

"아닙니다!"

"그런데 저걸 다 처리하겠다고?"

"버리지 않습니다. 다 먹어서 치우겠습니다."

"……정말 괜찮은가?"

"발로 밟은 빵도 먹어 봤습니다. 괜찮습니다!"

"먹다가 병이 나."

"괜찮습니다!"

"그래. 그럼 저건 경이 처리하도록 하고, 병사들 식사는 새로 만들지. 도나우!"

바우팔로 경의 부름에 도나우가 잽싸게 대답했다.

"네!"

"네가 시작한 일이니 네가 새로 만들어라. 배식과 설거지도 네 선에서 끝내."

"아버지!"

"솥은 여분으로 있는 걸 사용해라. 다 되면 부르고."

바우팔로 경이 버린 입맛을 회생시키려 굳힌 엿과 찻잎을 입에 물었다. 병사들도 평소보다 늦어지는 식사시간을 인지하고 흩어졌다. 미련을 못 버린 자가 주춤주춤 다가와 스튜를 떠먹곤 갈등했다.

평소보다 과하게 들어간 비계와 향신료가 구토의 주범이었다. 입에 넣는 순간 기름이 혀를 감싸고 강한 향이 목구멍을 때려서 그렇지 코 막고 먹으면 못 먹을 건 아니었다.

"못 먹을 맛은 아닌데?"

"이런 거지새끼가."

폴리아나처럼 못 먹는 게 아니면 다 먹을 수 있는 식성의 병사가 동료에게 끌려갔다. 폴리아나는 책임을 지기 위해 스튜를 그릇 가득 담았다.

도나우가 그녀를 노려봤다. 눈빛이 물리적인 힘이라면 불도 붙였을 것이다. 도나우는 솥에 물을 담아 끓이면서 슬금슬금 다가왔다.

"도대체 무슨 맛인데, 우엑."

냄새는 멀쩡하니 맛이 짐작가지 않아서 시식한 아들은 아버지와 비슷한 반응을 보였다.

"이걸 사람 먹으라고 만들었어?"

스튜가 가득 든 솥을 걷어차면 사람 발이 아프다. 군화를 신었어도 발가락으로 전해지는 충격은 크게 다르지 않았다.

감히 솥을 걷어찬 도나우를 보면서 폴리아나는 손가락 관절을 꺾었다. 제 발로 차고 아파서 끙끙거리는 모습이 아니었다면 아직 뜨거운 스튜에 머리를 잡아 처넣을 뻔했다.

어쨌든 이번 일은 도가 지나쳤다. 폴리아나는 거시기에 털 나기 시작했을 텐데 대가리가 피 안 마른 애새끼에게 경고했다.

"다음은 없다."

"퍽이나 무섭네. 그냥 여기서 붙어."

"너는 아직 기사가 아니니 나와 결투할 자격이 없다. 일방적인 훈육은 가능한데."

"기사도 아닌 년이 무슨 수로?"

에하스였다면 뼈가 부러질 때까지 팼다. 지금은 주군인 룩소스 1세에게 폐가 되지 않기 위해 몸을 사리고 있을 뿐이다.

"착각하지 마라, 도나우. 기사들은 못 이겨도 너는 이길 수 있다. 나는 전하께 서임 받은 기사다. 이 이상의 무례는 불충으로 간주하고 처벌하겠다."

"왕께서 그럴 리 없어! 분명히 네가 뭔 짓을 했겠지! 딱 봐도 계집으로 안 보이니까 서임 받을 때까지 성별을 속였거나, 관대하신 전하께 구걸했을 거야!"

"전하께서 구걸하는 자에게 기사 서임을 해 주신다는 거냐?"

"왕께서 그럴 리 없다고! 이 미친년아하악퍅!"

변성기가 온 소년의 목은 샛소린지 쇳소린지, 날카로운 탁음을 냈다. 목소리가 너무 찢어져 광대가 일부러 내는 듯했기에 도나우의 얼굴이 붉어졌다.

폴리아나도 전의를 상실하고 식은 스튜를 순식간에 먹어치웠다. 도나우는 다시 쇳소리가 날 것을 염려해 작은 소리로 꿍얼거렸다.

"계집도 아니고 돼지잖아. 우엑. 돈 주고 먹으라고 해도 안 먹는다. 뚫린 것도 입이라고 아무거나 다 처먹지."

폴리아나가 열넷에 입대해 처음 배식 받은 빵은 누군가 밟은 자국이 선명했다. 납작하게 밟힌 빵을 손에 들고 열넷의 폴리아나는 고민했다. 먹느냐, 굶느냐.

폴리아나는 먹었다. 벌레가 으깨진 스프, 침 뱉은 물, 곰팡이가 핀 육포, 썩어 가는 과일, 식초가 되어 버린 포도주. 침 뱉은 물은 얼마 전에도 마셨다.

"네가 내 물에 침 뱉는 거 다 알아."

"이젠 누명까지 씌워?"

"그렇게 네 타액을 내게 먹이고 싶다면 별말 않겠다. 바우팔로 경에게 아드님의 성적 취향이 괴상하다는 사실을 알려 드려야겠지."

도나우의 얼굴이 일그러졌다. 폴리아나는 쉬지 않고 말했다.

"흙, 먼지, 벌레, 그 외의 이물질 다 안 돼. 이미 많이 먹어 봐서 척 보면 다 안다. 거시기에 털이 났는지, 안 났는지 모르겠지만 잘 들어라 도나우. 난 열넷에 기사가 됐고 6년 간 참전했다. 네 말대로 찢어져서 피 흘리는 가랑이에 털도 다 나서 너보다 무성해."

도나우의 얼굴이 새빨개졌다.

"이 미친년이끼야학!"

다시금 쇳소리가 났다. 부끄러워하지 않고 달려드는 도나우를 멀리서 날아온 건틀렛이 쓰러트렸다.

깨액! 돌 맞고 도망가는 까마귀의 비명소리를 내고 도나우가 쓰러졌다. 바우팔로 경이 건틀렛을 주워 털었다.

"넌 일주일 동안 식사당번이다. 미안하네, 경. 내가 훈계하겠네."

바우팔로 경이 바닥에서 일어나는 도나우의 옆구리를 걷어찼다. 도나우는 다시 깨액 소리를 내고 엎어졌다.

패는 힘이야 바우팔로 경이 더 세다. 그렇지만 폴리아나에게도 병장기를 들고 싸운 가락이 있고 사람 팰 때 느끼는 타격감을 알았다. 저런 걸론 부족했다.

"아드님이 다시 문제를 일으키면 소관이 직접 훈계하고 싶습니다."

"아드님은 무슨. 종자니까 편히 대해. 도나우, 들어라. 여자라도 폴리아나 경은 왕께서 인정한 기사다. 네 태도는 무례했다."

"저년만 아니었어도 내가 기사 되는 건데!"

"이 자식이!"

기사와 종자보단 아버지와 부자의 훈육이 시작됐다. 가정사엔 끼지 않겠다는 주의인 폴리아나는 자리를 정리하고 빠졌다. 깩깩 얻어맞는 모습이 기사 집안다웠다.

폴리아나는 숟가락을 챙기다가 호기심에 도나우가 만든 스튜를 떠먹었다.

폴리아나의 눈이 휘둥그레졌다.

엄청 맛있었다.

도나우와 폴리아나가 부딪치는 횟수가 잦아졌다. 기회를 노리던 폴리아나는 번번이 훈육 찬스를 놓쳤다. 애새끼 눈치가 얼마나 좋은지 꼭 혼낼 만하면 무슨 일이 생겼다.

몇 번의 부딪침 끝에 폴리아나는 도나우의 눈치가 좋은 게 아니라 그의 함정에 빠졌다는 사실을 알아챘다. 전체적인 경력은 폴리아나보다 짧아도 아크레아군에 복무한 기간은 더 길다. 도나우는 사람들의 이동경로와 일과를 예상하고 폴리아나에게 시비를 걸고 지는 빠져나갔다.

도나우가 유일하게 내빼지 못하는 시간은 식사를 준비할 때였다. 그땐 폴리아나가 시비를 걸지 못했다. 신성한 음식 앞에서 불화를 쏟으면 벌 받는다.

대신 폴리아나는 차선책을 택했다. 애새끼가 그녀를 거슬려 한다는 것을 무기로 도나우가 음식 준비를 할 때마다 옆에서 어슬렁거렸다.

다른 사람들은 폴리아나가 음식을 중간중간 뺏어 먹는 걸 보고 음식 때문이려니 지레짐작했다. 다른 사람 앞에선 티 내지 못하는 도나우 덕분에 폴리아나는 대놓고 소년의 신경을 긁었다.

"종자야, 국이 짜다."

"강에 빠져 뒈져라."

폴리아나가 웃었다. 도나우도 웃었다. 겉으로만 봐선 화기애애한 분위기가 지나갔다.

"네년만 아니었어도 내가 기사가 되는 건데."

"때 되면 알아서 될 걸 남 탓으로 돌리는 애새끼였네."

"때 문제가 아니야! 내 동기들은 모두!"

도나우가 유독 폴리아나에게 시비를 거는 것은 성별 때문이 아니었다.

기사 서임을 마구 남발할 수 없으니 일 년에 정해진 인물만 기사가 된다. 종자인 도나우는 기사 서임 받는 날만을 기다리고 있었다. 그의 또래는 모두 기사가 되었다. 그런데 동기 중 제일 잘난 본인은 기사가 되지 못하고 형과 아버지 밑에서 잔심부름만 한다.

이번엔 기사가 되겠거니. 이번엔 내 차례겠거니. 동갑 종자들이 모두 기사가 되고 이젠 어린 동생들만 남았다. 이번엔 반드시 그의 차례일 거라 믿었는데 중간에 폴리아나가 채 갔다.

왕은 앞으로 3개월은 새로 기사를 받아들이지 않을 것이다. 모두 폴리아나 때문이었다.

"기가 막혀서. 네놈이 애새끼니까 전하께서 발랑 까짐을 알아보시고 기사로 안 두신 거지 내 탓이냐."

"네년이 다 망쳤어, 사갈 같은 년아!"

도나우가 국자로 솥 가장자리를 내리쳤다. 국자에 묻은 음식물이 사방으로 튀었다.

폴리아나는 인상을 쓰고 국자를 뺏어 도나우의 머리를 후려치려 다 말았다.

음식 냄새를 맡고 온 개 한 마리가 어슬렁거렸다. 폴리아나가 그 녀가 만든 스튜를 담아 개에게 주자 개는 냄새를 킁킁 맡고 몇 번 핥더니 그대로 내뺐다.

"……."

"으하하하핫, 개도 안 먹어! 저딴 개죽을 누가 먹나 했더니 개도! 개도 안 먹어!"

도나우가 대놓고 비웃었다. 폴리아나는 개죽, 아니 스튜를 그릇 가득 담았다. 음식엔 죄가 없다는 것이 그녀의 지론이었다.

진군을 하지 않아도 서류는 쌓인다. 휴식시간이 되자 폴리아나는 잠깐 밤 산책을 나왔다.

좀 어릴 땐 이렇게 밤 산책을 나오면 밤을 틈타 그녀를 겁간하려 는 작자들이 종종 등장했다. 그럴 때마다 폴리아나는 전력으로 반 항하고 패고 도망갔다.

재능은 없어도 근성은 있고 재주가 부족해도 기사로서 임한 시간 과 경험이 남는다. 여기사 덮쳐 보겠다고 밤에 찾아오는 새끼들은 충분히 퇴치할 수 있었다.

군기 잡힌 아크레아군에선 그러는 또라이가 없었다. '여자는 사 흘에 한 번 패고 남자는 사흘에 한 번 풀어야 한다'는 개뿔이. 남자 는 성욕을 참지 못한다는 개소리를 들으면 개도 웃었다.

그렇게 성욕을 못 참는 게 진짜라면 성욕 못 참는 자기들끼리 떡을 치면 된다. 왜 참을 수 있는 애꿎은 여자 붙잡고 지랄염병 똥을 싸나. 똥을 뒷구멍으로 쌀 것이지 입으로 줄줄 싸서 설사를 뿌리고 다녔다. 어휴, 더러워라.

폴리아나가 에하스군에 있을 때 선배 기사들은 뒷구멍 좀 뚫렸다고 생리하는 계집애처럼 땍땍거리지 말라고 동기들을 굴렸다. 폴리아나는 선배들의 말에도 동의할 수 없었다. 그녀는 생리할 때도 결코 땍땍거리지 않았다. 불순이 심해도 다행히 생리통은 없었다.

기분이 더러워지는 건 인정한다. 생리할 땐 유독 손속이 거칠어져서 쉽게 죽일 놈도 두 번 더 베어 죽였다. 내 몸에서 나는 피건 남의 몸에서 나는 피건 사람을 흥분시키는 힘이 있나 보다.

무엇보다 선배 기사 중에도 가끔 또 뚫리고 땍땍거리는 놈들이 있었다. 그들이 남 말할 처지가 아니었다.

폴리아나가 밤 산책을 나온 건 다른 이유가 아니었다. 보초를 서고 있는 병사들에게 암구호를 대고 근처의 나무로 다가갔다. 보초는 맨 손으로 나무를 패는 폴리아나를 보고 자리를 피했다. 미친년은 피하는 게 상책이란 태도였다.

무아지경의 상태로 나무를 패던 폴리아나는 가까워지는 인기척에 식물 폭행을 그만뒀다. 숲에서 남자 몇 명이 달밤 씻나락 까먹는 귀신을 발견한 얼굴을 하고 있었다. 개중 한 명은 아이노 경이었다.

아이노 경은 절대 룩소스 1세의 곁을 떠나지 않는다. 그런 아이노 경이 있는 곳엔? 국왕 룩소스 1세도 계신다.

폴리아나의 등골을 타고 식은땀이 흘렀다.

"신 폴리아나 윈터, 전하를 뵙습니다."

"아, 그래. 뭔지 몰라도 수고해라."

룩소스 1세의 시선이 무심히 폴리아나를 스쳐 지나갔다. 폴리아나는 이를 꽉 물었다. 그녀가 대단치 않으니 왕이 관심을 두지 않는다고 원망할 자격이 없다.

아이노 경은 기가 막힌다는 얼굴로 그녀를 노려보다가 왕의 뒤를 따랐다. 그들과 함께하는 남자들이 무거운 것을 옮겼다. 멧돼지였다.

사냥에 능한 아크레아국 병사와 기사들은 군량이 부족하지도 않은데 가끔 취미로 짐승을 잡아먹었다. 바우팔로 경은 아무거나 잡아먹다 기생충 걸려 뒈질 새끼들이라고 욕했다. 보급대장이 화를 내니 군법까진 아니어도 다들 금지하고 있었는데 왕이 밤중에 몰래 사냥 갔다 딱 들킨 것이다.

민망한 건 폴리아나 혼자가 아니었다. 하필 다른 기사도 아니고 보급부대 소속에게 들켰으니.

룩소스 1세는 왕은 무치라는 말도 잊고 서둘러 자릴 뜨려 했다. 그때 문득 떠오른 바가 있었다.

"그러고 보니 경이 독극물 사태를 벌였다지?"

"독이 아닙니다!"

관심을 보여 준 것은 감읍할 일이나 이런 건 좋지 않다. 폴리아나는 납죽 엎드렸다.

독은 절대 넣지 않았다. 다 먹을 수 있는 재료였다. 태워먹지도 않았고 흙을 퍼 넣지도 않았다. 실제로 폴리아나는 매일 아침 점심 저녁을 그녀가 만든 스튜로 때우고 있었다. 착실하게 줄어드는 분량에 병사들과 기사들이 혀를 내둘렀다.

독한 년. 혀 없는 년. 독 먹고도 무사할 년.

'뭐래, 잡것들이. 먹어서 탈 안 나면 그만이지.'

바우팔로 경은 도나우에게 일주일 동안 식사를 도맡을 걸 명령했다. 맛있는 걸 먹으려면 얼른 먹어치워야 했다.

"짐도 경의 솜씨를 맛보고 싶구나."

"전하. 아닙니다."

호위기사들 중 그날 폴리아나의 음식을 먹어 본 이가 있었다. 기사가 진지한 얼굴로 고개를 젓자 룩소스 1세는 폭소했다.

"그 정도였느냐? 뭐, 경은 짐의 기사이니 음식을 할 일도 없겠구나. 경에게 이 멧돼지를 내릴 테니 잘 나눠 먹도록 하라."

룩소스 1세는 몰래 사냥 나가 멧돼지를 두 마리 잡아왔다. 한 마리 줄 테니까 바우팔로 경에게 말 좀 잘해 달라는 의도가 전해졌다.

얼떨결에 받은 하사품에 폴리아나는 다시 납죽 고개를 땅에 박았다. 장정 넷이 들어도 바닥에 질질 끌릴 멧돼지가 그녀 앞에 놓였다.

왕이 떠나자 폴리아나는 바닥에 처박았던 이마를 들고 멧돼지를 살폈다. 그녀 혼자 힘으로 옮기기는 무리였다.

"젠장."

무거워서 못 들겠다고 병사들을 부르면 다들 어떤 반응을 보일지 눈에 선했다. 남자도 혼자서는 감당 못 할 멧돼지인 걸 알면서 여자는 어쩔 수 없다느니 개소리를 해 대겠지.

분노한 폴리아나가 다시금 식물 폭행을 감행했다. 가엾은 나무는 잔가지와 나뭇잎만 떨어트렸다.

난데없는 하사품에 바우팔로 경은 삐졌다. 왕이 바우팔로 경의 말을 듣지 않아서가 아니다. 사냥에 안 데리고 가 줘서다.

갑자기 생긴 돼지고기에 신난 건 병사들이었다. 사냥꾼 출신이

대다수이기에 각자 멧돼지를 잡고 어떻게 하자고 말들이 많았다. 사공이 많으니 배가 산으로 가려 했다. 결국 바우팔로 경이 책임을 지고 수습했다.

"경에게 내려진 것이니 경이 감독하도록 하고. 이걸로 뭐를 해 먹지."

가죽과 엄니, 뼈와 같은 부산물은 보급부대에서 따로 챙긴다 치고 남은 고기로 뭘 해 먹냐가 문제였다.

"굽지 말입니다!"

"찜! 돼지찜!"

"통구이 해 먹지 말입니다!"

"훈제가 최고지 말입니다!"

"순대!"

"육포 만들어서 타 부대에 생색 내지 말입니다?"

"어, 그거 좋네. 너 이리 와 봐라."

바우팔로 경은 육포 얘길 꺼낸 병사의 머리를 쓰다듬고 폴리아나에게 물었다.

"경은 어떤 게 좋은가?"

답은 정해져 있으니 너는 대답만 해. 군대의 상관들은 다 똑같았다. 폴리아나는 6년 짬으로 즉각 대답했다.

"육포가 좋겠습니다."

"좋아. 그럼 가죽은 벗겨서 일단 잘 말려 두고 뼈랑 이빨은 다 추리고, 피는 버려! 기생충 있어. 챙겨서 순대나 소세지 만드는 새끼 있으면 잡아서 자기 내장으로 만들 줄 알아라. 내장도 삶지 말고 다 버려. 뭐가 있을지 모르니."

전염병과 기생충은 군대의 적이다. 아크레아 군대의 '어머니' 바우팔로 경은 뒷일을 폴리아나에게 일임하고 떠났다.

고기를 앞에 둔 병사들은 신이 나서 떠벌렸다. 이 정도 크기면 몇 년 생이라느니, 수컷이라느니, 육포는 몇 인 분이 나올 것이라느니.

돼지 멱을 따자 아직 식지 않은 피가 흘러나왔다. 폴리아나는 병사들이 피를 받지 못하게 매의 눈으로 감시했다. 수원을 오염시키지 않도록 피가 흥건해진 바닥 흙을 퍼서 좀 떨어진 거리에 버리게 했다.

평소 짬 찌꺼기를 먹기 위해 맴도는 개와 고양이 등의 동물들이 근처에서 낑낑거렸다. 낮이었으면 새들도 참가했을 것이다. 병사들이 내장을 버리자 개가 내장을 물고 도망갔다. 고양이는 주변에 남은 잔해를 핥아먹었다. 내장을 두고 쟁탈전을 벌이던 개들이 개싸움을 벌였다. 병사들이 애잔한 눈으로 개싸움을 구경했다.

"저게 제일 맛있는 건데."

"해체나 해."

익숙한 솜씨로 멧돼지를 해체하던 병사들은 갑자기 고개를 모으고 쑥덕였다. 그들은 큰 고깃덩이를 발라 내 따로 옮겼다.

"대장님이랑 구워 드시지 말입니다."

"설마 고기도 못 굽는 건 아니지 말입니다?"

국왕을 직접 만나 멧돼지를 받아 온 것이 보급부대 병사들에게 폴리아나를 기사로 인식하게 하는 계기가 되었다. 기사는 집어치우더라도 귀족은 맞았다. 뭣보다 고기를 앞에 두고 병사들은 인심이 후해졌다. 진심으로 인정은 못 해도 말 정도야.

'못 먹이는 것도 아닌데 다들 왜 지랄들인지…….'

에하스군에 비하면 짬도 준수하게 잘 나오고 단백질을 안 챙겨 주는 것도 아닌데 꼭 못 먹고 다니는 것처럼 구는 병사들이 폴리아 나는 부끄러웠다.

폴리아나는 병사들이 따로 뺀 고기를 적당히 잘라 불에 구웠다. 기생충을 염려해 바싹 익혀서 조금 질기긴 해도 소금과 향신료를 뿌린 돼지고기는 먹음직스러웠다.

적당량을 잘라 바우팔로 경에게 바친 후 폴리아나는 그녀 몫의 고기를 들고 막사로 가기 위해 걸었다. 방심하던 그녀는 갑자기 걸려온 발에 균형을 잃었다. 넘어지진 않았지만 고기가 바닥에 떨어졌다.

폴리아나가 고개를 돌려 발을 건 당사자를 노려봤다. 헤헹. 도나우가 팔짱을 끼고 으스댔다.

폴리아나가 나직이 말했다.

"주워."

"기사님은 땅에 떨어진 고기도 주워 먹나 봐?"

"주워."

"개도 안 먹는 걸 먹으니 쓰레기도 먹나 보지?"

도나우가 고기를 발로 찼다. 막사 앞이 시끄러워지자 바우팔로 경이 나왔다. 굳이 설명을 듣지 않아도 다 알겠다는 표정이기에 폴리아나는 신중히 요청했다.

"바우팔로 경. 종자의 무례를 벌해도 되겠습니까?"

"어, 그렇게 하게."

"나는 기사 아닌 년의 처벌은 못 받 깨액!"

바우팔로 경의 허락이 떨어지기 무섭게 폴리아나는 도나우의 중심을 걷어찼다.

설마 거길 맞을 줄 몰랐던 도나우가 바닥에 무릎 꿇었다. 설마 거길 때릴 줄 몰랐던 바우팔로 경의 눈이 휘둥그레졌다.

보급부대에서 보낸 몇 주 동안 폴리아나는 주위 기사들이 종자를 어떻게 대하는지 살폈다. 그 결과 성적인 갈취는 없었고 과한 폭행도 없었으나 적당한 어루만짐은 만국 공통이라는 결론을 얻었다.

이 모두 대가리에 피 안 마른 애새끼의 피를 말려 주기 위한 친절한 훈풍임을 언젠가 애새끼도 알게 될 것이다.

폴리아나가 바닥을 구른 흙투성이의 고기를 들어 던졌다. 고기는 새파랗게 질린 얼굴로 부들부들 떠는 도나우의 얼굴에 명중했다. 낭심을 차이고, 고기에 얼굴을 맞고. 기껏해야 주먹다짐 정도를 생각했던 도나우는 연이은 공격에 정신을 차리지 못했다.

"이게 무슨 짓인가!"

"소관이 이제껏 걷어찬 불알이 대대 하나는 이룰 겁니다. 안 터졌으니 손주 걱정은 하지 마십시오."

폴리아나가 워낙 여상하게 대꾸하는 통에 바우팔로 경은 화낼 시기를 놓쳤다. 폴리아나는 숨도 제대로 못 쉬는 도나우의 멱살을 잡고 친절히 속삭였다.

"자꾸 가랑이에 흐르는 피를 언급해 주니 나도 네 가랑이 사이에서 피 나올 때까지 패 줄까? 네가 건방 떨면 난 다른 데는 패지 않을 거다. 피 흐를 때까지 한 곳만 팰 거니 원하면 개겨라."

"이런 건 훈육이 아니잖아!"

바우팔로 경이 아파서 말도 못 하는 도나우에게 달려가 엉덩이를 두들겼다. 몸이 흔들리면 더 아프니 그냥 내버려 두는 게 좋을 텐데. 폴리아나는 한결 후련해졌다. 앓던 이가 빠진 기분이었다.

"고추 떨어진 것도 아니고. 뼈 부러지는 것보단 낫습니다."

"그게 말이 되나! 여기가 얼마나."

"아프니까 앞으로 안 개길 겁니다."

폴리아나는 구운 고기를 근처에 있던 개에게 던졌다. 개는 고맙다는 듯 컹! 크게 짖고 고기를 물고 도망갔다.

병사들이 있는 앞에서 걷어찼으니 소문이 안 날 수 없다. 소문 듣고 찾아온 하우 경은 동생이 맞이한 비극에 배를 잡고 바닥을 굴렀다. 진짜 성 기능을 상실했다면 모를까, 개기던 여자에게 맞아서 말도 못 하는 모습은 웃음만 나왔다.

"이참에 확실히 해 두겠습니다. 전 전하께 서임을 받은 기사이며 바우팔로 경의 부관입니다. 종자의 건방을 묵인할 이유가 없습니다. 아버지와 형을 믿고 훗날 목이 베일 것이 보여 허락을 받고 혼낸 것입니다. 오늘의 교육이 그의 목을 붙들어 놓을 겁니다. 또한 부관으로서 바우팔로 경에게 말씀드립니다. 진정 아들을 위한다면 기사 서임 막지 마시고 상관에게 개기면 좆된다는 걸 가르치십시오."

도나우가 기사가 못 되는 것은 모두 아버지 탓이지 그녀 탓이 아니다. 기사 서임을 할 수 있는 인원수 제한은 개뿔이.

내려질 영지와 봉록을 걱정해 최대 제한을 두긴 하겠지만 지금은 전시다. 전시엔 누구나 기사가 될 수 있다. 기사에서 귀족 되는 일에 비하면 기사가 되는 건 쉬운 편이다.

기사는 병사와 마찬가지로 소모품에 불과하다. 조금 더 비싸고 훈련받은 소모품. 도나우가 서임을 못 받는 건 바우팔로 경이 아들을 걱정해 룩소스 1세에게 부탁했기 때문이 틀림없었다. 한 집안의 남자를 모두 빼 온 룩소스 1세는 미안한 마음에 받아들였을 테고.

도나우는 제법 총명하다. 아버지와 형이 칭찬하고 폴리아나가 지켜본 바로 허풍이 아니었다. 머리 잘 돌아가는 새끼가 뻔히 보이는 사실을 외면하고 폴리아나 탓을 하는 건 아버지와 왕을 원망하고 싶지 않기 때문일 것이다.

하지만 부당한 원망을 대신 받는 폴리아나는? 안 그래도 여자라서 온갖 감정이 쓰레기처럼 쏟아지는데 거기에 그 외의 것까지 부담할 마음은 추호도 없었다.

폴리아나가 길을 걷자 주위의 병사들이 그녀의 눈길을 피하면서 가랑이를 가렸다. 한동안 군기는 바짝 들어 있을 병사들을 기대하고 폴리아나는 그녀의 막사로 돌아갔다. 혼자 남게 되자마자 그녀는 크게 한숨을 쉬었다.

'부럽다.'

진실로 폴리아나는 도나우가 부러웠다. 존경할 수 있는 아버지를 둔 것도, 거리낌 없이 목숨을 바칠 수 있는 왕의 국민으로 태어난 것도, 그런 그들에게 어리광 부릴 수 있는 모든 것이 부러웠다.

병사들은 폴리아나를 볼 때마다 각자의 거시기 안부를 확인했다. 도나우는 제대로 된 훈육이 아니었다며 빼액빼액 난리를 쳤다. 그때마다 폴리아나는 도나우를 무시하고 바우팔로 경에게 말했다.

"아무래도 아드님이 결혼하기 싫으신가 봅니다."

그러면 바우팔로 경이 나서서 해결했다. 그러지 않을 땐 폴리아나는 아낌없이 도나우의 거시기를 깠다.

도나우가 갖고 있던 서열은 본래 그의 것이 아니고 아버지와 형, 종자들 중에서 최연장자라는 지위로 획득한 것이다. '여자에게 거시기를 까인 놈' 타이틀을 획득하고 서열이 하락하는 바람에 그는 전보다 괴로운 종자 생활을 하고 있었다. 한동안은 바빠서 폴리아나에게 시비 걸 시간도 없을 것이다.

폴리아나는 만족했다. 이만하면 성공적인 적응이었다.

4. 도강

4. 도강

아크레아 왕국군 사령부 막사. 룩소스 1세와 왕의 기사들은 코에
몽 강을 건너 배배로 왕국을 칠 준비를 끝마치고 있었다.

"근처 어촌의 어선과 선박의 징발이 끝났습니다. 8할이 군용으로
개조 완료되었으며 2할도 곧 끝납니다."

"강의 물길을 아는 어부들 중 참여자를 모아 군사훈련 중입니다."

"배배로의 동태는?"

"아직 조용합니다. 겨울이 될 때까지 안심하고 있는 것 같습니다."

"수상한 기색은 없습니다. 국경이 폐쇄돼 첩자는 돌아오지 못했
지만 전서구는 아직 괜찮습니다."

봄이 오고 코에몽 강의 가장자리가 녹으면 룩소스 1세의 군세는
대대적인 도강을 시도할 예정이다. 그걸 위한 준비가 들켜선 안 됐
다. 전쟁은 언제나 기습하는 자의 승리다.

수적인 열세가 아니라면 기습은 필승의 수였다. 길거리 싸움에서

통용되는 '선빵필승'은 국가 간의 전쟁에서도 마찬가지였다.

룩소스 1세는 여러 지도를 참고해 급조된 코에몽 강 지도를 살폈다. 코에몽 강은 폭이 넓고 수심이 깊은 북부 최대의 강이다. 자연스럽게 주위엔 어촌이 형성되고 사람과 물자를 싣는 정기선이 있었다.

하지만 겨울엔 강 가장자리가 모두 얼어붙어 어선이나 정기선을 띄우지 못한다. 가끔 얼음낚시를 하는 자들을 룩소스 1세는 막지 않았다. 하지만 군대가 주둔하는 와중에 한가로이 얼음낚시를 하겠다고 나서는 지역 주민은 없었다.

가장 큰 문제는 경험 부재였다. 룩소스 1세의 군세는 굴강하나 수전 경험이 부족했다.

아크레아는 북쪽 끝의 영토. 모든 물은 봄여름을 제외하면 얼어붙고 바다는 영구한 얼음의 대륙이나 마찬가지다. 수전이라는 단어는 용맹한 아크레아 전사들의 사전에 등재되지 않은 미지의 말이었다. 배 위에서 싸우고, 배를 붙여 근접전을 벌이고, 배를 향해 화살을 쏘고. 모두 낯설었다.

당장 어떤 병사가 어디서 뱃멀미를 하게 될지 모르는 상황. 룩소스 1세는 심기를 가해 병사들이 물에 익숙해지게 했다. 근처 어부들을 불러 물에 대한 조심성을 가르치게 하는 것도 잊지 않았다.

"수전이 익숙하지 않은 것은 배배로의 군사도 마찬가지입니다. 에하스와 쿠크다가 서로 다투는 통에 배배로는 국경에 신경을 쓰지 않았습니다. 그러니 너무 심려치 마시옵소서."

"그들에겐 배를 다루던 백성이 있다. 하지만 짐의 병사들은 배를 다루기는커녕 노도 저을 줄 모르는 자가 태반이야. 아마 노가 어떻게 생겼는지도 모르는 자들이 더 많을 것이다."

"이미 선발부대들을 특훈시키고 있습니다. 분명 잘될 겁니다. 염려치 마십시오."

"짐도 그들을 믿네. 다만 과자 먹듯 쉽지는 않을 거란 말이야."

과자 먹듯. 룩소스 1세는 무심코 나온 표현에 한 사람을 떠올렸다. 동시에 두 국가를 정복하는 일이 과자 부수는 것보다 수월하리라 장담했던 여기사의 얼굴이 금방 떠올랐다.

갑자기 받아들인 외국인, 그것도 여기사임에도 룩소스 1세는 폴리아나에 대해 심려치 않았다. 그녀라면 금방 적응할 것 같았기 때문이다. 실제로 폴리아나는 금방 적응했다. 주위 사람들이 그녀에게 적응 못 해서 그렇지.

병사는 절대 놀리면 안 된다는 고금의 진리에 따라 바우팔로 경이 삽과 곡괭이를 들고 진지 보수에 나섰다.

본래 타 부대의 병사들은 상관이 아닌 바우팔로 경의 인력 차출에 반항할 수 있지만 그러는 자는 없었다. 어딜 가든 밥 주는 사람이 왕이라는 것 또한 고금의 진리였기 때문이다.

그래도 불만의 목소리가 커지가 바우팔로 경이 말했다.

"불만이면 특훈 받아!"

무장을 하고 겨울 강에 뛰어들어 수영하는 가엾은 전사가 될 것인가 삽을 들고 흙을 팔 것인가!

병사들은 삽과 곡괭이가 그들의 진정한 벗이었음을 깨닫고 손에서 떼어 놓질 않았다. 바우팔로 경이 한심하다는 듯 웃었다.

삽과 곡괭이 외에 톱과 못, 망치와 대패를 자기 벗으로 삼은 병사들도 있었다. 어선과 상선, 여객선을 징발해도 병사들이 단번에 강을 건너기엔 부족했다. 그래서 근방의 기술자들을 모아 조선작업을 시작했다. 그래도 큰 배는 만들 수 없어서 작은 배가 대부분이었다.

코에몽 강의 물살은 작은 배들을 어선으로 쓸 만큼 유속이 느려, 수전을 벌이는 것이 아닌 상륙 목적이라면 이 정도로 충분했다. 이쪽에서 이렇게 준비하는 동안 배배로에서도 무언가를 하고 있을 가능성이 높았다.

놀라운 속도로 북방의 두 나라를 침공한 무력이 남하하지 않으리라 여기면 낙관이 지나친 백치에 가깝다. 그렇기에 배배로에서도 나름의 방비를 하고 있었다.

다만 차이가 있다면 배배로는 겨울을 대비하고 아크레아는 봄을 기다리는 것이다.

군대의 핵심인 병졸들도 두 나라가 달랐다. 상비군 유지는 모든 군주의 꿈이다. 무력은 곧 힘. 그것을 제 힘으로 휘두를 수 있는 권세를 모두가 바란다.

하지만 군대는 곧 돈이다. 단순히 먹이는 것에서 그치지 않는다. 먹이고, 입히고, 재우고, 들려야 한다. 그것만 하면 군인이 가정을 꾸릴 수 없게 되기에 돈까지 지급해야 한다.

전시엔 그 돈이 아깝지 않으나 전쟁이 끝나면? 군인으로 무얼 한단 말인가?

그렇기에 대륙에서 권좌에 오른 자들은 직업군인으로 군대를 꾸리지 않았다. 징병으로 선발된 다수의 백성과 무력과 재력으로 봉사하는 명문 무가, 무력으로 봉사해 봉급을 받는 기사 계급, 소수의 귀족가문 출신 기사와 지휘관이 군대를 구성하는 요소였다.

그렇다 보니 일반 병사들의 무력은 미약했고 훈련도 잘 이뤄지지 않았다. 전쟁의 축은 기사였다. 기사끼리의 결투로 승패를 가르는 전투도 많았다.

겨울과 징집병. 오랫동안 대륙을 지배해 온 전쟁의 상식을 룩소스 1세는 가볍게 뒤엎었다. 그런 왕을 의심하지 않는 군세가 뒤따랐다. 아마 그들은 아크레아를 떠나며 무패의 신화를 꿈꾸었을지도 모른다.

코에몽 강의 얼음이 모두 녹자마자 룩소스 1세는 휘하의 기사들과 병사를 이끌고 도강을 시도했다. 첫 술에 배부를 수 없기에 모든 부대가 출전하진 않았다.

주둔지에 남겨진 병사들은 훈련을 하거나 진지를 보수하거나 주위 민가로 차출되어 민간에 봉사했다. 정복지이니 이렇게 좋은 이미지를 남기는 게 중요했다.

바우팔로 경이 민간 봉사에 나간 병사들을 단속하러 갔다. 폴리아나는 능숙하게 상관의 부재를 메꾸고 위임받은 일들을 처리했다.

이후의 불미스러운 유혈사태로 인해 병사들은 폴리아나 앞에서 침을 뱉지 않았다. 그녀가 떠나길 기다리다 보이지 않게 되면 침을 뱉었다.

병사들에게 독한 년, 기센 여자 평을 듣게 된 덕분에 기사들도 그녀를 더 이상 계집이라고 부르지 않았다. 폴리아나를 부를 일이 생기면 기사들은 몹시 난감한 표정을 지었다. 첫눈에 반한 여자의 집 주소를 물어보라고 해도 그런 표정을 짓지 않을 것이다.

저기요. 어…… 저기. 여기요!

처음 들어가 본 음식점 급사도 그보단 친숙하게 부를 듯 싶었다. 몇몇 기사는 폴리아나 경까지는 다 부르지 못하고 경이라고 불렀다. 아예 폴리아나가 남자라고 자기세뇌를 마쳤는지 폴 경이라고 가볍게 부르는 자도 있었다.

그러한 상황에서 굳건하게 의지를 갖고 폴리아나를 계집이나 네 년으로 칭하는 애새끼가 있었다. 대가리에 피가 아직 덜 마른 도나우였다.

"결투를 신청한다!"

"털도 안 난 땅콩이 탈탈 털리고 싶은가 봐?"

도나우는 이후 사타구니에 보호구를 차고 수시로 폴리아나에게 시비를 걸었다. 그전까진 단순 괴롭힘에 불과했다면 이제는 대놓고 싸우자고 대들었다.

폴리아나는 발차기 앞에 보호구도 무력함을 보여 줬지만 도나우는 경험에서 배우는 게 없었다.

'머리가 나쁜 건 아닌데.'

형 대신 일처리한 것만 보아도 머리가 나쁘지는 않다. 다른 사람들에게 대하는 걸 보면 성격이 모지란 것도 아니다.

유독 그녀에게 멍청하게 구는 것은 사춘기의 혈기 때문인가 아니면 맹목으로 눈에 뵈는 게 없어선가.

사실 폴리아나는 도나우에게 미안한 마음이 없잖아 있다. 본보기 삼았다는 자각이 있기 때문이다. 도나우를 대표로 후려 팸으로써 병사들에게 그녀를 공포의 존재로 각인시켰다. 좀 과한 폭력이었다. 인정한다. 그런데 이렇게 계속 시비를 걸면 이런 애새끼를 인간 만드는 것이 선배 기사의 도리라는 기사의 혼이 불타잖아.

폴리아나는 그녀가 한 말을 무를 생각이 없었다. 여아든 남아든 말을 했으면 금보다 중요하게 여겨야 했다.

그래서 도나우가 덤비면 다른 데는 안 때렸다. 사타구니만 갈겼다. 오죽 아플 텐데도 도나우는 포기하지 않았다. 근성은 인정해 줄 만했다.

도나우가 시비를 걸고 폴리아나가 다가가고 도나우가 피하다가 결국 걸려서 차이는 일이 매일매일 벌어졌다. 이젠 폴리아나도 지겨웠다.

폴리아나는 자신에게 근성을 인정받고 싶다는 욕구가 있음을 주군을 통해 뒤늦게 알아차렸다. 혹시 도나우도 그런가 싶어서 운을 띄워 봤는데 그건 아니었다.

결국 폴리아나는 도나우를 붙잡고 물었다.

"설마 네 고추를 까 줄 사람이 필요해서 이러는 거야? 아픈 게 좋으면 창부에게 부탁해."

사람을 죽이고 피를 봐서 그런지 기사나 병사들 중엔 가끔 이상한 성벽을 보이는 사람이 있었다. 피학성애자냐 묻는 폴리아나로 인해 사춘기 소년의 얼굴이 벌게졌다.

"네 불알을 까는 내 다리가 썩을 거 같아서 그래."

"이년이 미쳤나!"

"내가 고자 안 되게 조절하고 있긴 한데 계속 맞으면 안 좋아. 거긴 단련도 안 되는 부위야. 매일 맞으면서 안 느껴져?"

"네년이 비겁한 수만 쓰면서 결투를 안 받으니 그렇잖아!"

"결투는 기사만이 누릴 수 있는 신성한 권리! 종자인 네겐 자격이 없다!"

"그러니까 너만 없었으면 내가 기사……! 아오오오!"

"남자한테 거시기가 얼마나 중요한데. 네가 아직 어려서 중요성을 모르고 있나 본데, 고자 될 것도 아니잖아."

거기까지 말하면 좋았을걸. 언어폭력과 신체적 폭력에 익숙해진 폴리아나는 해선 안 되는 말을 해 버렸다.

"써 본 적은 있냐, 애송이?"

짜악! 도나우의 가죽장갑이 폴리아나의 얼굴을 때렸다.

대노한 도나우가 폴리아나에게 장갑을 집어던지고 외쳤다.

"결투다!"

"……미안하다. 내가 실언했다."

폴리아나는 조금 서글퍼졌다. 그녀가 가장 싫어하던 것과 동일한 언사를 해 버린 것이다.

처음 그 말을 들었을 때를 떠올리면 아직도 폴리아나는 귀와 목덜미가 뜨끈해졌다. 눈물이 날 것 같았던 그날, 미소년 종자가 지휘관의 막사로 불려가지 않았다면 폴리아나는 기어이 울어 버렸을 것이다.

'그 말을 한 사람이 또 있긴 하지만 말이지.'

룩소스 1세도 동일한 말을 했다. 의도는 달랐지만.

어쨌든 폴리아나는 장갑을 주워 도나우에게 건넸다. 본래 기사끼리라면 이 장갑을 줍는 것으로 결투를 받아들이는 의사표현이 되나, 도나우는 종자였다. 종자는 명예를 걸고 결투할 수 없다. 군법에도 어긋났다.

폴리아나는 도나우가 부러웠다. 앞뒤 가리지 않고 자길 모욕한 사람에게 장갑을 던질 수 있는 소년이 정말 부러웠다.

"결투아아아악!"

"미안하니까 이젠 불알 안 찰게."

도나우가 검을 뽑아들고 달려들었다. 폴리아나는 실전경험 없는 소년의 배를 앞차기로 가격한 뒤 장검을 뺏다. 검집도 함께 뺏어 멀찍이 치우고 도나우의 정강이를 후려쳐 바닥에 쓰러트렸다.

소년이 일어나기 전 가슴을 밟아 우위를 점하고 폴리아나는 미안한 마음을 담아 말했다.

"걱정 마. 뼈는 안 부러트릴 테니까. 난 힘이 부족해서 무기 없인 남자 뼈 부러트리지도 못해."

그리 말하고 명치를 치는 주먹엔 자비가 없었다.

갑작스러운 침공에 배배로의 군대는 당황하면서도 신중하게 접근했다. 그들은 아크레아와 마찬가지로 배를 띄워 수전을 벌이는 대신 멀리서 활로 공격했다.

긴 장대와 활, 투석기가 룩소스 1세의 군세를 덮쳤다. 눈 덮인 설산을 뛰어다니던 사냥꾼의 후예들은 그들의 장기인 활에 맞지 않으려 몸을 놀렸다.

그래서 결과가 어찌 되었냐면.

대패.

아크레아 군대는 강의 절반도 건너지 못하고 대패해 돌아왔다. 사상자가 적은 것이 천운이었다.

귀환한 선발대엔 출발할 때 지녔던 패기가 없었다. 잔존 병력은 자세한 상황을 듣길 원했지만 상부회의가 먼저였다.

부상병들은 상처를 치료받기 위해 의료막사로 이동하고 다른 병사들은 피곤에 절어 잠들었다. 멀쩡한 병사들이 그들의 환복을 돕고 목을 축이게 하고 파손된 병장기를 회수했다.

처음으로 맛본 패배의 쓴맛은 젊은 병사들을 더욱 절망으로 내몰았다. 흉흉한 분위기는 역병처럼 군세를 덮칠 것이다.

사기가 떨어지면 탈영병이 생기고 승리할 전투도 지게 된다. 그런 일은 반드시 막아야 했다.

"이 새끼들 정신 못 차려!"

바깥일로 힘들어하는 아들을 보살피는 건 역시 '어머니'의 몫이다. 바우팔로 경이 진지를 돌아다니며 출전도 안 한 주제에 얼굴부터 썩히는 놈들을 찾아 엉덩이를 뻥뻥 깠다.

"삽 들고 막사 주변에 물길이나 내!"

바우팔로 경의 애정 가득한 독려가 병사들을 일깨웠다. 일부러 갑옷과 한 벌인 금속으로 된 신발을 신고 뻥뻥 까니 아파서라도 일어나야 했다.

바우팔로 경의 뒤에선 부관 폴리아나가 그림자처럼 따라붙어 병사들에게 무언의 압력을 넣었다. 바우팔로 경의 친절한 독려도 부족하다 싶으면 그녀가 나서겠단 의지였다.

일말의 자비 없이 도나우의 낭심을 강타하는 폴리아나의 발차기를 모르면 간첩이었다. 같은 남자끼리면 고통을 알아 공격하지 않을 텐데 폴리아나는 안 달렸다고 마구 때렸다.

요즘은 안 때린다고 해도 아크레아 병사들은 그녀를 두려움의 대상으로 정의했다. 상관 아들도 그렇게 걷어찼는데 부하인 병사들에 대해선 후사 걱정도 하지 않을 것이다. 자손을 남기기 위해선 기어야 했다.

"방패는 몇 개나 남았지?"

"화살이 박히기만 하고 뚫지는 못했습니다. 재사용 가능합니다."

"그래?"

바우팔로 경이 병사들이 퇴각하면서 회수해 온 배배로의 화살을 살폈다. 대형 동물을 잡아야 하는 아크레아의 활은 겨울의 강풍을 버티고 사냥감에 도달할 만큼 억세고 빠르다. 그만큼 관통력과 파괴력도 상당했다. 아크레아의 활을 고려해 제작한 방패들로 패전임에도 불구하고 사상자의 수를 줄이는 효과를 봤다.

"촉 멀쩡한 건 없냐!"

"여기 있지 말입니다!"

"독은 없었지 말입니다!"

"불화살도 없었지 말입니다!"

바우팔로 경이 화살을 분해하고 재질과 탄성, 관통력 등을 살펴봤다. 폴리아나는 병사들의 모습을 유심히 살폈다.

강에 빠졌을 병사들이 진흙투성이였다. 진흙 괴물이 되어 끙끙 앓는 것이 불쌍했다. 물론 불쌍한 것과 위생은 별개다.

폴리아나는 쓰러진 진흙 괴물들에게 물을 끼얹어 거머리나 기타

잡 벌레가 끼진 않았는지 확인했다. 거침없이 옷을 벗기는 손길에 몸을 내준 병사들은 빼앗긴 순결에 흐느꼈다.

"흑흑, 난 이제 장가 못 가."

"지랄들 한다."

폴리아나 보는 앞에서 바지 까고 오줌 싸는 새끼들은 꼭 이럴 때만 엄살을 부렸다. 병사 하나가 허리춤을 꼭 붙잡고 지랄을 했다. 한 놈이 그러니 다른 놈들도 따라 했다.

"거머리 없었지 말입니다."

"강에 들어가 보지도 못했지 말입니다."

"강 건너러 간 것들이 강에 못 들어가는 게 말이 돼?"

"강기슭에서 옴짝달싹 못했지 말입니다."

강 건너편이면 몰라도 이쪽 강기슭에 배배로가 함정을 설치한 것도 아닌데 발이 묶일 이유가 있나?

폴리아나의 얼굴에 의아한 기색이 서렸다.

"기운 차리게."

아크레아군 사령부 막사. 가장 속이 쓰릴 인물 룩소스 1세가 부하들을 독려했다.

아름다운 왕은 타고난 미모를 더욱 효과적으로 발휘할 수 있는 미소를 지었다. 그리고 분노하지 않았고 실망하지 않았고 포기하지 않으리란 의지를 표명했다.

첫 패배는 더 큰 승리를 위한 발판이 될 것을 믿었다.

"다들 얼굴 펴. 전력을 알아보기 위한 전초전에 불과했다."

두 번이나 왕의 말을 무시할 수 없다. 기사들은 얼굴을 펴고 왕에게 집중했다. 패배의 쓰라림에 괴로워하는 건 병사들의 일이다. 그들에겐 어째서 전투에서 패배했는지 알아낼 의무가 있었다.

직접 나서지 않고 보고만 받은 룩소스 1세가 선발대의 대장인 래비 경에게 상세한 보고를 요구했다.

"처음엔 작전대로 진행하려 했습니다. 동시에 배를 강기슭으로 옮겨 타고 강을 건너려 했는데 강까지 가지도 못했다는 게 문제입니다."

애써 건조한 배는 써 보지도 못했다. 아크레아군이 예상치 못한 변수가 존재했다.

코에몽 강은 북부에서 제일 큰 강이다. 강은 겨울엔 한복판을 제외하면 두꺼운 얼음이 꼈다. 그리고 봄이 되면 녹았다.

녹지 않는 호수와 강, 냇가에서 놀던 아크레아인들은 초봄의 강기슭이 그렇게 질퍽할 것으론 예상하지 못했다.

그들 고향처럼 땅이 단단히 얼어 있으리라 여기고 디딘 강기슭은 물기가 흥건한 습지였다. 밀고 가던 배는 뻘에 빠졌다. 병사들의 발목을 진흙이 붙들었다.

강 건너편의 배배로군은 불구경하듯이 지켜보다가 비거리가 닿는 곳엔 활을 쏘고 급히 가져온 투석기로 돌을 던졌다. 나루터 근처에 있어서 배를 띄우는 데 성공한 병사들이 주 목표였다.

진흙탕이었다. 병사들은 넘어지고 빠지고 다시 넘어졌다. 위에선 화살이 쏟아지고 아래는 미끄럽다.

방패병들의 훌륭한 방어로 사상자의 수가 적었으나 패배는 확실했다. 제대로 붙어 보지도 못하고 맞이한 첫 패배는 신분의 고하를 가리지 않고 깊은 상실감을 안겼다.

인근 지역주민에게 강의 물살 같은 걸 물을 때가 아니었다. 각자에게 너무 당연해서 묻지 않고 말해 주지 않은 정보가 아크레아군의 발목을 잡았다.

"지금부터 나루터를 만들려 해도 땅이 물러 병사들을 감당할 수 없습니다."

"흙을 부어 지반을 다지는 건 어떻소?"

"배배로에서 두고 보진 않을 겁니다. 화살을 맞으며 공사하는 건 불가능합니다."

"바람도 문제입니다. 남풍이 불고 있습니다."

배배로군의 활은 가볍고 파괴력이 약한 대신 바람을 잘 탄다. 겨울이 끝나고 남풍이 불어오면서 비거리가 늘어났다.

아크레아군의 활은 바람을 뚫을 수 있어도 거슬러 올라가진 못했다. 맞바람을 맞으면 비거리가 줄고 명중률도 떨어졌다. 강 하나를 끼고 사이좋게 궁수부대로 응전하기에도 적절하지 않았다.

"땅은 여름이 되면 다 마른다고 합니다."

"여름은 더 문제입니다. 물살이 강해져 건널 수 없습니다."

이건 이미 지역주민에게 얻은 정보다. 북부에 위치한 산맥의 빙하와 얼음, 서리가 여름이 되면 일시에 녹는다. 비가 오지 않아도 코에몽 강의 수위가 높아지고 유속이 거세졌다.

여객선과 같은 큰 배는 괜찮지만 작은 배를 띄우는 건 자살행위였다. 큰 배라 할지라도 배에 익숙하지 않은 아크레아군이 모험을 하기엔 지나치게 위험했다. 얼음이 녹으면서 바위가 부서지거나 산사태가 일어나 흙과 돌을 실은 강이 되니 여름은 아예 포기한 상태였다.

그나마 다행인 점은 여름이 짧다는 것이다. 강폭이 넓어지는 건 덤이다.

그런데 다시 가을이 역습을 한다. 가을엔 수위가 낮아지면서 큰 배를 띄우기 어려운 상황이 된다. 강폭이 절반 정도로 줄어들며 강바닥을 드러내는데, 여객선은 띄우지 못하고 작은 배를 띄워야 한다.

유일하게 코에몽 강에서 수영을 할 수 있는 시기이기도 했다. 인근 지역 주민들은 가을이 되면 안개가 없고 볕이 좋을 때 코에몽 강으로 가 모래사장에서 밥을 먹고 물에서 수영을 즐겼다.

가을의 화물과 승객은 작은 배로 여러 번 실어 나른다. 강을 가로지르는 밧줄을 걸어 그걸 잡고 강을 건널 수 있게 해 뒀지만 밧줄은 이미 배배로 측에서 끊어 버렸다.

배배로에선 이미 겨울을 기다리지 않는 아크레아의 움직임을 파악했다. 이제 와 겨울까지 기다리는 척해도 경계는 유지될 것이다.

군사 이동이 목격됐으니 경비는 삼엄해질 것이다. 그렇게 되면 소수의 병사가 강 건너편에 상륙해도 의미가 없다. 죽을 것이다. 단번에 많은 병사가 동시에 강을 건너는 게 아니면 무의미했다.

승리하고, 정복하고, 진군하기 위한 도강이다. 막혀 패배한다면 에하스와 쿠크다를 복속한 것으로 만족해 돌아가는 게 나을지도 모른다.

이쯤 되면 지역주민들이 어떻게 낚시하고 사냐는 말이 나올 수 있다. 지역주민들이 살기엔 아무 문제가 없다. 다만 병사들은 무장하고 단체로 움직인다.

코에몽 강은 지역주민들의 삶의 젖줄일 뿐만 아니라 에하스와 쿠크다가 박 터지게 싸우고 있는 와중에도 배배로에서 침공하지 못하게 만드는 천연의 방패였다. 동시에 룩소스 1세의 군세를 막는 장해물이 되었다.

왕의 미소에 처음으로 금이 갔다.

"이대로 겨울까지 기다리라는 건가……!"

겨울까지 기다린다고 무슨 수가 생기지도 않는다. 룩소스 1세는 침통한 마음을 억누르지 못했다. 기껏 전쟁의 상식을 벗어나 무방비 상태의 배배로를 급습하려 했는데 예상치 못한 부분이 제동을 걸면서 계획이 어긋났다.

"방법이 없겠나?"

"상류를 거슬러 올라가는 건 어떻습니까."

"코에몽의 지류는 거슬러 올라가면 북쪽이요. 수원지가 아크레아일걸?"

"다리를 놓는 건?"

"쉽게 놓일 다리라면 이미 놓였겠지."

강을 사이에 둔 국가끼리의 교류가 많았다면 다리라도 놓였을 것이다. 그러나 두 나라는 전쟁하느라 바쁘고 배배로는 강을 건널 생각을 하지 않았다. 교류는 지역 선에서 그쳤다. 교역품과 화물은 강이 아닌 바다를 통해 이동했다.

그렇다고 수전 경험도 없는 아크레아에서 갑자기 해안가로 이동해 해전을 준비할 수도 없는 노릇이다.

병사만이 아니라 상부의 사기까지 낮출 수는 없다. 이럴 때 그들의 기운을 북돋우는 것도 왕의 임무였다.

룩소스 1세는 침통함을 숨기고 뼈 있는 농담을 던졌다.

"황제가 되면 가장 먼저 다리부터 놔야겠네."

"아하하하."

모두가 웃었다. 회의는 소득 없이 끝났다.

아크레아의 병사들이 목공으로 변신했다. 직업군인이래도 상부에서 까라면 까는 건 변하지 않았다.

삽을 들고 못을 들고 망치를 들고. 필요한 게 있으면 주위에서 징발하거나 없으면 직접 만들었다. 투석기 같은 게 대표적이다.

정벌을 위해 투석기를 끌고 다니기엔 무리가 있었기에 아크레아군에선 투석기를 만들지 않았다. 투석기가 필요해지는 건 제대로 된 성채를 갖춘 중부부터일 것으로 예상했으나 예상은 언제나 빗나갔다.

급조된 투석기로는 바위를 던지지 못했다. 그건 배배로의 투석기도 마찬가지라 큰 문제가 되진 않았다. 오히려 바위를 던질 수 있는 투석기일 경우 던질 돌을 찾는 것도 골치다.

초반의 접전에서 병사들이 당황하던 끝에 원래 있던 나루터 몇 개가 파괴되었다. 새로 만드는 건 쉬워도 어차피 투석기로 파괴될 테니 짓지 않는 게 나았다.

목재 역시 다 쓸 수 있는 것도 아니다. 부서질 걸 알면서 계속 만들어 가며 주위 나무를 싹 베었다간 멀리까지 나무를 하러 갈 판이다.

본래 보급부대와 강가에 주둔해 있는 부대는 걸어서 하루 정도로 떨어져 있다. 폴리아나는 바우팔로 경의 허락을 받아 코에몽 강에 접근했다.

남풍이 잠잠해지자 병사 하나가 느닷없이 활을 들어 건너편으로 쐈다. 하지만 강의 중간에서 바람이 불어 아슬아슬하게 건너지 못하고 추락했다.

"아~ 아깝네."

"아깝기는! 닿지도 못했잖어."

"왜 이래. 내 별명이 신궁이었어."

병사들이 시끄럽게 떠들었다. 연이은 패배에도 사기가 그렇게 떨어지지 않은 것 같아서 폴리아나는 안심했다.

첫 번째 패배를 겪고도 아크레아군은 포기하지 않고 도강을 시도했다. 두 번째도, 세 번째도 모두 실패로 돌아갔다. 날아오는 화살과 돌은 더 많아졌고 배배로의 공격 거리는 더 늘어났다.

나루터가 무사한 배배로는 그곳을 이용해 성공적으로 배를 띄우고 아슬아슬한 거리에서 아크레아 군대에 활을 날렸다. 아군은 마땅한 대책을 찾지 못했다.

상륙을 저지하는 쪽과 상륙하려는 쪽은 너무 달랐다. 저지가 쉬운 건 두말할 것도 없는 소리고.

적의 화살이 방패를 뚫지 못할 정도로 약한 것을 감안해 배 위에 나무를 덧대 방패처럼 써서 이동하자는 이야기도 있었다. 그런 건 불화살 한 방으로 강바닥에 가라앉고 싶다는 의사표현이다.

병사는 무장한다. 칼에 맞아 죽지 않기 위해 갑옷을 입고, 각반을 차고, 장갑을 끼고, 장검이나 창, 도끼와 몽둥이를 든다. 투구를 쓸 때도 있다. 방패병은 방패와 한 몸이 된다. 그런 그들이 탄 배가 불에 타 강에 빠진다면?

익숙하고 훈련받은 자들은 무거운 병장기를 벗고 제 한 몸 물살에서 빼낼 수 있다. 이제 막 수영을 배운 아크레아군인들에겐 무리다.

"으아아악!"

멀리서 래비 경이 울부짖었다. 래비 경은 짱 세서 주위 병사들이 도망갔다. 괜히 걸려 상관의 화풀이 상대로 갈굼당하는 건 사양이니까.

선량한 졸병들이 떠나자 도망가지 않은 폴리아나가 남았다. 래비 경이 낯선 폴리아나를 보고 손가락질했다.

"어. 어. 어."

폴리아나가 누군지 아는데 이름이 기억 안 나 말을 못 이었다. 폴리아나는 빠릿하게 경례했다.

"행정보급부대 소속 바우팔로 경의 부관 폴리아나 윈터입니다!"

"그래. 그런 이름이었지. 여기는 무슨 일이지?"

패전을 거듭하는 지휘관은 타 부대의 기사가 온 것이 못마땅했다. 언짢은 심기가 고스란히 얼굴에 드러났다.

"코에몽 강은 처음이기에 보러 왔습니다!"

"에하스 출신 아니던가? 그래, 이 강에 대해 뭐 들은 거 없어? 옛날에 에하스랑 배배로가 싸운 기록이나."

"보고합니다! 코에몽 강은 처음입니다! 에하스와 배배로 모두 군사의 도강 기록은 없습니다!"

"아 씨, 그럼 넌 왜 왔어."

"코에몽 강은 처음이기에 보러 왔습니다!"

"구경 왔냐? 구경 왔어? 내가 구경거리야? 응?"

폴리아나는 어디까지나 강을 보러 왔다. 그렇게 말해도 이미 심사가 꼬인 래비 경은 이상하게 받아들였다.

선봉을 맡는 건 큰 영광이다. 선봉과 돌격 전문인 래비 경은 연이은 패전으로 기가 죽은 상태였다.

룩소스 1세는 그를 질책하지 않았지만 이런 건 상부에서 찌르지 않으면 괜히 더 찔리기 마련이라. 래비 경은 하루에도 몇 번씩 강건너편을 향해 사자후를 내질렀다. 그럼 가끔 보답으로 화살이 날아왔다. 비실비실 날아오는 배배로의 화살 정도야 검을 휘둘러 막을 수 있지만 어쨌든 기분은 더러웠다.

불편한 심기를 래비 경은 주로 대련으로 풀었다. 계속 반복하다 보니 부하 기사들과 부관들이 모조리 도망간 뒤였다. 남은 건 폴리아나였는데 래비 경은 뒤늦게 그녀의 성별을 떠올렸다. 대충 봐선 아무도 여자라고 생각 안 할 외양이라 떠올리는 것이 늦었다.

"염병…… 이 새낀 여자라 대련도 못하고."

"대련 상대가 필요하시면 부족하게나마 상대해 드리겠습니다!"

래비 경이 폴리아나의 멱살을 잡고 한 손으로 들어올렸다. 가죽 갑옷에 장검, 단검 두개로 무장한 여자를 한 손으로 드는데 힘들어하는 기색이 없었다.

힘만 보면 근육질의 우락부락한 남자가 어울리지만 래비 경은 얍체처럼 생겼다. 외모와 힘의 위화감이 상당했다.

'장사네.'

남들보다 좋은 근력이 래비 경에게 선봉을 맡긴 이유였을 것이다.

"으아아아악!"

래비 경이 울부짖었다. 방금 전보다 큰 소리였다. 귀가 멍멍해질 정도의 큰 목청에 폴리아나는 방금 전 생각을 정정했다. 괴력으로 인한 무용보단 멀리 있는 병사들에게도 확실하게 들릴 이 괴성이 선봉대를 맡은 이유겠지.

"허락하시면 대련에 응하겠습니다!"

"두개골 가루로 만들고 싶으면 하든가! 으아아악! 날더러 어쩌라는 거야!"

"짐이 래비에게 과한 걸 바랐구나."

갑자기 들려온 룩소스 1세의 목소리에 래비 경의 입이 싹 다물렸다. 폴리아나는 즉각 경례했다. 유난히 화려하게 차려입은 룩소스 1세가 변함없는 미모를 뽐냈다.

'잘생겼다.'

우리 전하 얼굴은 세계 최고.

화려한 건 화려한 거고, 잘생긴 건 잘생긴 거고, 위험한 건 위험한 거다. 강 건너편에서 봐도 눈에 띄는 화려한 인물의 등장에 소요가 일었다. 배가 띄워지고 사수가 승선했다. 궁수부대가 목표로 삼을 게 뻔했다.

"전하, 위험합니다. 거리를 두소서."

"짐은 네게 승전을 요구하지 않았다. 강을 건널 방법을 구상하기 위해 지대를 조사하라 했잖느냐. 무턱대고 건너려다 병사를 잃은 건 너의 실수다, 래비."

"전하, 잔소리는 좀 뒤로 물러나셔서 하시고!"

"좋지 않군."

룩소스 1세는 걱정하는 기사들의 말을 무시했다. 뒤로 물러나지 않고 더 가까이 다가간 왕의 시선이 강을 건넜다.

아크레아에서 초여름에 돋는 새순을 닮은 초록색 눈은 아직 그의 군대가 닿지 못한 코에몽 강 건너 배배로의 군대를 살폈다.

봄이 중순까지 왔다. 병사들이 모집되고 경계가 강화됐다. 망루가 곳곳에 급조됐다. 바람이 불었다. 룩소스 1세의 금발이 바람을 타고 흩날렸다. 풍향은 북쪽. 남에서 북으로 향하는 바람은 가을이 오기 전까진 틀어지지 않을 것이다.

힘없는 화살 하나가 날아와 룩소스 1세의 발치에 꽂혔다. 왕의 뒤를 지키던 아이노 경이 그때서야 앞으로 나섰다. 래비 경과 폴리아나도 룩소스 1세의 앞으로 가려다 왕에게 막혔다.

"괜찮다. 이노, 물러서라."

뒤늦게 폴리아나는 주군의 손에 그녀가 이때껏 봐 온 활 중 가장 크고 멋진 활이 들려 있음을 알았다.

룩소스 1세가 시위를 당겼다. 바람은 여전히 남풍. 하지만 왕이 쏜 화살은 시위를 벗어나 바람보다 빠른 속도로 남풍을 뚫고 배 위에 있던 궁수부대 지휘관의 머리에 명중했다.

배배로의 궁수부대장은 투구를 쓰고 있었지만 절명했다. 대장을 잃고 혼란스러워진 궁수의 화살이 강을 건너지 못하고 우르르 떨어졌다.

"이 정도인가."

룩소스 1세가 사뭇 아깝다는 듯 아이노 경에게 활을 넘겼다. 활을 건네받은 아크레아군 최강의 기사가 왕보다 날카롭고 용맹하게 활을 쐈다. 아이노 경이 쏜 화살은 배가 아니라 강 건너를 노렸다. 망루에 있던 병사가 떨어지고 그 아래에 있던 궁수 둘의 목이 한 번에 꿰였다. 마지막으로 투석기 근처에 있던 병사가 배를 뚫려 쓰러졌다.

백병전이 잦은 에하스에서 검술이 기사의 기준이라면 사냥꾼이 많은 아크레아에선 활이 기사의 기준이다.

아크레아의 얼어 죽을 것 같은 냉기를 이겨 내고 자란 나무를 베어 만든 거대한 활은 일반인에게는 시위를 당기기도 버겁다. 일반인이라면 두 손과 발을 사용해 간신히 당길 활이라 쏠 수 있는 사람도 하루에 세 번은 어려웠다.

쏠 수 있는 사람의 수가 적고 화살도 적게 챙겨 왔다. 과시용으로 쓰기에 적합했고 이번에 써먹었으니 한동안은 괜찮으려니. 룩소스 1세는 적당한 계산을 끝냈다.

"한동안은 공격이 없겠지. 재개되기 전 강을 조사해라, 래비."

"명 받들겠습니다."

"이노, 어깨는 괜찮으냐."

"괜찮습니다. 염려 마소서."

주위로 몰려드는 병사들의 얼굴이 밝다. 연이은 패전과 앞으로 나가지 못하는 현실에서도 사기가 떨어지지 않는 건 전적으로 국왕 룩소스 1세의 공이었다.

룩소스 1세의 시선이 병사와 폴리아나에게 공평히 스쳐갔다. 저번처럼 멧돼지를 주고 가는 일은 없었다. 룩소스 1세가 떠나자 래비 경도 시비 걸던 걸 잊고 어딘가로 뛰어갔다. 새끼들 정신 못 차리지! 괴성만 남아 폴리아나의 귀를 때렸다.

혼자 남은 폴리아나는 강바람을 맞으며 강변을 걸었다. 왕의 말대로 날아오는 화살은 없었다.

폴리아나가 주먹을 쥐었다. 폴리아나는 그렇게 억센 활의 시위를 당길 힘이 없다. 간신히 당겨도 명중률은 형편없을 것이다. 검술도 자신이 없다. 래비 경과 대련했다면, 래비 경은 맨손으로 검을 든 그녀를 이겼을 것이다.

'어떻게든.'

어떻게든 해야 한다. 어떻게든 주군의 기대에 부응하는 기사가 되어야 한다.

보급에 충실한 걸로도 룩소스 1세는 만족하겠지. 그녀의 왕께선 티 나지 않는다고 묵묵히 일하는 자들의 공을 없는 것처럼 여기는 소인배가 아니셨다. 그렇지만 나서서, 눈길 닿는 곳에서 일하고 싶은 것이 기사의 근성이다.

에하스 출신인데 아는 것 없냐던 래비 경의 말이 폴리아나의 귓가에서 울렸다.

남풍이 불었다. 룩소스 1세와 달리 폴리아나에겐 바람을 타고 흩날릴 머리카락이 없었다.

룩소스 1세는 원대한 청사진을 그렸다. 선왕의 죽음과 함께 왕위를 물려받은 소년은 어느덧 성인이 되어 사촌형제에게 나라를 맡

기고 남하했다. 에하스와 쿠크다를 전광석화와 같은 속도로 복속하고 북쪽의 패자가 되었다.

북방에 남은 나라는 이제 하나. 코에몽 강을 건넌 배배로를 넘지 않으면 남하는 이대로 멈춰야 했다.

"벤티에는 언제 도착하지?"

"사흘 뒤입니다."

아크레아군의 부사령관이자 룩소스 1세의 부재시 모든 명령권을 쥐고 있는 벤티에 경은 쿠크다의 관리를 위해 양분된 병력과 함께 남았다가 룩소스 1세의 호출에 즉각 군을 움직여 오고 있었다.

병력이 늘어난다고 뾰족한 방법이 생기는 건 아니지만 함께 고민할 머리는 늘어나니.

어느덧 계절은 여름이 되었다. 룩소스 1세의 군세가 진군하지 못하고 멈춰선 지 5개월가량 지났다.

날은 더워졌고 병사들의 옷도 바뀌었다. 바우팔로 경은 전염병을 예방하기 위해 식수에 신경 썼고 잔잔하게 흐르던 강물은 유속을 더해 불어났다.

강의 폭이 늘어나고 아크레아군은 뒤로 밀려났다. 작은 활과 급조한 투석기로는 닿지 않는 거리가 생겼다.

배배로의 군대는 성급히 배를 띄워 공격을 하지 않고 방어에 치중했다. 아크레아 군대가 속수무책으로 움직이지 못하는 것을 보고 강을 건너지 못한다는 사실을 알고 있지만, 그건 배를 건조하면 그만이다. 병력을 실을 수 있는 대형 수송선을 바다 쪽에서 건조해 강을 타고 올라와, 내년 봄에 띄우면 코에몽 강을 건널 수 있었다.

그렇기에 배배로는 방어를 위해 움직였다. 그들이 목책을 세우는 모습을 확인하고 아크레아의 기사들은 이를 갈았다.

성채 아닌 목책이어도 훌륭한 방어책이 된다. 병력을 몰고 침공해도 장기전이 될 가능성이 보이고 있었다.

'아직 대륙의 북방도 벗어나지 못했는데!'

룩소스 1세의 안색이 어두워졌다.

혹자는 북방 삼국을 하나로 통일한 것도 위대한 왕의 업적이라 칭송할 것이다. 룩소스 1세에겐 아니었다. 더 큰, 더욱 원대한, 여태껏 한 번도 통일된 적 없는 대륙을 그의 발아래 놓고 개념으로만 존재했던 황제가 되는 것.

그것이 룩소스 1세가 세운 인생의 꿈이고 청사진이었다. 그걸 이렇게 포기할 수는 없다.

왕의 마음을 아는지 모르는지, 목책은 점점 높아졌다. 사흘 뒤 도착한 벤티에 경은 왕 앞에 무릎 꿇었다. 아이노 경과 함께 뛰어난 무용을 자랑하며 행동보단 머리가 더 빠른 자였다. 룩소스 1세는 그의 신중함과 혈통을 높이 사 부사령관의 직책을 맡겼다.

신중함은 때로 도전보다 안주와 안정을 중요시한다. 벤티에 경도 그러했다.

"전하. 에하스와 쿠크다로도 충분한 과업이옵니다."

"여기서 만족하고 회군하라는 것인가."

"아무도 전하를 깎아내리지 않을 것이옵니다."

"짐의 아버지 대부터 준비해 온 과업을 이만 접으라는 게군. 벤티에, 짐이 너를 잘 모름에도 부사령관의 자리를 준 것은 네가 신중하기 때문이다. 하지만 그건 여로에서 주저앉기 위한 것이 아닌 안전한 길을 찾아가기 위한 신중함이다. 짐을 실망시키지 마라."

"최선을 다해 전하의 뜻을 이루겠나이다."

룩소스 1세의 군세는 3년을 준비해 이룰 수 없다. 실은 선왕 대부터 준비해 온 과제였다.

선왕의 급작스러운 사망이 아니었다면 룩소스 1세는 지금의 사촌아우처럼 아크레아를 지키고 있었을 것이다. 후계자도 없는 젊은 왕의 친정이란 사람들의 반대를 사기 충분했으니.

지금도 아크레아에 남아 있는 원로들 중엔 원정 나간 왕을 못마땅해하고 사촌아우 루조 공작을 왕위에 올리려는 세력이 있었다. 루조 공작에게 왕위의 꿈이 없는 것이 다행이었다.

벤티에 경은 원로의 입김이 닿은 자. 그런 벤티에 경에게 부사령관의 직책을 준 것은 말 그대로 그의 진중함을 높이 샀기 때문이다. 룩소스 1세가 생각하기에도 자신은 지나치게 진취적이었다. 주위 사람들도 다 비슷하니 벤티에 경과 같은 인물도 필요했다.

벤티에 경이 코에몽 강을 직접 보기 위해 나섰다. 여름이 되어 녹은 얼음과 눈, 서리가 강의 유속을 올렸다. 어지간히 수영 잘하는 사람이 아니면 물살에 휩쓸리는 순간 벗어날 수 없을 정도.

간간이 떠내려 오는 자갈과 돌, 유목은 위협적이고 물 자체도 흙이 섞여 흙탕물로 보였다. 갈색의 강을 지켜보니 하나의 결론을 내려야 했다.

여름은 불가능하다.

다음 날, 룩소스 1세는 보란 듯이 화려한 옷을 입고 강가로 갔다. 왕의 손엔 활이 들려 있었다.

봄의 악몽을 기억하는 배배로의 병사들이 분주히 목책 뒤로 숨거나 망루에서 내려갔다. 룩소스 1세의 손에 들린 활은 일반 사냥용

활로 강 건너까지 날릴 수 없는 종류지만 강 건너 사람들의 눈엔 보이지 않으니 모를 수밖에.

왕이 강가에서 날아다니는 오리를 맞췄다. 룩소스 1세의 개들이 강으로 달려가 물 위로 떨어진 오리를 건져 왔다.

"전하, 읍 퉤퉤!"

수영하고 나온 개가 몸을 터는 바람에 사방으로 물이 튀었다. 개는 훈련받은 대로 왕의 곁은 피했지만 주위 사람은 고려하지 않았다.

개가 시원하게 귀 뒤를 뒷발로 긁었다. 물벼락 맞은 바우팔로 경과 폴리아나는 물에 빠진 생쥐 비슷한 처지가 됐다.

"경들은 왜 그런 가엾은 모양인가."

"아무리 속이 타셔도 그리 새를 잡으시면."

봐 놓고 모르는 척 시치미 떼는 룩소스 1세 때문에 바우팔로 경이 멋쩍은 표정이 됐다. 바우팔로 경은 사냥을 금한다는 명령을 내리시고 왜 자꾸 어기시냐고 하소연했다.

룩소스 1세는 오리를 바우팔로 경에게 넘겼다. 바우팔로 경이 성냈다.

"소신도 잡을 수 있습니다!"

바우팔로 경이 날아가는 오리를 활로 쏴 잡았다. 오리가 강으로 떨어졌는데 룩소스 1세의 개들은 움직이지 않았다. 현명한 사냥개는 주인 아닌 자가 잡은 사냥감엔 눈독들이지 않는 법이다. 바우팔로 경이 폴리아나에게 명령했다.

"오리를 가져오게!"

폴리아나는 옆에 있는 병장에게 명령했다.

"오리를 가져와라."

병장은 옆에 있는 병사에게 명령했다.

"야, 오리."

가장 말단 병사가 달려가 오리를 주워 왔다. 룩소스 1세 옆에 앉은 개가 같이 뛰고 싶어 움찔움찔했다. 희극 같지만 이것이 군대의 사정이다.

룩소스 1세가 근심한 게 어제인 듯 쾌활하게 웃었다. 왕의 손에 두 마리 오리가 들렸다.

"술안주거리가 생겼군."

"과음은 좋지 않습니다, 전하."

"가끔은 취하고 싶은 날도 있는 법이지. 어떠한가. 경들이 상대가 되어 주겠나."

아무리 강을 끼고 있다지만 적을 시야에 두고 음주를 하고 싶진 않은 것이 바우팔로 경의 속내다. 하지만 최근 들어 웃을 일이 적은 왕의 기분을 풀기 위해서라면 낄 수 있었다.

룩소스 1세가 그의 취사병에게 오리를 요리하도록 명령했다. 술을 꺼내 오게 하고 오리를 요리하고, 일찌감치 저녁 메뉴가 정해졌다.

룩소스 1세의 뒤를 바우팔로 경이 따르고 폴리아나가 전송했다. 그러자 룩소스 1세의 고개가 돌아갔다.

"경은 왜 아니 오느냐? 술을 꺼리는가?"

"예? 아, 아닙니다!"

'나도 끼는 거였어?'

당연히 바우팔로 경만 초대받는 술자리로 여겼다. 폴리아나는 놀라서 허둥지둥 왕의 뒤를 따랐다.

룩소스 1세의 붉은 망토가 걸을 때마다 펄럭였다. 펄럭이는 망토

아래로 군화를 신은 왕의 발이 언뜻 보이고 위로는 여름 볕에 더욱 찬란한 금발이 있었다.

국왕의 개인 막사로 들어서자 시종들이 룩소스 1세에게 달라붙었다. 화려한 차림새는 과시하기엔 좋아도 여름엔 덥다. 룩소스 1세는 망토부터 벗었다.

왕의 막사로 들어가기 전 시종들이 폴리아나에게도 달라붙었다. 그녀의 몸에서 단검과 장검을 해제하고 품에 숨긴 무기는 없는지, 군화 밑바닥에 숨긴 쇠붙이는 없는지 샅샅이 검사했다.

왕 앞에서 검을 들고 어슬렁거릴 수 있는 건 전시니까 가능한 일. 막사 내에서까지 그럴 순 없다. 그렇기에 기사가 누릴 수 있는 최대의 총애는 왕과 단둘이 있을 때 무장을 허락받는 것이다. 그야말로 왕이 기사에게 보일 수 있는 최고의 신임이니.

시종들이 의자와 탁자를 가져왔다. 의자가 세 개인데 폴리아나는 앉지 못했다. 폴리아나는 기분이 얼떨떨했다. 따라오라니 따라는 왔으나 그다지 기분이 좋지 않았다.

"잠시 의자를 허락한다."

"성은이 망극합니다."

룩소스 1세가 그녀를 내내 무시하던 차에 관심을 보이고 초대해 준 것이 술자리라는 게 내키지 않았다. 술은 무조건 여자가 따라야 한다고 부득불 우기던 또라이 상관이 떠올랐기 때문이다.

차와 술은 무조건 여자 손을 타야 한다고 주장했던 상관 덕분에 폴리아나는 여러 번 술자리에 불려갔다 욕먹고 쫓겨났다. 세상에 아무리 여자가 없어도 그렇지 저렇게 생긴 걸 데려오냐는 욕이었다.

곱상한 미소년 혹은 곱상하지 않아도 미남이 낫다는 파와 세상에서 제일가는 추녀라도 여자가 낫다는 파가 갈려 피 터지게 싸웠다. 이후부턴 술자리엔 불려가지 않았다. 전자가 승리했기 때문이다.

'어떡하지.'

만약 룩소스 1세가 그리 명령한다면 자신은 어찌해야 하는가?

주군에게 기사가 술 정도야 얼마든지 따를 수 있다. 그런데도 마음에 불쾌함이 자리 잡는 건 그녀가 여자이기 때문이다.

여자라서.

룩소스 1세가 하우 경과 도나우도 불러들였다. 바우팔로 경을 보니 자연스럽게 그들도 불러야겠다는 생각이 들었단다.

도나우는 알록달록했다. 몸에 장식도 붙였다. 치장이 과한 도나우를 본 룩소스 1세가 질문했다.

"말한테 밟혔느냐? 어디 부러진 덴 없고?"

전신이 얼룩덜룩하고 붕대를 감았으니 사람이 넘어지고 말이 가볍게 밟고 지나간 행색이다. 진짜 말에 밟혔으면 멀쩡히 돌아다닐리 없으니, 누구한테 맞았냐고 돌려 말하는 왕의 배려심이 보기 좋더라.

도나우는 그것도 눈치 못 채고 이를 갈았다. 그의 명치가 시큰거렸다. 그때 토하면서 올라온 위액의 신맛이 생생했다.

"뼈엔 문제없습니다. 가벼운 타박상입니다."

"그래."

룩소스 1세가 웃었다. 왕이 머리를 쓰다듬자 도나우는 좋으면서도 어린애 취급 받는 게 싫은지 웃지 않았다.

습포와 약초를 덕지덕지 붙인 도나우가 웃긴지 룩소스 1세가 웃었다. 시종이 요리와 술을 들고 왔다.

"오리 다리는 넷인데 사람은 다섯이로군."

다들 벌떡 일어나 다리는 필요 없다고 외쳤다. 룩소스 1세가 손을 저었다.

"농이다."

왕의 농담에 기사들만 죽어난다. 시종이 물과 포도주를 가져왔다. 룩소스 1세가 술병을 쥐었다.

"술 마시자 청해 놓고 물도 아니고 술도 아닌 것을 내놓아 면목 없구나. 내일도 일찍 일어나야 하니 과음은 좋지 않아."

그렇게 말하고 룩소스 1세는 바우팔로 경의 잔을 물 반, 술 반으로 채웠다. 이어 폴리아나 쪽을 봤다. 폴리아나는 당황했다.

"소, 소신은!"

"응? 경이 하우 경보다 연상 아닌가? 아니면 술 싫어하는 것이냐? 그럼 일부러 마시지 않아도."

"아닙니다! 술 좋아합니다! 나이도 연상 맞습니다! 1년 이릅니다!"

"그럼, 자아."

폴리아나는 황송해서 몸 둘 바를 모르며 잔을 내밀었다. 쪼르륵. 왕이 물과 술을 따랐다.

누군가 술을 따라 준 건 억지로 술을 먹일 때 외엔 처음 있는 일이다. 적어도 룩소스 1세가 폴리아나에게 억지로 술을 청하는 게 아니란 사실에, 여자라서 부른 게 아님에 폴리아나는 안도했다.

폴리아나 다음은 하우 경. 도나우의 잔엔 일부러 물을 더 섞었다. 도나우는 남들에게 주는 정도면 괜찮다고 말했고 묵살당했다.

술자리는 화기애애했다. 룩소스 1세는 선대부터 기사였던 바우팔로 경과 이것저것 가벼운 사담을 나눴다. 폴리아나는 배속이 변경되고 자주 보지 못한 하우 경의 근황을 물었다. 바라던 대로 래비 경의 휘하에 들어간 하우 경은 상관의 스트레스로 덩달아 받는 스트레스가 지대했다나 어쨌다나.

형과 아버지, 존경하는 국왕 전하께서 함께하는 자리니 기분이 좋아야 할 도나우는 성장기답게 오리를 공략했다.

"바우 경도 전장에 나가고 싶을 텐데 억지로 부탁한 자리라 힘들진 않은가?"

"그렇지 않습니다. 적성에 맞고, 이제 소신의 나이엔 슬슬 일선에서 물러나 젊은 청년들이 공을 세울 기회를 줘야 하지 않겠습니까."

"보급부대도 공을 세울 수 있어. 비록 크게 드러나진 않아도 불가를 지키는 여인들처럼 가정을 지탱하는 소중한 존재지."

"소신도 알고 있습니다."

"섭섭한 게 있다면 얼마든지 말하게."

"소신이 전하께 섭섭한 것이 뭐 있겠습니까. 이렇게 두 아들도 전하를 모시게 될 것이고."

바우팔로 경이 옆에 앉은 하우 경의 머리를 쳤다.

"도리어 소신의 자식들이 어리석어 전하께 폐를 끼칠까 염려되지요."

"리보 부인에게 면목이 없구나. 집안의 남자를 모조리 빼 왔으니."

폴리아나와 근황을 나눈 하우 경은 곧 동생과의 대화에 집중했다. 폴리아나는 좌불안석이 되어 술만 마셨다. 오리는 맛있는데 입으로 들어가는지 코로 들어가는지 모르겠고 술맛도 잘 모를 지경이다.

폴리아나는 그냥저냥한 수준의 귀족가에서 태어났다. 거의 가문에서 내버려지다시피 하고 입대한 탓에 그녀보다 고귀한 신분의 사람과 얽힐 일은 군대밖에 없었다. 상관으로 여럿 모셨으나 이렇게 사적인 술자리는 처음이었다. 차라리 술 따르라고 불렀으면 익숙하게 처신했을 뻔했다.

폴리아나가 열심히 잔을 비우는 바람에 병도 비었다. 시종이 술병을 새로 가져왔다. 오리를 열심히 주워 먹던 도나우도 병에 손을 뻗다 폴리아나와 마주쳤다. 잠시 둘의 시선이 오갔다.

꼬리를 말아야 할 도나우가 그놈의 대가리에 피 안 마른 근성으로 포기하지 않자 폴리아나가 선수 쳤다. 폴리아나는 도나우의 잔을 채워 준 뒤 병을 챙겨 그녀의 잔을 채웠다. 높으신 분에게 술 받는 꼴이 되어 버리자 도나우는 천불이 난 듯 단번에 잔을 비우고 폴리아나를 노려봤다.

'이 새끼가?'

폴리아나는 속으로 혀를 찼다. 아버지인 바우팔로 경이면 몰라도 국왕 전하께서도 함께 계신데 저런 태도를? 다행히 국왕이 바우팔로 경과 대화하는 데 집중해서 이쪽에 신경을 쓰고 있지 않길 망정이지.

룩소스 1세와 바우팔로 경의 환담에 하우 경도 합세했다. 오래전부터 알고 지낸 사이니 사적인 자리에서도 할 말이 많았다.

아직 어른 대접을 못 받아 거기 끼고 싶어도 못 끼는 도나우와 어색해서 어쩔 줄 모르는 폴리아나를 빼면 분위기 좋았다.

"해서, 폴리아나 경은 어떤가?"

'으아아아아.'

갑작스런 지목에 폴리아나의 얼굴에서 핏기가 가셨다. 대놓고 부하가 보는 앞에서 부하 평가를 내리게 된 바우팔로 경은 폴리아나의 얼굴을 흘깃 보고 그간의 태도를 보고했다.

"일 잘합니다."

"그리고?"

"아들 녀석 데리고 있다 제대로 된 부관이 들어오니 속이 시원합니다. 병사들과 약간의 마찰이 있었던 것 같지만 스스로 해결했습니다. 그 외의 문제는."

바우팔로 경은 맞고 들어온 아들을 살폈다. 도나우는 방심했다가 선빵을 맞아 일방적으로 당한 거라고 맨날 우겼지만 그놈의 선빵 타령도 작작해야지. 선빵을 피하는 것도 실력이다.

도나우가 좀 더 자라고 경험이 생기면 모를까, 지금의 도나우는 폴리아나를 이길 수 없다. 그 사실을 인정할 수 있게 되면 아들은 좀 더 성장할 것이다.

'손자 볼 수 있을까.'

언제 한 번 아들 아랫도리를 까서 확인해야겠다고 바우팔로 경은 다짐했다.

"소소한 문제가 하나 있는데 그것도 조만간 해결하리라 예상합니다. 단점이라면, 지나치게 폭력으로 만사를 해결하려는 습성이 있습니다. 아마 태생적 결함을 보완하기 위해서일 것으로 여겨지는데, 지금은 괜찮지만 좀 더 진급하면 고쳐야 할 겁니다. 스스로 고칠 것 같습니다만."

바우팔로 경의 말에 폴리아나의 얼굴이 하얗게 굳었다. 폴리아나는 주먹을 꽉 쥐었다.

바우팔로 경의 지적이 맞다. 단순히 혈통과 상관이라는 지위, 폭력으로 얻어낸 복종과 굴종은 병사들과 직접 대면하는 직책에서만 가능했다.

위로 올라가면 폭력은 결코 좋은 결과를 낼 수 없다. 부하를 패는 장수는 불신만 남긴다.

부족한 신체적 한계를 다른 부분에서 채우려 노력했으니 폴리아나가 모를 리 없다. 알면서도 그리 행동한 것은 그녀가 결코 이 지위에서 위로 승급할 리 없다고 여겼기 때문이다.

그런데 바우팔로 경은 그 위를 이야기하고 있었다.

어차피 안 될 테니까. 무심결에 그리 생각하고 행동했다. 그걸 간파한 바우팔로 경이 대단하게 느껴졌다. 그녀에게 전혀 신경을 쓰지 않는 것처럼 보였는데 언제 그렇게 지켜보고 있었을까.

룩소스 1세의 기사가 되고 나서 폴리아나는 항상 주군을 실망시키지 않을 것만 생각했다. 그래서 직속상관인 바우팔로 경은 염두에 두지 않았다.

그것이 부끄럽고, 또 기뻤다. 바우팔로 경이 내린 평가는 폴리아나가 이때껏 받은 평가 중 가장 후했다.

"잘 패나?"

"기술적으로 잘 팹니다."

저 평가는 많이 들었다. 독한 년이 악귀처럼 사람 팬다고. 하지만 그렇게 표현하지 않고 기술적이라고 말해 주니 폴리아나 듣기에 좋더라.

"결과적으로 소신은 폴리아나 경이 기사를 그만두고 행정관이나 서기관으로 전하께 봉사하는 걸 추천합니다. 그편이 그녀 본인에게도 이득일 겁니다. 전시에 마흔을 넘기기 힘들고, 생존해도 찬바람 불면 뼛골이 시리는 게 기사입니다.

폴리아나 경의 신체적 조건은 그리 좋지 않습니다. 어설픈 놈들이야 싸워 이길 수 있지만 제대로 된 기사와 붙으면 반드시 패배합니다. 그리고 여자니까 남자보다 몸을 더 아껴야 한다고 사료합니다."

나중에 애도 낳아야죠. 결혼도 하고.

기사 관두라는 얘기도 기가 막히지만 막판에 나온 얘기는 더 심했다.

좋은 말 했다가 바닥으로 떨어트리는 상관 덕분에 폴리아나의 뜨겁던 가슴이 차갑게 식었다.

바우팔로 경은 유부남다운 주책을 멈추지 않았다. 막히지 않고 줄줄 나오는 것이 처음 해 본 생각은 아니었다.

"솔직히 저 얼굴론 귀족 데려오기 글렀으니까, 일단 머리부터 기르고 치마 좀 입고, 제 부인이 아주 현숙한 귀부인들을 많이 알고 있습니다. 그녀들에게 부탁해 예의범절을 가르쳐 내놓으면 혈통에 눈 먼 평민 사내는 데려올 수 있을 겁니다. 그도 아니면 재취로 들어가서."

"아버지도 참. 제 혼사나 걱정해 주시죠!"

아버지의 주책을 견디지 못한 하우 경이 바우팔로 경의 말을 끊었다. 바우팔로 경이 무심히 말했다.

"넌 알아서 잘 가겠지."

'난 알아서 못 간다 소리네.'

시집 못 갈 거라 소리는 하도 들어서 괜찮은데 뒤에 나온 얘기들은 처음 듣는 버전이라 또 새롭다.

시집 갈 생각 옛날에 버렸는데 남의 입에서 이런 얘기가 나오면 화가 난다. 그런데 바우팔로 경이 줄줄이 내뱉는 말엔 약간의 애정이 섞여 있어서 폴리아나를 곤란하게 만들었다.

"다 아들, 아니 딸 같아서 하는 말이다."

일방적인 비난은 들었어도 일말의 애정이 섞인 참견은 처음이라 폴리아나는 대답하기 곤란했다. 여자는 검을 들어선 안 된다는 많고 많은 이유 중에서 가장 다정한 이유였다.

여자에게 난롯가와 부지깽이를 강요하는 건 그녀들이 추운 밖에 나와 동사하거나 거친 짐승에게 공격당하는 걸 막기 위해서다. 여자는 모자란 성별이라 마땅히 그래야 한다는 사람이 있으면, 여자는 연약하기에 보호하기 위해 그래야 한다는 사람도 있었다.

여자가 처녀로 죽으면 원혼이 되어 겨울바람 분다는 미신이 내려오는 아크레아 남자다운 반응이었다.

여자면 결혼은 해야지! 애는 있어야지!

룩소스 1세의 표정이 모호해졌다. 그는 바우팔로 경에게 물었다.

"의견은 잘 들었다, 바우 경. 짐도 경의 말에 심정적으로 동의하는 바가 적지 않다."

폴리아나는 표정을 감추기 위해 고개를 숙였다.

"헌데 그 말에 폴리아나 경의 의사는 포함돼 있느냐. 폴리아나 경은 짐에게 기사의 맹세를 했다. 짐은 기사인 폴리아나 경을 등용한 것이지 행정관과 서기관이 필요해 뽑진 않았다. 폴리아나 경, 경의 의견은 어떤가?"

폴리아나의 귀가 번쩍 뜨였다. 폴리아나는 진심을 담아 말했다.

"소신은 언제까지나 전하의 기사. 기사로 살다 기사로 죽을 겁니다."

룩소스 1세는 폴리아나의 말에 흐뭇해하다가 기시감을 느꼈다. 그는 바우팔로 경이 폴리아나를 에하스 총독으로 천거했던 일을 떠올렸다. 그때도 실은 이와 같은 생각을 품고 있었던 것일까.

총독 건이 보다 '필요'와 '효율성'에 집중했다면 이번의 행정관, 서기관 발언은 조금 '애정'이 섞인 발언이었다.

상관에게 이런 반응을 얻어낼 정도면 훌륭히 지냈다는 것이라 룩소스 1세는 흐뭇했다.

"직접 등용하고 신경 써 주지 않았는데 잘 지낸 게로군."

"황송합니다!"

"경은 외국인에 여성이니 주위의 경계가 컸을 것이다. 에하스엔 법으로 명시되어 있으나 아크레아엔 그조차 없었던 게 여기사란 존재. 짐이 경에게 신경 써 주면 괜한 말이 나올 것 같아 일부러 멀리했다. 서운하게 여기지 말거라."

"서운하지 않습니다! 황송할 뿐입니다."

"배치된 부대에 불만은 없고?"

"불만 없습니다! 보급은 군대에 가장 중요한 부분! 그 일부를 담당할 수 있어 영광입니다! 행정 업무도 적응하기에 좋습니다!"

"불만이 있으면 옮겨 주려 했는데."

"……."

"농이다."

"으하하하하하하."

폴리아나가 억지로 웃었다. 심장이 뚝 떨어졌다 다시 붙는 듯한 기분이 수십 번씩 반복됐다.

이런 식으로 높으신 분의 비위를 맞춰야 하는 대화는 처음이라 영 적응이 되지 않았다.

괜히 정색하는 바람에 본심을 조금 들킨 것 같아 바우팔로 경의 안색을 살폈다. 바우팔로 경은 그다지 기분이 상한 것 같지 않았다.

"짐은 경이 제 능력을 발휘할 수 있는 곳은 따로 있다고 여긴다. 허나 처음부터 그런 자리로 가면 아무도 경을 따르지 않을 것이다. 바우 경의 말대로 경이 제대로 자리 잡았다면 조금씩 사람을 복종시키는 방법을 바꾸도록. 짐이 사람 잘못 봤다는 소린 듣지 않게."

"절대 그런 일 없도록 최선을 다하겠습니다."

"짐은 노력가를 좋아해. 짐이 노력가이기 때문이지. 동지 의식일까. 바우 경도 아니고, 짐과 같이 젊은 사람이 이런 말을 하는 건 어울리지 않을지 모르나 하고 싶군.

노력은 결코 경들을 배반하지 않을 걸세. 물론 세상엔 노력해도 어쩔 수 없는 일이 있지. 허나 그렇다고 포기하면 안 돼. 짐은 그렇게 생각한다.

인생에 기회는 한 번만 오는 것이 아니다. 언젠가 반드시 노력의 대가를 받을 날이 올 것이다. 피치 못할 일로 기회를 놓쳐도, 살다 보면 한 번 더, 다시 한 번 더."

노력해도 안 되는 게 있다. 룩소스 1세의 말에 폴리아나는 뼈저리게 공감했다. 동시에 기회가 온다는 말은 그녀를 전율케 했다.

폴리아나에겐 룩소스 1세와의 만남이 유일한 기회였다. 폴리아나는 살다 보면 기회가 다시 올 거란 왕의 말엔 공감하지 않았다. 하지만 기회는 반드시 한 번쯤은 찾아오고, 노력의 대가를 받을 거란 말은 가슴 깊이 새겼다.

왕의 칭찬과 인정을 받은 걸로 폴리아나는 만족했기에.

"경이 노력의 결과를 발휘하고 공을 쌓길 바랐는데 불가능할 수도 있네. 이점은 짐도 안타까워. 가을에 벤티에 경을 필두로 도강을 시도하고 실패하면 아크레아로 회군할 것이니. 경은 원한다면 에하스에 남아도 좋아."

"전하, 소신은!"

"한 번 거절했으니 총독 자린 못 줘."

이번엔 농담인 걸 확실히 알아들었다.

"잘 들거라. 짐은 포기한 게 아니다. 아크레아로 돌아가 에하스와 쿠크다의 항구를 이용해 해군을 조직하고 군함을 건조해 다시 시도할 것이다. 혹 모르지. 배를 타고 가면 육로보다 더 빨리 대륙의 끝을 밟을 수 있을지도."

"전하……"

기사 셋과 종자 하나가 감동에 겨워 눈물을 글썽였다.

그들의 왕에겐 사람을 감정적으로 홀리는 강렬한 매력이 있었다. 폴리아나가 후려 패서 복종시키는 것과 확연히 달랐다.

물론 룩소스 1세에겐 타고난 혈통과 대륙 제일의 미모가 있었다. 그렇다고 기사들의 진심 어린 복종을 받을 수 있는 건 아니다. 대다수의 기사들은 룩소스 1세의 미모만큼이나 그의 인품과 노력하는 근성을 찬양했다.

생명을 바칠 주군을 만나는 것은 기사의 로망. 룩소스 1세는 진정 기사의 낭만을 채워 주는 주군이셨다.

폴리아나는 이를 악물었다. 이토록 훌륭하신 주군을 위해 그녀가 할 수 있는 게 아무것도 없는 게 괴로웠다. 고작 강 하나에 가로막혀 돌아가기에, 그녀의 주군은 지나치게 위대했다.

폴리아나는 의자에서 일어나 바닥에 무릎 꿇었다.

"주제넘은 걸 알고 있으나, 소신은 주군을 위해 노력하고 싶습니다! 가진 모든 걸 바쳐 전하의 꿈을 이뤄 드리고 싶습니다! 그러기 위한 청이 있습니다."

"주제넘지 않다. 경은 짐의 검, 짐의 기사, 짐의 그림자. 같은 꿈을 꾸는 자여, 무엇을 바라느냐."

"근방의 상세한 지도와 외출을 허락해 주십시오!"

"확인하고 싶은 것이 있나?"

"이 지역의 전승 중 아픈 아들을 위해 강을 건너려던 사내가 켈피를 타고 약을 구해 왔다는 설화가 있습니다. 소신은 정령 따윈 믿지 않습니다. 허나 이 설화가 지나치게 널리 퍼져 있으니 그 사내가 말을 타고 강을 건넌 것은 아닐까 의심합니다.

만일 그렇다면 말을 타고 건널 수 있는 지형이 있는 것이 분명합니다. 소신에게 지도와 며칠의 기한을 주신다면 밝혀내겠습니다. 목숨을 바쳐서라도."

켈피는 민간에 전해지는 물의 정령이다. 정령이라는 사람이 있고 요괴라는 사람이 있다. 어쨌든 용과 같이, 존재한다는 말은 있지만 본 사람은 없는 환상종이었다. 생김새는 말을 닮았으나 물속에 산다는 구전이 내려왔다.

폴리아나는 이 지역에 내려오는 켈피 전승을 듣고 켈피가 아닌 말을 타고 강을 건넜다고 생각했다.

"목숨을 바칠 필요는 없다. 찾아낸 게 없어도 좋아. 짐은 경의 그러한 노력으로도 만족한다. 지도를 내주지. 부하가 필요하다면 데려가라. 여름이 끝나기 전 돌아오라, 경. 소득이 있다면 사령부 회의에 참석하는 걸 허락하지."

룩소스 1세의 말은 관대하여 눈물이 나게 만들었다. 폴리아나는 감격해 머리가 땅에 닿도록 조아렸다.

"아하하하, 기분이 좋아졌어."

룩소스 1세는 잔을 단숨에 비웠다. 다른 사람들이 잔을 여러 번 비울 동안 내용물이 줄지 않던 잔이었다. 호쾌하게 잔을 비우고 룩소스 1세는 도나우에게 술을 따르게 했다.

'전하는 미소년 파구나.'

폴리아나가 경험한 바로 '잘생긴 놈 VS 추녀라도 여자' 다툼에서 후자의 비중이 적었다. 룩소스 1세도 전자였나 보다.

룩소스 1세는 단지 도나우가 이 자리에 있는 사람 중 가장 지위가 낮아 술을 따르게 시킨 것이지만 폴리아나가 왕의 속내를 알 리 없다. 이렇게 엉뚱한 오해 하나가 적립되었다.

공손하게 술을 따른 도나우의 머리를 룩소스 1세가 다시 쓰다듬었다. 기특하단 뜻이다.

"너도 뭐 바라는 게 있느냐. 짐의 기분이 좋으니 들어주마."

"전하의 기사로 출정하고 싶습니다!"

"하하, 녀석. 검이 갖고 싶다고?"

"전하의 기사로 이번 전투에 출정하고 싶습니다!"

"원, 녀석도. 아비와 형을 닮아 활이 더 좋다고?"

"기사 서임해 주세요!"

"창이 더 좋단 말이지. 알겠다."

집안 남자들 모두 빼 온 대신 암묵의 약속이 존재하는데, 룩소스 1세가 마음대로 기사 서임을 시켜 줄 수도 없는 노릇이다. 왕이 일부러 모르는 척하는데 술에 취한 도나우는 끈질겼다.

하우 경이 동생의 입을 틀어막는 동안 룩소스 1세가 바우팔로 경을 봤다. 평소라면 바로 고개를 저었을 바우팔로 경은 잠시 무언가를 생각하다가 신중히 고개를 끄덕였다.

"정녕?"

"예. 괜찮습니다."

"흠, 좋아. 도나우. 이번에 폴리아나 경을 수행하거라. 소득의 유무를 떠나 돌아오는 즉시 기사 서임을 해 주겠다."

"읍읍!"

"전하, 소신의 아우 도나우가 성은이 망극하다고 합니다."

솜씨 좋게 도나우를 결박하고 입을 틀어막고 있던 하우 경이 배시시 웃었다.

"하온데 전하. 소신은?"

폴리아나와 도나우에게 물어봤으니 이젠 자기 차례 아니냐고 은근슬쩍 의사 표현을 하는 하우 경에게 룩소스 1세는 미소를 보냈다.

"경이 간절히 바라는 건 얼마 전 이루어진 것으로 알고 있다."

"크윽. 네. 전하의 말씀대롭니다."

아버지 밑을 벗어난 걸로 만족해야지.

초기 의도대로 기분이 풀어진 룩소스 1세가 웃는 얼굴로 술자리를 파했다. 막사를 나온 하우 경은 도나우의 술을 깨우려고 찬물을 끼얹었다.

"뭐야!"

"너 취했어."

"안 취했거든!"

술주정뱅이다운 대사가 오갔다. 형제가 실랑이 벌이는 모습을 폴리아나는 별생각 없이 구경했다. 그런 그녀에게 바우팔로 경이 할 말이 있다는 듯 접근했다.

"음, 너무 서운하게 생각하지 말게."

"서운하지 않습니다! 소관이 받은 평가 중 가장 후했습니다!"

"전하께서 경을 인정하셨지만 내 의견은 여전히 변하지 않네. 여자가 기사라니. 경은 이미 과년해. 코에몽을 건너지 못하고 회군해도 혼기 늦었다는 소릴 들을 걸세. 도강이 성공하면 말할 것도 없지. 기사는 마흔이 넘어서도 푸릇푸릇한 16세 처녀를 부인으로 들일 수 있지만 여자는 아니야. 일생을 혼자 살 텐가?"

"걱정해 주시는 건 알고 있습니다. 소관은 기사가 되고 싶어 이 길로 온 것이 아닙니다. 떠밀려 끌려간 게 사실입니다. 하지만 전하의 기사가 되는 순간부터 소관의 의지로 기사의 길을 걷고 있습니다. 그 와중 결혼을 하지 못하고 평생 혼자 살게 되더라도 후회는 없을 것입니다."

"경은 경황이 없어 보지 못했겠지만, 경이 전하께 기사로서 충성을 맹세할 때 나도 있었네."

"그러셨습니까?"

"딸만 한 처자가 저렇게까지 해야 하는 이유가 뭔가 생각했네. 전하께 맹세할 땐 솔직한 심정으로 감동했고. 그때 자리에 있던 기사들은 내심 경을 인정하고 있을 거야. 인정하기 싫어서 잊으려고 노력할 테지만, 결국 다들 경을 인정하게 될 걸세. 그러니까 꺼내는 말이야. 경이 기사의 길을 정했다면 인생 선배로서 내가 충고하겠는데."

바우팔로 경의 눈빛이 한없이 진지해졌다.

"죽을 때까지 기사로 살게. 경이 누군가와 결혼해 기사가 아니게 되는 순간 경을 인정하던 자들은 적이 될 거야. 누구보다 혹독하게 경을 질책하고 비난할 걸세.

힘들게 살아와 결혼할 마음이 없고 남자를 사랑할 리 없다고 자신할지도 모르지. 하지만 사람 마음은 그렇게 마음먹은 대로 조종할 수 있는 게 아니야. 전하께서 하신 말씀 중 노력해도 안 되는 일이 있다고 하지. 그게 바로 연심일세.

누구도 사랑하지 말고 살아. 그게 경이 기사로 살다 기사로 죽어 기사로 기록될 유일한 삶이네."

진중한 충고에 폴리아나는 숨 쉬는 것도 잊었다. 한 마디 한 마디 뼈에 새기며 폴리아나는 마른 입술을 뗐다.

"충고 가슴 깊이 새기겠습니다."

잘해도 욕. 못해도 욕. 가만히 있어도 욕. 나서도 욕. 군대는 금녀의 세계. 폴리아나는 명백한 불청객이며 이물질이고 불순물이다. 간신히 시간을 들여 융화된 것처럼 보여도 금방 또 어딘가에서 다른 점이 드러났다.

생리를 하네? 역시 여자. 힘이 약하네? 역시 여자. 목소리가 찢어져. 역시 여자. 다 같이 등목도 못하잖아. 역시 여자. 왜 혼자 개인 막사야? 역시 여자. 남자는 결혼해 가정을 꾸려도 기사로 남을 수 있다. 하지만 여자는?

여자는?

로맨스 속 무용을 자랑하는 여기사들조차 결말은 한결같았다. 기사로서 미모를 간직한 나이에 죽거나 동료 기사, 혹은 주군과 결혼해 은퇴했다.

생명을 구해 준 왕자와 결혼하고, 모시던 왕과 결혼하고, 동료와 결혼하고, 혹은 약혼자와 결혼하고. 그렇게 결혼한 뒤 여기사는 생존하되 더 이상 여기사로 불리지 않았다. 전설도 거기서 끝났다.

남자들은 다르다. 결혼한 뒤에도 수없이 많은 무용담이 줄지어 이어졌다.

폴리아나는 스스로가 여성임을 부정한 적 없다. 들으면 다들 놀라겠지만, 남자가 되고 싶다고 생각한 적 없다. 이건 남자라도 강간당하는 특수한 상황이 많은 영향을 미쳤긴 한데 어쨌든 그랬다.

폴리아나의 인생은 고만고만했다. 혹자는 재수 더럽게 없다고 할 것이요, 혹자는 야망 좀 가지라 독촉할 것이다.

폴리아나는 이제 야망을 손에 쥐었다. 관심도 없던 가족에 대한 복수심이 아닌, 주군을 실망시키지 않는 기사이고자 하는 야망과 욕심이 불타오른다. 기사로서 참 고만고만한 야망이 아닐 수 없다.

결혼이나 사랑을 포기한 적 없다. 그저 생각할 겨를이 없어 뒤로 미뤘을 뿐이다. 그러니 이번 기회에 폴리아나는 선택해야 했다.

결혼과 사랑. 출산과 육아. 난로와 화로에 불을 피우고 남편을 기다리는 화목한 가정과 눈 내리는 전장에서 피로 목욕하며 뛰어다니는 기사. 스스로 선택한 직업이 아닌 떠밀려 강요된 직업.

그럼에도 살고자 노력했고, 목적을 찾을 의지도 보이지 않다 천우신조로 기회를 잡았다. 폴리아나는 룩소스 1세처럼 복 받은 인생이 아니었다. 그러니 그녀에겐 이번이 처음이자 마지막 기회이다.

폴리아나는 남들보다 불리하기에 남들 백 배는 노력해야 했다. 양 손의 토끼는 불가능하다. 그러니까.

별로 예쁜 얼굴도 아니고 남자의 호감을 산 적도 없다.

폴리아나는 이복동생의 삼단 같은 머리채를 회상했다. 예쁘다고 여긴 적 많아도 부러워한 기억은 없다. 발목을 간지럽히는 하늘하

늘한 치맛단, 새를 흉내 내듯 지저귀는 목소리, 분을 발라 흰 얼굴과 목, 가느다란 허리와, 발톱이 상할까 조심스럽게 돌 위를 걷는 모양새.

음악실과 그곳에서 들려오는 현악기와 타악기의 앙상블, 침대를 장식한 포푸리, 가느다란 손가락에 끼워지는 반지들, 목을 장식하는 목걸이.

단 한 번도 부럽지 않았다.

어쩌면 학습의 효과일지도. 어쩌면 소위 말하는 것처럼 여성성을 거세당한 걸지도 모른다. 하지만 폴리아나는 한 번도 스스로가 여자임을 잊지 않았다. 잊으려고 해도 주위에서 안 도와줬다.

폴리아나는 남자를 따라 하지 않는다. 그들처럼 살기 위해 노력하지 않는다. 다만 그녀가 속해 있는 단체가 금녀의 구역, 군대이고 그녀의 신분이 기사이기에 동화되기 위해, 집단의 일원으로서 받아들여지기 위해 노력했을 뿐이다.

낙오자는 탈영으로 간주해 즉결처형. 살벌했던 규칙은 지금도 변함없이 적용되고 있었다.

'사랑이 뭔지도 모르고, 사랑할 자신도 없고.'

배트르 경은 폴리아나의 순결을 지켜 주겠노라 말했지만 필요 없는 배려였다. 차라리 배려 안 했으면 후에 치질로 고생할 일은 없었지.

진심으로 경애하는 주군을 위해, 적어도 꿈을 꾸는 동안은 기사로 살 것이다. 평생을 다짐하지 않는 건 인간의 일은 어찌될지 모르기 때문이다.

짝사랑이라도 하게 되면 좋은 거지.

인간으로 태어나 사랑도 모르고 죽는 건 조금 억울했다.

다음날, 약속대로 룩소스 1세가 지도를 내렸다.

지도만 봐선 모른다. 폴리아나는 인근 마을부터 탐문하기로 결정했다. 많이 데려갈 필요도 없어서 폴리아나는 도나우만 챙겼다. 많이 돌아다녀야 할지도 모르니 말을 타고 가야 하는데 군마에 여유가 있을 리도 없어 둘이 다니는 게 편했다.

와중에 부하가 둘이나 비면서 바우팔로 경이 래비 경에게 하우경을 빌려오는 소소한 일이 있었다.

"같이 타야겠네."

적진을 정찰하러 가는 것도 아니니 군마 담당은 말을 한 필만 내줄 수 있다고 뻗댔다.

깨액! 맞지 않을 때도 깽깽 잘 우는 도나우를 무시하고 폴리아나는 말 위에 올랐다. 서로 앞에 타겠다는 촌극이 벌어지고 말고삐를 쥐고 싶으면 진짜 종자처럼 걸어가라는 폴리아나의 엄포에 도나우가 꼬리 내렸다.

기사는 보호할 대상을 앞에 태운다. 레이디와 귀부인, 아이가 여기에 해당된다.

폴리아나와 도나우가 서로 앞에 타겠다고 다툰 건 각자 보호받겠다고 나선 게 아니라 서로를 보호할 대상으로 인식하지 않기 때문이다. 기사는 피치 못할 사정으로 같은 남자와 말을 탈 때 상대를 뒤에 태운다.

폴리아나가 레이디였다면 도나우는 앞자리를 양보하고 고삐를 잡았을 것이다. 도나우가 좀 더 어렸다면 폴리아나는 도나우를 앞에 태우고 고삐를 잡았을 것이다.

그런데 폴리아나는 레이디가 아니고 도나우는 거시기에 털이 좀 났다. 피는 덜 말랐지만 어쨌든 귀여워하며 앞에 태우기엔 뼈대가 굵었다.

첫 번째 마을에선 별 소득을 얻지 못했다. 켈피 설화에 대해 들어본 사람은 있어도 그게 언제부터 전승되었는지는 몰랐다. 어디까지 퍼져 있는지도 몰랐다. 마을에서 가장 오래 산 노인은 치매가 와 기억이 왔다리 갔다리 했다.

폴리아나가 켈피 설화를 읽은 건 근처를 여행한 귀족의 수기다. 귀족은 고작 60년 전 인물이고 수기에 이렇게 적었다.

강에 배를 띄운 어부가 말했다.

"최근 아무개가 켈피를 타고 강을 건넜다고 합니다."

그렇다면 60년 전의 일이다. 그렇게 먼 옛날도 아니었다.

진짜 켈피일 수도 있지만 폴리아나는 정령을 믿지 않았다. 그리고 정령이 60년 전까지 있었다는 것도 믿지 않았다. 최악의 경우, 켈피가 선박의 이름일 수도 있다.

그런 가능성을 고려하면서도 주둔지를 나선 것은 주군을 위해 뭐라도 하고 싶기 때문이다. 공을 올리고, 승급하고, 왕의 신뢰를 얻겠다는 개인의 영달보단 순수한 마음.

폴리아나는 욕심을 부정하지 않았다. 주군을 향한 순수함을 더 내세우기로 했을 뿐이다.

근방에서 가장 장수한 인물을 찾아가자 조금 더 상세한 설화를 들을 수 있었다. 입을 거쳐 가며 과장되지 않은 설화는 간단했다.

코에몽 강 근역 어느 어촌 마을에 외아들을 둔 어부가 살았다. 외아들은 징집에서 제외되는데 서류가 잘못되었는지 강제로 끌려갔다. 아들은 남들보다 3년 일찍 제대했으나 다리가 하나 없었다. 잘린 상처가 감염돼 의사를 데려와야 했다.

에하스에 있는 도시보다 강을 건넌 쪽에 있는 도시가 더 가까워 평소 주민들은 강을 건너 의사를 찾았다. 그런데 에하스는 쿠크다와 격전 중이었고(언제는 안 그랬냐만), 배배로를 우회한 첩자를 경계해 국경을 넘지 못하게 했다. 이에 아버지는 집에서 키우는 켈피를 타고 강을 건넜다.

"우는 아버지 앞에 켈피가 나타난 게 아니고 집에서 키우는 켈피?"

"네네. 집에서 키우는 켈피 맞습니다."

"그럼 그 켈피가 말이었나?"

"말이었을 겁니다. 그 어부는 어부도 아니고 선주였습니다. 부자였습죠."

몰래 배를 띄우려고 백방으로 노력했으나 아무도 나서질 않아 직접 말을 타고 뛰쳐나가더니 다음 날 의사를 데리고 돌아왔다는 것이다.

집에서 키우는 말 켈피가 물의 정령이 된 건 이름의 문제도 있으나, 법을 어기고 처형당할 어부를 염려한 지역 주민들이 얼버무린 결과였다. 선의의 거짓말과 비슷했다.

아들 걱정에 강가에서 울고 있는 아버지를 갑자기 나타난 켈피가 등에 업고 배배로로 데려간다. 인간의 의지가 빠지니 죄를 짓지 않았다는 눈속임이다.

"어디 사는 누구인지 알고 있나?"

노인의 눈이 옆으로 돌아갔다. 시선을 피하는 노인을 보고 폴리아나는 한숨 쉬었다.

처벌하기 위해 찾는 게 아니라는 설득을 한참 하고 나서야 폴리아나는 선주가 살았다는 마을의 정보를 얻을 수 있었다.

날이 저물어 말을 끌고 나가기 어려웠다. 폴리아나와 도나우는 마을에서 하루 숙박하게 됐다.

작은 마을엔 여관이 따로 없었다. 촌장이라고 할 만한 사람도 없는 가구 몇 개가 전부인 한적한 마을은 집도 대부분이 방이 없었다. 벽과 문, 지붕이 노숙과 집을 구분하는 기준이 되었다.

가족이 몇이건 거실 겸 부엌 겸 침실이 되는 공간에 침대를 놓고 잤다. 그러니 폴리아나와 도나우가 끼어들기 민망했다.

종자야 그렇다 쳐도 한 명은 기사이니 사람들이 집을 하나 비워주고 각자 흩어져서 자겠다고 알렸다.

어떻게 저런 여자랑 한방에서 자냐고 펄쩍 뛸 것 같던 도나우가 조용해서 폴리아나는 의아해졌다. 그래도 최소한의 눈치는 있었나?

대답은 도나우의 입에서 나왔다.

"그러면 또 집을 비워야 하잖아. 전하께서 정복지의 평민들도 차별하지 말고 대우하라고 하셨어."

마을 주민들이 폴리아나를 남자로 착각했기에 둘이 안내된 집은 노부부가 사는 집이었다.

퀴퀴한 노인 냄새, 가까이에 강을 둬서 쌓인 비린내와 먼지, 음식물이 썩는 내, 곰팡이 냄새 등등으로 도나우가 인상을 썼다.

각자에게 익숙한 냄새가 있다. 도나우는 피비린내와 고기 썩는 내, 군화에서 나는 발 냄새가 익숙했다.

침대가 하나여서 폴리아나는 갈등했다. 종자에게 침대를 양보하는 기사는 없다. 그것은 어디까지나 자신의 종자일 경우다.

타인의 종자를 대할 때는 예비 기사와 어린아이의 사이에서 적당히 조율하는 것이 예의인데 이 경우는 어디에 중점을 맞춰야 할지 몰랐다. 난제였다.

도나우도 비슷한 난제에 봉착했다. 기사가 되기 위한 준비 단계인 종자로서 기사도에 걸맞게 행동하는 것이 바람직하다. 레이디가 계시다면 마땅히 침대를 양보해야 한다. 그런데 그 레이디가 레이디 같지도 않은 여기사라면?

기사로서 인정할 수 없으니 침대를 선점해야 하는데 기사로서 인정 못 한다는 유일한 사유가 성별이다. 그 성별을 고려하면 침대를 양보함이 마땅했다.

"네가 침대를 써라. 양보해 주지."

"그쪽이 침대를 써."

비슷하게 침대를 양보하겠다는 말이 튀어나왔다. 폴리아나는 도나우의 말을 무시하고 바닥에 모포를 깔았다. 도나우도 코웃음 치고 바닥에 누웠다. 집이 작아 둘이 눕자 꽉 찼다.

"여자면서 기사는 왜 된 거야?"

"에하스에선 군역을 지지 않은 귀족은 작위와 영지를 상속받을 수 없었어.”

“그럼 전하께 땅이나 달라고 하지 왜 따라붙은 거야.”

“난 전하의 기사다. 네 허락은 필요하지 않아.”

폴리아나는 팔베개를 했다가 다시 풀었다. 문득 떠오르는 것이 있었다.

“네게 이렇게 반말을 쓸 수 있는 시기도 조만간 끝나겠지. 넌 어쨌든 기사가 될 거고, 네 가문은 전하의 신임을 받고 있으니 헛짓거리만 안 하면 금방 진급할 거다. 그러면 내 상관이 될지도 모르지.”

폴리아나의 동기들은 모두 그녀보다 빠르게 진급했다. 그녀의 후배들도 마찬가지였다. 간신히 소대장 자리를 꿰찼을 때도 반대가 상당했다.

동기들이 상관이 되었을 때 동기의 정 같은 건 존재하지 않았다. 같이 치질 앓은 정이면 모를까.

폴리아나는 다른 얘기 할 땐 몰라도 치질에 좋은 약 얘기할 때는 꼭 끼워 줬던 동기들을 회상했다. 갈비뼈를 조각내고 싶은 놈들도 가끔은 인간미를 보였다. 목을 조르고 싶은 놈들도 좋은 약이 생기면 공유했다.

인간이 언제나 죽이고 싶은 모습을 보이는 건 아니다. 폴리아나는 배트르 경을 통해 그것을 배웠다.

그는 제법 이름난 기사이고 지휘관이었다. 쓸데없는 공평함(?)은 차치하고, 배트르 경이 지휘하는 전투에선 진 적이 없었다. 체스판 위의 말에게 승리의 기대감을 안겨 주는 지휘관으로서 배트르 경은 충분한 몫을 해냈다.

폴리아나에게 미운 말만 골라 하는 건방진 애새끼도 그렇다. 도나우는 누군가의 사랑스러운 자식이며 동생이고, 아끼는 충신의 아들이다.

"구, 군대는 짬밥이 최고야! 내가 네 상관 된다고 갑자기 막 대하고 그러진 못한다고!"

6년 짬 인정하기 싫어서 버럭거리던 놈이 뜻밖의 말을 했다.

'기사 될 거라 생각하니 여유가 생겼나 보지?'

그도 아니면 슬슬 대가리의 피가 말라 가고 있는 걸지도 모른다. 도나우를 패는 바람에 식물 폭행을 멀리했는데, 도나우 대가리의 피가 모두 마르면 재개해야 할 성싶다.

한참을 꼼지락거리던 도나우가 말했다.

"전하한테 반하지나 마."

폴리아나는 상체를 일으켰다. 경험으로 치질엔 무화과가 좋다는 걸 알고 있다. 그럼 개소리엔 뭐가 약이다?

퍼억! 명치를 찍힌 도나우가 사지를 퍼덕였다. 급히 일어나 헛구역질하는 도나우의 엉덩이를 폴리아나가 걷어찼다.

"어디서 미친 소리를."

"저, 전하가 얼마나 잘난 분인데! 콜록."

"나도 알아."

"반하, 반하는 여자가 얼마나 많…… 쿨럭!"

폴리아나는 다시 한 번 걷어찼다. 그리고 뒷골목 양아치처럼 쭈그려 앉아 도나우의 머리를 때렸다.

"듣자듣자 하니까 내가 말밥으로 보이냐. 넌 전하께서 날 여자로 보시는 거 같아?"

"아니."

"내가 그걸 바라는 거 같아?"

"혹시 모르지."

"난 전하의 기사다. 기사로 살다 기사로 죽을 거야. 넌 나보다 가진 게 많지. 그러면 내가 간신히 붙들고 있는 걸 모르는 척 넘기는 관용을 베풀어라. 그렇게 쪼잔해서 어디에 써먹냐."

대놓고 흘겨보자 도나우는 쳇쳇거리면서도 뭐라 말하지 않았다. 폴리아나는 다시 누웠다. 그리고 덧붙였다.

"그리고 전하께서 날 보고 말씀하시길, 너무 못생겨서 차라리 길거리 논다니를 안는다고 하셨어. 전하도 눈이 있지."

본인이 그렇게까지 박색은 아니라고 생각하는 폴리아나지만 룩소스 1세의 발언은 잊지 못할 충격적인 언사였다.

룩소스 1세가 수염 무성한 남자였다면 파괴력이 덜했을 건데, 아름다워서 희대의 크리티컬이 터졌다.

룩소스 1세는 고귀한 신분이기에 아무 여자나 손대지 않는다. 세상엔 고급 창부라는 직종이 있으나 왕은 가만히 있어도 귀족 여인들이 달려든다. 굳이 돈 받고 몸을 파는 직군에게 눈을 돌릴 필요가 없었다.

창부가 좋다고 건드리는 취향도 있으나 룩소스 1세는 후계자 없는 미혼남의 결벽인지 창부를 멀리했다. 아니면 미신 좋아하는 북부 남자 근성이 거기까지 발휘된 걸지도.

순진한 도나우가 물었다.

"논다니가 뭐야?"

"창부."

"……."

도나우도 잠시 부시럭거리더니 옆에 누웠다. 소년은 태어나서 처음으로 본, 그리고 마지막일 여기사에게 약간의 진심을 비쳤다.

"전하께 반하지 마."

"……."

"안 그래도 재수 없는 인생 더 꼬지 마."

"다 아는 얘기 혼자 아는 척 개폼 잡으며 얘기하는 건 네 또래의 특권이다."

"뭐?"

"오글거려. 닥쳐."

도나우는 다음날 아침식사를 할 때까지 삐져서 한 마디도 하지 않았다. 삐지면 말이 없어지는 모습이 부친과 비슷해 피는 물보다 진함을 증명했다.

노인이 알려 준 마을은 도나우와 폴리아나가 하룻밤 신세진 마을보다 규모가 있었다. 강과 가까웠고 나루터까지 길도 닦여 있었다. 조업을 하진 못해도 사람들은 그물이나 낚싯대를 손질했다.

근처에 군이 주둔하고 있다는 공포는 군이 아무 짓도 하지 않는 바람에 금세 사그라들었다. 오히려 가끔 찾아와 돈을 내고 음식을 사 먹는 병사들로 인해 폴리아나와 도나우를 반기기까지 했다. 징발이랍시고 뜯어 가던 에하스군과 달리 아크레아군은 돈을 줘서 좋다나 어쨌다나.

그물을 던지지는 못해도 낚시는 하니까 민물고기를 먹을 수 있다고 자꾸 흥정을 하려고 드는 통에 결국 폴리아나와 도나우는 식당에 앉았다. 주점과 겸업하는 식당이라 이것저것 묻기에 나쁘진 않았다.

"네네, 기사님들. 여자는 안 팔아요. 저기, 저기 저 창문에 나무 판 댄 집에 가 보세요."

"크흠!"

도나우가 얼굴이 시뻘개져서 헛기침했다. 일정 기간 주둔하고 있는 군인이 자주 놀러 나왔다면 뻔할 뻔자라 폴리아나는 그다지 놀라지 않았다.

"이 마을 선주 중에 외다리가 있나?"

"외다리는 없는데요?"

"그럼 외다리인 사람은?"

"없죠. 누구더라. 하나 살았는데 죽었어요. 자식이 없어서 배는 나눠 가졌습니다. 헉, 혹시 그런 것도 세금 내야 되나요."

이미 세금을 냈어도 영주가 바뀌면서 세금 다시 내라는 경우가 좀 많아야지. 식당 주인이 불안해했다.

아크레아 법은 폴리아노도 잘 모른다. 폴리아나는 혹시 하는 마음에 도나우를 봤다. 법에 관한 일이니 어린 새끼가 알까 싶었는데 도나우는 당당하게 고개를 저었다. 확신을 가진 태도에 폴리아나는 안심하고 이어서 말했다.

"세금 때문에 온 게 아니다. 후손이 없다면 그 사람에 대해 잘 아는 사람을 찾고 있다."

힘들여 의사를 데려온 보람 없게도 아들은 일찍 사망했다. 그나마 다행인 것은 선주인 아버지가 먼저 사망하고 뒤이어 외아들이 간 것이다.

외아들은 결혼을 하지 않았고 죽을 때 자기 집의 소일을 도와준 사람들과 배를 세준 어부들에게 유산을 남겼다. 마을 사람들은 신이 나서 재산을 나눠 가졌다. 무덤 앞에 비석도 멋들어진 걸로 세워 줬다.

비석만 멋들어진 걸 세워 주고 얘기 들어 줄 정신은 없었나 보다. 주민이 이주하지도 않았는데 그 일에 대해 기억하는 자가 드물었다. 집은 이미 다른 사람이 들어갔고 평민이니 기록이랄 것도 없었다.

설화와 관련해 기록을 할 만한 인물은 선주가 데려온 의사인데, 의사는 배배로 국민이니 처음부터 선택지에 올리지도 않았다.

"켈피가 강바닥을 박찼다고 들었어요."

"강 건너는 게 순식간이었대요."

별 소득은 없었다.

폴리아나는 조금 높은 곳으로 이동해 마을과 강의 거리를 확인하고 변한 지형이 있는지 지도와 대조했다. 축척으로 거리를 가늠하고 폴리아나는 이야기를 떠올렸다.

아들의 용태는 시급했고, 의사가 당장 필요했으니 말로 달려 한두 시간 거리에 있는 곳을 찾았을 것이다. 그러니 강을 건넜다는 장소도 그리 멀리 있지는 않을 터. 그렇지만 높은 곳에서 강을 살펴도 딱히 짚이는 곳은 없었다.

"강이 크긴 하네."

"북부 최대다. 남부엔 이보다 더 큰 강이 있다고 하대."

"젠장, 그건 어떻게 건너라고."

"배가 기본 이동수단이랬어. 수위가 일정하고 유속이 잔잔해서 매해 수영대회도 열린다고 뜬소문으로 들었다."

육지에선 용맹하여 주인의 기를 세워 주지만 물에선 유독 맥을 못 추는 아크레아의 남자가 그럴 리 없다고 단언했다. 폴리아나도 소문으로 들은 거라 그냥 넘어갔다.

마을로 돌아가 조금 더 탐문하기로 하고 폴리아나와 도나우가 이동했다. 그 길에 농경지로 가 일하는 사람들에게도 동일한 질문을 던졌다. 마을에서와 비슷한 대답을 받은 폴리아나는 근처에 평지를 두고 굳이 비탈진 곳에서 잡초 뽑는 농부를 보고 무심결에 물었다.

"저 평지는 이웃 영지인가? 왜 농사를 짓지 않지?"

"아이고, 기사님. 저긴 다 돌덩입니다."

농부가 손을 휘저었다.

"여그서 저짝까지 모두 돌입니다. 못 쓰는 땅이에요."

먼 곳까지, 손을 휘젓는 농부의 손은 코에몽 강까지 닿아 있었다. 폴리아나는 지면을 내려다봤다. 답을 찾은 것 같다는 생각이 착각이라면 실망하겠지. 하지만 포기하지 않고 다시 답을 찾을 의지가 그녀의 안에 내재되어 있었다.

폴리아나가 도나우를 불렀다. 코에몽 강쪽으로 가려는 기사들을 보고 농부가 외쳤다.

"강엔 들어가지 마세요! 거기서 빠져 죽은 이가 수십입니다!"

그 말에 폴리아나는 확신을 갖고 말을 몰았다. 폴리아나의 뒤에서 도나우가 시끄럽게 악악거렸다.

둘은 곧 코에몽 강에 도착했다. 여름이 끝나지 않아 물살은 거칠었다. 그래도 처음처럼 바위가 마구 휩쓸려 오고 있진 않았다. 물의 색도 어느 정도 맑아져 흙을 거르면 냇물처럼 깨끗했다.

폴리아나는 깎여 나간 지면의 지반을 확인하고 단검을 들어 흙을 쑤셨다. 단검이 다 박히기 전 단단한 것과 부딪쳤다.

"이 근처네."

"켈피가 건넌 곳이? 여기서 말을 타면 같이 죽을 거 같은데."

도나우가 강의 상태를 확인하고 즉각 부정했다. 폴리아나가 고개를 젓고 바닥을 가리켰다.

"이 부분만 지반이 달라. 돌이 더 단단해서 저 부분만 바닥 높낮이가 다를 거다. 저기, 물이 소용돌이치는 게 보이지? 지반이 다시 물러지니 그 부위만 많이 깎인 결과다. 사람이 많이 빠져 죽는 것도 저기서 발을 헛디디거나 휘말려서일 거야."

"어쨌든 말을 타도 여긴 못 건너."

지반이 깎여 갑자기 강바닥이 꺼져 그 부분만 유독 유속이 거셌다. 말을 타고 건너기엔 위험했다. 폴리아나가 고개를 끄덕였다.

"여름이니까."

"그럼 어떻게 하자는 건데."

"작전을 짜기 전 철저한 확인 과정부터 거쳐야겠지."

폴리아나는 옷을 벗었다. 갑작스러운 탈의에 도나우가 눈이 휘둥그레져서 악을 썼다. 그가 추행당한 소녀처럼 얼굴을 가렸다.

"수치도 모르는 년이!"

"다 봤으면서 뭘 그래."

"내가 언제 봤다고!"

"아, 그때 넌 없었어?"

아크레아군에 생포당한 날 보통 난리가 아니었기에 폴리아나는 병사들이 모두 와서 구경했다고 여겼다. 그래서 알몸도 다 봤다고 생각했다.

남들 구경할 때 안 하고 뭐했는지. 사실은 왕따당하는 거 아니야?

무장을 해제하고 가죽갑옷을 벗고 땀에 전 로브를 벗자 속옷으로 입는 민소매와 바지만 남았다.

폴리아나가 가죽으로 된 군화를 벗는 동안 도나우의 시선은 그녀의 몸에서 떨어지지 않았다. 처음엔 부끄러워서 안 보려고 하더니 막상 보니까 잘 본다. 본래 민소매도 벗을 계획이었지만 폴리아나는 벗지 않았다.

"갑자기 왜 벗는 거야?"

"들어가 봐야지."

"수영할 줄 알아?"

"세상 모든 사람들이 너희처럼 맥주통이라고 생각하지 마. 그리고 맥주통은 물에 떠."

폴리아나를 미친년 취급하던 도나우가 그제야 수긍하고 그녀의 옷과 무장을 챙겼다.

도나우는 폴리아나의 몸에 있는 흉터들과 쇠에 스쳐 착색된 피부를 봤다. 6년 쯤은 무시해도 그보다 오래된 삶의 흔적은 무시하려야 무시할 수가 없었다.

폴리아나가 준비운동을 하고 물로 들어가려 하자 자괴감에 빠져 있던 도나우가 깜짝 놀랐다. 옷 벗을 때보다 더 놀랐다.

"그냥 들어가려고? 뭐라도 묶고 가야."

"역시 물살이 세긴 하지."

둘은 짐을 풀어 가져온 밧줄을 엮어 폴리아나의 허리춤에 묶은 뒤 말에도 묶었다. 만약 무슨 일이 생기면 수영도 못 하는 도나우가 구할 수 없으니 말을 움직여 빼낼 의도였다.

도나우는 말에 밧줄을 묶으면서 이를 갈았다.

'수영 배운다.'

아무리 기사와 종자라고 해도 그렇지, 여자가 길에서 옷을 벗게 만들다니 수치스러운 일이었다.

도나우가 속으로 무슨 생각을 하건 전혀 관심 없는 폴리아나가 강물에 발을 집어넣었다. 수온은 낮지 않고 시원했지만 유속이 문제였다.

밧줄이 잘 묶인 걸 확인하고 그녀는 강 한복판으로 천천히 걸어갔다. 종아리까지 찬 수위에도 걷기가 힘들었다. 조금 더 걷다 발을 헛디딜 뻔하고 폴리아나는 인상을 썼다. 그리고 물의 흐름 반대 방향으로 걷다 다시 넘어질 뻔했다. 대략적인 폭을 확인하고 폴리아나는 잠수했다.

도나우가 강 반대편의 움직임을 감시했다. 다행히 군사 이동이 없었기 때문인지 반대편은 이쪽과 마찬가지로 사람 없이 고요했다.

잠수를 해 강바닥을 확인한 폴리아나는 무사히 걸어 나왔다. 빠져나오는 건 힘들어서 도나우가 말을 움직여야 했다.

"허억."

숨을 몰아쉬며 모래사장을 걷는 폴리아나의 몸 위로 마른 천이 덮였다. 도나우가 던져 준 것이다.

폴리아나가 천으로 몸을 닦았다. 여름이라 마른 천을 별로 챙기지 않아서 그걸론 모자랐다. 물이 묻은 김에 두피 마사지를 하는 폴리아나를 보고 도나우가 질문했다.

"그런데 머리는 꼭 그렇게 박박 깎아야 해? 여름엔 오히려 안 좋을 텐데."

"나는 머리가 빨리 자라는 편이라."

폴리아나는 대외적인 핑계를 댄 다음 좀 더 개인적인 사유를 밝혔다.

"그리고 머리 감기 귀찮아. 이러면 세수할 때 물 묻히는 걸로 끝나잖아."

"와. 넌 여자도 아니야."

도나우가 좌절하듯 내뱉었다. 폴리아나는 흐흐 웃었다.

젖은 천을 말리려고 두리번거리자 도나우가 그걸 받아들려고 다가왔다. 의아해하는 폴리아나에게 도나우는 제법 어른스럽게 말했다.

"그동안 건방 떨어서 죄송합니다, 폴리아나 경."

폴리아나는 천을 털어 물기를 조금 날린 뒤 하늘을 봤다. 해는 제대로 잘 떠 있었다. 그럼 내일 반대편에서 뜨려나.

작게 중얼거리고 폴리아나는 다시 도나우를 봤다. 태도가 얌전하다.

"혹시 날 죽일 생각에 밧줄 끊으려다 내가 생각보다 빨리 나와 지레 찔려서……."

"아 쫌! 미안하다고! 잘못했다고! 내가 싸가지가 없었다고!"

"알면 기어."

"죄송합니다."

도나우는 천을 받아 근처의 나뭇가지에 널었다.

방심하지 않고 정식으로 싸우면 폴리아나를 이길 수 있다는 소년의 망상은, 언젠가 현실이 될 것이다. 나중엔 방심해도 이길 수 있게 될지도 모른다. 하지만 기사에게 필요한 건 무용만이 아니다.

주군을 위해. 도나우는 자기가 할 수 없는 방향으로 움직이고 애쓰는 폴리아나를 보면서 스스로의 아집을 조금씩 깨달았다. 그래도 인정하지 못하던 고집이 풀린 건 폴리아나의 몸을 봐서다.

여자의 몸이면 부끄러워야 할 텐데 처참하단 생각이 앞섰다. 도나우는 폴리아나의 상처 가득한 몸을 보고 그녀가 보낸 6년을 절실하게 실감해 버렸다.

도나우와 같은 사람들이 6년 동안 항상 그녀의 곁에 있었을 것이다. 도나우 같으면 견디지 못할 세월이었다.

여자도 아냐.

도나우는 결코 비난하기 위해 그런 말을 하지 않았다.

"전하는 황제가 되실 겁니다."

"동의해."

"그런 전하의 곁엔 다양한 사람들이 모일 거예요."

"그렇지."

"개중에 성격 더러운 여기사 하나 낀다고 달라지는 건 없을 겁니다."

성장기 소년이라 그럴까. 도나우는 하룻밤 새에 많이 자란 것 같았다.

폴리아나는 도나우의 키가 처음 만났을 때와 다르다는 걸 깨달았다. 나란히 옆에 설 일이 없어서 몰랐는데, 그녀보다 약간 낮았던 눈높이가 어느새 같은 높이로 올라왔다.

그 눈은 곧 그녀를 추월해 그녀보다 먼저, 앞서 나갈 것이다. 폴리아나는 그것이 분하면서도 부럽고 또 조금 대견했다.

"그럼 이제 어떻게 하실 겁니까?"

"켈피가 건넌 장소는 여기가 맞아. 그렇지만 여름엔 건널 수 없어. 가을에 수위가 낮아지면 가능한지 확인해 봐야겠지.”

폴리아나는 그녀가 짐작한 범위를 지도에 표시했다.

“어쩌면 이리로 지나갈 수 있을지도.”

“그래도 말을 타야 한다는 전제조건이 붙습니다. 병사들은 무리입니다.”

“전하껜 나보다 뛰어난 인재들이 많으니, 그건 그들이 어떻게든 하지 싶은데.”

“그럼 물이 줄어들 때까진 지켜봐야 한다는 거로군요.”

“슬슬 물이 말라붙을 테니 그렇게 오래 걸리진 않을 거다. 그나저나.”

폴리아나는 한숨을 푹 쉬었다.

“그냥 편하게 대해. 평소면 모를까 전시에 그렇게 사람 바뀐 것처럼 굴면 꼭 골로 가더라.”

“그냥 저주를 하지 그러십니까.”

돌아가면 약혼녀와 결혼하기로 했어. 아내가 임신했대. 이번 휴가가 어머니 생신이야. 제대하면 꿈을 이룰 거야. 많고 많은 사망 플래그 중엔 갑자기 사람이 착해지는 것도 포함된다.

실제로는 사망 플래그랄 것까진 없다. 그냥 그런 감상적인 말을 한 사람의 죽음이 기억에 남고, 그러지 못한 사람의 죽음은 무의미하게 잊힌다는 것일 뿐.

폴리아나는 당장 내일 죽을 수도 있었다. 그건 그다지 놀라운 일이 아니었다. 달라진 점이 있다면, 그녀에겐 이제 지금 죽을 수 없는 이유가 생겼다. 아직 그녀는 주군을 위해 아무것도 하지 않았다.

그러니까 조금 더. 하다못해 대륙의 절반은 밟은 뒤에. 절반을 밟으면 대륙의 끝까지.

폴리아나는 포기할 생각이 없었다.

룩소스 1세는 전령이 가져온 보고서를 받고 지도를 펼쳤다. 폴리아나가 동봉한 대로 지도에 표시하니 어디인지 짐작이 갔다. 왕은 이걸 어떻게 써먹을 수 있을까 고심했다.

지도대로라면 배배로군의 주둔지와는 말을 타고 1시간 정도 거리다. 그쪽을 통해 큰 피해 없이 강을 건널 수 있어도 배배로군에서 움직임을 눈치챈다면 바뀌는 건 없었다.

소득이 없을지도 모른다. 하지만 룩소스 1세는 폴리아나의 발상을 높이 샀다.

그는 폴리아나가 소득 없이 돌아와도 배속을 바꿔 줄 생각이다. 주위에선 반대하겠지만 폴리아나를 보급부대에 계속 두기는 아깝다는 생각을 했다.

그리하여 가을. 북풍도 남풍도 멎어 바람 없이 고요한 계절에 폴리아나와 도나우가 아크레아군 사령부 막사에 발을 들였다.

진흙투성이인 둘을 보고 모두가 인상을 찡그렸다. 아이노 경이 괘씸하다고 내쫓기 전 룩소스 1세가 허락했다. 사실은 그대로 내쫓으면 기절할 것 같은 안색이라 내쫓기 어려웠다.

"힘든 여정이었나 보구나."

"송구합니다. 지금 보고하지 않으면 쓰러질 것 같아서."

사람도 말도 피곤에 절어 쓰러지기 일보직전이다. 폴리아나는 발언 허락을 받아 지도를 가리켰다. 지도엔 이미 그녀가 보낸 대로 표시되어 있었다.

폴리아나는 간략하게 수위가 많이 줄어든 가을의 코에몽 강을 말로 건널 수 있다는 사실을 보고했다. 직접 몸으로 뛰어 확인한 정보다.

겉으로만 봐선 다른 곳과 수심이 동일해 보이지만 사실은 지반의 암석이 다른 부분이 있어 그 부분만 수심이 낮다. 무장한 기사가 말을 타고 건너도 발이 빠지지 않고, 여름 동안 쌓인 자갈로 바닥이 미끄럽지도 않았다. 갑자기 바닥이 꺼지는 위험한 몇 군데만 조심한다면 기마대가 너끈히 지날 수 있었다.

그걸 확인하기 위해 폴리아나와 도나우는 번갈아 가며 수십 번씩 코에몽 강을 횡단했다. 중간엔 군마가 지치는 바람에 인근 마을에서 밭 가는 말과 수레 말을 빌려오기까지 했다.

"고생한 둘에게 잠시 착석을 허락한다. 쉬고 있게."

허리와 다리 힘이 풀린 둘은 의자에 털썩 앉아 숨을 골랐다. 룩소스 1세는 본래의 안건으로 돌아왔다. 부사령관 벤티에 경이 작전을 말했다.

"이번 코에몽 상륙 작전은 새벽에 진행합니다."

수위가 낮아진 코에몽 강의 가장자리는 모래사장이다. 모래를 지나면 뻘이 있는데 이 부분은 봄처럼 질퍽하지 않아 무장한 병사도 충분히 건널 수 있었다. 여기까지 공격을 받지 않았다고 가정할 때 중앙의 강만 건너면 모든 문제가 해결됐다.

벤티에 경의 작전은 단순했다. 배를 들고 이동해 강에 띄우고, 건너서 다시 이동한다.

룩소스 1세는 상념에 잠겼다. 단기적으로 끝내려니 병사들을 고생시키는 방향만 나오고 있다.

군대가 강 건너편에 도달하면 거기서 배배로의 군사들이 활기차게 공격할 것이다. 단신으로 건너는 것도 힘겨운데 배까지 들고 중간에 온갖 방해를 받은 병사들이 버틸 수 있을지 의문이 들었다.

신중한 벤티에 경답지 않은 작전이었다. 그만큼 막막하다는 뜻이다.

룩소스 1세가 그 점을 지적하자 막사 안의 모든 기사들이 같은 대답을 내놓았다.

"전하의 군대는 그렇게 연약하지 않습니다!"

허세는 진짜.

허세가 아닌 진짜 실력임을 알고 있지만 룩소스 1세는 걱정이 앞섰다. 강을 건너는 동안 배배로에서 가만히 있지도 않을 것이다. 화살을 쏘고, 투석기로 돌을 던지고, 불화살을 쏠 것이다.

"불화살은 어쩔 텐가."

"방패에 기름 바른 가죽을 입혔습니다. 배 위로 떨어진 불은 강으로 떨어뜨리면 되고 사람을 공격하는 건 방패병이 막을 겁니다. 조를 이뤄 방패병을 반드시 하나씩 끼우고 궁수대는 움직이지 않습니다. 기사들도 같이 끼어 움직일 겁니다. 선봉은 소신과 래비 경이 맡습니다."

"이노. 너도 가라."

"전하. 거두어 주시옵소서."

"아니. 이노 너도 가야겠다. 지금 벤티에 경이 난전을 주장하고 있지 않느냐. 그러니 하나라도 더 살리려면 네가 가야 한다.”

계획이라기보단 그저 힘으로 밀고 가겠다는 벤티에 경의 작전에 룩소스 1세는 난색을 표했다.

사실 룩소스 1세도 그렇게 하면 어떨까 생각해 보긴 했다. 하지만 생각해 본 시점에서 그쳤다. 지나치게 고생스럽고 병사의 피해가 크기 때문이다.

그렇게 강을 건너면 설사 성공적으로 강을 건너도 의도치 않은 배수진이 된다. 퇴각할 수 없으니 몰살이다.

최상의 컨디션도 아니고 지친 병사들을 끌고 가기엔 너무하다고 여겼는데 벤티에는 아니었던 모양이다.

“봄, 여름 놀면서 다들 휴식했습니다.”

병사들은 놀지 않았다. 병사는 놀려선 안 된다는 만국의 상식에 따라 아크레아 병사들은 열심히 굴렀다. 때때로 도강 시도에도 참여했고 진지도 구축했고 배배로처럼 목책도 세웠다. 인근 지역 주민의 맹수 잡아 달라는 부탁에 신이 나서 사냥도 했다.

사령 막사가 시끄럽게 변했다. 각자 자기주장이 끝나지 않았다.

룩소스 1세는 다양한 의견을 참고하기 위해 참모를 정해 두지 않고 지휘관들의 자유로운 발언과 작전을 허락하고 있었다. 그래서 룩소스 1세가 중심을 세워 주지 않으면 각자 떠들기 바빴다.

대부분이 혈기왕성한 청년들이라 더욱 심했다. 부사령관 벤티에 경이 아직 서른이 되지 않았다. 사석에서 야, 야 하는 친구가 부사령관이면 가끔 공적인 장소에서도 실수가 튀어나올 수 있다. 사람 목숨이 걸린 부분에선 더 심했다.

폴리아나는 비몽사몽인 눈으로 힘겹게 의자에서 일어났다. 그리고 발언 허락을 받았다. 룩소스 1세가 병사의 피해를 줄이기 위해 기사들을 보병으로 섞어 보내겠다는 얘기를 들으니 떠오르는 것이 있었다.

"전하의 용맹한 기사들을 모두 이쪽으로 보내는 건 어떻습니까."

폴리아나가 지도를 짚었다.

배배로의 목책은 말을 타고 건널 수 있는 부분엔 세워져 있지 않다. 그러면 말을 타고 도강해 목책 안쪽으로 진격해 진지를 휘저을 수 있다. 공세가 새벽에 이뤄질 것이라면 기사들은 그보다 빨리 움직여 대기한다.

숙련된 기마병이라 해도 무쌍을 찍으며 적진을 종횡무진할 순 없다. 아군이 오지 않으면 죽는다.

그렇기에 폴리아나는 아크레아에서 최강이라 불리는 두 기사를 요구했다. 지명된 아이노 경과 벤티에 경의 얼굴이 묘했다.

"위험하다, 경. 말은 밤눈이 어둡다. 하물며 그 길을 아는 건 경밖에 없지 않나?"

"저도 알고 있습니다."

도나우가 일어나 무릎 꿇었다.

"허락해 주신다면 폴리아나 경과 함께 길잡이가 되겠습니다."

"좋아. 래비, 네가 병사들을 이끌어라. 벤티에, 이노, 너흰 다른 기사들과 함께 폴리아나 경이 이끄는 길로 간다. 궁수대는 짐이 직접 지휘하겠다."

말을 마친 룩소스 1세가 바우팔로 경 쪽에 눈짓을 보냈다. 바우팔로 경은 한숨을 쉬면서 미리 준비해 둔 장검을 가져왔다. 룩소스 1세가 그걸 받아 도나우에게 내밀었다.

"약속했지. 이제부터 너는 짐의 기사다. 검을 받아라, 도나우."

도나우가 감동하며 검을 받고 기사의 맹세를 했다. 바우팔로 경이 복잡한 얼굴로 박수를 쳤다.

진짜 전신의 기운이 다 빠진 도나우가 휘청거리며 일어나는 걸 폴리아나가 부축했다. 실은 그녀도 서 있을 기운이 없었다. 막사 안 기사들의 눈빛이 무서울 정도로 매섭게 그녀에게 쏟아졌다. 모두의 희비가 엇갈렸다.

다음날, 폴리아나가 보고한 장소에 도달해 직접 눈으로 확인한 룩소스 1세는 이렇게 말했다.

"여기에 다리를 놓으면 되겠어."

폴리아나는 기사들에게 둘러싸였다. 기사들의 기세는 흉흉했다. 폴리아나는 뭐라 말을 하려다 그들이 먼저 입을 열길 기다렸다. 들을 말이야 뻔했다. 그래도 들어야 했다.

당장 얼굴로 구분할 수 있는 인물만 꼽아도 룩소스 1세의 친위대장 아이노 경, 부사령관 벤티에 경이 있다.

신분 높고 직위 높은 둘을 필두로 기사들이 폴리아나를 찾아온 이유는 말하지 않아도 알 수 있었다.

"무슨 생각이지?"

말보다 행동이 빠른 아이노 경이 하라는 말은 안 하고 노려보기만 하는 벤티에 경 대신 입을 열었다. 폴리아나는 가능한 바른 자세를 유지하려 노력했다.

"소관은 전하의 기사입니다."

"그걸 말하자는 것이 아니잖소."

"도대체, 여자를 기사로 받아 줬으면 은혜를 알고 주제를 알아야지."

"열심히 하는 건 좋은데 적당 선에서 끊을 줄 몰라?"

"이제 좀 봐 줄 만하다 싶었는데 전하께서 관대하시니 진짜 끝을 볼 생각인가? 총애라도 받는다고 여겨?"

폴리아나는 턱을 당겼다. 언젠가 이런 날이 올 것 같아 몇 번이고 어떤 대답을 할지 고심했다.

그녀가 모욕을 받는 건 괜찮다. 주군께 폐가 될까 봐 문제다.

그녀를 기사로 받아 준 건 위대하신 룩소스 1세다. 같은 기사들의 허락을 구할 필요가 없다.

어차피 예쁨 받기는 글렀다. 전우의 정 같은 건 기대하지도 않았다. 이미 박힌 미운털, 무슨 일을 해도 뽑히지 않고 나날이 커질 것이다.

폴리아나는 유치한 텃세에 익숙했다. 수없이 겪었으니 이제 와 새삼스럽지도 않았다. 여자의 텃세는 미지의 영역이나 남자의 텃세는 폴리아나가 헤매던 또 다른 전선. 폴리아나의 전장이다. 폴리아나는 주군을 두고 전장에서 퇴각하는 기사가 아니었다.

"귀경들이 걱정하시는 바를 모르겠습니다."

"매국노!"

"배신자!"

"피도 눈물도 없는 년!"

"잘 못 들었습니다?"

"귀머거리인 척하는 건가?"

군대에서 명령듣기 싫을 때 사용하는 최종오의까지 묵살당했다. 솔직하게 대응해야 했다.

"귀경들이 소관에게 이러시는 이유를 모르겠습니다. 전하의 야망이 크시고 인품이 하해와 같으시니 분명 이후로도 소관과 같이 전하의 뒤를 따르는 자가 생길 겁니다.

아크레아의 기사들이 강해도 수가 한정돼 소관과 같은 이를 받아들이지 않으면 전하의 꿈을 이룰 수 없습니다. 대륙을 일통하시고 황제가 되실 분께 신하의 출신은 중요하지 않다고 생각합니다. 그런 자들에게도 이와 같이 행동하실 겁니까?

귀경들에게 묻습니다. 소관에게 이러시는 건 소관이 여자이기 때문입니까, 아니면 배신자이기 때문입니까."

에하스엔 미래가 없었다. 왕권 강화를 위해 소모전을 지속하는 왕실, 그에 붙어 부추기는 고위 귀족, 상부에 항거하지 못하는 무기력한 군. 미래는 없었지만 폴리아나의 나라였다.

폴리아나는 에하스의 귀족이었으며 에하스의 군인이고 에하스의 기사였다.

노기사처럼 에하스를 위해 목숨을 바친 기사가 존재했다. 그들이 보았을 때 폴리아나는 변명의 여지없는 매국노였다.

하지만 매국노 타령은 에하스의 국민이나 할 수 있는 소리다. 폴리아나의 매국으로 이득을 본 아크레아의 기사들이 할 말은 아니다.

"소관은 여자입니다. 처음 이후로 숨기려 한 적 없습니다. 에하스에겐 배신자이나 아크레아에선 새로 얻은 충신으로도 볼 수 있습니다. 귀경들에게 다시 묻습니다. 귀경들이 소관을 의심하는 것은 소관의 성별 때문입니까, 아니면 행보 때문입니까?"

폴리아나를 둘러싼 기사들의 말문이 막혔다. 폴리아나는 룩소스 1세에게 하사받은 검을 들어 보였다.

"소관은 전하의 기사입니다. 전하께 해가 된다면 스스로 목숨을 버릴 수도 있습니다. 외국인이라서? 여자라서? 나라를 배신했기 때문에? 이 모든 것들이 문제가 된다면 전하께선 소관을 받아 주지 않으셨을 겁니다. 그러니까 소관은 절대 그만두지 않습니다."

폴리아나는 기사들의 표정을 확인하지 않고 빠져나가기 위해 움직였다.

기사들이 선뜻 길을 텄다. 건방지다고 한 명 정도는 욕할 것으로 예상했는데 그러는 이는 없었다.

혹시 모르지.

'뒤에서 검을 빼 들지도.'

바싹 긴장한 폴리아나의 앞에 건틀렛 낀 손이 내밀어졌다. 벤티에 경이 알 수 없는 애매한 표정을 짓고서 폴리아나에게 악수를 청했다. 폴리아나가 그 손을 잡자 벤티에 경이 힘있게 잡고 흔들었다.

"부사령관 벤티에 시이제다. 일전에 통성명을 했는데 기억할지 모르겠네."

"에하스의 폴리아나 윈터입니다!"

폴리아나가 빠릿하게 경례했다.

"다들 인사하게. 작전에 들어가기 전 얼굴을 익혀야지."

"벤티에 경!"

아이노 경이 반대의 대표자가 되었다. 한 대 칠 기세인 그에게 벤티에 경이 말했다.

"나는 적국에 나라를 판 외국인 여자는 믿지 않는다."

"그렇다면 어째서."

"전하께 성을 받은 여기사 폴리아나 경을 믿고 전하를 믿는다. 왕국이 제국이 되고 왕이 황제가 될 테니 여자도 기사가 될 수 있을 것. 전하가 만드실 세계. 나는 그 세계를 믿는다."

벤티에 경이 그렇게 말하고 돌아서서 떠나 버리자 남은 기사들은 폴리아나에게 인사했다. 작전을 앞두고 통성명을 하는 게 옳다고 여겼기 때문인지 무시하고 가 버리는 기사는 없었다. 이런 점에선 다들 고지식했다.

마지막으로 남은 아이노 경은 너는 싫지만 인사를 하는 건 맞다는 고지식한 행동의 대표주자였다. 아이노 경과는 악수하지 않았다.

폴리아나는 수십의 기사와 악수한 오른손을 들었다. 수십의 남자에게 둘러싸인 공포가 흥분으로, 기묘한 열기로 변해 오른손을 타고 흘렀다.

이런 식의 인사를, 같이 싸울 기사를 대하는 인사는 처음이었기에 폴리아나는 감정이 격해졌다.

그녀의 몸은 처음 사람을 죽일 때보다 더 떨렸다.

폴리아나가 처음 죽인 사람은 사형수였다. 전투 도중에 사람을

죽이고 충격 받는 걸 막기 위해 기사에 따라 종자에게 살인을 가르치는 자가 있었다. 폴리아나가 모셨던 노기사도 그런 유형이었다.

입대하기 전에 폴리아나는 세 명의 사형수를 죽였다. 노기사는 폴리아나에게 그 사형수들이 어떤 죄목으로 사형을 선고받았는지 알려 주지 않았다. 알아보지도 못하게 했다.

죽이면 끝이다. 죽으면 끝이다. 그것만 가르쳤다.

숙련된 솜씨의 망나니나 기술자가 만든 교수대에 오르는 대신 사람 죽이는 연습을 하는 귀족 아가씨의 실험대상이 된다. 실험대상이 된 보상은 돈이었다. 돈은 유족이나 범죄 피해자에게 돌아간다고 했다.

"검의 명수는 목을 단번에 친다. 솜씨 좋은 망나니는 고통을 느낄 겨를도 없이 잘라 떨어진 목이 말을 한다고 한다. 너는 힘이 없어. 너의 검은 살은 벨망정 뼈를 절단하지 못한다. 그러니까 죽이는 방법이 아니라 고통스럽게 만드는 법을 배워야 해."

갈비뼈 사이로 검을 쑤셔 넣어 폐를 찔러라. 목뼈를 베지 못해도 살은 벨 수 있으니 속도를 늦추지 마라. 눈은 가장 노리기 쉬운 급소다.

남자가 전력으로 사람을 패면 죽일 수 있지만 여자는 불가능하다. 그러니까 모든 공격에서 힘을 빼지 마라. 악귀처럼 날뛰어 사람을 불구로 만들고 고통스럽게 해라. 그럼 네게 덤비는 자가 줄어들 것이다.

맞는 말이었다. 손속이 유독 악랄한 마른 기사의 소문이 병사들을 겁먹게 했으니까.

갈빗대 사이를 뚫고 들어가 폐를 찌른 검을 뽑는 건 힘들었다. 기술과 경험 둘 다 부족해서 어쩔 줄 몰라 하는 폴리아나를 걷어찬 노기사는 한 손으로 가볍게 검을 뽑았다. 노인임에도 불구하고 폴리아나보다 근력이 좋았다. 노기사는 이 차이를 평생 기억하라고 말했다.

말을 타고 무쌍을 찍던 두 기사 중 한 명, 아이노 경이 적장의 목을 베었다. 다른 방향에서 배배로군과 대적 중이던 병사들이 일시에 함성을 내질렀다. 아이노 경이 벤 적장의 목을 벤티에 경이 창으로 찍어 들어올렸다.

"적장이 죽었다!"

와아아아아.

대장을 잃은 배배로 군대는 더 저항하지 않고 무기를 버리며 항복했다. 폴리아나는 조금 늦게 찔렀다면 죽지 않았을 적군의 몸에서 검을 뽑았다.

후회는 없었다. 조금 늦게 대처했더라면 그녀가 죽었을 테니까.

폴리아나는 몸에서 긴장을 빼고 주위를 살폈다. 벤티에 경과 래비 경이 흩어진 병사들을 모으고 항복한 배배로 군을 포박했다. 도망가는 병사는 몇은 붙잡고 몇은 놓쳤다. 의무병과 궁수대가 오려면 시간이 걸렸다.

급한 대로 부상병을 모으고 배배로군의 진지에서 가져온 의약품으로 응급처치 했다. 피와 진흙이 묻은 병사들은 강으로 걸어가 몸을 씻었다. 당연하지만 불호령이 떨어졌다.

"이 멍청한 새끼들아! 당장 와서 몸부터 말려!"

목책을 부숴 땔감으로 쓰고 곳곳에서 모닥불이 피워졌다. 불을 쬐던 폴리아나는 강변에서 구역질하는 도나우를 발견했다.

'사람 죽여 본 적 있냐고 물어볼 걸 그랬나.'

약간 후회가 들었지만 그녀는 금방 떨쳐 버렸다. 그런 건 그녀의 몫이 아닌 바우팔로 경이나 하우 경의 몫이다. 그리고 꼭 사람을 죽인 충격으로 토한다고 볼 수도 없었다.

너무 긴장해서 뒤늦게 구역질이 나온다거나, 피 냄새가 심해서 토할 수도 있었다. 살인의 충격으로 구토한다고 단정짓는 일은 기사가 된 도나우 경의 명예를 떨어트리는 생각이었다.

배배로군의 주둔지에서 배배로의 국기가 내려지고 아크레아의 국기가 걸렸다. 뿌듯함이 폴리아나의 가슴을 뻐근하게 만들었다.

'이겼다.'

폴리아나는 승리했다. 룩소스 1세의 군대는 성공적으로 코에몽 강을 건넜다.

어느새 도나우가, 도나우 경이 폴리아나처럼 불을 쬐러 다가왔다. 폴리아나는 몸을 비켜 자리를 내줬다.

도나우 경은 수통을 받아들어 물을 마시고 입가를 훔쳤다. 손목 아대에 피가 흥건해 얼굴엔 다시 피가 묻었다.

"사슴은 많이 죽여 봤는데……."

"맛있겠다."

"진짜, 그런 말 하깁니까?"

"배고프지 않습니까, 도나우 경."

언제 강을 건넜는지 바우팔로 경이 눈에 불을 켜고 배배로의 군량과 보급 물자를 챙기고 있었다. 폴리아나의 본래 직책은 바우팔로 경의 부관이다. 피곤하고 쉬고 싶어도 상관이 일하는 모습을 봤으니 가서 도와야 했다.

끙차 소리를 내며 일어나는 폴리아나에게 먼저 일어난 도나우 경이 손을 내밀었다. 피에 전 소년 기사의 손을 보고 폴리아나는 피식 웃었다. 얄미운데 가끔 귀여운 부분에서 문득 그녀의 이복동생이 떠오른 것이다.

라이아나는 얄밉지만 가끔은 귀여웠다. 동생들은 다 이런 것일까?

폴리아나는 충동적으로 말했다.

"누나처럼 대해 줘도 괜찮은데."

"누나는 무슨 누나. 대머리에 게으른 누님은 필요 없네."

투덜거리다가 가끔 입에 들어간 불순물을 침과 함께 뱉더니, 도나우 경은 폴리아나의 손을 잡고 그녀가 일어나는 걸 도왔다.

둘의 대화를 모두 지켜보고 있던 다른 기사가 피식 웃었다. 기사들이 둘에게 외쳤다.

"누님으로 모시라고!"

"맞아! 누님으로 모셔!"

"폴리아나 경은 좋겠소! 의동생이 생겼구만!"

기사들이 폴리아나를 대하는 태도에서 경계가 사라졌다. 함께 싸운 전우의 소속감이 폴리아나를 막던 철책에서 그녀를 감싸는 울타리로 변했다.

폴리아나는 깨달았다. 그녀는 강을 건넜다. 코에몽 강과 마음의 강. 도나우를 포함한 아크레아 군대와 그녀를 가로지르던 마음의 강을 건넜다.

그녀는 더 이상 강 건너의 사람이 아니었다.

5. 신고식

5. 신고식

아크레아군은 파죽지세로 진군했다.

배배로는 아크레아의 움직임을 보고 대부분의 병력을 북쪽 국경에 집중했다. 코에몽 강을 끼고 있었을 땐 상부에서 해 볼 만하다는 판단을 내렸나 본데 막상 부딪쳐 보니 그렇지 않았다.

배배로의 군세는 에하스와 쿠크다보다 쉽게 무너졌다. 룩소스 1세는 무너지는 배배로가 회생할 틈도 없이 수도로 진격해 왕에게 항복 문서를 받아 냈다. 지방에서 항전하려던 영주들만 졸지에 황망해져서 비슷한 시기에 항복했다.

룩소스 1세는 대륙의 북방 사국을 모두 통치하는 군주가 되었다. 가히 북방의 패자였다. 왕의 연치가 어리니 후에 이룰 업적은 얼마나 대단할까.

……와 같은 이야기는 다음 챕터 서두에 쓰기로 하고.

폴리아나는 아직 행정보급부대 소속이었다. 그녀의 임무는 전리품을 정리하고 부족해진 자재들을 보급하고 신청하는 것이었다. 전리품 정리만으로도 밥이 코로 들어가도 그냥 삼킬 만큼 바빴다.

에하스와 쿠크다에선 부족해진 물자를 아크레아에서 보급받기 쉬웠다. 시간이 부족하다면 두 정복지에서 징발하는 일도 수월했다.

그런데 코에몽 강을 건넌 배배로에서부턴 그러기가 어려웠다. 해상을 통한 운송은 오히려 원거리가 빠르고, 어정쩡한 거리로는 시간과 인적, 물적 자원이 더 소모된다. 그러니 앞으로의 원정에 배배로의 역할이 중요했다.

배배로는 에하스와 쿠크다가 지루한 소모전을 이어 가는 옆에서 콩고물 주워 먹기 바빴다. 그렇게 쌓은 재화가 컸다. 식량 사정도 북부에서 제일 괜찮았다. 덕분에 전리품도, 징발할 물자도 많았다. 자연스럽게 폴리아나와 바우팔로 경은 토할 정도로 바빴다.

'바닥에서 파도가 치네.'

누가 건드리면 현기증을 못 이기고 쓰러질 판국이다. 서류와 숫자 때문에 토할 것 같은 기분에 폴리아나는 벽을 잡고 걸었다.

밤까지 등불 아래서 전리품 정리를 해야 했다. 그래서 눈이 침침해 낮에도 시야가 흐릿했다. 주위에 기사들이 모여드는 것도 모를 정도였다. 폴리아나는 기사들이 지척에 다가오고 나서야 그들의 접근을 깨달았다.

"안녕하십니까."

폴리아나는 간신히 인사했다. 다 죽어 가는 목소리였다. 안쓰럽기 그지없었다. 무시만 하다가 마주치면 인사 정도는 나누게 된 기사들이 그런 폴리아나의 팔을 잡았다. 몽롱한 정신이 번쩍 들었다.

"뭡니까!"

돌연 그녀는 납치당했다.

기사들은 그녀의 사지를 붙잡고 이동했다. 폴리아나는 반사적으로 기사들을 공격하려다 뭔가를 발견하고 멈췄다. 다른 쪽에서 도나우 경이 포획된 멧돼지 비슷한 행색으로 끌려가는 중이었다.

기사들이 폴리아나와 도나우 경을 배배로 왕성의 어느 방으로 끌고 갔다.

"다들 왜 이러는 겁니까!"

폴리아나와 다르게 도나우 경의 입엔 재갈까지 물려 있었다. 재갈이 풀리자마자 도나우 경이 버럭 외쳤다.

그를 끌고 온 기사 중 한 명이 도나우 경의 머리채를 붙잡아 뒤로 꺾었다. 갑자기 당하는 거친 행동이 도나우 경이 반항하려는 찰나, 도나우 경의 입에 술이 들이부어졌다.

킬킬킬.

케케케.

음흉하고 음산한 웃음소리가 어두운 실내를 채웠다.

도나우 경이 술로 세수를 하다시피 하고 붙잡힌 몸을 흔들었다. 입으로 들어간 술보다 코로 들어간 술이 많았나 보다. 코끝이 빨개지고 맑은 콧물이 줄줄 흘렀다.

"케헥! 뭐하는! 겁니까!"

도나우 경에게 쏟은 술이 신호였다는 것처럼 어두운 방이 밝아졌다. 기사들이 동네 깡패처럼 야비하고 치졸한 미소를 짓고 둘을 기다리고 있었던 것이다. 산적도 아니면서! 범행 대상을 기다리는 산적보다 더 치졸하고 야비해 보였다!

그들이 원하는 건 재물과 목숨이 아니었다. 이제 막 기사가 된

선량하고 순수한 자를 타락시키는 일이다.

다른 말로는 환영식이라고 한다.

"켈켈켈, 어서 와. 신고식은 처음이지?"

"전시에 이게 무슨 짓들이십니까!"

"크크크, 전시라도 이건 피할 수 없지."

도나우 경이 아는 형, 삼촌, 친구들에게 항의했다. 폴리아나는 입 열었다가 그녀에게도 술 부을까 봐 참았다. 기사들이 도나우 경을 비웃었다.

"전하께서 허락하셨어! 전하께서 허락하셨다고!"

"술! 술을 먹이자!"

"거짓말! 전하께서 그럴 리 없어!"

현실을 부정하던 도나우 경이 탈주를 감행했다. 바로 잡혀서 몇 대 얻어맞고 끌려왔다.

"흠."

놀랍게도 이 타락한 자들의 모임에 벤티에 경도 있었다. 벤티에 경을 발견한 도나우 경이 눈을 반짝였다. 부사령관으로서 기강을 잡으라는 요구가 이어졌다. 폴리아나도 희망을 품었다. 벤티에 경은 도나우 경을 가리키고 말했다.

"도망 못 가게 묶어라."

'에라이.'

부사령관이라고 꽤나 고상한 척을 하던 벤티에 경이었다. 귀족 출신 중에서도 유난히 고상해 보이던 양반의 입에서 저런 말이 나오다니.

텄다. 폴리아나는 즉각 탈출을 포기했다. 부사령관이 꼈으니 룩소스 1세가 허락했다는 말은 사실이다.

"으아아아악!"

도나우 경이 꽁꽁 묶이는 동안 폴리아나의 앞엔 술을 담은 군화가 들이밀어졌다. 마지막으로 닦은 게 도대체 언제인지 알 수 없는 군화를 앞에 두고 폴리아나는 자기세뇌를 감행했다.

술은 소독 작용이 있다. 그러니까 이 술은 마셔도 괜찮아.

'그럴 리가 없지.'

폴리아나는 메슥거리는 속을 억누르며 군화를 받아 입에 가져갔다. 주변의 환호성이 커졌다.

마셔라! 마셔라! 마셔라!

독주의 향이 코와 입천장, 폴리아나의 목구멍을 찔렀다. 물처럼 벌컥벌컥 들이켜고 난 다음에 속이 불붙은 듯 뜨거워졌다. 피곤한 와중에 독주가 들어가니 정신을 차릴 수 없었다.

정신 못 차리는 폴리아나의 앞에 안주가 대령됐다. 주위의 기사들은 친한 척 어깨를 두드렸다.

"원래는 경도 들어오자마자 신고식을 했어야 하는데 못 했지. 도나우 경의 신고식을 하는 김에 겸사겸사."

'안 해 줘도 되는데.'

"감사합니다."

낯선 경력직 직장동료보단 종자로 있다가 신입 기사가 된 동료가 더 만만한 건 당연지사. 도나우 경은 악랄한 괴롭힘에 시달렸다.

단연코 뛰어난 악행은 하우 경의 짓이었다. 동생 놀리는 데 도가 튼 양반이었다. 말로 몇 번 놀려서 도나우 경을 펄쩍 뛰게 만들더니 어디서 구해 왔는지 깔때기를 입에 꽂고 술을 부었다.

'저러다 죽지.'

병사들 중 폭음하고 골로 가는 경우가 한두 번인가. 폴리아나가 적당히 하라고 만류의 말을 꺼내려 하자 옆에서 혼합주를 주조하고 있던 래비 경이 막았다.

"깔때기 두개요."

나오려던 말이 쏙 들어갔다. 폴리아나의 코가 석자였다. 도나우 경의 생존은 혈육인 하우 경이 어련히 알아서 챙기리라 믿기로 했다.

설마 동생을 죽이겠어. 그지?

혼합주 주조를 끝낸 래비 경이 군화를 들이밀었다.

"비카 가문 특제 폭탄주 완성이오!"

마셔라! 마셔라! 마셔라!

기사들의 환호성이 이어졌다. 래비 경이 술 든 군화를 번쩍 들고 일어나 두어 차례 주위에 과시한 뒤 폴리아나에게 내밀었다. 그녀가 그걸 받아 입에 가져가자 주변이 천둥 치는 것 같은 소음에 휩싸였다.

와아아아!

폴리아나가 군화를 비우자 다시 안주가 대령되었다. 뭘 어떻게 섞었는지 바로 속에서 올라오는 것들을 폴리아나는 짠 안주를 씹어서 밀어 넣었다.

"술 싫어억!"

"그럼 노래해!"

"맞아! 노래해! 노래해! 노래해!"

사회인이 된 소년은 물 탄 포도주 싫다고 허세 부리던 과거가 그리울 것이다.

도나우 경이 술에 목욕한 몰골로 강제로 세워졌다. 그가 술을 피하기 위해 입을 벌렸다. 변성기 진행 중인 소년 기사의 노래는 많은 이들의 귀와 정신을 오염시켰다. 그 벌로 술이 내려졌다.

다음으로 기립한 건 폴리아나였다. 폴리아나는 노래를 안 하면 여길 빠져나갈 수 없다는 기사들의 협박 아닌 협박을 들으며 아는 노래가 없음을 밝혔다.

"거짓말한다! 술을 먹이자!"

"진짜 모릅니다! 에하스 군가밖에 모릅니다!"

그러자 기사들은 에하스 군가만 알고 아크레아 군가는 모르는 폴리아나를 위해 노래를 해 줬다. 행군가. 그다음엔 개선가. 음정 박자에 가사도 안 맞는 술주정뱅이의 노래가 끝나고 폴리아나는 박수를 쳤다. 그런 그녀에게 가장 가까이에 있던 래비 경이 술을 내밀었다.

"세상에 공짜 노래는 없다오, 폴리아나 경."

결론은 마시고 죽으라 소리였다.

피를 볼 수 있는 직종의 신고식은 거친 편이다. 어딘들 안 그렇겠냐만 아크레아 기사들의 신고식은 사냥꾼들의 전통과 맞물려 더욱 거칠었다.

엄동설한에 토끼 잡으라고 내쫓는 건 기본이고 단검 하나만 주고

서 사슴 잡아오라는 퀘스트를 주기도 했다. 시간이 지나면서 점차 나아지긴 했는데 그게 피를 보는 방향보단 술을 붓는 방향으로 바뀌어서 문제다.

날이 춥기 때문에 아크레아의 술은 자연스럽게 독주 쪽으로 발달했다. 독주를 들이붓다 얼어 죽는 기사들이 생기자 몇 대 전의 왕이 신고식은 반드시 실내에서 하며, 실외로 나가지 못하게 법으로 제정했다. 집안에서 토하고 얼어 죽지는 말라는 배려다.

배배로를 정리하면서 병사와 기사들에게도 번갈아 가며 숨통을 틔워 주고 있던 룩소스 1세는 신고식 또한 별생각 없이 허락했다.

그는 태어날 때부터 왕자였고, 왕세자였고, 왕이었다. 그렇기에 기사들의 신고식에 대해선 들어본 적 있어도 볼 일이 없었다. 일단 룩소스 1세의 주변 사람들은 신고식을 끝낸 자들이었다.

고향도 아닌 정복지의 왕성에서, 술과 음식이 부족하진 않은지, 전시라 여흥을 즐기기 위한 음유시인을 불러 주진 못해도 먹는 것이라도 풍족하란 마음에 룩소스 1세는 왕성의 술 창고를 신고식에 자유롭게 쓸 수 있도록 개방했다.

기사들을 독려하는 의미에서 룩소스 1세는 깜짝 방문을 결정했다. 기사들이야 왕이 오지 않는 편을 선호할 테지만 높으신 분은 그런 거 모른다. 알아도 모르는 척한다.

신고식이 진행 중인 소연회장으로 가던 룩소스 1세는 문을 열고 뛰쳐나온 도나우 경과 마주쳤다.

도나우 경은 간신히 룩소스 1세를 피했지만 뒤따르는 아이노 경은 피하지 못해 부딪쳤다. 도나우 경의 입에서 술 대신 토사물이 줄줄 흘렀다.

"우에엑!"

아이노 경이 질린다는 얼굴로 도나우 경을 구석으로 치웠다.

룩소스 1세는 신고식을 보러 간다고 할 때 아이노 경이 지은 표정의 의미를 뒤늦게 깨달았다.

'맨 정신으로 볼 게 아니구나.'

그렇지만 이미 와 버린 것. 왕의 행차에 물러남은 없다. 아이노 경이 인상을 찌푸리고 문을 발로 깠다.

"왕의 행차시다!"

안에서 노는 주정뱅이들 정신 차리라는 일갈에 깨어나는 새끼는 전무.

아이노 경은 의외로 멀쩡한 폴리아나를 발견하고 깜짝 놀랐다. 룩소스 1세도 놀랐다. 술을 가장 많이 마셨을 사람인데 멀쩡한 것이다. 기사들이 여자라고 봐줬을 리도 없다.

"생각보다 멀쩡하군."

"방법이 있습니다."

폴리아나는 침착하게 그녀의 방법을 선보였다. 폴리아나는 목구멍에 손가락을 집어넣고 토했다. 그런 다음 다시 술로 입을 헹궜다. 폴리아나는 기분이 좋아져 웃었다.

"이렇게 마시면 됩니다!"

아이노 경과 룩소스 1세는 의견을 정정했다. 폴리아나의 눈도 맛이 가 있었다. 그냥 남들 다 퍼져 있는데 앉아 있는 걸 보고 착각했다.

"경. 그러다 죽어."

허리 꼿꼿이 세워서 앉아 있다고 멀쩡한 게 아니었다. 룩소스 1세를 봤다고 무릎 꿇으려고 움직이는데 위험천만했다.

룩소스 1세가 안쓰러운 마음에 폴리아나의 손에서 술병을 뺏었다. 폴리아나가 옆으로 고꾸라졌다. 그녀가 토사물을 담아 둔 그릇이 곳곳에 놓여 있다가 그 결에 엎어져서 바닥에 흘렀다. 당연히 몸과 얼굴, 머리에 묻었다.

룩소스 1세는 폴리아나의 머리카락이 짧은 걸 처음으로 다행이라 여겼다.

아이노 경은 인세에 펼쳐진 술 지옥을 이 이상 왕에게 보일 수 없었다. 룩소스 1세의 기사로서 간절히 왕께 청했다.

"전하. 제발 나가 계셔 주십시오."

룩소스 1세는 술을 좋아해 기사들과도 자주 술을 청했으나 이런 처참한 광경은 처음 보았다.

다들 왕 앞이라고 정신줄은 붙잡고 있었구나.

룩소스 1세는 암담한 마음에 마른세수를 하고 천장만 올려다봤다. 이런 기사들을 믿고 대륙을 정복할 걸 생각하니 실로 막막했다.

다음 날. 숙취로 시달리는 기사들은 각자의 방법으로 고통을 없앴다. 찬물로 샤워하고 동료와 대련하는 기사도 있고, 개인적인 훈련을 하는 기사도 있다. 술 마신 다음엔 움직이면 안 된다고 말하면서 자리보전하는 기사도 있었다.

반절 정도 깨어나서 인성을 되찾고, 나머지 반절은 인간이 된 기사들이 돌아와 뻥뻥 걷어찼다.

"일어나, 새끼들아!"

래비 경이 휘하의 기사들을 발로 굴려 연회실 밖으로 내쫓았다. 벤티에 경은 시종과 함께 꿀물을 들고 와 휘하의 기사들을 깨웠다.

래비 경이 시끄럽게 외치는 소리는 숙취로 시달리는 기사들의 머리를 웅웅 울렸다. 고통스럽게 잠에서 깬 기사들이 물을 찾았다.

일찍 일어나 냉수로 속을 달래고 씻고 온 폴리아나는 도나우 경을 구조하는 데 성공했다.

"눈이 안 떠져……."

도나우 경은 눈도 못 뜬 봉사가 되어 허공만 휘저었다. 보기에 꼴사납다.

"아직 깨려면 멀었네?"

폴리아나는 도나우 경을 기사들 숙소 어딘가에 던졌다. 이만하면 의동생을 챙기는 누나의 아름다운 마음씀씀이라 할 수 있다.

도나우 경의 친형인 하우 경은 동생은 죽상을 만들어 놓고 일찌감치 일어나 래비 경 옆에서 동료들을 걷어찼다. 곳곳에서 누가 자기 군화에 토했네, 모르고 신어서 발이 더럽네 하소연했다.

나는 저들과 다르다. 폴리아나는 당당한 미소를 머금었다. 그렇게 퍼마셔도 정신 멀쩡히 갖고 있었고 아침에도 새벽같이 일어나 씻어 일상으로 복귀한 게 내심 뿌듯했다.

그녀의 자부는 룩소스 1세와 마주치면서 산산이 깨졌다. 룩소스 1세는 어지간해선 여성에게 먼저 접근하지 않는다는 스스로의 규칙을 깨고 폴리아나의 어깨를 두드렸다.

"경. 술 그렇게 마시지 말아. 그러다 죽어."

"송구합니다!"

"차라리 술에 취해서 개가 되든, 사고를 치든 해야지. 어지간한 사고는 짐이 다 수습해 줄 테니 앞으론 그러지 말아."

"동의한다."

아이노 경까지 저렇게 말하니 폴리아나 혼자 정줄을 붙들고 있었다고 착각한 모양이다.

폴리아나의 얼굴이 완숙 토마토처럼 시뻘겋게 익었다. 그녀는 밖으로 뛰쳐나가 참 오랜만에 식물을 폭행했다.

6. 왕의 기사

6. 왕의 기사

대륙의 북방엔 네 개의 나라가 있었다.

가장 광활한 영토를 가졌으나 실제 인간의 거주지는 별로 없는 최북단의 아크레아.

오랜 전쟁과 독특한 계승법으로 왕권이 강세했으나 내실은 없었던 에하스.

에하스와 마찬가지로 제 권력 배불리기로 소모전을 택했던 쿠크다.

코에몽 강을 끼고 두 나라 사이에서 실리만 취하던 배배로.

만으로 2년이 되지 않은 단기간에 북방 사국을 북방 일국으로 통일시키자 사람들은 룩소스 1세를 이렇게 부르기 시작했다.

북방의 패자.

직접 보지 않고는 믿을 수 없는 왕의 미모와 인품, 그런 왕에게 충성하는 기사들의 무용은 로망스의 소재가 되기 충분했다.

그래서 더 폄하하는 자들도 많았다. 모두 낭설에 불과하며 룩소스 1세는 대륙의 평화를 깨트리는 사악한 폭군이라는 것이다.

그들은 겨울에만 전쟁을 해 백성들이 안심하고 살 수 있었던 암묵의 룰을 거론하며 룩소스 1세를 맹렬히 비난했다. 룩소스 1세가 규칙을 깨는 바람에 이제는 사계절 내내 타국을 경계하며 살게 되었다는 말이다.

특히나 먹고 살기 힘들어 문화 경제가 발달하지 못한 아크레아를 보고 북방의 야만족이라 비방했다.

먹고 살기 좋은 중부인들 보기에 농업보다 사냥에 치중한 아크레아의 경제체제는 야만인. 그 이상도 이하도 아니었다.

중부는 북부를 비웃었다. 룩소스 1세가 보인 놀라운 업적을 폄하하기 바빴다.

귀족과 기사, 영지와 작위 등의 국가 기반이 정비된 중부의 국가들은 룩소스 1세를 겁내지 않았다. 도리도 모르는 야만인이라 욕할 뿐.

룩소스 1세는 코웃음쳤다. 기사들도 코웃음쳤다.

폴리아나는 용맹하게 주먹을 들었다. 그녀의 주군을 모욕하는 자들은 죄 명치를 찍어야 했다.

아크레아는 북방을 통일했다. 이제 남은 건 중부와 남부.

대륙의 중앙엔 삼국연합이 존재한다. 왕의 다음 목표였다.

삼국연합. 명칭만 보면 대륙 중부에 위치한 삼국이 연합한 것처럼 보이나 실은 네 개의 왕국과 소수의 공국 연합동맹이다.

중부의 대표적 국가는 코파이, 몽쉐임, 오스, 비크파. 이상의 왕국이다. 그 외 공국들은 대부분이 코파이에서 파생된 소규모 독립국이다.

왕국이 네 개이니 사국연합으로 칭해야 옳으나 비크파의 취급이 유독 좋지 않았다.

비크파 왕국은 위치로 보면 대륙의 중앙을 차지한 므스멜 숲에서 약간 북쪽이다.

므스멜 숲을 가로지르려는 미친놈이 없기에, 북부와 중부가 교역하게 되면 나름 교역로가 되어 큰 이득을 얻을 수 있는 지형이나, 중부에서 북부를 우습게 보니 그런 일은 벌어지지 않았다.

동시에 비크파 또한 우습게 보이고 있었다. 연합동맹에서 비크파의 대우는 가히 좋지 않았다. 다른 세 왕국에 비해 국토가 작고 중부에서 북쪽이라 뒤떨어진 취급을 받고 있었다.

그 증거라고 해야 할까. 룩소스 1세의 공세에 비크파는 삼국연합에 군사원조를 요청했으나 연합은 응하지 않았다.

비크파의 군대는 나름의 정비를 끝낸 상태였으나 '싸움밖에 모르는 북방의 야만인'을 상대하기엔 너무 문화인이었다.

국경에서부터 속수무책으로 당하기만 하자 비크파의 국왕 갈리 3세는 최악의 수를 썼다. 성문을 걸어 잠그고 장기농성에 돌입한 것이다.

농성이야 훌륭한 성채를 가진 성주의 전략의 일환이나 그 과정이 문제였다. 룩소스 1세는 같은 군주로서 거듭 한탄했다.

"참으로 졸렬한 자로다."

군주로서 부끄럽기 짝이 없었다.

갈리 3세와 왕을 따르는 귀족들은 각자의 영지를 버리고 병력과 함께 후퇴했다. 도주도 삼십육계 줄행랑으로서 훌륭한 전법이다. 농성과 도주가 문제가 아니었다.

병력 말고 다른 것도 함께 들고 가서 그렇다.

농성엔 물자가 필요한 법. 갈리 3세와 왕을 따르는 귀족들은 영지의 물자를, 특히 식량을 긁어 갔다. 적군도 아닌 아군에게 식량을 강탈당한 백성들의 아우성이 끊이지 않았다.

갈리 3세는 왕도인 야파 성 인근의 식량을 모조리 징발했다. 농성을 거부하고 아크레아와 대항하겠다는 영주의 영지를 수탈하기까지 했다. 다음해 종자로 쓸 곡식까지 긁어 갔다고 촌장이 룩소스 1세에게 울며 호소하는 상황까지 발생했다. 룩소스 1세는 기가 찼다.

가옥에 불을 지르고, 무기와 식량, 돈이 될 만한 물자를 모조리 긁어모은다. 반항하는 영주가 있으면 반역으로 몰아 처벌하거나 귀족 신분을 박탈했다.

최소한의 상식은 있는 영주들이 이를 박박 갈았다. 그들은 갈리 3세가 군주의 도를 벗어났기에 따를 수 없음을 주장했다. 그래서 비슷한 처지끼리 연합하거나 백기를 들고 아크레아에 투항했다.

"당장 먹을 것도 없어 백토를 물에 개어 먹는 자들이 태반입니다. 제발 자비를 내려 주십시오."

영주들은 흙을 파먹다 병에 걸려 배만 나온 아이들을 보여 주며 자비를 구걸했다.

침략자에게 식량을 구걸하는 모순적인 상황이 이어졌다. 비크파의 국민들은 약탈하지 않는 아크레아 군대의 소문만 믿고 구걸하기 위해 찾아왔다.

"어디 함부로 들어오려고 해!"

"나리, 제발, 제발 먹을 것 좀 주세요. 제발."

"나으리, 집에서 애들이 굶어 갑니다. 영주님이 사냥을 허락하셔도 사냥할 기운이 없습니다."

"이런 미친."

폴리아나는 뒷목을 잡고 땅을 찼다.

주위 부락 사람들이 목숨을 걸고 식량을 구걸하러 왔다. 감히 군량에 손대려는 자도 있었다.

생계는 무슨. 당장의 생사가 급급하니 맨몸으로 달려들고 무장병사도 두려워하지 않았다. 안쓰러운 마음에 뭔가 주고 싶으나 군량이다. 군량엔 절대 손을 댈 수 없었다.

"절대 밀알 한 톨도 내줘선 안 된다!"

바우팔로 경은 안타까움을 금치 못하면서도 보급부대장으로서의 직무를 망각하지 않았다. 보급병들은 철통같은 태세로 물자를 지켰다.

천만다행으로 급히 벌어진 징발 과정에서 갈리 3세의 마수를 빗겨간 영지가 몇 있었다. 그곳의 영주들은 친구, 혹은 친척의 설득으로 룩소스 1세에게 항복하고 물자를 내놨다.

갈리 3세는 이미 나라를 망치고 있었다. 국민을 모두 굶겨 죽이면 신분제 자체가 위험하다. 통치할 자 없는 나라에 귀족과 왕족이 무슨 의미가 있단 말인가?

영주들이 내놓은 식량으로 급한 불은 끌 수 있었다. 다행히 비크파의 국민들도 패닉 상태에서 벗어났다.

식량이 없다고 당장 다 죽는 것은 아니다. 잡초라도 뽑아 먹어서 배를 채워야 했다. 그들이 그렇지 못한 것은 아군이라 믿었던 병사들에게 공격당해 짙은 패배감과 실의를 느꼈기 때문이다.

주위 영주들이 내줬다는 식량에 어른들은 조금씩 삶의 의지를 다지고 아이들과 노인, 환자들을 챙기기 시작했다. 농업이 국가 기반인 중부인들은 씨종자를 얻었다는 사실에 누구보다 기뻐하고 희망을 얻었다.

"기가 차는군."

룩소스 1세는 한시름 덜자마자 혀를 찼다. 전쟁에서 이기고 지느냐가 아닌, 이런 방식으로 골머리를 앓게 될 줄이야. 심성이 선량한 젊은 왕은 갈리 3세를 비난했다.

"갈리 3세는 군주의 자격이 없다."

영토의 크기와 국력이 국왕의 인성과 비례하는 건 아니다. 갈리 3세가 졸렬하고 왕 될 자격 없다는 말엔 모두가 동의했다.

룩소스 1세는 이를 갈았다. 비크파가 중부에서 왕따 당하는 게 중부 놈들이 북부를 차별해서 그런 줄로 알았다. 그런데 갈리 3세는 왕따 당해도 싼 놈이었다.

군림하는 자로서 개인적 목적을 위한 징발이야 그럴 수 있다. 그래도 굶어죽지는 않게 적정선을 지켜야 할 것 아닌가. 심지어 자국의 영지를 약탈하다니.

이미 군신간에 지켜져야 할 계약을 깬 것이나 다름없었다. 영주 몇은 독립을 선언했고 몇은 독자적으로 룩소스 1세에게 항복 문서를 보냈다.

제대로 싸우지도 않고 비크파의 왕도 야파를 제외한 대부분의 지역이 아크레아에 복속되었다. 그럼에도 불구하고 룩소스 1세의 엉킨 심기는 풀리지 않았다.

아크레아군은 느릿느릿 야파 근처로 이동했다. 먼발치에서 왕성 야파 성을 본 룩소스 1세는 무릎을 쳤다. 수탈하는 식량의 양이 과해 그걸 보관할 장소나 있는지 궁금했는데 의문이 풀렸다.

야파 성의 위용은 절대 비크파와 같은 소왕국에 어울리지 않는 강대국과 같았다.

야파 성은 두 개의 외성벽과 하나의 내성벽을 두었으며 갈리 3세는 내성벽 안쪽에서 농성했다. 성의 뒤로는 돌산을 두르고, 돌산 주위로는 산에서 가져온 돌로 높은 성벽을 쌓았다. 경사가 져 밧줄을 써 기어오르기도 어려웠다. 농성을 획책할 정도로 훌륭하고 공략법이 보이지 않는 왕성의 위엄에 다들 감탄하기 바빴다.

성이 무엇인가. 노동과 재화, 시간, 모든 것을 아우르는 권력의 집약 아닌가. 중부에서 말하기를 국가의 기틀이 안 잡혔다는 북부에선 이 정도 성을 보기 힘들었다. 아니, 대륙 전체에서 찾아보기 힘들 것이다. 저렇게 훌륭한 성이 비크파의 것이라는 게 놀라울 정도였다.

답은 비크파의 영주에게서 나왔다. 과거 중부의 패자는 비크파였다. 현재 오스와 몽쉐임의 영토 또한 비크파의 영역이었다.

그러나 비크파 왕실의 학정이 심해지자 지역에서 반란이 일어나 나라가 쪼개져 현재의 중부 체제가 되었다.

므스멜 숲 남쪽에 있는 코파이 왕국이 어부지리를 취해 지금의 패자가 되었다는 이야기다. 난공불락의 훌륭한 성은 과거의 유산이었다.

아크레아군 사령부 막사. 야파 성에 출입한 경험이 있는 귀족들, 기사들의 증언을 토대로 야파성 공략 회의가 열렸다.

　현재 확인된 사항은 다음과 같았다.

　농성에서 가장 중요한 수자원. 성내에 수원이 있어 수자원은 동나지 않으며 수원을 오염시키는 방법도 어렵다.

　다음으로 중요한 식량. 나라 말아먹을 기세로 끌어 모았으니 그 양이 적지 않을 것이다.

　"어렵군."

　"외부 공략은 불가능에 가깝습니다."

　"돌산은 오르기 까다롭나?"

　"몸이 날랜 병사 몇을 등벽하게 해 봤으나 불가능했습니다."

　돌을 채굴하면서 일부러 경사를 가파르게 깎아 수성에 써먹었다. 설계자의 머리가 좋았다.

　공성전은 기다림의 싸움이다. 포위해 보급을 틀어막고 수성하는 측의 식량과 인내가 끊어지길 기다리는 인내의 접전이었다. 먼저 지치는 자가 패배했다.

　그런 점에서 이 싸움은 갈리 3세에게 유리했다. 수원과 식량 자원 모두 확보되어 있으며 그저 성에서 기다리기만 하면 된다. 무기를 아끼기 위해서인지 화살도 쏘지 않고 있었다.

　"식량 사정은 어떻게 예상하나."

"아직 피해 지역의 집계가 끝나지 않아 불분명합니다. 확실한 건 최소 5년치 식량이……."

"안 좋군."

나라에서 끌어 모은 식량이 적을 리 없다. 수성은 소수 인원으로 충분하니 아마 장기전도 가능할 것이다.

실패한 농성의 말로는 참혹하다. 식량이 떨어지는 순간 굶주림에 시달리고 약하고 힘없는 사람부터 말라죽어 식량이 된다. 죽은 이들의 시체가 성에 매장되다 뜯어 먹히고, 공간이 부족해지는 순간 성벽 밖으로 버려진다. 버려지는 시체엔 살점 없이 뼈만 남아 있을 것이다.

문제는 야파 성에서 그런 일이 벌어지려면 앞으로 10년은 더 멀었다는 점이다. 야파 성은 실로 공략불가능에 가까웠다. 갈리 3세도 그것만 믿고 농성을 준비한 게 틀림없었다. 왕에게 동조한 비크파의 귀족들 역시 야파 성의 위용을 신뢰했을 테고.

갈리 3세의 노림수는 농성에서 그치지 않았다. 전서구가 은밀히 성을 드나들었다.

갈리 3세와 뜻을 같이하지 않은 비크파의 귀족들은 모두 룩소스 1세에게 항복 문서를 보냈다. 그들이 다시 배신할 리 없으니 자국의 원조를 바라는 게 아니다. 그들은 외부의 원조를 바랐다.

룩소스 1세는 전서구 몇은 쏘아 떨어트리고 몇은 그냥 오가게 두었다. 새들이 날아가는 방향은 두 갈래. 오스와 몽쉐임이 있는 방향이었다.

"오스와 몽쉐임의 움직임은?"

"군대의 이동은 없습니다. 다만 코파이가 군대를 움직이고 있다는 소식이 전해집니다.”

당장 국경이 위험한 오스와 몽쉐임이 아닌 코파이에서 군대를 움직였다는 건 모종의 협약이 있었음을 증명한다. 비크파 침공 당시에 움직이지 않은 삼국연합이 새삼스레 병력을 보내려는 의도는 무엇일까. 룩소스 1세는 심사숙고했다.

“미끼일 가능성도 적지 않군. 비크파의 농성으로 주의를 끌고 시간을 벌어 만반의 준비를 갖추겠다는 것이지.”

“미끼만 지켜보느니 오스나 몽쉐임 중 한 곳을 치는 건 어떻습니까?”

“그러다 비크파가 움직여 후열을 공격하면 포위당한다. 보급로가 끊길 수도 있노라. 그건 막아야 해.”

“갈리 3세가 군주의 자질을 잃었으니 주위 영주들이 그의 병사를 두고 보진 않을 겁니다.”

“무력 앞에선 인간의 의지나 감정은 의미를 잃는다. 원하지 않아도 따르게 될 때가 있는 법.”

갈리 3세의 무력에 저항할 수 있었다면 식량을 빼앗기지도 않았을 터. 룩소스 1세는 적막 가득한 막사 안을 둘러보고 의견을 구했다.

“다들 좋은 생각 없느냐? 짐은 평범한 생각과 나쁜 생각도 좋아한다.”

아무도 입을 열지 않았다. 룩소스 1세의 시선이 막사 내부를 훑었다. 왕의 눈이 자신에게 닿자 폴리아나는 침통해 고개 숙였다.

몇 번 공을 세웠어도 그것은 변수가 있을 때의 이야기. 이와 같은 정석적인 공성전에선 쓸 만한 수가 없었다.

룩소스 1세가 다 안다는 듯 침울한 기사들을 위로했다.

“실은 짐도 아무 생각 없다. 결국 기다림의 싸움이로다. 갈리 3

세에게 사자는 보냈느냐?"

마땅한 계책은 없어도 보고는 성실히 할 수 있었다.

"사자임을 밝혀도 성문을 열지 않고 있습니다. 사다리도 내려 주고 있지 않으니 원군을 기다리는 게 확실합니다."

"전서구는?"

"오늘 아침에 드셨사옵니다."

룩소스 1세는 아침 식사로 나온 비둘기구이를 떠올렸다. 어쩐지 질기더라니. 룩소스 1세는 덤덤하게 말했다.

"짐은 비둘기보다 기러기가 좋다."

"기러기는 전서구로 안 씁니다."

기러기가 비둘기보다 크고 맛있다. 기러기를 전서구로 쓸 수 있으면 얼마나 좋을까. 참 안타까운 일이 아닐 수 없다.

룩소스 1세는 다시 명령했다.

"사자를 한 번 더 보내라. 순순히 항복하면 대우는 나쁘지 않을 거라고."

갈리 3세는 마음에 들지 않는 말종이나 성문을 여는 것이 시급했다.

'평생 성에 갇혀 죽을 게 아니라면 적당한 선에서 타협을 보는 게 이로울 텐데.'

룩소스 1세의 손가락이 래비 경을 지목했다. 래비 경이 절도 있게 경례했다.

"목청 좋은 래비가 가 항복 문서 조항을 읽어라."

"명 받들겠습니다!"

목청 좋은 래비 경이 힘차게 말하자 막사 안 사람들의 귀가 먹먹해졌다.

왕의 명령이 하달되자 래비 경은 평소의 무장을 해제했다. 부관이 특별한 일이 있을 때 입는 금제 갑옷을 꺼내 오게 시켰다.

　적군의 화살에 가죽 갑옷은 뚫릴 수 있다. 사실 금제 갑옷도 위험하긴 매한가지다. 그래도 가죽보단 방어력이 좋다.

　래비 경은 종자를 데려오지 않았기에 부하 기사 몇이 그를 도왔다. 하우 경은 자처했다.

　현재 폴리아나의 상관은 래비 경이다. 야파 성 공략 직전 행정보급부대에서 보병부대로 배속이 변경되었다.

　폴리아나에겐 99명의 병사와 1명의 부관이 배정되었다. 백인대장이 된 것이다. 한 곳만 패는 그녀의 명성이 널리 퍼진 뒤였기에 100명의 남자들을 이끄는 건 어렵지 않았다. 래비 경과의 사이도 괜찮았다.

　아크레아군 부사령관은 벤티에 경이다. 그러나 병사들은 래비 경의 말을 더 잘 들었다. 래비 경과 벤티에 경 모두 아크레아의 명문가 출신이다. 그러나 벤티에 경은 명문 귀족 가문이고 래비 경은 명문 무가 출신이다. 이 점이 달랐다.

　래비 경은 목소리가 우렁차서 호통 한 번에 정신이 날아가는 걸 빼면 좋은 상관이었다. 집안이 무가라 그런지 원정 처음부터 대다수의 보병을 통솔했고 일이 능숙했다. 귀족적인 벤티에 경보다 일반 병사들의 마음도 잘 헤아렸다. 용맹함이야 말할 것도 없고 목소리와 함께 타고난 힘은 천하무적이다.

어쩐지 얌체처럼 생겨서 족제비를 떠올리게 만드는 외모와 다르게 성격도 뒤끝 없이 호탕했다. 남자 중의 남자, 상남자라 할 수 있었다.

그런 래비 경에겐 그를 형님이자 롤모델로 모시는 우락부락한 남정네들이 추종자로 따라붙었다.

보직이 변경되어 앞에 나서서 활약할 수 있는 건 좋은 일이나 바우팔로 경을 떠나는 게 아쉬웠던 폴리아나에게 아쉬움을 잊게 만들어 주는 좋은 상관이었다.

래비 경과의 첫 만남이 있었던 코에몽 강에서의 일이 인상적이라 폴리아나는 래비 경의 성질이 급하고 폭력적일 것이라 단정 지었다. 착각이었다.

상관으로 모시게 된 래비 경은 사석에선 폴리아나를 기사로 예우해 주며 공석에선 다른 부하들과 함께 개처럼 굴렸다. 전장에선 욕을, 휴식할 때엔 존중을. TPO를 지키는 그 모습이 래비 경의 최대 매력 포인트였다.

"이 새끼들 군기 빠졌지!"

갑옷을 챙겨 입고 개인 막사를 나온 래비 경이 갑옷 입은 대장님 구경하러 나온 병사들에게 호통쳤다. 병사들은 꽁지 빠지게 도망갔다. 실로 훌륭한 야전 사령관의 귀감이었다.

래비 경의 뒤로 갑옷 착용을 도운 기사들이 막사를 나왔다. 래비 경은 투구를 쓰기 전 그들에게 말했다.

"따라오고 싶은 새끼는 따라와라."

"바로 무장하고 오겠습니다!"

기사 몇이 반색해서 갑옷 챙기러 달려갔다. 하우 경도 껴 있었다. 래비 경은 폴리아나를 발견하고 말했다.

"너도 따라올래?"

"원하시면 호위하겠습니다."

"그럴 건 없다."

래비 경이 손에 들고 있던 투구를 썼다. 투구까지 착용하자 완벽하게 무장한 기사가 등장했다. 래비 경의 갑옷은 일반 갑옷보다 두께가 있고 화려해 보기에 아주 좋았다.

도망가지 않고 주위에 남아 있던 병사 몇이 환호했다. 단순히 갑옷만 멋있는 게 아니고 안에 있는 사람의 정체를 알고 있으니 그대로 용을 잡으러 간다는 말을 들어도 믿고 싶어졌다.

'굉장히 아름답다.'

기사의 귀감. 남자의 귀감. 래비 비카. 사랑에 빠진 사람처럼 래비 경을 졸졸 따라다니는 남자들이 이해 가는 순간이다.

래비 경의 취향에 맞지 않는 화려한 갑옷은 그가 원정대의 선봉장이기 때문이다.

타국에 알릴 수 없기에 개전식은 열리지 않았다. 약식으로 아크레아의 왕성 나나바 성에서 조촐하게 이뤄졌다. 그때 입으려고 만들어진 갑옷이었다.

화려하다고 본래의 기능을 무시하지 않았다. 래비 경의 괴력을 믿고 조금 더 들어간 금속이 무게만큼의 방어력을 자랑했다.

"갑옷 챙겨 와."

투구 때문에 래비 경의 목소리가 웅웅 울렸다.

"소관은 금제 판금 갑옷이 없습니다."

"개만도 못한 새끼가 전쟁 나오면서 방어구를 두고 와? 가 아니군. 앞에 말 취소."

래비 경이 언성을 높이다가 고개를 끄덕였다. 갑옷은 양산형도 있지만 어느 정도 재력과 명예가 받쳐 주는 기사라면 맞춤 주문을 하는 게 보통이다. 폴리아나는 왕에게 검을 받았지만 갑옷은 받지 못했다.

주문을 넣을 돈이 있어도 계속 이동하면서 진군하는데 갑옷이 완성되길 마냥 기다리기도 어렵다. 실제로 금제 갑옷은 결투나 토너먼트, 외부에 보일 때만 입는다. 그렇지 않아도 여성용 갑옷은 만들기 힘들고 만들 줄 아는 장인도 몇 없다.

그리고 갑옷은 방어력이 높은 만큼 무겁다. 남자들보다 근력과 체력이 부족한 폴리아나가 그걸 입고 전장에 나갔다간 몇 번 칼을 휘두르다 포위당해 두들겨 맞기 십상이다. 어쩔 수 없이 폴리아나가 금제 갑옷을 받는 날은 전쟁이 끝난 뒤가 된다.

폴리아나는 별다른 불만이 없었다. 금속으로 된 장비는 투구와 군화, 건틀렛, 안에 받쳐 입을 사슬갑옷 정도면 충분했다. 전신에 쇠를 두르고 뛸 자신도 없었다.

래비 경이 자신들을 두고 갈까 봐, 갑옷 입은 기사들이 헐레벌떡 뛰어왔다. 에이크 경과 하우 경이었다. 래비 경은 그들의 무장을 확인했다.

"잘 따라와라!"

"네! 알겠습니다!"

폴리아나와 같은 백인대장이고 본인 이름은 에이크인데 동생 이름은 비크, 디크라서 폴리아나가 "시크는 어디에 있습니까?"라고 질문하게 만든 에이크 잉그레터가 하우 경과 함께 래비 경의 뒤를 따랐다.

갑옷 없는 비크 경과 디크 경이 부러움 가득한 얼굴로 형을 배웅했다. 참고로 '시크'는 여자아이라서 시켈이라는 이름이다. 아크레아에 남아 오빠와 동생이 무사 귀환하기만을 간절히 기도하고 있을 것이다.

사자와 함께 주둔지를 떠난 래비 경이 몇 시간 뒤 돌아왔다. 투구를 벗는 그의 얼굴엔 의아함만 가득했다.

사자는 룩소스 1세에게 보고하기 위해 떠났으니 기사들은 궁금증을 풀기 위해 래비 경에게 몰려들었다. 래비 경과 에이크 경, 하우 경의 표정이 요상하니 평소처럼 문전박대가 아닌 다른 일이 있었던 게 분명했다.

전투도 없이, 기다리기만 하는 농성으로 지루해진 기사들은 래비 경에게 무슨 일이 있었는지 설명을 요구했다. 래비 경은 머리를 벅벅 긁었다. 직접 듣고 난 그로서도 비크파의 왕이 무슨 생각을 하는 건지 아리송했다.

'개수작 같은데.'

개수작인데. 아무리 생각해도 개수작인데. 진짜 개가 수작을 걸면 귀엽기라도 하지.

개를 좋아해 군견에게 인기 좋은 그다. 래비 경은 뒤에서 기웃거리는 기사들에게도 잘 들릴 수 있도록 큰소리로 말했다.

"토너먼트를 제안했다!"

사자에게 보고를 받은 룩소스 1세는 래비 경과 동일한 생각을 했다.

'개수작을.'

왕의 옆에서 함께 들은 벤티에 경의 표정도 별반 다르지 않았다. 어디서 개수작질이야?

기다림이 지루하나 반드시 승리할 지금의 상황에서 필패할 비크파가 토너먼트를 제안해 봐야 씨알도 먹히지 않는다. 토너먼트에 국운을 맡길 거였다면 아크레아의 군대가 국경을 넘기 전 제안했어야 한다.

"무슨 생각인지 모르겠군."

백성을 버리고, 무자비하게 약탈하고, 사자를 보내도 무시하더니 갑자기 토너먼트를 제안한다. 룩소스 1세의 머리로는 도저히 이해가 가지 않았다.

괴로운 기색을 내비치는 룩소스 1세에게 벤티에 경이 말했다.

"전하의 총명하신 머리로는 어리석은 자를 이해하실 수 없는 게 당연하옵니다."

"으음."

"응하실 것이옵니까?"

비크파의 왕은 토너먼트에서 진다면 순순히 항복하겠다는 의사를 내비쳤다. 반면 승리했을 땐 아크레아군이 비크파의 영토에서 나가 줄 것을 요구조건으로 내걸었다. 아크레아군이 회군해 오스와 몽쉐임을 쳐도 후열에서 공격하지 않으리란 조건도 같이 걸었다. 그걸 믿을 사람은 아무도 없다.

질 토너먼트를 제안하지는 않았을 것이다. 사실 북방의 기사들은 토너먼트에 익숙하지 않다. 대륙의 북쪽은 산지 지형이 많고 기사들은 창보단 검이나 활에 익숙했다.

제대로 된 기사단이 존재하는 남부와 중부에 비해 북방엔 기사단으로 인정받는 단체가 없다. 왕국 소속의 기사는 있는데 기사들만 모여 꾸린 단은 없었다. 룩소스 1세만 해도 여러 기사들을 거느리고 있으나 기사단을 창설하진 않았다.

토너먼트에 익숙하다는 장점이 승리까지 이어질 거라고 여기는 것일까? 룩소스 1세는 골머리를 앓았다.

토너먼트의 장소와 규칙은 모두 비크파에서 정했다. 오후에 찾아온 비크파의 사자는 룩소스 1세의 얼굴을 보고 입을 쩍 벌렸다. 비크파에선 소문이 자자한 청년왕의 미모를 헛소문으로 치부했단 뜻이다.

사자가 가져온 문서를 여러 사람이 훑어봤다. 문서상으론 문제되는 부분이 없었다. 룩소스 1세는 생전 경험해 보지 못한 토너먼트의 규칙들을 읽어 보며 다른 기사들과 상의했다. 기사들이라고 토너먼트를 해 본 적은 없다. 그냥 떠들 뿐이다.

"각국의 대표로 열 명을 선발해 1 대 1로 싸우게 한다. 말에서 낙마하는 자가 지고, 이긴 자는 바로 다음 도전자를 상대한다. 이게 보통인가?"

"책에서 읽은 것과 다르지 않습니다."

"무기를 각자 준비해 온다…… 마상용 창을 가진 기사가 있느냐?"

토너먼트도 안 하는데 그렇게 크고 무거운 창을 만들 리가 없다. 그럴 철이 있으면 다른 무구를 더 만들겠지. 게다가 그런 걸 전쟁터에 들고 올 정신도 없다.

기사들이 급조라도 해야 하나 고민할 때 룩소스 1세의 뒤를 지키던 아이노 경이 말했다.

"소신이 하나 챙겨 왔습니다."

"이노 네가?"

아이노 경은 어릴 때부터 룩소스 1세에게 봉사했다. 왕이 모르는 무기가 있었다는 사실에 왕은 상당히 놀랐다. 왕을 속일 생각이었던 게 아니라 어쩌다 보니 말할 계기가 없었을 뿐인 아이노 경은 솔직하게 말했다.

"선왕 전하께서 소신의 재능을 칭찬하시며 후에 어른이 되면 중부와 남부를 돌며 이름을 드높이라고 하사하셨습니다."

주군을 모시는 기사가 주군의 명예와 스스로의 이름을 드높이기 위해 대륙을 떠돌며 결투와 토너먼트에 참가하는 일은 중부와 남부에선 흔한 일이다. 하지만 북부에선 달랐다.

"그럼 이노 넌 토너먼트 경험이 있느냐?"

"몇 번 익명으로 참가했습니다. 선왕께서 승하하시고 바로 아크레아로 돌아간 이후론 없습니다."

"아아, 그때로구나."

늘 곁에 붙어 있던 벗이자 기사인 아이노 경이 잠시 룩소스 1세의 곁을 떠났던 때가 있었다. 막 기사 서임을 받고 룩소스 1세에게 기사의 맹세를 한 뒤 시종도 두지 않고 홀로 떠났다.

그래서 룩소스 1세는 아이노 경이 무사수행을 떠났다고 여겼다.

추운 겨울 산이나 숲에서 사냥을 하고 홀로 수련을 한다고 생각했지 남쪽으로 내려가 토너먼트에 참가했을 거라곤 상상하지 못했다.

"준비성이 좋구나."

"전하를 보필하는 게 소신의 임무이옵니다."

아이노 경이 룩소스 1세의 칭찬에 감읍하여 고개 숙였다. 갈리 3세의 느닷없는 제의가 아니었다면 이렇게 크고 무겁고 거추장스러운 물건을 왜 가져왔냐고 타박을 들었을 텐데 여러모로 운이 좋았다.

아이노 경에게 경험이 있고 경기용 마상창이 있어도 문제는 해결되지 않는다. 기사 한 명이서 창 하나로 열 명을 상대하는 건 무리였다.

룩소스 1세는 기다리면 승리할 전쟁을 이상한 지름길로 들어서 망치고 싶지 않다는 결론을 내렸다. 무엇보다 아이노 경은 룩소스 1세의 기사이기 이전에 친구였다. 무위를 알아도 걱정된다.

설령 10년을 허비한다 해도 아이노 경에겐 그럴 가치가 있었다. 아이노 경은 룩소스 1세에게 그보다 더 중한 인물이었기에.

"역시 이 제안은 받아들이지 않기로……."

"전하. 빠르고 희생 없는 방법입니다. 전하의 기사를 믿어 주소서. 검을 들면 무패. 말에 타면 무패. 활을 들면 전승인 소신을."

아이노 경은 이야기를 꺼낸 시점에서 참가할 마음을 굳혔다. 그리고 질 생각도 없었다. 전혀. 절대로.

비크파에서 어떤 기사가 나와도 아이노 경은 이길 자신이 있었다. 아크레아 최강의 기사이기에 보일 수 있는 확신이었다.

아이노 경의 의지가 확고해 룩소스 1세는 마음을 돌렸다. 왕이 토너먼트 참가 의사를 밝히자 기사들만 난리가 났다. 전장에서 피를 흘리다가 갑자기 토너먼트라니 장난하는 것 같다고 싫어하는 기사도 있고, 토너먼트는 처음이라 걱정된다는 기사도 있었다.

룩소스 1세는 기마술과 창술이 뛰어난 기사들 9명을 골라 참가 명단에 끼워 넣었다. 아이노 경의 의사가 단호해도 혼자서 모두를 이기는 건 무리이거니와 무기의 수가 부족했다.

부족한 창은 인근의 영주가 흔쾌히 내주었다. 버림받은 비크파의 기사들이 찾아와 사용법을 알려 주기로 했다.

"마음 같아선 경험이 부족한 당신들 대신 우리가 참가하고 싶으나 이길 자신이 없소."

"나약한 소리요."

"사실이오."

과거 비크파의 기사였던 자는 어깨를 으쓱였다. 그가 설명하기를 이러했다.

비크파의 왕 갈리 3세는 마상 창 경기를 좋아한다. 그래서 실전에 투입하는 군비보다 토너먼트에 출전하는 기사들을 위한 군비를 더 많이 지출했다. 경기도 자주 열었고 상품과 상금도 중부 최고였다.

비크파를 무시하는 중부의 다른 국가들도 비크파에서 열리는 토너먼트는 무시하지 않았다. 기사들은 자연스럽게 비크파로 모였다.

전쟁이 없기에 기사들이 무용을 자랑할 장소는 토너먼트가 유일했다. 그렇게 모인 챔피언에겐 자기 기사가 되라고 꼬셨고 대우도 나쁘지 않았다.

그래서 갈리 3세의 휘하엔 챔피언들이 가득했다. 말을 타고 마상 경기용 창을 든 챔피언은 실제 전장이면 몰라도 경기장 내에선 적수가 없다. 버려진 기사는 그 점을 꼬집었다.

"경들의 실력이 아무리 훌륭해도 경험과 노력이 중요한 건 알지 않소."

"그렇긴 그렇소만."

아크레아의 기사들은 비크파의 기사들을 얕보던 걸 크게 반성하고 연습에 집중했다. 단기여도 경험 없이 나가는 것관 달랐다.

실제로 마상 경기는 힘들고 어려웠다. 말을 거의 전속력으로 돌진시켜야 하는데 상대도 마찬가지 속도로 말을 달린다.

경기용 훈련을 받지 않은 말은 앞에서 마주 오는 동족을 보고 돌진을 거부해 멈추기 일쑤. 창은 길고 무거워 조금만 손이 움직여도 목표물을 벗어났다.

래비 경이 성질이 뻗쳐 마상 창을 들고 붕붕 휘두르자 기사들이 급히 대피했다. 비크파의 기사들이 감탄해 물었다.

"저건 인간이오 괴물이오?"

"우리 군대의 대장 토끼요."

아이노 경은 다른 기사들에 비하면 여유 있었다. 말은 자기가 꺼내 놓고 왕의 곁을 떠난다는 사실이 마음에 들지 않는 듯 표정이 어둡고 주위에 신경질을 내서 그렇지.

허벅지 힘만으로 말에서 떨어지지 않고 창을 찌르고 휘두르는 아이노 경을 본 귀족(창을 빌려준)은 혀를 내둘렀다.

"저게 인간이오?"

래비 경의 창에서 도망쳐 나온 폴리아나는 귀족의 질문에 다른 기사가 자랑스럽게 대답하는 걸 들어 버렸다.

"우리 군대의 최종병기요."

무시무시한 위용이다. 각자 무용으로 이름이 드높은 기사들이 마상 경기 연습을 하고 있으니 장관도 그런 장관이 없었다.

급조된 단 위에서 훈련을 지켜보던 룩소스 1세는 어설프게 서서 구경하는 폴리아나를 발견해 단상으로 불렀다.

"키가 작아서 보기 힘들었느냐."

"그리 작은 건 아닙니다."

병사와 기사들의 머리가 앞을 가려서 폴리아나가 보기 힘든 건 사실이었다. 폴리아나의 키는 여자치곤 크다. 그래 봐야 체격조건이 좋은 북부 남자들의 평균 신장은 따라잡지 못했다.

폴리아나보다 훌쩍 커서 어느새 그녀가 올려다보게 된 도나우 경이 단상 아래로 걸어왔다. 형인 하우 경이 토너먼트 참가 기사로 뽑힌 것이 자랑스러우면서도 부러운 기색이 역력했다.

토너먼트 참가 기사는 아이노 경을 포함한 아홉 명이고 예비로 다시 아홉을 두었다. 자타공인 아크레아군 최강의 기사 아이노 경. 부사령관이라는 직급으로 참가를 고사했으나 창술 솜씨로 참가하게 된 벤티에 경. 괴력과 목청은 최고라는 래비 경. 싸우다 보면 얍삽해서 때려 주고 싶다는 하우 경. 젊은 기사들 중에선 가장 싹수가 보인다는 비크 경. 동생보다 못한 평가를 듣지만 듬직하다는 에이크 경. 그 외의 기사들.

그들과 실력이 비슷하나 친위대 소속이라 참가하지 못하는 마호갈 경도 있었다. 친위대장이 빠졌는데 부대장인 그까지 자리를 비울 수 없기 때문이다.

참가 명단에 이름을 올린 건 각자의 분야에서 무용을 인정받았다는 증거. 도나우 경과 비슷하게 종자로 출정해 기사가 된 디크 경이 형들의 참가에 눈을 빛냈다.

룩소스 1세는 도나우 경과 디크 경도 단상으로 오르는 걸 허락했다. 두 명을 위해 급조된 단은 넷이 오르자 삐그덕 소리를 냈다.

"영 내키지 않는구나."

"걱정되십니까."

"영주에게 듣자니 마상 경기용 갑옷은 우리 군의 갑옷보다 두껍다고 한다. 한 대도 맞지 않고 경기를 이겨야 한다는 소리지. 이노의 무용이 우월해도 열 명을 상대할 수는 없다. 하물며 상대는 열 명 모두 챔피언. 내보내는 순번도 문제로군."

아이노 경이 평소에 일당백을 상대한다고 해도 경기는 다르다. 조금씩 힘이 빠지고 상대측에서 그걸 노려 후반부에 더 강한 챔피언을 배치했을 수도 있다.

룩소스 1세가 보기에 이길 확률보단 질 확률이 높은 경기였다. 그런데도 경기를 받아들인 건 아이노 경의 강한 의사가 있고 져도 손해 볼 게 없기 때문이다.

비크파의 왕은 과연 졸렬하고 멍청했다. 그는 아크레아 군대를 영토 밖으로 보낼 걸 요청했다. 그러면 물러나면 그만이다.

대다수의 영주들이 자기들을 버린 갈리 3세를 왕으로 인정하지 않았다. 비크파의 영토라고 해 봐야 야파 인근이 전부였다.

비크파의 본래 영토를 인정해 국경까지 물러난다 쳐도 물러난 룩소스 1세에겐 왕에게 반란을 일으키기 위해 군사를 요청할 비크파의 귀족이 있다. 그들의 요청에 응하고 다시 비크파를 침공하면 그만이다.

약간의 소요는 있어도 큰 피해는 없었다. 오히려 병력 일부를 인근 귀족에게 양도해 성문이 열리면 급습을 노릴 수도 있다.

"약탈에 농성. 전쟁의 승패를 가르는 토너먼트라니. 갈리 3세는 로맨티시스트로다. 현실과 낭만을 구분 지을 줄 모르는구나."

부끄러운 짓은 갈리 3세가 벌이는데 같은 직종이라고 룩소스 1세가 부끄러웠다.

폴리아나는 진지하게 왕의 말을 경청했다. 실은 폴리아나도 도나우 경과 디크 경처럼 토너먼트 참가 기사들이 부러웠다.

물론 폴리아나는 만용과 용기를 착각하지 않는다. 그저 부러울 뿐이다.

저들은 이미 용맹한 기사요 지휘관인데 폴리아나로선 낄 수 없는 영역에서 다시금 주군의 이름을 드높이고 있었다. 폴리아나에겐 불가능했다.

그녀 또한 몇 번의 작전을 성공했고 백인대장으로 전투에 끼면서 이름을 알릴 기회가 찾아왔다. 폴리아나의 이름은 널리 알려졌다. 안 좋은 방향으로.

새로이 등장한 아크레아의 기사 폴리아나 윈터의 이름은 룩소스 1세를 조롱하기 위해 입에서 입을 오갔다. 여자를 기사로 삼은 룩소스 1세. 애첩에게 기사 작위를 준 룩소스 1세. 말보다 남자를 잘 타는 여기사 폴리아나.

적병을 마주치면 저러한 모욕이 뒤따른다. 적국에 대한 비방은 당연한 것이고 불명예를 주기 위해 거짓 소문을 퍼트리는 것은 당연한 전략이다. 민심을 노린 여론조작과 선전은 중요했다.

폴리아나는 당당했다. 부끄럽지 않았다. 몹쓸 소문과 마주친 병사들은 온갖 욕을 하며 대응했다.

"우리 대장님이 얼마나 박색인데!"

"줘도 안 먹는다아아아!"

"대장님 순결은 얼굴이 지켜 주신다아아!"

"우리 대장님은 여자가 아니다! 그냥 대장님이다!"

기사들도 쏟아지는 소문에 비해 폴리아나를 온건하게 대했다. 오히려 여자라서 악성 소문이 그치질 않는다며 진심으로 격려하고 폴리아나를 위로했다.

폴리아나의 상관인 래비 경은 전장에서 가끔 사자후를 터트렸다.

"폴 경이 너희들 똥구멍을 신발로 쑤실 거다!"

하는 말들을 보면 적인지 아군인지 분간이 안 될 정도였다. 그래도 폴리아나는 상처받지 않았다. 아군의 입에서 나오는 욕들엔 애정과 호의가 섞여 있었다.

적군이 쌍욕을 한 날엔 같은 백인대장 기사들이 폴리아나의 어깨를 두드리며 격려했다.

"경! 너무 실망하지 마시오! 시집갈 수 있을 것이오!"

"경이 천박한 요부가 아닌 건 우리가 제일 잘 알고 있소! 괜히 상처받지 마시게!"

'개새끼들.'

가끔 아군인데도 후려치고 싶을 때도 있었다. 가아아끔.

어쨌든 폴리아나의 존재 자체가 룩소스 1세의 명예를 깎아먹고 있음에도 불구하고, 왕은 이에 대해 일언반구 하지 않았다. 누군가 얘기를 꺼냈을 땐 진노해 내쫓았다. 폴리아나의 주군은 진정 현명하시고 자애로운 분이셨다.

'저런 왕을 모시는 비크파의 국민들이 불쌍해.'

폴리아나는 비크파의 국민들이 불쌍했다. 다행히 그들에겐 미래가 있었다. 룩소스 1세는 곧 비크파를 정복하고 가엾은 자들을 왕의 품으로 끌어들이실 거다.

실제로 피정복지 주민으로 몇 년을 보낸 에하스와 쿠크다, 배배로의 국민들은 룩소스 1세를 찬양했다. 반란은 일어나기 힘들었다. 세율이 낮아지고 정복지에 대한 대우가 나쁘지 않다 보니 당연한 결과였다. 루조 공작과 같이 위험할 수도 있는 인물에게 뒤를 맡기는 게 불안했는데 역시 룩소스 1세의 인선은 틀리지 않았다.

주군의 대한 자부심으로 폴리아나는 룩소스 1세의 한 마디 한 마디 허투로 듣지 않았다. 하지만 룩소스 1세가 그녀를 가만히 보다가 불쑥 꺼낸 이야기엔 당황하지 않을 수 없었다.

"그렇구나. 이노가 자리를 비운 동안 폴리아나 경이 짐의 호위를 맡지 않겠느냐."

"네?"

폴리아나는 창피해 죽고 싶어졌다. 그녀의 왕은 언제나 그녀를 어리석은 사람으로 만드셨다. 그리 어려운 말을 하시는 것도, 이해하기 힘든 말을 하시는 것도 아닌데 어찌하여 폴리아나는 왕의 말을 들을 때마다 당황하는가.

"폴리아나 경. 귀경이 토너먼트가 끝날 때까지 아이노 경을 대신하라."

혹시 왕께서 폴리아나의 시기와 부러움을 눈치챈 것일까.

왕의 호위는 아무나 하는 것이 아니다. 삼대까지 왕국에 봉사한 인증된 가문의, 무위가 뛰어나고 용모가 단정하며 예의범절에 바른 청년들을 고르고 골라 호위기사와 친위대를 구성했다.

왕의 곁에서 검을 찰 수 있고 필요할 땐 왕의 명령을 위반하는 특권도 주어졌다. 외국 출신 폴리아나가 끼어들 자리가 아니었다.

그런데 룩소스 1세는 선뜻 폴리아나에게 호위기사 자리를 권했다. 대타에 단기이긴 해도 그렇게 권할 자리가 아니었다.

'노, 농이신가.'

룩소스 1세의 몹쓸 농담인가 했는데 왕의 표정이 사뭇 진지하다. 왕의 기대를 저버릴 수는 없었다.

폴리아나는 황급히 무릎 꿇었다. 룩소스 1세의 뒤를 지키는 마호갈 경은 반대도 찬성도 하지 않은 무표정으로 폴리아나를 응시했다.

"광영입니다."

"잘 부탁한다."

그렇게 일이 끝날 리가 없다.

"반대입니다."

누가 물어보지도 않았다. 얘기를 듣자마자 아이노 경은 반대의견을 밝혔다. 폴리아나나 룩소스 1세 모두 예상한 반응이었다.

거의 대부분의 기사들이 폴리아나를 동료 기사로 존중하고 대우한다. 꺼려하는 자들이 있어도 인정은 하고 있는 추세다.

하오체나 상호존대가 이뤄지고 호칭도 점잖은 '폴리아나 경'이다. 래비 경처럼 부하가 되자마자 반말을 트고 '새끼'라 부르는 경우도 있지만 이건 공적일 때고, 사석에선 래비 경도 폴리아나를 폴리아나 경이라고 불렀다.

래비 경은 명령할 때엔 개새끼 소새끼 말새끼를 구사했다. 그게 군대의 법도라고 주장했고 '새끼'라는 호칭은 병사와 기사에게 평등하게 내려졌다. 기분 상해하는 자가 없었다.

그리고 아이노 경은 룩소스 1세의 기사 중에서 폴리아나에게 '경'

을 붙여 부르지 않는 마지막 기사였다.

아이노 경은 어지간해선 폴리아나를 부르지 않았다. 피치 못할 사정으로 거론할 일이 생기면 '그거', '계집', '그 여자'라고 불렀다. 심지어는 '그년'까지. 누가 보면 철천지원수냐 물어볼 것이다.

아이노 경이 폴리아나를 좋아할 이유 없고 미워할 이유는 많았다. 일단 폴리아나는 존재 자체로 룩소스 1세의 명예를 실추하는 어마어마한 악의 축이다.

룩소스 1세가 여자에 눈이 멀어 기사 작위를 내렸다는 소문을 아이노 경은 굉장히 싫어했다. 왕 앞에서 발을 구르는 무례를 저지를 정도다.

차라리 예쁘면 보기라도 좋지! 차라리 예쁘면 적군도 인정이라도 해 주지!

룩소스 1세의 찬란한 미모에 비하면 너무나도 안쓰러운 폴리아나의 외모는 괴상한 소문을 만들었다. 룩소스 1세가 추녀 취향이라는 것이다. 세계는 넓고 사람은 많으며 취향은 제각각이라 어딘가의 잘생긴 왕은 못생긴 여자를 총애한다는 소문이었다.

벗이자 기사로서 오랫동안 룩소스 1세의 곁을 지킨 아이노 경으로선 억울한 일이었다. 그의 왕은 미녀를 좋아했다.

이런 이유만 갖고 반대하는 게 아니었다. 아이노 경은 폴리아나의 출신을 문제 삼았다.

폴리아나도 심정적으론 과한 임무라고 여겼다. 그렇다고 왕의 권유를 묵살할 수 없는 것. 폴리아나는 그녀의 실력과 출신을 거론하는 아이노 경에게 말했다.

"전하의 솜씨라면 소신의 급습도 능히 막아 내실 수 있습니다.

그저 경의 빈자리를 대체하는 것이니 심려치 마십시오.”

“왕보다 약한 자가 무슨 염치로 호위를 하겠다고!”

“그래. 폴리아나 경의 말이 맞다.”

폴리아나를 두둔한 건 룩소스 1세였다. 왕이 장난스럽게 웃었다.

“폴리아나 경이 짐이 자는 중 습격해 와도 짐은 충분히 막아 낼 수 있느니라. 배신해도 문제되지 않는다. 이노, 더 이상 반대하지 말거라. 이건 짐의 명이다.”

“전하!”

룩소스 1세는 몸을 돌려 방으로 들어가 버렸다. 왕을 비롯한 몇몇 인물은 주둔지 인근 영지관에 머무르고 있었다.

아이노 경이 따라 들어가려 하자 친위대가 그를 막아섰다.

“물러나라!”

“전하의 명입니다. 죄송합니다, 대장님.”

아이노 경이 부하들과 실랑이를 하는데 문이 작게 열렸다. 거기로 얼굴만 빼낸 룩소스 1세는 폴리아나를 보고 말했다.

“경은 안 들어오고 무엇하는가.”

“죄송합니다!”

아이노 경의 얼굴이 일그러졌다. 상처받은 남자의 표정에 폴리아나는 괜한 죄책감을 느끼면서 방으로 들어갔다.

검을 찬 채 룩소스 1세와 단둘이 방에 남으니 그녀의 기분이 묘했다. 아이노 경에겐 죄책감이 느껴지고 가슴이 벅차는 뿌듯함도 느꼈다.

폴리아나가 갈 데를 찾지 못해 문 근처에서 어정거리자 룩소스 1세는 의자를 허락했다.

"방금 전 말은 귀담아듣지 말거라. 귀경의 실력과 충성을 무시하는 게 아니다."

"귀담아듣지 않았습니다! 소인이 몸을 바쳐 전하께서 운신하실 시간이나 벌린다면 영광입니다!"

"경을 폄하할 의도는 아니었다. 이노가 지고 있는 짐이 많은 것 같아 덜어 주려 한 것인데……."

룩소스 1세의 의도와는 다르게 아이노 경은 더 심한 스트레스를 받고 있었다.

다른 기사도 많은데 폴리아나로 정한 것은 룩소스 1세의 개인적인 이유 때문이다. 모든 기사들이 사이좋은 건 무리여도 아이노 경이 폴리아나를 대하는 태도는 변해야 한다. 왕은 그렇게 생각했다.

사이가 좋아지려면 계기가 필요하고, 계기가 있으려면 자주 마주쳐야 했다. 일개 백인대장과 왕의 곁을 떠나지 않는 친위대장이 마주칠 일이 얼마나 있겠는가.

룩소스 1세는 계기를 마련해 주고 싶었다. 상황은 그에게 이롭지 않게 돌아갔고.

폴리아나는 작게 실망했다. 왕은 그녀가 아닌 아이노 경을 배려하려고 호위기사 일을 권했다. 원정 중에 거둔 외국인 기사와 마음의 벗인 충신이 같을 수 없는데 섭섭하게 여기는 스스로가 부끄러웠다.

설상가상 폴리아나의 마음이 겉으로 드러났는지 룩소스 1세가 말했다.

"너무 섭섭하게 여기지 말거라."

"섭섭하지 않습니다!"

폴리아는 허둥지둥 부정하고 의자에서 벌떡 일어나 버렸다. 쓸데 없이 군기가 든 모습에 룩소스 1세가 웃었다.

"오늘은 이렇게 되었으니 교대 시간까지 짐을 지켜 주어. 경을 믿네."

"최선을 다하겠습니다!"

"그리고 내일은 다른 기사들에게 친위대의 일을 배우도록 해."

룩소스 1세가 손짓했기에 폴리아나는 다시 의자에 앉았다. 허리 를 꼿꼿이 세운 그녀의 모습에 왕은 편히 앉으라 했지만 그럴 수야 없지.

할 일이 없었기에 룩소스 1세는 기회를 노리던 것처럼 폴리아나 의 개인사에 대해 물었다. 기사가 된 자세한 경위, 그녀를 가르친 노기사, 읽은 책들에 대해.

룩소스 1세는 다독가였다. 시간이 부족해서 그렇지 책을 잡으면 하루가 지나가는 것도 모른단다. 폴리아나는 책을 많이 읽었지만 분야가 한정되어 있었다. 그래서 왕과 대화를 하다가 스스로의 부 족함을 깨달을 일이 많았다.

"짐은 노력가를 좋아해. 하지만 게으름부리는 자들도 좋아. 경이 늘 스스로를 몰아세우는 걸 알고 있네. 가끔은 한가하게 게으름을 피워 봐. 그건 내일의 노력을 위한 자양분이 될 거야."

어쩌다 보니 폴리아나는 룩소스 1세와 대련 약속까지 잡았다. 황 송함에 다른 기사와 교대해 방을 나서는 순간까지도 그녀는 고개 를 들지 못했다. 섭섭함은 눈 녹듯 사라졌다.

그런 폴리아나를 꿈에서 깨트리는 일갈이 터졌다.

"따라와!"

마상 경기 연습을 하느라 땀범벅이 된 아이노 경이 폴리아나를 향해 호령했다. 폴리아나가 앞서가는 아이노 경의 뒤따르자 친위 대원들이 애도의 묵념을 보냈다.

폴리아나는 아이노 경의 족적을 확인했다. 앞서 가는 남자의 몸에서 난 땀이 바닥을 적셨다.

"아이노 경, 휴식이 필요해 보입니다."

"주군의 곁에 띨띨이를 둘 순 없다. 특훈이다."

"경은 이미 마상 경기 훈련을 하고 있습니다. 과로입니다."

"너."

아이노 경은 가격을 깎으려 드는 감정사처럼 폴리아나를 위아래로 훑어봤다. 그리고 짜증을 내면서 그녀의 머리를 후려쳤다.

맞으면 아프다. 전처럼 아이노 경에게 반항하지 못할 상황이 아니기에 폴리아나는 대들었다. 직위와 신분은 아이노 경이 월등히 높아도 폴리아나의 상관은 래비 경이다. 이러한 갈굼엔 항의할 수 있었다.

"왜 때리십니까!"

"그 꼴로 전하 곁에 있었던 거냐! 씻고 와! 진짜 더러워서."

"일주일 전에 씻었습니다!"

아이노 경의 눈이 지진이라도 난 것처럼 흔들렸다.

'뭐가 충격인 거지?'

폴리아나는 아이노 경의 반응을 이해하지 못했다.

아이노 경은 지나가는 시종을 불러 사람이 들어갈 만한 나무통에 물을 채워 줄 것을 주문했다.

"찬물, 아니, 아니아니. 찬물은 때가 안 빠지니 뜨거운 물! 그리고 팔 힘 좋은 여자를 넷 정도!"

"무슨 일입니까, 아이노 경."

"이는 닦나?"

기사든 사람이든 치아는 중요하다. 이리저리 맞다 보니 이가 빠지는 일이 흔했는데 그렇기 때문에 더 각별한 관리가 필요했다. 특히나 누군가, 폴리아나 앞에 있는 기사님에게 맞아 어금니를 하나 잃은 후로 치아 관리엔 철저했다.

폴리아나는 자신 있게 대답했다.

"매일 다섯 번, 소금으로 닦습니다."

"그나마 다행이네."

아이노 경은 진심으로 안도하더니 눈을 부릅뜨고 명령했다.

"저 더러운 년을 빨아!"

목욕통은 실외에 준비되었다. 남자도 아니고 여자 목욕을 밖에서 시키라는 소리에 시종과 하녀가 깜짝 놀랐다.

소식을 들은 영주 부인이 자기 욕실을 빌려주겠다는 호의를 비쳤다. 아이노 경은 바닥이 더러워질 것이라고 예언자처럼 고집하고 거절했다.

영주 부인은 놀라서 시녀를 보냈다. 아무리 그래도 귀족 여성을 외부에서 씻게 둘 수 없다는 의사표현이다.

신세지고 있는 안주인의 강력한 의사에 창고 하나를 비워 목욕통이 비치되었다. 창고의 창을 가리고 사람이 드나들지 않도록 통제했다.

빛이 들어오지 않아 어두운 창고에 밝은 기름등이 놓였다. 아이노 경이 자기 물건을 내놓은 것이다. 어두우면 때가 땐지 잘 모른다나.

폴리아나는 투덜거리면서 옷을 벗었다. 하녀들이 도우러 나서기 전 훌떡훌떡 벗었다. 옷을 참 쉽게 벗는 그녀의 모습에 하녀들만 깜짝 놀랐다. 필요하다면 나신으로도 검을 휘둘러야 한다. 성별도 같은 여자들 앞에서 몸을 뺄 성격은 아니었다.

팔 힘 좋은 하녀들은 옷 벗은 폴리아나를 보고 또 깜짝 놀랐다.

"여자였어?"

"입은 험하지만 상냥한 기사님이라고 생각했는데."

아쉬워하는 하녀 절반, 놀라는 하녀 절반. 폴리아나에 대한 소문은 다양했기에 소문의 대상을 목격하게 된 하녀들이 조잘조잘 떠들었다.

어머, 소문만큼 추녀는 아닌데요? 기사님 멋있어요! 전 실망. 전하처럼 아름다우신 분을 기대했거든요.

하녀들은 영주 부인이 근방 최고의 미녀라고 생각했는데 룩소스 1세를 본 순간 못생겨 보인다는 괴로움을 토로했다. 폴리아나도 그 심정을 알고 있었기에 열심히 고개를 끄덕이고 맞장구 쳤다.

준비된 물을 다 쓰고 물을 더 가져오길 세 번 반복했다. 하녀들은 더러운 년 빨래에 정신이 팔려 해가 진 것도 몰랐다.

빨래는 등의 기름이 다 떨어지면서 끝났다. 하녀들은 아쉬워했다. 계속 씻으면 때가 더 나올 것 같았기 때문이다.

영주의 기름을 가져와서라도 끝을 보자는 책임감 있는 모습에 폴리아나가 후퇴 선언을 외쳤다. 더 씻었다간 죽을 것 같았다.

피부가 따가워 괴로워하는 폴리아나의 몸에 하녀들이 이것저것 덕지덕지 발랐다. 폴리아나는 기겁했다. 마치 식재료처럼 다뤄지고 있지 않은가.

가죽을 벗길 것처럼 때를 밀더니 냄새나는 것들을 향신료 바르듯 하고 있잖아!

"아파!"

"가만히 좀 계세요. 진짜 도마뱀도 이것보단 매끈할 거예요."

"이거 꽃냄새가 나잖아. 기습할 때 개들이 눈치채고 짖으면 어떡할 거야."

"냄새가 아니라 향기겠죠, 기사님."

폴리아나의 말은 씨알도 먹히지 않았다. 전신은 물론이고 머리에까지 기름을 바르는 게 폴리아나는 마음에 들지 않았다.

기름을 바르니까 두 달 동안 못 씻었을 때보다 번들거리는 느낌이었다. 피부가 조금 따갑긴 해도 목욕하고 개운해서 기분이 좋았는데 그 위에 뭔가를 바르니 다시 더러워진 기분이 들었다.

그래서 폴리아나는 수건으로 기름을 닦았다. 하녀들은 기겁했다.

"마님께서 보내 주신 향유여요! 그게 얼마짜린데!"

비싼 거니까 군말 없이 바르라 소리에 폴리아나는 침묵했다.

비싼 거래.

폴리아나가 벗어 놓은 옷과 가죽갑옷은 빨랫감이 되어 사라졌다. 갑옷은 물에 빨면 안 된다고 말하기 전에 군인이 가져갔으니 알아서 할 거란 대답이 돌아왔다.

폴리아나는 들이밀어진 여성용 로브를 보고 인상을 썼다. 그리고 곧 깨달았다. 그녀가 인상 쓰고 안 입는다고 해 봐야 들어가지 않아서 못 입는다는 사실을.

폴리아나는 여자치곤 키가 큰 편이다. 말랐지만 지방이 아닌 근육이 붙어 있어서 다른 여성들과 체형이 약간 달랐다. 발달된 어깨와 팔 근육, 가슴둘레로 옷이 터지려고 했다. 가슴이 없는 편은 아니라 더 심했다.

품이 넉넉한 옷을 가져와도 문제는 남았다. 얼굴에 있는 흉과 착색된 피부, 두피가 보일 정도로 짧은 머리 때문에 치마가 안 어울렸다. 오히려 치마를 입어서 더 인상이 흉흉해졌다.

결국 남자들 옷이 대령되었다. 헐렁하긴 해도 그럭저럭 잘 들어가는 옷을 입었다. 불룩 튀어나온 가슴만 아니면 꽤 멀끔하다 소리 정도는 듣는 청년 기사로 보였다.

왜 치마를 입으면 흉흉하고 바지 입으면 멀끔해 보이는지는 폴리아나도, 하녀들도 의문이었다.

'더럽긴 더러웠……나?'

아무리 그래도 사람을 빨라고 명령할 정도는 아니었다. 군인이 씻지 못하는 건 당연한 일이다. 기사들도 일주일에 한 번이면 자주 씻는 것이다.

당장 폴리아나의 상관인 래비 경만 해도 몸에 물이 닿는 것만으로도 몸서리치면서 공수병 걸린 개처럼 물을 피해 다니지 않는가. 군인의 귀감이 아닐 수 없다.

그녀의 숙소로 돌아가는 길. 폴리아나는 아이노 경이 그랬던 것처럼 땀을 흘리는 래비 경을 발견했다. 래비 경은 개들과 노닥거리는 중이었다.

"피곤한데 쉬시지 말입니다."

폴리아나는 편하게 말을 걸었다. 그런데 래비 경이 낯선 사람 대하듯 말했다.

"누구냐."

"……."

"농담이오, 폴 경."

"제가…… 그렇게 더러웠습니까? 평균 아닙니까?"

"아니오. 폴 경 정도면 위생적인 편이지. 이도 다섯 번이나 닦잖아! 경이 사복 입은 걸 처음 봐서 그랬소."

개들이 쉬지 않고 래비 경의 몸을 핥았다. 땀 때문에 짭짤한지 자꾸 입맛을 다셨다. 래비 경은 하하 웃었다.

폴리아나가 알기로 래비 경이 마지막으로 몸을 씻은 건, 비오는 날 겨드랑이를 문지른 게 다였다. 보급대장 바우팔로 경이 다 좋은데 더러운 양반이라며 치를 떨던 일이 그녀의 머릿속을 스치고 지나갔다.

"와, 누님. 깨끗하네요."

도나우 경과 하우 경은 옆방을 쓰기 때문에 방 앞에서 폴리아나와 마주쳤다. 하우 경과 도나우 경은 무려! 무려 행정보급부대장 바우팔로 경을 아버지로 둬서 그런지 기사들 중에서 제일 깔끔했다. 위생을 이유로 남들 다 찾아가는 창부도 찾지 않는 바른생활 형제 아닌가.

형제는 폴리아나가 오늘 수행하게 된 영광스런 업무에 대해 궁금해했다. 하지만 그거보다 급한 게 있었다. 폴리아나는 몇 시간 전에 있었던 아이노 경의 무례한 발언을 그들에게 털어놓았다.

형제는 고개를 끄덕이며 경청했다.

"친위대 새끼들은 원래 그래요."

"맞아. 재수 없어. 걔네 다 재수 없어. 얼굴도 빤질빤질하게 생겨선."

"형도 빤질거리잖아."

"나는 나고 걔넨 걔네고. 더 재수 없는 건 걔네들이 존나 세다는 거야. 세상은 불공평해."

"다들 집안도 좋고."

"대부분 귀족이거나 명문가잖아. 돈 많아서 좋겠다. 옷 입고 다니는 건 어떻고? 걔네 제복 파란색이라 피 묻으면 얼룩 엄청 티 나는데 색 안 바꾸잖아. 그러고서 옷 새로 사 입는다더라."

하우 경과 도나우 경의 목소리가 점점 커졌다. 폴리아나도 참가했다.

"일주일 전에 씻었으면 깨끗한 거 아냐? 진짜 너무하지 않아? 사람을 빨라니."

"그러니까요."

"맞아 맞아."

같은 기사라도 왕을 밀착 호위하는 친위부대와 일반 기사들 사이엔 기묘한 경계가 존재한다. 같이 싸우는 전우라는 의식은 있다. 같은 주군을 모시는 동료라는 의식이 있다.

그런데 재수 없다.

친위대는 얼굴 좋고 가문 좋고 실력 좋은 청년들로 뽑는다. 그리고 국왕을 호위한다는 자부심이 강해서 때때로 타 기사들의 일을 얕잡아보거나 폄하했다.

지금의 친위대는 전장에서 몇 년을 보내 그런 일은 없었다. 그래도 초반엔 재수 없었다. 그리고 대하기도 까다로웠다.

군대에서야 비슷한 계급장으로 대하지만 군대를 나가면 그들의 지위가 더 높다. 사실은 얼룩 잘 지는 파란색 제복도 멋있었다.

결론은 그거였다.

"나도 입어 보고 싶다."

부럽다고.

도나우 경이 선망의 눈으로 말했다. 하우 경은 꿈 깨라고 짧게 말했다. 폴리아나는 물어봤다.

"신청해 보지 그래?"

"우리 집안은 기사 계급이라."

기사 계급이어도 불가능한 건 아니나 형제의 집안은 역사가 짧아 불가능했다. 되고 싶어도 할 수 없다고 하우 경이 고개를 저었다.

폴리아나는 내심 긴장했다. 비록 단기라 할지라도 룩소스 1세는 과하다 싶은 특혜를 그녀에게 베푼 것이다. 과한 특혜엔 뒷말이 나오기 마련이니 최대한 말이 나오지 않도록 노력해야 했다.

평범한 왕의 기사에게 요구되는 예의범절과 왕을 근처에서 모시는 호위기사의 예의범절엔 많은 차이가 있다.

폴리아나는 한 번도 스스로가 무례하거나 예의를 모르는 촌뜨기라고 여긴 적이 없다. 다소 딱딱하긴 해도 군인으로서나 기사로서나 그녀의 예의범절은 봐 줄 만했다.

하지만 친위대에겐 그보다 격조 높은 수준이 요구된다. 왕성의 시종장도 칭찬할 만한 예의범절과 기품. 야전에서 구르는 폴리아나에겐 너무 힘든 요구였다

불가능했다. 하지만 시킨다. 그러니까 해야 한다.

친위대라고 해서 비싸고 멋있는 제복을 입어도 대장이 까라면 깠다. 아이노 경은 어제보다 깨끗해진 폴리아나를 확인하고 고개를 끄덕였다.

빨래. 명령. 성공적. 이젠 띨띨이를 사람 만들 차례였다.

"저거 내가 돌아오기 전까지 인간 만들어라."

"저거라니. 무례합니다."

"인간이 되면 저년으로 바꿔 주겠다."

"그것도 무례합니다."

래비 경은 부하들을 다룰 때 새끼라고 부른다. "새끼들 빠져 갖고, 불알에서 종소리 날 때까지 뛰어!"가 그의 입버릇이었다. 그래도 사석에선 꼬박꼬박 폴리아나를 폴 경으로 불렀다.

참고로 폴리아나가 자긴 불알이 없다고 반문했을 때 래비 경의 대답은 폴리아나를 얼빠지게 만들었다. 그는 별다른 말을 하지 않았다. 없는 불알에서 소리 날 때까지 뛰라고 했다.

안 되면 되게 하라. 진정한 군인이다.

호위기사는 3교대로 근무한다. 휴식 중인 기사들의 시간을 뺏는 것이기에 폴리아나는 아이노 경의 무시를 감내하고 충실히 여러

가지를 배웠다.

친위대는 왕의 얼굴. 그렇기에 항상 단정하고 타의 모범이 되는 자세를 추구해야 한단다.

"말씨가 고상해야 합니다."

폴리아나를 봐 주는 호위기사는 말씨가 얌전했다. 하지만 아이노 경은?

"아이노 경은?"

"대장은 말수가 없으시죠."

폴리아나는 수긍했다. 말보다 행동이 빠른 아이노 경은 욕을 하기 전 주먹부터 내질렀다. 내지르는 주먹이 사냥감을 찾아 하강하는 매보다 우아하니 타의 모범이 되었다.

왕을 위해 검을 내지르는 자와 왕의 옆에 항시 머무르는 자의 예의가 같을 수 없었다. 왕실 예법은 다 고만고만했다. 그리고 폴리아나는 왕성에 갈 수 있으리란 생각을 하지 않았다. 노기사도 그랬기에 그녀는 그런 류의 예법은 배우지 않았다.

말씨를 고상하게 한다든가 대화를 돌려 말한다든가. 배우는 내내 왠지 낯간지러워서 폴리아나는 자꾸 팔을 벅벅 긁었다. 호위기사는 아크레아의 왕성 예법은 대륙에서 제일 관대하다고 말했다.

폴리아나는 룩소스 1세가 대륙을 정복하는 게 모두를 위해서라도 좋은 일이라는 확신을 가졌다.

교대할 시간이 되자 호위기사는 옷을 내밀었다. 갈아입고 가라는 뜻이었다. 친위대 소속이 아니기에 파란 제복은 아니고 그냥 사복이었다.

폴리아나는 그녀의 옷차림을 살폈다. 갑옷이 아직 돌아오지 않아 불안하게도 어제 입은 옷을 그대로 입고 있었다. 구겨진 곳은 없다. 뭐가 묻지도 않았다. 냄새도 안 난다.

"다시 말하지만 호위기사는 전하의 얼굴이기 때문에 늘 단정하고 세련된 자세를."

"알겠습니다."

"응원하겠습니다. 폴리아나 경. 대장에게 경 소리 들어야 합니다."

호위기사가 방긋 웃었다. 잘생기고 키 크고 집안 좋고 목소리 좋고. 심지어 폴리아나보다 강하기까지 한 기사가 그러니 폴리아나의 얼굴은 자동적으로 붉어졌다.

아니, 흑심을 품은 건 아니다. 그냥 좀 부끄러웠다.

폴리아나는 룩소스 1세에게 단기 속성으로 배운 예법을 써먹었다. 몸 쓰는 직업에 종사해서 그런지 크게 어색하지 않았다.

룩소스 1세는 그 모양을 빤히 지켜보더니 피식 웃었다. 그럭저럭 괜찮게 인사한 것 같아 폴리아나도 덩달아 기뻤다.

"이노가 경을 빨래 취급했다더니."

"어제의 무례를 사과드립니다."

"아니, 경은 그렇게 안 더러웠어. 짐은 경 정도면 깔끔한 축에 속한다고 생각한다."

'것 봐.'

역시 아이노 경의 기준이 빡센 거였다. 폴리아나가 각별히 더러운 것이 아니다. 아이노 경이 유난히 깔끔 떠는 것이다.

룩소스 1세가 어깨를 으쓱였다.

"호위기사들과 다른 기사들은 여건이 달라. 이노는…… 음. 너무 서운하게 여기고 이노에게 앙심을 품고 그러진 말거라. 이노는 조

금, 자기가 잘났으니 남들도 이 정도는 해야 한다고 생각하는 측면
이 강해서 말이다.

이노는 노력가라도 경이나 나와는 다른 노력가야. 그는 재능이
넘치고 남들이 얻지 못하는 걸 가벼운 연습으로 얻어내지……."

거기까지 말한 룩소스 1세가 눈을 가늘게 떴다.

아이노 경은 마상 경기 훈련이 한창이었다. 창을 제대로 다루지
못하는 기사들과 달리 아이노 경의 창은 목표물을 놓치는 법이 없
었다. 말이 달리는 속도도 배는 차이 났다.

아슬아슬하게 상대편 기사의 창을 피하고 다치지 않도록 옆면으
로 후려치는 모습에 지켜보던 모두가 열광했다. 룩소스 1세는 그걸
유심히 보다가 손가락질했다.

"역시 재수 없구나."

폴리아나는 열심히 고개를 끄덕였다.

룩소스 1세의 호위 일은 육체적으론 편하고 정신적으론 고되었
다. 유난히 힘이 들어갔던 어깨와 목 근육이 아파서 폴리아나는 가
볍게 몸을 풀었다.

잠시의 휴식시간이 끝나면 다시 호위기사들에게 단기 과외를 받
아야 한다. 오늘의 주제는 '왕에게 흉심을 품은 자가 접근했을 때의
대처법'이다.

호위기사는 일단 사람을 볼 줄 알아야 한다고 했다.

"사람 보는 눈은 어떻게 기릅니까?"

"경험입니다. 타고나는 것도 있습니다."

"어렵네요."

"네. 제일 어렵습니다. 품에 손을 넣은 사람이 꽃을 꺼낼지 비수를 꺼낼지 모르니까요."

폴리아나는 무조건 바닥을 길 자신은 있다. 그러나 사람을 평가하고 관찰하는 능력은 부족했다. 그런 쪽의 훈련을 받지 않았고 그럴 필요성을 못 느껴 훈련도 하지 않았다.

갑자기 익히라고 해 봐야 무리인 게 당연했다. 호위기사도 그걸 알고 있는지 알기 쉽게 가르쳤다.

"정 어려우시면 대장님처럼 하면 됩니다."

"말보다 빠르게."

폴리아나는 찰떡같이 알아듣고 고개를 끄덕였다. 용맹하게 주먹을 쥐자 호위기사가 극찬했다.

"바로 그겁니다! 일단 패면 됩니다! 억울해하더라도 왕을 지키기 위해서 그랬다는데 지들이 어쩔 겁니까."

친위대원들은 아이노 경 밑에서 굴러서 그런지 은근 폭력적이었다. 바로 그 아이노 경 덕분에 폴리아나는 어금니가 하나 나갔다. 코뼈도 휘었다. 폴리아나는 가끔 찬물을 마실 때 이가 시렸다. 고기 씹을 땐 어금니 하나가 아쉬웠다. 그래서 더 소금으로 박박 닦는 습관이 생겼다.

호위기사는 정 힘들면 아이노 경을 흉내 내라고 했다. 눈높이 맞춤형 교육이라 폴리아나의 귀에 쏙쏙 들어왔다.

잠시 숨을 돌리면서 폴리아나가 과외 받는 걸 지켜보고 있던 아이노 경은 만족한 듯 고개를 끄덕였다. 그리고 피가 되고 살이 되는 조언을 덧붙였다.

"방자한 놈들도 쳐라."

"또?"

"건방진 놈, 무례한 놈, 왕년의 너처럼 시건방진 놈, 연놈, 신분고하, 나이 모두 신경 쓸 필요 없다. 아, 아이와 노인은 자제해야지. 죽으니까."

일단 후려치고 나면 다들 알아서 기게 된다는 첨언이 덧붙여졌다.

아이노 경은 중요한 부분이라고 생각했는지 직접 나섰다. 그는 폴리아나에게 그녀가 잘하는 걸 하라고 했다.

"잘하는 거 있잖아."

폴리아나의 주특기는 관절기와 뼈가 상하지 않도록 폭행하기, 죽지 못하는데 죽는 것보다 괴롭게 사람 패기였다. 병사들 군기 잡는 것도 포함되어 있는데 왕의 주변에서 군기 잡을 일은 없으니까 제외된다.

아이노 경은 냉정하게 아랫도리를 가리켰다. 말하지 않아도 알아요. 폴리아나는 금방 이해했다. 그들의 위대한 왕 룩소스 1세 앞에서 시건방을 떠는 새끼는 거시기를 털어 버림이 마땅했다.

다른 건 몰라도 이런 부분은 폴리아나와 아이노 경의 죽이 잘 맞았다.

아이노 경의 말에 따르면 룩소스 1세 앞에서 시건방을 떨 수 있는 건 왕 대신 고생하는 루조 공작뿐이다. 그 외의 잡것들은 일단 패고 보라는데, 단순명쾌해서 폴리아나는 좋았다.

검을 차고 룩소스 1세의 방에 있을 때면 폴리아나는 알 수 없는 고양감에 뿌듯해졌다. 괜히 검대를 만지작거리고 쓸데없이 문을 노려봤다.

룩소스 1세는 선물 받은 애처럼 구는 폴리아나를 귀엽게 봤다. 친구를 쉬게 하려고 대타를 세운 것인데 과한 영광으로 받아들이고 기뻐하니 약간 미안하면서도 보기 좋았던 것이다.

좋은 게 좋은 거라지.

왕의 호위를 서면서 폴리아나는 몰랐던 사실을 여럿 알게 되었다. 대표적인 것이 룩소스 1세의 성격이다. 그저 근엄하고 사려 깊은 왕이라 여겼던 룩소스 1세에게도 여러 가지 모습이 있었다.

그는 젊은 청년이고, 대륙을 통일하려는 야심가이며, 근면 성실한 노력가에, 잘생긴 미남자였다.

룩소스 1세는 본인의 미모를 잘 알고 있었다. 실용적으로 활용할 줄도 알고, 미모를 직접 이용하기도 했다.

룩소스 1세는 폴리아나보다 외모에 민감했다. 아침에 옷을 입을 땐 폴리아나에게 어떤 게 더 어울리는지 질문하기도 했다. 폴리아나가 보기엔 하나같이 아름답고 왕께 잘 어울려서 대답하기 어려웠다.

"어떤 게 더 나아 보이느냐?"

"전하는 거적을 걸치셔도 아름다우십니다."

"그건 짐이 바라는 대답이 아닐세."

왕은 또래 청년들처럼 삐지기도 잘 삐졌다.

룩소스 1세는 아름답다. 그리고 그게 기사들의 자랑인 것도 알았다. 모시는 주군이 미인인 것은 자랑거리가 된다. 기사들이 기뻐한다면 룩소스 1세는 얼마든지 외모를 가꿀 수 있었다.

일국의 정점에 선 자가 유행에 뒤쳐지는 건 부끄러운 일이다! 비록 전시라 유행을 맞추기 어려워도 촌스럽다 소리는 듣지 않아야 하는 법!

룩소스 1세는 도움 안 되는 폴리아나 대신 다른 기사에게 의상에 대한 소감을 물었다. 친위대원은 능숙하게 대답했다. 폴리아나는 옆에서 열심히 새겨들었다.

룩소스 1세의 호위를 서게 되면서 생긴 인연은 기사에서 끝나지 않았다. 신경도 쓰지 않고 있었으나 왕의 뒤를 졸졸 따라다니는 직종은 기사만이 아니었다.

룩소스 1세의 시종과 기록관들. 폴리아나는 그들과도 자연스럽게 안면을 텄다. 시종들은 따지고 보면 폴리아나보다 신분이 높고 다들 고상해서 대하기 힘들었다. 대신 문관인 기록관들과는 사적으로 대화를 나누게 되었다.

오늘도 그렇다. 각자의 업무시간이 끝나 교대를 하고 휴식하러 가는 길. 기록관 모모가 애석하고 억울하다며 투덜거렸다.

"우리가 아무리 열심히 전하의 미모를 기록해도 아무도 믿지 않을 겁니다! 다 아부나 과장으로 여길 거예요! 후손들이 오해할 걸 생각하면 억울해서 죽을 것 같아!"

세상 억울할 일 많은데 참 인생 편히 살았구나 싶지만 듣고 보니 폴리아나도 억울했다. 왕께선 정말 위대하고 아름다우신 분이다. 둘은 뗄 수 없다. 그 자체로 룩소스 1세였다.

룩소스 1세가 대륙을 일통하면 위대함은 널리 전달되어도 아름다움은 시간이 지나면서 잊혀질 것이다. 아주 무서운 일이었다.

그런 얘기를 동료 기사들에게 하자 다들 억울해했다. 폴리아나와 기록관 모모만 억울한 게 아니었다. 래비 경이 자식 있는 유부남다운 말을 꺼냈다.

"그래서 자손이 중요하다 생각하오. 후손의 외모로 부모의 외모를 추측할 수 있잖소? 내 딸들이 얼마나 귀엽냐면."

토끼 같은 딸 둘에, 강아지 같은 아들 하나를 아크레아에 두고 온 유부남 래비 경은 몇 년째 보지 못한 자식을 위해 부지런히 산에 올랐다. 산의 이름하야 불출산. 래비 경의 주장에 따르면 그의 아이들은 모두 귀엽고 목소리가 컸다.

폴리아나는 에이크 경, 비크 경, 디크 경을 살폈다. 형제라서 다들 생긴 게 비슷했다. 바우팔로 경과 하우 경, 도나우 경은 아들들이 외탁을 했는지 아버지를 그리 닮지는 않았다. 대신 청결에 신경 쓰고 사소한 습관 같은 것이 비슷했다.

폴리아나는 하도 관심이 없어서 잊고 있던 그녀의 가족을 떠올렸다.

폴리아나의 어머니는 그녀를 낳고 산후열로 사망했다. 그래서 초상화로 본 것이 전부다. 얼굴 잡티 보정과 윤곽 성형을 해 주는 초상화에서도 그다지 미인이 아니었으니 폴리아나의 외모는 어머니를 닮았다고 볼 수 있다.

아버지는 원인불명으로 고자가 되었다. 새어머니는 피가 안 섞였으니 제외. 이복동생 라이아나는 제법 평판 좋은 미인이었다. 이복동생이라 그런지 여동생은 폴리아나와 닮지 않았다.

습관이 겹쳐질 만큼 같은 시간을 공유한 적도 없어서 폴리아나는 그들이 가족으로 여겨지지 않았다. 성도 갈렸으니 이제는 남이다.

습관의 공유라면 오히려 죽은 노기사를 가족이라 말할 수 있을 것이다. 그도 죽었으니 폴리아나에겐 가족이 없었다.

어쨌든 대화의 결론은 왕비마마가 어마어마한 미녀여야 한다는 쪽으로 끝났다. 폴리아나가 생각해도 아주 건설적인 결론이었다. 적어도 룩소스 1세의 옆에 섰을 때 꿇리지 않을 정도는 되어야 한다.

룩소스 1세는 얼굴이 추남이어도 이미 수준급의 신랑감이 되었다. 북방의 패자. 아무나 받을 수 있는 별명이 아니다. 북방 사국을 다스리는 왕이라는 점에서 다른 왕족들과는 차원이 다른 인물이다. 그러니까 예쁘고 현명하고 어질고 상냥하고 자식도 잘 낳는 공주가 왕비마마가 되어야 했다.

기사들이 혼사와 자식 걱정까지 해 주고 있는 당사자, 룩소스 1세의 의견은 조금 달랐다. 예쁘면 좋고, 아니어도 얼굴 보고 도망갈 정도만 아니면 되었다. 룩소스 1세는 얼굴보단 현명함과 인품, 자손 번성 쪽에 무게를 뒀다.

그는 황제가 될 것이다. 그러면 미인 정도는 얼마든지 취할 수 있다. 그러니 정실부인에겐 미모 외의 다른 걸 원했다.

룩소스 1세가 말하지 않았기에 폴리아나를 비롯한 일반 기사들은 모른다. 왕과 그런 대화를 나눌 정도로 가까우려면 아이노 경 정도는 되어야 했고 아이노 경은 룩소스 1세의 성격을 알고 있어서 말하지 않아도 짐작했다.

뭣 모르는 아랫것들은 마음대로 생각하며 상상의 나래를 펴는 수

밖에.

폴리아나는 룩소스 1세의 외모를 대입해 그녀가 모시고 싶은 왕비마마를 망상했다. 어쩌다 보니 룩소스 1세가 여자로 태어났을 적의 외모가 되어 버렸다.

폴리아나는 좌절했다. 군대에서 미인을 봐야 다 남자니 그 얼굴이 그 얼굴. 미녀를 조합하기엔 적절한 소재가 없다. 견식이 짧으니 아무리 용을 써도 룩소스 1세 여자 버전만 튀어나왔다.

폴리아나는 애써 하녀와 영주 부인을 섞어 다른 미녀상을 만들었다. 노력한 보람이 있어서 폴리아나의 망상은 싹을 틔워 꽃을 피우고 열매를 맺었다.

어느 새 대륙에서 제일 예쁜 황녀님을 상상하고 폴리아나는 히죽 웃었다. 미소가 제법 음흉했다.

'엄청 좋다.'

가끔 이렇게 낯간지러운 생각을 할 때가 있었다. 이제는 나이가 있으니 주책에 가깝지만 그래도 폴리아나는 아름다운 '공주님'을 생각하면 기분이 좋아졌다.

아버지는 대륙의 황제, 어머니는 온화한 미인. 대륙에서 가장 아름답다 칭송받는 공주님. 모두에게 사랑받는 미모, 다정하고 연약한 손길, 고상한 목소리, 자애로운 눈빛, 모든 기사가 모시고 싶어 안달 낼 이상적인 레이디의 모습이다.

룩소스 1세는 호위 잘 서다가 갑자기 음흉하게 웃는 기사를 발견하고 당황했다. 야한 생각 하는 남자도 아니고, 막말 잘하는 대신 표정 관리도 잘하는 폴리아나 답지 않았다.

"경, 뭐하는가?"

"전하를 닮은 공주님은 얼마나 아름다울지 상상해 봤습니다."

결혼도 안 했는데 자식 얘기부터 튀어나오는 건 룩소스 1세가 왕으로 살면서 자주 겪는 일이었다. 왕은 단련되어 이 정도로 놀라거나 당황하지 않았다.

룩소스 1세는 진중하게 고개를 끄덕였다. 태어나지 않은 딸 생각. 나를 닮았다면.

"짐을 닮았다면 세기의 미녀로다. 짐은 대륙 최고의 미남 아닌가. 잘생긴 건 짜릿하고, 늘 새로우며 사람을 기쁘게 하지."

"실로 아름다우십니다!"

폴리아나가 진심을 담아 우렁차게 외쳤다.

룩소스 1세는 농담으로 한 걸 진담으로 받아들이는 기사 때문에 당황했다. 왕의 자리는 고독하여, 회심의 농담은 실패하기 일쑤다.

아이노 경은 그의 농담이 재미없어서라고 진실을 말했으나 룩소스 1세는 벗의 심술로 여기고 믿지 않았다.

"농이었느니."

"다른 농은 몰라도 이런 농은 받아들일 수 없습니다! 전하는 실로 아름다우십니다!"

"……경 의외로 엉뚱한 구석이 있었구나."

"전하의 농담도 만만치 않습니다."

하루 중 삼분의 일을 룩소스 1세와 함께 지내고 보니 폴리아나는 왕의 농담에도 그럭저럭 익숙해졌다. 룩소스 1세는 사람 심장을 들었다 놨다 하는 농담을 즐겼는데 그건 결코 고의가 아니었다. 친분의 표현인데 지위 때문에 아랫사람들만 피를 봤다.

폴리아나는 이 이상 괴로움을 원치 않기 때문에 받아치기로 결심

하고 열심히 받아쳤다. 폴리아나의 의도와는 다르게 룩소스 1세는
그걸 좋아했다.

'이분은 비범해.'

그녀를 등용할 때부터 알아봤다. 룩소스 1세는 범인이 아니고,
비범했다. 여러 의미에서. 아주 여러 의미에서.

기품은 옛적에 도망가 잡아 오려면 한세월 걸린다. 대신 자세엔
각이 잡혔다.

폴리아나의 예의범절에 각이란 것이 생기자 아이노 경은 행색과
청결로 트집을 잡았다. 폴리아나로선 진정 트집이라고밖에 할 수
없는 것이, 세수하면서 머리도 같이 감았는데 머리 안 감는다고 욕
을 했다. 씻는 것도 뜨거운 물로 목욕한 지 며칠이나 되었다고 또
하라고 다그치니 실로 갑갑했다.

그러나 다른 호위기사들도 호위를 하려면 군인 아닌 귀족들처럼
깨끗하게 하고 다녀야 한다는 말에 별수 없이 씻었다.

"이제 머리만 기르면 남자로 오해받을 일은 없겠네요."

도나우 경은 그렇게 말하고 머리를 길러 보라 권했다. 치마를 벗
은 후로 머리를 기른 적 없는 폴리아나는 그다지 내키지 않았다.
그녀가 머리를 북북 긁자 도나우 경은 다시 요청했다.

"머리 기르시지 그래요, 누님. 누나랑 형 구분 못 한다 소리 듣는

것도 지겹습니다."

"형이라고 불러도 돼."

"그런 얘기가 아니잖아요."

형 하나, 의누나 하나 있는 게 아니고 형만 둘 있는 기분에 도나우 경이 질색했다. 동생에게 있어 형이란 존재는 하나도 많았다. 형이 둘이나 되는 디크 경에게 애도를.

도나우 경은 어지간한 기사들보다 짧은 폴리아나의 머리카락을 지적했다.

"그 정도로 짧으면 불편하지 않아요?"

도나우 경의 말대로다. 머리가 짧으면 여름이나 겨울엔 안 좋았다. 폴리아나는 머리 감는 게 귀찮아서 그 불편함을 감수하고 있었다. 의동생의 간곡한 청에도 폴리아나는 요지부동, 마음을 돌리지 않았다.

어차피 부대에서 이나 벼룩이라도 유행하면 바로 대머리로 깎을 머리다. 길러서 기름지고 떡 지느니 지금 길이를 유지하는 게 편했다.

게다가 머리를 기르면 기르는 대로 주위에서 말이 많아진다. 폴리아나의 이복동생 라이아나를 보자. 그녀의 가장 큰 자랑거리는 곱게 빗은 삼단 같은 머리채였다. 아무리 봐도 연갈색이고 좋게 봐주면 금발인 머리에 사람들은 참 관심이 많았다.

남자는 찬란한 금발이어도 삭발을 하든 그냥 길러서 묶든, 짧게 자르든 신경을 안 쓰는데 여자 머리는 지지고 볶는 데에 관심들이 많았다.

폴리아나가 머리를 기르면 남들보다 더 간수 잘하라는 지적이 들어올 게 뻔했다. 관리 잘할 자신이 없으니 아예 바짝 자르자! 그러고 산 게 10년이 넘었다. 기르라고 해도 목을 넘기기 전에 잘라 버릴 가능성이 높았다.

두피가 드러날 정도로 짧다 보니 동그란 머리 모양이 눈에 잘 들어왔다. 룩소스 1세는 동그란 머리의 어느 부분이 움푹 파인 것을 발견했다. 어릴 때 머리를 굴리며 재우지 않아 생긴 짱구는 아니다. 사고나 폭행으로 생긴 흉 같았다.

"경 머리에 그건 무어냐."

"이건 소신이 에하스에서 복무할 때 망치에 맞은 흔적입니다. 투구 쓰고 있어서 살았지 아니면 죽었을 겁니다."

룩소스 1세가 신기한 마음에 약간 패인 부분에 손을 가져갔다. 짧게 깎인 머리가 까슬까슬해서 쓰다듬는 재미를 줬다.

감촉이 마음에 든 룩소스 1세는 손을 연신 놀렸다. 폴리아나는 얌전히 머리를 내줬다. 가끔 이처럼 구는 자들이 있었다. 음흉한 생각이 아닌 만지는 재미가 있다는 단순한 의도일 땐 폴리아나도 접촉에 관대했다.

룩소스 1세는 만족할 만큼 쓰다듬고 나서야 손을 거뒀다.

"안 죽은 게 천만다행이로다."

"땜빵도 안 생겼습니다."

만약 맞은 부위에 머리카락이 나지 않았다면 그걸 가리기 위해 머리를 길렀을지도 모르겠다.

"경이 다른 건 안 챙겨도 투구는 꼭 챙기더니 그런 사연이 있었구나."

특별한 때가 아니면 서로 얼굴 볼 일도 없었던 접점 없는 둘이기에 서로 알아 가는 재미가 쏠쏠했다. 룩소스 1세는 폴리아나에게 인간적인 호감을 갖고 있었고 폴리아나는 룩소스 1세를 평생의 주군으로 마음에 담았기 때문에 나쁜 일은 아니었다.

룩소스 1세는 짧게 반짝이는 머리칼을 보고 고개를 끄덕였다.

"가까이서 보니 금발이구나."

"연갈색입니다."

"금발이 아니고?"

"여동생을 보면 연갈색일 겁니다. 기르면 색이 더 짙어 보일 거구요."

황금을 녹여 실로 뽑은 것처럼 찬란한 금발의 룩소스 1세 앞에서 금발을 자처할 리가.

룩소스 1세는 폴리아나의 가족구성원을 떠올렸다. 여동생 이야기가 나왔으니 말인데, 룩소스 1세는 궁금한 게 있었다.

이건 여자 형제를 둔 사람에겐 꼭 한 번쯤 해 보는 질문이다. 거의 반사적으로 나온다.

"여동생은 예쁜가?"

빈말로도 "경을 닮았으면 예쁘겠구나."란 말은 나오지 않았다.

룩소스 1세는 여자에게 먼저 접근하지 않는다. 그렇다고 칭찬에 인색한 건 아니었다. 만약에 폴리아나에게 딸이 있었다면 빈말이라도 "예쁘겠구나."라는 말이 나왔을 것이다. 이복동생이란 닮았다고 말하기도 이상하고 안 닮았다고 말하기도 이상한 존재였다.

여동생 있다고 말하면 꼭 돌아오는 질문이기에 폴리아나는 익숙하게 대답했다.

"예쁩니다."

안 믿을까 봐 덧붙이는 것도 잊지 않았다.

"키 작고 가녀리고 여성스럽습니다. 머리가 길고 풍성해서, 그걸 자랑거리로 삼습니다. 사이 안 좋은데도 예쁘다고 가끔 생각했으니 예쁠 겁니다."

거기서 그치면 좋은데 폴리아나는 더 말했다.

"물론 전하가 제일 아름다우십니다!"

두 주먹 불끈 쥐고 전하가 제일 아름답다고 외치는 기사를 보고 무슨 말을 해야 할까.

자기 잘난 걸 너무 잘 아는 룩소스 1세마저도 말문이 막혔다.

경기 날짜가 가까워지자 아이노 경도 폴리아나에게 신경 쓸 여력이 없어졌다. 아이노 경은 쉬는 시간을 반납해 아직도 감 못 잡은 기사들을 다그쳤다.

대장의 부재에 맨날 개무시당하던 호위기사들만 신났다. 나라 최강의 남자를 대장으로 모시는 바람에 잘났으면서도 못났다고 매일 욕먹는 게 서러웠는데 안 먹으니 참 좋았다.

곳간이 차면 쉽게 베풀고 마음이 여유로우면 타인에게 너그러워진다. 호위기사들은 폴리아나에게 상냥했다. 잘생긴 청년들이 같은 기사로서 호의적으로 대해 주니 폴리아나도 덩달아 기분이 좋았다.

그들과 어울리면서 폴리아나는 친위대원들이 그녀와 같은 일반

기사들을 부러워한다는 놀라운 사실을 알게 되었다. 도나우 경과 하우 경은 친위대에 들어가고 싶어 하는데 호위기사들은 전장에서 싸우고 싶어 했다.

"전하를 모시는 건 영광스러운 일입니다. 전하께선 어지간해선 전장에서 진두지휘하지 않으시기 때문에 우리는 늘 후방에서 대기합니다. 가끔 다치고 돌아오는 경들을 보면 알 수 없는 죄책감과 책임감이 샘솟습니다."

친위대는 가문과 얼굴, 실력과 인품을 보고 뽑는다. 성격 좋은 그들은 실력이 부족한 것도 아닌데 후방에서 상처 없이 안전한 나날을 보내는 것을 괴로워했다.

왕을 모시는 것은 세상에서 가장 영광스러운 일이다. 명예로 본인과 집안을 드높일 수 있다. 그러나.

전시에 피로 물든 지친 몸을 끌고 진지로 돌아오는 동료들을 깨끗한 몸으로 대할 때.

저 기사보다 내가 더 실력이 좋은데. 내가 뒤를 지켜 주면 팔을 잃지는 않았을 것을.

저이는 지구력이 약해 장기전엔 뒷받침해 줄 동료가 필요한데. 우리가 함께했다면 전사하지 않았을 것을.

하우 경이 재수 없다고 말한 친위대에게도 나름의 고충이 있었다.

'하긴. 세상에 고민 없는 사람이 어딨어.'

폴리아나는 체조를 하고 검을 챙겼다. 그녀보다 배는 강한 호위기사들이 저렇게 건실한 고민을 하고 있는데 아크레아 최약의 기사인 그녀는 더 노력해야 했다.

강해지지 않아도 된다. 강해질 수 없다는 걸 안다. 폴리아나는 재능이 없고 신체적 조건도 그리 좋지 않다. 몸은 근육이 잘 붙지 않으며 조금만 단련을 게을리해도 근육이 빠졌다. 근력, 체력, 지구력 모두 좋지 않고 심지어 기술도 부족하니 경험과 감을 갈고 닦을 수밖에 없다.

누군가 공격하는 걸 알아채면 머리가 인지하기 전에 검을 뽑을 수 있을 정도로 훈련해야 한다. 3교대에 과외까지 겹쳐 일과가 빠듯해도 폴리아나는 휴식 시간을 빼내 수련에 몰두했다. 혼자서 정해진 기초 단련을 하고 나면 다른 기사들에게 대련을 청했다.

폴리아나와 검을 가장 자주 맞대는 상대는 도나우 경이었다. 서로 하도 검을 자주 나누다 보니 훼이크를 써도 속셈을 잘 알아 먹히지도 않았다.

처음엔 폴리아나가 우세했지만 승률은 점점 낮아졌다. 최근 들어선 열에 여덟은 도나우 경이 승리했다. 그래도 폴리아나는 기죽지 않았다. 도나우 경도 폴리아나를 얕잡아보지 않았다.

승률이 낮아도 대련을 청하는 폴리아나를 무시하는 기사가 없었다. 폴리아나는 그것만으로도 행복했다.

폴리아나는 연무장에서 도나우 경을 발견하고 즉시 대련을 청했다. 도나우 경은 흔쾌히 응했다. 날을 세우지 않은 대련용 검을 들고 둘은 대련의 규칙을 상의했다.

"얼굴은 때리지 말자."

"어쩐 일이세요, 누님."

평소엔 온갖 치사한 잡기술들도 총동원하기로 상의하는 폴리아나가 얼굴을 빼자 도나우 경이 질문했다. 폴리아나는 친위대에서 신신당부한 것을 밝혔다.

"호위기사는 얼굴에 상처가 있으면 안 된대."

"그렇긴 하겠네요."

도나우 경은 순순히 납득했다. 얼굴에 칼빵 있는 기사와 매끈한 얼굴의 기사가 있다면 본능적으로 후자가 왕의 호위기사였으면 하고 바라게 된다. 전사와 기사의 흉은 마이너스 요소가 아님에도 적재적소란 것이 있다.

폴리아나의 얼굴엔 이미 흉터가 남아 있다. 실은 이 조건에서 이미 그녀는 친위대 탈락이다. 착색된 피부와 볕에 그슬린 피부도 조건 탈락감이다. 두피가 보일 정도로 빡빡 깎은 머리도 사실은 탈락감일지도 모른다.

한 시간 가까이 도나우 경과 전력으로 대결한 폴리아나의 전신은 땀으로 젖었다.

대놓고 날선 단검까지 던졌지만 도나우 경은 익숙하게 피했다. 폴리아나의 훼이크에 하도 당해서 이젠 눈빛만 봐도 어디로 뛸 던질지 감이 온다나 어쩐다나.

결국 도나우 경의 검에 목을 내준 폴리아나는 항복을 외쳤다. 중간쯤부터 둘의 대련을 지켜보고 있던 룩소스 1세가 박수를 쳐 승자를 치하했다.

"훌륭한 솜씨다, 도나우."

"황송합니다."

"경의 실력이 나날이 일취월장하고 있으니 주군으로서 기쁘기 그지없다."

"전하, 솔직히 말씀해 주소서. 소신과 형 중에 누가 더 낫습니까?"

"네 형이 더 낫지. 하우 경은 네 또래에 기사 둘과 대련했다."

룩소스 1세는 이런 점에선 가차 없이 냉정했다. 내심 형에게 열등감을 갖고 있는 도나우 경의 어깨가 축 늘어졌다. 폴리아나는 땀을 훔치고 도나우 경의 어깨를 도닥였다.

바우팔로 경이 행정 쪽에 더 유능한 것처럼 도나우 경도 무력보단 그쪽에 더 재능이 있었다. 그래도 도나우 경은 꿈이 기사라 아버지의 종자가 되고 전쟁에 자원했다.

지금의 노력이 언젠가 인정받을 날이 올 것이다. 룩소스 1세의 기사라면 가능했다. 두 기사는 그들의 왕을 믿었다. 신뢰는 굳건해 룩소스 1세의 기쁨이 되었고 때로는 왕을 짓누르는 책임이 되었다.

기사는 기사로서 왕을 실망케 하지 않으려 노력한다. 왕은 왕으로서 기사들을 실망케 하지 않으려 노력한다. 아름다운 노력의 연쇄가 이뤄지기에 고향을 떠나온 지 몇 년이 지났음에도 룩소스 1세의 군세는 기세등등했다.

도나우 경에게 계속 노력하라는 말을 남긴 왕이 멀리 사라졌다. 폴리아나는 왕의 뒷모습을 보며 감상에 젖었다.

때로 그녀의 왕은 세계를 짊어지고 있는 듯한 책임감과 위엄을 보였다. 범인은 꿈꾸지 못할 원대한 야망과 그걸 현실로 이루기 위한 추진력과 계획, 노력. 그런 왕의 뒤를 따르는 것은 얼마나 보람되고 멋지며 영광된 일인가.

폴리아나의 생은 룩소스 1세를 만나면서 반전되었다. 삶의 목표가 생기고 목적이 생겼다. 왕이 대륙의 끝을 향해 걷는 길. 그 길의 포석이 될 수 있다면 죽어도 좋다.

폴리아나는 이를 악물었다.

"한 번 더 부탁한다."

"저도 그 말을 하려 했습니다, 누님."

실전 같은 훈련을 위해 폴리아나는 시작한다는 말도 없이 다짜고짜 검부터 휘둘렀다. 도나우 경은 능숙하게 그걸 받아내고 폴리아나를 공격했다. 의누나로 모시는 여자에게, 맞으면 뼈가 바스라질 공격을 퍼붓는 데 한 치의 망설임도 없었다.

아이노 경은 쉬지 않고 기사들을 굴렸다. 시간은 자비 없이 흘러갔다. 감 좋은 기사들이 목표물을 맞히고 아직 감 못 잡은 기사들이 헤매고 있어도 해는 저물고 새로 떴다.

약속한 때가 되자 더 이상 연습을 할 수도 없게 되었다. 연습 중에 부상이 잦은데, 큰 부상으로 이어지면 연습도 안 해 본 기사가 경기에 나갈 판이기 때문이다.

그래도 훈련의 성과가 있었다. 기사들은 말에서 떨어지지 않고 돌격할 정도의 수준엔 올랐다. 아이노 경이 보기엔 턱없이 부족한 성과였다. 훈련을 도운 비크파의 기사들은 단기간에 이 정도면 훌륭한 성과라고 말했다.

졸지에 자기보다 나이 어리고 경력도 짧은 아이노 경에게 훈련받은 래비 경은 치를 떨었다. 아크레아군 내에서 마상 창 경기 경험자가 아이노 경밖에 없으니 어쩔 수 없는 일이었지만 실로 끔찍했다.

"친위대 새끼들, 그 불쌍한 것들. 저런 새끼를 대장이라고."

"동감! 저 진짜 죽을 것 같지 말입니다."

하우 경이 래비 경 옆에서 기회는 이때뿐이라는 듯 열심히 아이노 경 흉을 봤다. 말은 저렇게 엄살을 떨어도 훈련의 성과가 가장 큰 세 사람이 래비 경, 하우 경, 벤티에 경이었다. 벤티에 경은 부사령관답게 아이노 경을 노려봤다.

'후방에 두긴 아까운 전력이야.'

사실 벤티에 경은 아이노 경과 같은 훌륭한 기사가 후방에서 왕의 호위를 맡는 건 너무 아까운 일이라고 몇 번 탄원을 한 적이 있었다.

룩소스 1세는 결코 방만한 왕이 아니며, 스스로의 귀중함을 깨달은 참된 왕족으로서 어지간한 전투엔 참전하지 않았다. 그러니 호위기사인 아이노 경도 후방에 빠지게 된다. 가끔 작전 때문에 필요해서 빼 오면 얼마나 욕을 해 싸고 노려보는지 신중한 벤티에 경이 멱살을 잡고 싶어 부들부들 떨 정도였다.

룩소스 1세가 아이노 경의 의사를 존중하고 아이노 경의 의지가 대쪽 같기에 탄원 몇 번으로 넘어갔다. 하지만 역시 아깝다.

'전하께 다시 요청드려야겠어.'

룩소스 1세는 아이노 경의 폭력과 구박에 자존심 상한 기사들을 친히 격려했다.

"이기면 좋다. 져도 좋다. 이것은 잠깐의 여흥에 불과하다."

"너무 관대한 처사시옵니다. 전하의 아이노, 아크레아 최강의 이름을 걸고 반드시 전하께 챔피언의 화관을 바치겠습니다."

아이노 경의 패기 있는 말에 자리에 있는 모두가 화관을 쓴 룩소스 1세를 상상했다. 아주 잘 어울렸다.

기사들이 흐뭇한 미소를 짓는 걸 보고 룩소스 1세는 한숨을 쉬었다. 보통 챔피언의 화관은 기사의 레이디나 주군의 부인, 딸, 여자 형제에게 바치거나 본인의 부인, 여자 형제, 약혼녀에게 돌아간다.

폴리아나는 마냥 행복한 미소를 머금다가 문득 떠오르는 바가 있어 옆에 선 다른 친위대에게 속삭였다.

"전하랑 아이노 경, 소문나겠습니다."

"경이 아니 계셨으면 진작 났을 겁니다. 대장님은 그걸 모르신다니까요."

폴리아나는 그저 룩소스 1세의 명예를 깎아먹기만 하는 존재가 아니었다. 거의 유일한 여기사로서 온갖 추문과 소문을 끌어 모으는 바람에 룩소스 1세에 대한 소문을 막아 주는 역할을 했다.

나도는 소문은 무조건 폴리아나가 엮여 있으니 평소라면 당연히 날 "너네 왕 게이!" 소문이 잠잠했다. "너네 왕 게이!"야말로, 사실이야 어쨌든 타국의 군주를 비웃을 때 가장 먼저 퍼지는 비방이 아닌가. 자매품 "너네 왕 근친상간!"도 있으나 룩소스 1세는 남은 혈육이 사촌뿐이라 해당되지 않았다.

룩소스 1세는 널리 알려진 미모 때문에 더욱 더 "너네 왕 기사랑 잔다며!" 소릴 들었을 것인데, 폴리아나가 대두되는 바람에 같은 '기사랑 잔다' 소리도 격이 달라졌다.

만약 폴리아나가 없었다면 룩소스 1세와 침대에서 열심히 떡을 찧는 사람은 아이노 경이 되었을 것이다.

'그런 식으로 생각할 수도 있구나.'

폴리아나는 뜻밖의 견해를 접하고 감탄했다. 존재 자체로 주군의 명예를 깎아먹는다는 인식이 그녀를 잡고 놔주지 않았다. 그래서 시름에 젖은 적도 있었다. 나름대로 효용성이 있다는 걸 알게 되니 기뻤다.

"짐이 잘못했다. 멀쩡한 처녀 생과부 만드는 게 가엾어 너를 결혼 안 시키고 데려왔지. 결혼을 시켰어야 하는데!"

왕은 괴로워 이마를 짚었다. 지은 죄를 모르는 아이노 경은 뻔뻔한 얼굴로 외쳤다.

"결혼했어도 소신이 받은 꽃은 모두 전하의 것입니다!"

참으로 당당했다.

토너먼트 장소는 야파 성 근처의 평지로 결정되었다.

토너먼트 비용은 갈리 3세가 모두 부담했다. 경기장을 조성하는 일도 비크파가 책임졌다. 이것저것 도움을 주던 주변의 영주들은 경기장에 함정을 설치할 수도 있으니 감독을 보내 감시하라고 조언했다.

룩소스 1세는 바우팔로 경을 보냈다. 바우팔로 경은 틈만 나면 공사장을 돌아다니면서 이상한 게 없나 살폈다.

경기가 하루 앞으로 다가오자 참가하는 기사들은 긴장과 불안에 사로잡혔다. 약혼녀와 부인이 없는 총각들은 영주관을 돌아다니면서 만나는 여자마다 붙잡고 손수건을 구걸했다. 하우 경이 제일 많이 받았고 어쩌다 보니 도나우 경은 필요도 없는데 받았다.

여기사님에게 전해 달라는 하녀도 있었다며 도나우 경은 손수건을 몇 개 건넸다. 하우 경이 받은 것보다 더 예쁜 꽃 자수가 놓여 있었다.

"너는 형이랑 같이 다니다 덤으로 받았다 치고, 나는 왜?"

폴리아나는 의아해하면서도 손수건을 받았다. 부드러운 천은 여러모로 쓸 데가 많았다. 일단 챙겨 두면 좋은 법이다. 공짜니까 더 좋고.

"투구 안 쓰고 다닐 때 머리 좀 가리래요."

폴리아나의 바짝 깎은 머리를 안쓰럽게 여긴 여인이 한둘이 아니었던 것이다. 용도를 정해 줬으니 그렇게 해 줘야지.

"이렇게?"

폴리아나가 손수건을 펼쳐 머리를 감싸자 도나우 경이 비웃었다.

"그대로 밭매러 가심 되겠어요."

"그럼 어떻게 하라고."

뒤집어쓰래서 썼는데 뭘 어쩌란 말인가.

폴리아나가 짜증을 내자 도나우 경이 손수건을 받아 길게 접어 폴리아나의 머리에 리본처럼 잘 동여맸다.

색과 자수 때문에, 아가씨들이 하는 것처럼 묶으니 상당한 위화감을 조성하면서도 어울린 듯 어울리지 않는 듯, 웃긴 듯 웃기지 않는 모습이 되었다. 폴리아나는 거울을 보고 울상을 지었다.

"이게 뭐야."

"누님의 성별을 알리기 위한 최소한의 예의, 으악! 왜 때려요!"

엉덩이를 걷어차인 도나우 경은 폴리아나가 머리를 기르면 더 잘 어울릴 것이라고 투덜거렸다.

총각 기사들이 나름의 선방을 하고 폴리아나도 손수건을 받은 것에 비해 아이노 경은 받은 게 없었다. 신경을 안 쓰니 아무도 안 줬다.

얼굴은 그럭저럭 괜찮지만 다른 기사들을 무자비하게 패는 무서운 기사라는 인식이 있어서 하녀들은 그의 근처에 얼씬도 하지 않았다.

미신 좋아하는 북부 남자 룩소스 1세의 근성은 여기서도 발휘되었다.

"경 인기 좋은 것 같던데 아무 하녀에게나 부탁해 받지그래."

"그건 직접 받지 않으면 효과가 없지 않습니까?"

"참가도 안 하면서 뭘 그렇게 많이 받았나."

"그러게 말입니다. 그래도 받으니 기분은 좋습니다."

히죽. 폴리아나는 받은 손수건 개수를 밝혔다. 룩소스 1세가 검지를 세웠다.

"한 장만 이노 주면 안 될까?"

"전하의 명령이어도 아가씨들이 준 선물을 타인에게 양도할 순 없습니다."

폴리아나는 룩소스 1세를 추앙하지만 그건 그거고 이건 이거. 전혀 다른 문제였다.

아가씨들, 그리고 아줌마들이 준 소중한 선물을 타인에게 양도하는 건 아주 큰 무례다. 그런 결례는 저지를 수 없었다. 왕이 명령한다면 어쩔 수 없이 내주겠지만, 그렇게 내준 손수건이 미신처럼 효과가 있을지도 미지수다.

그저 손수건일 뿐인 물건이 의미를 가지려면, 기사가 승리하고 생환하길 기원하는 누군가의 마음이 깃들어야 했다. 그래야 진정

의미가 있었다.

그렇다고 머무르고 있는 영주성의 아가씨나 영주 부인에게 요청하기도 좀 그랬다. 괜히 소문 같은 게 잘못 나 아이노 경이 그대로 코 꿰일 수도 있는 문제. 하녀나 시녀가 적당한 호감을 갖고 가볍게 주는 손수건이 제일 적당했다.

룩소스 1세는 통사정했다.

"이노는 짐을 섬기느라 바빠 약혼도 못 했다."

'재수 없어서 인기 없는 게 아니고?'

약혼과 바쁜 게 무슨 상관인가. 어차피 부모님이나 가문에서 정해 주시는 것을.

기사 계급이나 하위 귀족이면 모를까 아이노 경은 세키 후작가의 장남이다. 차기 가주인 그가 약혼을 안 한 건 본인 의사가 반영된 결과일 터.

아이노 경은 남자들 사이에서 "재수 없는 새끼"이고 여성들 사이에서도 평판이 좋지 않았다. 아크레아에선 어떨지 몰라도 일단 영주관에서 여자를 대하는 태도만 봐도 그럴 만했다.

결혼 상대로서야 좋을지 몰라도 호감으로 손수건을 건네기엔 그다지…….

아이노 경이 말수 적고 섬세해서 여자 대하는 법을 모른다는 왕의 개구라는 폴리아나를 감동시켰다. 결국 폴리아나는 손수건 한 장을 아이노 경에게 양보했다.

"빌려드리는 겁니다."

"알았다."

"꼭 돌려주십시오."

"알았다."

"진짜 드리기 싫은 건데 전하 때문에 빌려드리는 겁니다."

"내놔!"

아이노 경이 폴리아나의 손에 들린 손수건을 강탈하듯 뺏었다. 그리고 품에 집어넣었다. 구시렁거리면서도 받는 모양새에서 미신에 대한 집착이 전해졌다.

왕이나 기사나. 친구끼리 참 미신 좋아했다.

아이노 경의 시선이 폴리아나의 머리에 닿았다. 폴리아나는 왜 그러는지 눈치챘다.

오늘 하루 종일 비슷한 시선을 받았다. 보고 빨리 풀라는 사람이 절반, 잘 어울린다는 사람이 절반을 차지했다.

룩소스 1세와 하우 경, 래비 경은 후자. 바우팔로 경이나 에이크 경은 전자.

"이제야 성별을 자각했나 보지?"

"아이노 경. 손수건을 묶지 않아도, 갑옷을 입어도, 검을 차고 전장에 서도 제가 여자인 건 바뀌지 않습니다."

폴리아나는 태어났을 때부터 지금까지 한 번도 여자가 아니었던 적이 없다. 앞으로도 그녀는 여자로 살다 여자로 죽을 것이다.

그녀가 치마를 입든 바지를 입든, 바늘을 들든 장검을 들든, 화려한 여성용 로브를 입든 갑옷을 입든 폴리아나 윈터는 여자다.

이복동생처럼 삼단 같은 머리채를 자랑하지 않아도, 깐 불알의 수가 일개 대대를 넘어도 폴리아나 윈터의 성별은 여자였다. 누구도 부정할 수 없다. 부정할 자격이 없다.

"제 나신을 보지 않으셨습니까. 전 항상 여자였습니다."

설사 폴리아나가 심한 내상을 입어 자궁이 상해 불임이 되어도. 설사 검에 가슴을 베여 유방을 잃어도. 그것이 폴리아나의 성별을 바꾸진 않는다. 폴리아나는 여자였다. 죽을 때까지.

아이노 경은 처음 듣는 이야기라는 것처럼 애매한 표정을 지었다. 가끔 고자나 노인, 아이와 폴리아나 같은 규격에서 벗어난 사람을 제3의 성별 취급하는 사람이 있었다.

'아이노 경도 그런 쪽인가?'

아이노 경은 순순히 고개를 끄덕였다.

"하긴. 박색도 여자지."

'개새끼야.'

아이노 경은 빌린 손수건을 뺏길 것 같았는지 쏜살같이 도망갔다.

경기장은 깔끔했다. 급조되어 화려함이 떨어져도 관중석과 귀빈석, 챔피언이 올라갈 시상대와 가장 중요한 경기가 치러질 장소는 제대로 조성되었다.

이런 식의 토너먼트가 열릴 때 귀빈석엔 기사들의 주군이 나란히 앉아 경기를 관전한다. 하지만 전시라는 특수성에 따라 귀빈석은 양측에 하나씩 마련되었다. 양국 사자들이 왕을 대신해 경기를 이끌었다.

룩소스 1세는 맞은편 귀빈석에 앉은 비크파의 왕을 발견했다. 머리에 금관을 쓴 중년 남성이 갈리 3세일 것이다.

평범하게 늙은 중년의 남자였다. 그가 보인 행적 때문인지 주름까지 비열해 보였다.

룩소스 1세로 눈이 높아진 아크레아 기사들의 평가는 그보다 좀 더 박했다. 왕이라고 금관을 쓰고 조금 더 비싼 옷을 입은 인간 말종 남자에 불과했다.

"역시 우리 전하께서 세계 제일 미모시다."

"저번에 봤던 배배로 왕보다 못생긴 거 같은데."

폴리아나는 에하스의 왕이 어떻게 생겼는지 모른다. 전해 듣기로는 배가 많이 나온 비만 영감이었다. 왕세손은 그럭저럭 귀염상이었다는데 애들은 다 귀염상이다.

사람을 대하지 않고는 모르는 일임을 깨달았기에 폴리아나는 개인적인 감상을 버렸다. 대신 배배로의 왕족은 폴리아나가 직접 목격했다. 그 역시 카리스마를 찾기 어려웠다.

비크파의 왕 갈리 3세도 그렇게까지 위압감이 있지는 않았다. 이게 다 룩소스 1세가 잘난 탓이었다.

군주 자격이 없다는 사심이 들어가서일까. 금관에 비싼 옷을 걸친 게 사치스러워 보였다. 자고로 비싸고 귀한 옷은 옷걸이 되는 사람이 걸쳐야 하는 법이다. 룩소스 1세처럼!

대신 갈리 3세의 옆에 앉은 왕비인지 공주인지는 예뻤다. 십 대의 소녀는 두 볼에 홍조가 돌고 눈이 반짝반짝 빛났다. 비단 끈과 함께 땋아 내린 머리가 짙고 윤기 흘렀다.

왕과 나이 차가 많이 나니 공주일 것이다. 만약 왕비라면 갈리 3세는 인간 말종 새끼였다.

룩소스 1세를 보고 눈을 떼지 못하는 비크파의 공주 덕분에 폴리아나의 어깨가 으쓱해졌다.

사회를 맡은 귀족이 양국의 왕을 호명했다. 왕들은 가볍게 손을 들어 관람객과 기사들, 증인에게 인사했다. 이어서 토너먼트에 참가하는 기사들의 이름이 호명되었다.

이름을 불린 기사가 가문의 문양이 자수 놓인 깃발을 창대에 달고 흔들었다. 아이노 경의 깃발은 선명한 붉은색이라 한눈에 들어왔다. 저 정도로 진한 원색을 가문의 색으로 사용한다는 것이 그의 집안 세키 후작가가 아크레아에서 알아주는 명문가임을 증명했다.

경기가 있기 전, 룩소스 1세는 주변의 영주들, 기사들을 모아 신중하게 순서를 정했다.

경기는 승자가 계속 출전하는 형식이다. 1 대 10일 수도, 2 대 10일 수도, 10 대 10일 수도 있었다. 승패는 중요하지 않으나 이기면 좋은 것이다. 그리고 저쪽에서 흉수를 쓸 경우 소중한 기사가 다치는 일도 막아야 했다.

비크파의 챔피언들은 모두 출중한 실력자들이다. 경험 없는 기사들이 상대했다 낙마하거나 크게 다치면 이후의 전술에 차질이 생긴다. 그렇다고 너무 약한 기사들을 참가시키면 낙마하거나 부상을 입을 때 몸을 가누지 못해 사망할 수도 있었다.

경기라고 우습게 볼 게 아니었다. 일단은 말과 창, 갑옷 등 무장을 갖춘 기사가 서로를 향해 전력으로 돌진하는 결투의 연장선에 가깝다.

아이노 경은 첫 번째 순번을 강력하게 희망했다. 그걸 다 받아줄 수 없는 노릇이다. 아이노 경이 지쳤을 때 적측에서 최강의 챔피언을 내보낸다면 큰 부상으로 이어질 가능성도 있었다.

그래서 룩소스 1세는 경험자들의 조언과 기사들의 의지, 실력 등을 고려해 순번을 짰다.

그렇게 짜인 인선으로 첫 번째 경기에 임한 래비 경은, 특유의 괴성으로 상대편 기사를 놀래켜 당당히 승리를 일궈 낸다. 하지만 두 번째 시합에서 창을 피하다가 낙마.

이어서 출전한 벤티에 경은 너무 신중하게 경기에 임하는 바람에 사람들에게 지루함을 선사한다. 세 명을 이겼으나 그 경기들이 너무 길다.

마상 창 경기는 긴박감과 박진감이 넘쳐야 하는데 이상하게 벤티에 경의 경기는 재미가 없다. 지나친 신중함은 관람객의 야유를 산다.

특히 양질의 경기에 익숙한 비크파의 관람객들은 거센 야유를 보낸다. 벤티에 경은 거기에 신경이 흔들려 네 번째 기사를 이기지 못한다.

하우 경은 얍삽하고 사람의 신경을 박박 긁는 식으로 두 명의 기사를 상대한다.

그런 식으로 단기 훈련의 성과를 발휘하며 기사들 나름대로 각자의 장기와 특성을 갖고 경기에 임하는 일은…….

결코 발생하지 않았다.

"소신이 처음으로 나가겠습니다!"

아이노 경은 똥고집을 부려 첫 번째 순서를 고집했다. 몇 번 말리다가 화가 난 룩소스 1세는 말에서 떨어져 다리가 부러지라는 저주 비슷한 말을 날리고 네 마음대로 하라 전했다.

"지쳐서 다치든 말든 짐이 알 바 아니다!"

그렇게 경기에 나간 아이노 경의 활약은 눈부셨다. 비슷한 군마인데 아이노 경의 속도는 상대 기사의 세 배는 더 빨라 보였다. 붉은 기가 어린다 싶으면 순식간에 경기가 끝났다.

아이노 경은 다치지도 않고 다음 상대를 찾고, 또 무찔렀다. 갈리 3세의 얼굴은 점점 일그러졌다.

마침내 열 번째 챔피언까지 낙마시킨 아이노 경이 창을 번쩍 들었다.

"전승무패! 그것이 이 아이노가 주군께 바치는 영광이다!"

사방에서 환호성이 쏟아졌다. 토너먼트에 익숙한 중인들과 비크파의 관람객들은 벌어지는 입을 다물지 못했다.

갈리 3세는 의자에서 벌떡 일어났다가 실신했다. 쓰러진 갈리 3세를 호위기사가 붙잡는 바람에 다치지는 않았다.

10초 정도 실신했던 갈리 3세가 아이노 경에게 삿대질을 했다. 말소리가 들리지 않았지만 입모양을 보고 폴리아나는 대충 짐작했다.

'어……디……서 저……런…… 사……기…… 아, 어디서 저런 사기꾼이.'

토너먼트는 아크레아의 대승리로 끝났다. 그냥 승리가 아니다. 1대 10의 대승이었다.

이기든 지든 그만인 경기여도 이기면 기분 좋은 법. 경기의 끝을 알리는 나팔소리가 아크레아군의 함성에 파묻혔다.

아크레아의 군대가 환호하고 아이노 경은 당당히 트로피를 거머쥐었다. 챔피언에게 고귀한 여인이 화관을 내렸다.

비크파의 공주는 유난히도 눈동자를 빛냈다. 보통 이러한 자리에선 가장 고귀한 여인에게 화관이 돌아간다. 그것이 관례이고 나름의 예의다.

공주는 아이노 경에게 자기 손으로 씌워 준 화관이 다시 돌아올 것이라 믿어 의심치 않았다.

어린 소녀의 사고는 순진했다. 이번 토너먼트의 결과로 왕족 신분을 상실할 미래는 그녀에게 와 닿지 못했다. 그보다 전승한 위대한 챔피언에게 화관을 받는 영예가 더 중요했다.

아이노 경이 화관을 받기 위해 굽혔던 허리를 펴자 공주가 살짝 고개를 숙였다. 화관이 그녀의 머리 위로 올라갈 걸 믿어 의심치 않는 태도였다. 사실 아크레아 사람들도 아이노 경이 말만 그렇게 했지 공주에게 화관을 줄 거라 생각했다.

아이노 경은 화관을 받자마자 그의 주군에게 달려갔다.

아이노 경이 십전 연승하는 것을 지켜보다가 8승째부터 '저 새끼 재수 없다' 또는 '쟤는 옛날부터 저렇게 인정머리가 없었다' 혹은 '연습한 다른 기사들 불쌍해서 어쩌냐' 등의 흉을 찢어지게 보던 룩소스 1세는 당사자가 근처에 오자 표정을 바꿨다.

환히 웃으며 챔피언을 반기는 왕에게 토너먼트의 챔피언은 승자의 화관을 바쳤다. 버려진 공주와 비크파 사람들은 황망한 감정을 감추지 못했다.

룩소스 1세는 찢어지게 흉보던 걸 그만두고 상냥한 어조로 챔피언을 반겼다.

"장하다, 짐의 벗, 짐의 기사! 아크레아 최강의 이름이 아깝지 않도다!"

"과한 칭찬은 거두어 주소서. 신은 어디까지나 전하의 명예를 위해 움직일 뿐입니다."

토너먼트에 승리한 것은 기쁘나 화관은 달갑지 않다. 룩소스 1세는 위정자의 미소를 지으며 화관을 받아 들었다.

'꽃 필요 없어, 새끼야.'

말하지 않아도 마음이 통하는 죽마고우답게 아이노 경이 눈으로 받아쳤다.

'줄 때 받아, 새끼야.'

룩소스 1세는 가엾은 비크파의 공주에게 화관을 줄까 하다가 그만뒀다.

화관 양도라니. 듣도 보도 못했다. 그리고 괜히 이걸 시작으로 어떻게든 엮으려는 수가 생긴다. 그건 사절이다. 비크파의 공주는 심성은 착하고 순진해 보이나 부인 삼고 싶은 마음은 없었다.

룩소스 1세는 결국 화관을 해체해 기사들이 손수건 달라고 구걸했던 하녀들에게 적당히 나눠 주도록 명령했다. 영주관에 체류하면서 신세진 영주 부인에게도 고운 꽃 몇 송이가 돌아갔다.

그래도 남는 꽃이 있어 룩소스 1세는 그의 충직한 기사, 폴리아나 경 머리의 손수건 사이에 꽂았다.

"손수건을 빌려준 보답이다."

왕이 내리는 선물을 폴리아나는 감격해 받고 싶었다. 꽃이 챔피언의 화관이었기에 더욱 영광스러운 일이었다. 하지만 그럴 수가 없었다.

아크레아에선 어떨지 모르나, 에하스에서 과년한 처녀가 머리에 꽃을 꽂았다는 건 관용적으로 미친년을 가리켰다.

"미친. 폴 경 머리에 꽃 꽂았어?"

하우 경이 배를 잡고 웃기에 폴리아나는 깊은 한숨을 쉬었다.

아크레아에서도 머리에 꽃 꽂으면 미친년이었다.

갈리 3세가 뒷목을 잡고 중앙까지 걸어왔다. 부축을 받는 모습에서 그가 받은 심적인 충격이 고스란히 전해졌다.

왕이 자랑하는 10명의 챔피언들이 추풍낙엽처럼 낙마했다. 보는 이의 손에 땀을 쥐게 하는 긴장감은 없었다. 압도적인 무위만 존재했다. 아이노 경은 이기는 게 당연하단 얼굴이었다.

희대의 경기로 남을 만했지만 아크레아의 기사들 표정도 그렇게 밝진 않았다. 특히 잠도 제대로 못 자고 연습했던 9명과 예비 후보는 이를 갈았다.

이럴 거면 그들은 왜 그렇게 땀을 흘렸나!

"어떻게 하면 저 인간을 엿 먹이지?"

검, 집안 다 꿇리니 이길 수가 없다. 엿 먹일 수도 없다. 아이노 경을 엿 먹일 수 있는 건 룩소스 1세가 유일했다. 그나마도 가끔은 왕이 엿 먹는다.

벤티에 경은 거듭 사양했던 과거를 떠올리며 후회했다. 더 사양했어야 했다. 부사령관이니까 안 된다고, 혀 깨물고 죽겠다는 심정으로 거부했어야 했다.

때늦은 후회는 벤티에 경에게 앞으로 왕이 뭘 시켜도 절대 하지 말자는 결심을 새겨 줬다.

비크파의 왕이 항복 문서에 서명했다. 증인들의 서명이 끝나자 룩소스 1세는 흡족하여 받아들이고 웃었다. 비열한 인상 가득했던 갈리 3세는 창백한 낯으로 비틀거렸다.

누가 보면 풍 맞은 것처럼 비틀거린 그가 충성의 뜻으로 룩소스 1세 앞에 무릎 꿇었다. 그가 왕으로서 마지막으로 청했다.

"토너먼트가 끝나면 승자를 위한 연회가 열립니다. 연회를 마칠 때까지만 관을 쓰게 해 주십시오."

"허락한다."

'진짜 이길 줄 알았나 보지?'

룩소스 1세는 관대하게 갈리 3세의 요청을 받아들였다.

연회까지 준비하다니, 얼마나 이길 자신이 있었는지. 국운을 마상 경기 따위로 결정한 것에서부터 제정신이 아니었다. 낙마한 챔피언들은 보통 실력이 아니었을 텐데 정작 실력을 뽐낼 기회도 없었다.

아이노 경은 정녕 손속이 빨랐다. 경기의 재미와 흥분을 위해서 상대해 줘도 되었을 텐데 그런 생각도 없이 일격에 끝냈다. 벗임에도 불구하고 정말 재수 없었다.

갈리 3세의 초대로 굳건히 닫혀 있던 야파 성의 성문이 열렸다. 룩소스 1세는 제법 기대에 차 입성했다.

룩소스 1세가 입성하자 다른 사람들도 앞다퉈 성으로 들어가려 했다. 비크파의 병사들이 그것을 막았다. 룩소스 1세가 연회의 끝까지 갈리 3세의 지위를 허락했으니 왕으로 보낼 마지막 하루를 배려해 달라는 의도였다.

성주의 초대를 받아도 무장 병력을 모두 성에 들이는 건 무례한 일이었다. 룩소스 1세는 납득했다.

야파 성의 내부는 외부만큼 훌륭했다. 만족할 만한 실용성을 갖춘 뒤 예술성도 갖춘 가구와 미술품이 성을 채웠다. 성이 어찌나 큰지 귀족들을 끌어들이고 난 이후에도 룩소스 1세와 기사들을 위해 방을 내줄 정도였다.

갈리 3세가 직접 룩소스 1세의 침실을 안내하고 기사들은 다른 이들이 안내하겠다고 밝혔다. 아이노 경이 룩소스 1세의 뒤를 따르자 갈리 3세가 말했다.

"위대한 챔피언들을 위한 휴식처를 따로 마련했다."

갈리 3세가 시종장을 불렀다. 시종장이 토너먼트에 참가한 아이노 경과 참가하고 싶었으나 개고생만 한 나머지 기사들을 안내하려 나섰다. 아이노 경은 뻗댔다.

"나는 전하의 호위. 가지 않습니다. 피곤하지 않으니 쉴 필요도 없습니다."

"이노, 네 몫은 폴리아나 경이 해 주고 있으니 가서 쉬어라."

"전하."

"가라."

"안 갑니다."

친위대에겐 경우에 따라 왕의 명령에 불복할 수 있는 특권이 존재한다. 왕의 안위와 연결되었을 때.

아이노 경이 못 가겠다고 뻗대자 룩소스 1세가 불편한 심기를 드러냈다. 래비 경이 아이노 경을 붙잡았다.

"이거 놓으십시오!"

"갑시다."

"으윽!"

제아무리 아크레아 최강 아이노 경이어도 래비 경의 근력에서 벗어날 순 없었다. 아이노 경은 불만 가득한 얼굴로 시종장의 뒤를 따랐다. 다른 자랑스러운(……) 기사들도 따라 걸었다.

룩소스 1세는 갈리 3세를 따라가며 성 내부를 구경했다. 칭찬도 아끼지 않았다. 칭찬을 듣는 갈리 3세의 표정이 조금씩 일그러졌다. 주름에 근심이 더해졌다.

다른 귀족이나 영주들이야 새 영주가 파견되기 전까진 영주관과 성에서 계속 살 수 있다. 하지만 야파 성과 같이 좋은 성을 그냥 내버려 둘 새 주인은 없는 것이다.

갈리 3세는 곧 쫓겨날 집을 칭찬받는 버거움 때문인지 억지 미소를 지었다. 진짜 손님이었다면 쾌활하게 대꾸했을 테지만 집 뺏으러 온 자가 칭찬해 봐야.

부담스러웠는지 갈리 3세가 대화 주제를 바꿨다.

"원정 중이라 의복과 장식이 부족할 테니 부족하게나마 준비해 두었소."

"배려 고맙소."

룩소스 1세는 패션에 관심 많은 청년답게, 그리고 항복 문서를 받을 때나 사절을 만날 때, 타국의 왕과 협상할 자리 등등을 고려해 화려한 예복을 많이 챙겨 왔다. 그래 봐야 원정 중인 건 어쩔 수 없다. 그렇게 화려하고 무거운 의복은 가벼운 연회에선 못 입는다.

갈리 3세의 배려는 적절했다. 물론 그 물건들도 하루가 지나면 다 룩소스 1세의 물건이 될 것이다. 신나는 일이다.

무혈입성은 무혈입성이고, 룩소스 1세는 로맨스와 현실도 구분 못하는 자를 군주로서 대우해 줄 생각이 없었다. 전혀.

비크파의 마지막 왕이 받은 항복 문서는 이때껏 작성한 문서 중 가장 일방적인 내용으로 꽉 차 있었다.

"대단한 미모요. 소문이 과장이 아니라 오히려 부족했소."

갈리 3세가 룩소스 1세의 미모를 칭찬한 뒤 주위를 살폈다. 뭔가를 찾는 듯한 모습에 룩소스 1세가 무엇을 찾냐 물었다.

"소문의 총희는?"

폴리아나는 룩소스 1세의 바로 뒤에 서 있었다. 룩소스 1세가 웃으면서 뒤를 가리키자 갈리 3세는 대놓고 실망했다. 갈리 3세의 딸인 비크파의 공주는 실망이 큰 나머지 입을 열었다.

"요염한 요부가 아니잖아."

폴리아나의 귀에까지 들릴 정도의 크기였다. 룩소스 1세는 공주의 실수를 관대하게 눈감았다.

갈리 3세는 여식의 실수를 책망하기는커녕 '저걸 어쩌지'란 표정으로 폴리아나를 가리켰다. 아이노 경이 십전 연승을 했을 때보다 안색이 더 안 좋았다.

폴리아나는 확 거시기를 찰까 하다가 참았다. 요녀를 기대했는데 못생긴 애가 있으면 놀랄 수도 있다. 폴리아나가 하녀들에게 받은 손수건을 쓰고 있어서 그렇지 안 썼으면 대머리에 가까운 머리 길이를 보고 숭하다 말했을 수도 있다.

룩소스 1세가 소문을 뛰어넘는 미남이어서 기대는 더 커졌을 것이다. 그런 데다 찬물을 끼얹었으니 이 정도 무례쯤이야. 익숙한 대우에 폴리아나는 기분이 상하지도 않았다.

"그쪽을 위한 옷과 장신구도 준비해 두었으니 마음껏…… 치장하시게."

널 위해 내놓는 옷과 보석이 아깝다.

갈리 3세의 말과 표정이 따로 놀았다. 폴리아나는 정중히 사양했다.

"저는 아크레아의 기사. 치장은 필요 없습니다."

"연회의 예의를 지켜 주시오."

호의를 무시당했다고 생각했는지 갈리 3세의 얼굴이 굳었다. 화를 내니 조금 왕의 위엄이 엿보였다. 아무렴 나이도 있고 왕 해먹은 역사도 룩소스 1세보다 깊은데 저 정도는 되어야지.

폴리아나는 반박했다. 그녀는 기사이니 동료 기사들 정도의 의복이면 괜찮았다.

갈리 3세는 더욱 노했다.

"비크파엔 비크파의 관습이 있소! 주인은 객에게 의복과 먹을 것, 그 외의 여흥을 준비하고 객은 받아들이는 것이 예의네! 그리고 손님은 무장할 수 없네!"

"내주시는 물건은 고맙게 사용하겠습니다. 그러나 무장은 해제할 수 없습니다."

검을 찬 채 성문을 지나는 것은 비크파에서 어마어마한 실례다. 비크파만이 아니다. 고상한 문화의 중심이라는 중부에선 다 그랬다. 하지만 폴리아나는 그걸 지켜 줄 생각이 없었다.

비크파는 곧 아크레아에 복속된다. 하루 왕 노릇 봐 주면 됐지 심기까지 맞춰 줄 필요는 없었다.

'그까짓 거 입어서 광대 되어 주겠다 이거야. 하지만 이건 양보 못 해.'

안 어울리는 드레스와 보석은 얼마든지 걸칠 수 있다. 안 해 본 일이니 죽기 전에 해 보는 것도 나쁘지 않았다. 그러나 폴리아나는 현재 룩소스 1세의 호위기사다.

그냥 호위기사도 아니고 아이노 경의 대리. 비록 단기 대리로 맡은 직무여도 이 얼마나 영광되고 충성에 보답 받는 의무인지.

그런 중대한 임무를 맡았는데 무장을 해제하라니. 있을 수 없는 일이었다.

폴리아나가 싫다고 말하니 다른 기사들도 덩달아 고개를 끄덕였다. 무장 해제라니. 갈리 3세가 항복 문서에 서명해 안전이 보장되긴 해도 심정적으로 힘든 일이다.

"지금 왕을 모욕하는 건가……!"

갈리 3세가 볼 살이 떨릴 정도로 분노하자 룩소스 1세가 기사들을 만류했다.

항복 문서에 서명했으니 갈리 3세는 룩소스 1세의 신하다. 이럴 땐 중부의 관습에 맞춰 주는 쪽이 현명하다고 왕은 생각했다.

무장을 해제한 채 연회에 참석하는 것이 불안할 수도 있다. 하지만 왕이 참여하는 연회는 본래 정해진 사람을 빼면 비무장이 기본이다. 무장을 한 채로 참석하는 것이 무례한 짓이다.

갈리 3세가 왕으로서 마지막으로 여는 연회에 손님으로 초대받았으니 최소한의 예의는 지켜 줘야 했다. 증인이 지켜보는 앞에서 갈리 3세는 룩소스 1세에게 항복했다. 하루의 유예가 생겼어도 그 사실은 변하지 않았다.

룩소스 1세가 기사들을 말렸다.

"아이노 경의 활약으로 대지에 피 흘리지 않고 야파 성에 입성했다. 다들 긴장 풀거라."

평화롭게 비크파를 복속했으니 하루 정도는 긴장을 풀라는 말이
이어졌다.

왕이 저렇게까지 말한다면 신하들은 어쩔 도리가 없다. 다들 묵
묵히 고개를 끄덕였다.

"기사님은 이쪽입니다."

남자들은 모두 같은 방향으로 가는데 폴리아나만 혼자 외따로 떨
어졌다. 공주의 시녀로 보이는 여자들이 폴리아나를 붙잡았다. 어
색했다. 분위기를 참지 못한 폴리아나가 먼저 입을 열었다.

"나는 어디로 가야 합니까?"

"죄송합니다. 저희가 너무 뜻밖이라."

'얘네도 돌려 말할 줄 모르네.'

호위기사는 궁중에선 고상하게 돌려 말하는 게 보통이라고 했다.
공주의 시녀쯤 되면 궁중 말씨엔 익숙해져 있을 텐데 시녀들은 생
각한 그대로 말했다.

폴리아나는 시녀들이 안내를 받아 방으로 안내되어 목욕 시중을
받았다. 하녀들이 한차례 때를 벗긴 뒤였기에 시녀들은 좀 더 고상
하게 그녀의 수발을 들었다.

호위기사 대타를 맡았기에 망정이지 그러지 않았다면 시녀들은
죄 기절했을지도?

폴리아나가 머리에 뒤집어 쓴 손수건을 풀자 시녀들이 경악하는
일이 잠깐 발생했다.

궁에서 공주를 모시던 아가씨들이 흉터를 봤을 리가 없다. 시중
을 들면서 깜짝깜짝 놀라는 모습에 폴리아나는 혼자 씻겠다는 말
이 튀어나오려는 걸 꾹 참았다. 검을 뺏겨서일까. 심사가 자꾸 꼬

이고 생각은 나쁜 쪽으로 흘러갔다.

"제 옷과 물건들은 어딨죠?"

"경이 개어 두신 그대로 옷장 안에 넣어 두었습니다."

"고마워요."

준비된 옷들은 모두 드레스였다. 폴리아나는 갑옷 안에 받쳐 입는 튜닉이나 로브가 아닌 제대로 된 여성용 로브를 껴입었다. 사이즈가 다양해서 영주관에서처럼 옷이 안 들어가는 사태는 벌어지지 않았다.

맞는 로브를 찾았지만 그 뒤가 문제였다. 폴리아나는 거울을 찾았다. 바로 질색했다. 머리카락이 짧아서 병자나 정신이상자로 보였다.

"남자용을 갖다 줘요."

"경, 전하의 호의를 거절하지 말아 주세요."

"이 몰골로 나가는 게 더 무례하지 않을까요."

"가발을 쓰시면 괜찮을 거예요."

시녀들은 갈리 3세의 호의를 거절하지 말아 달라며 애원했다. 나오지 않는 눈물도 쥐어짰다.

'그렇게 예쁜 척하면서 애원해도 내가 남자도 아닌데 넘어갈 리가 없잖아.'

폴리아나가 넘어가지 않자 시녀들은 방법을 바꿨다. 명령을 받아 그녀들도 어쩔 수 없다는 것이다.

그렇다면 얘기가 달랐다. 괜히 아가씨들을 괴롭히는 것도 내키지 않는 일이라 폴리아나는 어쩔 수 없이 그녀들에게 몸을 맡겼다.

흉과 착색되고 그을린 피부는 화장으로 가렸다. 거의 그림을 그렸다. 시녀들은 콧대를 높여 주다 말고 중간에서 약간 각도가 이상한 콧날을 보고 깜짝 놀랐다.

"여긴 왜 이러셔요?"

"부러졌다 붙어서 그래요. 다음에 또 부러지면 그땐 반듯하게 맞출 겁니다."

회심의 농담이었는데 시녀들은 안쓰럽단 표정을 지었다. 폴리아나는 혀를 찼다. 룩소스 1세의 몹쓸 농담이 옮은 걸까?

눈썹과 얼굴 털이 약간 뽑혔다. 입술에 연지를 바르는데 폴리아나는 핥아먹어 봤다가 후회했다. 달콤한 냄새가 나서 핥아봤는데 냄새와 다르게 맛은 좋지 않았다. 꿀이 들어갔는데, 색을 내는 안료가 쓴지 단맛과 쓴맛이 공존했다.

시녀들이 폴리아나에게 혼인 여부를 물어봤다. 다들 폴리아나를 직접 보기 전엔 룩소스 1세의 애첩이나 총희, 정부 정도로 여겼다. 보고 나서 생각을 고쳐 주는 걸 폴리아나는 참 고맙게 여겼다.

폴리아나가 미혼임을 밝히자 시녀들은 가발을 그대로 길게 늘어트리려 했다. 괜히 치렁치렁 귀찮은 건 질색이기 때문에 폴리아나는 머리를 올리게 했다.

미혼은 머리를 풀고 기혼은 틀어 올리는 건 구습이다. 백 년 전처럼 딱딱하게 지킬 필요 없었다.

얼굴은 화장으로 가리니 그냥저냥 평범한 인상이 되는데 체형이 문제였다. 흉도 문제였다.

중부의 유행은 신체의 곡선에 따라 우아하게 떨어지는 긴 로브다. 천이 얇고 치마폭이 좁아 신체의 곡선이 적나라하게 드러났다. 그런 옷을 폴리아나가 걸치니 근육이 두드러졌다.

폴리아나는 시녀들의 체형과 그녀의 신체를 비교해 봤다. 발달된 근육에 자부심이 생겼다. 노력한 보람이 있었다.

시녀들은 화장을 하고 가발을 씌우면 어떻게든 될 거라고 말했다. 폴리아나는 그 말을 믿지 않았다. 그리고 시녀도 괴롭고 자신도 괴로웠던 시간을 거쳐 나온 결과물에 폴리아나는 고개를 끄덕였다. 아주 만족스러웠다.

'이번 연회에서 왕을 처음으로 웃기는 광대는 나다.'

폴리아나는 거울 속 정신이상자와 눈싸움을 했다. 시녀들이 눈에 힘주지 말라고 말하며 향수를 뿌렸다. 룩소스 1세가 하사한 꽃이 머리 쪽으로 이동했다.

"그건 가슴에 꽂아 줘요."

폴리아나의 나이가 이십 대 중반이다. 화관과 꽃목걸이, 제비꽃 반지는 소녀를 위한 것이지 스물 몇의 노처녀를 장식하진 않는다.

꽃을 머리에 꽂는 건 스물이 넘는 순간 그만두는 것이 미덕이다. 아름답고 동안이라면 시간이 좀 늘어나긴 한다. 이후, 여자가 다시 꽃으로 몸을 꾸밀 수 있게 되는 건 관에 눕혀질 때뿐이다.

관에 누울 때, 꽃은 남녀를 가리지 않고 모두를 장식했다. 폴리아나는 다음에 꽃을 머리에 꽂는다면 그 정도가 딱 좋다고 생각했다.

마지막으로 보석 장신구들이 들이밀어졌다. 비크파의 왕은 재력을 과시하려는 것인지, 아니면 룩소스 1세의 마음을 사로잡은 요부의 환심을 사려 했는지 상당히 화려한 장신구를 제공했다.

알이 굵고 색이 선명하고 공이 많이 들어간 세공품이다. 폴리아나가 차기엔 보석이 너무 아까웠다.

폴리아나는 보석들이 불쌍하단 표정을 지었다. 시녀가 바로 지적했다.

"얼굴에 힘주지 마세요. 분 떨어져요."

흉을 가리고 얼굴색을 가리겠다고 가면 수준으로 발랐다. 얼굴에 회칠을 해도 이것보단 얇을걸.

폴리아나는 정색을 하고 작고 가는 목걸이 하나만 걸겠다고 말했다. 시녀들은 반쯤 포기 상태였기에 순순히 응했다. 귀걸이는 귀를 뚫는 게 싫다고 반대하고 반지는 폴리아나의 손에 맞는 게 거의 없었기 때문이다. 그나마 엄지에 끼는 반지가 폴리아나의 약지에 관절을 넘겨 간신히 들어갔다.

농사짓는 아낙네보다 거칠고 굵은 손가락은 손톱도 모두 깨지고 온전한 게 없었다. 자랑스러운 기사의 손이고, 흉측한 여인의 손이었다.

솔직히 그렇게 나쁘진 않았다. 본판 불변의 법칙이 적용되어서 그렇지.

짧은 머리와 입고 다니는 의복 때문에 첫 만남에서 남자로 오해받긴 해도 폴리아나는 여자다. 선입견 없는 사람은 바로 여자인 걸 알아봤다.

여자가 저러고 다닐 리 없다는 믿음 때문에 남자로 오해받을 뿐이다. 다른 여자들보다 지방이 부족하고 근육이 발달해서 그렇지 나올 데 나오고 들어갈 덴 들어갔다.

거울 속엔 박색에 성격 나빠 보이는 여자가 비춰졌다. 전적으로 가발의 공이다.

폴리아나는 비단신을 신고 가볍게 걸었다. 신발이 지나치게 부드럽고 가벼워서 걷는 느낌이 이상했다. 묵직한 군화가 아니고 뒤꿈치를 받쳐 주는 쇠붙이가 없으니 바닥이 미끄럽지도 않은데 넘어질 것 같았다.

폴리아나가 기저귀 찬 사람처럼 어기적어기적 걷자 시녀들은 울었다.

"제발 그렇게 걷지 마세요."

"적응이 안 되어서. 좀 창피한데 시간이 될 때까지 나 혼자 있게 해 줄래요? 걸음 연습하게."

"필요한 게 있으면 저희를 불러 주세요."

시녀들이 방을 나가자마자 폴리아나는 참아 왔던 한숨을 길게 내쉬었다. 땅이 꺼질 것 같은 깊고 큰 한숨이었다.

폴리아나는 옷장을 열었다. 그녀의 옷이 벗어 갠 그대로 곱게 모셔져 있었다. 장검은 뺏겼어도 옷은 잘 있는 모습에 안심되었다.

시녀들은 연습을 해도 어기적거리며 걷는 폴리아나를 보고 얼굴을 가렸다. 소리 없이 우는 그녀들을 뒤로하고 폴리아나는 연회장으로 안내받았다. 연회장에선 폴리아나보다 먼저 도착한 동료들이 즐기고 있었다. 흥겨운 음악이 밖에까지 흘러나왔다. 음식과 기름, 술 냄새를 맡고 폴리아나는 기뻐했다.

'사제다!'

참 이상한 일이다. 배고픈 것도 아닌데 군인 아닌 사람의 손이 닿은 음식이면 왜 다 맛있게 느껴지는지.

폴리아나는 입장하면서 빠르게 내부를 확인했다. 경기에 참가한 챔피언들은 아직 도착하지 않은 상태다.

연회장의 가장 상석에 두 왕과 공주가 앉았다. 가운데엔 춤을 출 수 있는 공간이 마련되었고 벽을 따라 자리가 준비되어 있었다.

자리를 채운 건 갈리 3세와 함께 농성했던 비크파의 귀족과 가족들. 다른 쪽엔 입성을 허락받은 아크레아의 기사들이 앉아서 웃고 즐기고 마시고 먹었다.

악단은 연회장 구석에 위치하고 하인과 하녀들이 바쁘게 움직였다. 무장한 경비병들이 적절하게 배치되어 정면만 응시했다. 경비로서 좋은 태도는 아니었다.

'산만한 것보단 낫나.'

저게 앞을 보는 건지 앞을 보면서 딴 생각을 하는 건지 봐선 알 수 없다. 폴리아나는 룩소스 1세의 위치를 다시 확인했다. 왕과 문까지의 거리, 왕의 주위에 있는 사람들의 면면을 관찰했다.

연회장의 상석은 문에서 가장 멀었다. 룩소스 1세가 중심에 앉고 그 옆에 갈리 3세가 앉았다. 비크파의 공주는 갈리 3세의 옆에 앉아 있었는데 시선이 룩소스 1세에게 꽂혀 떨어지지 않았다.

아버지를 사이에 둔 공주의 시선이 너무나도 열렬해서 룩소스 1세는 그걸 모르는 체하느라 진땀을 흘리고 있었다. 룩소스 1세를 사위 삼으면 손해 보는 일이 아니기 때문인지 갈리 3세는 과하게 몸을 빼는 여식의 방종을 방치했다.

기사들이 모두 자리에 앉은 것은 아니다. 앉아 있기 지루해 서서 광대를 구경하던 기사 몇이 폴리아나를 발견했다. 그들의 시선이 무심하게 폴리아나를 지나치기에 그녀가 먼저 인사했다.

"다들 즐기고 계십니까?"

"폴리아나 경?"

"어디? 헉."

기사들이 경악했다.

"폴리아나 경, 어…… 잘 어울립니다."

시선을 피하고 예의상 칭찬해 주는 기사가 하나.

"조금 실망스럽네요."

대놓고 실망했다고 말하는 기사가 하나.

"보통, 이럴 땐 사람 못 알아볼 정도로 확 변해서."

거기에 찬동하는 기사가 하나. 폴리아나는 그들에게 룩소스 1세의 입버릇을 그대로 읊었다.

"다들 로망스 좀 작작 읽으십쇼."

폴리아나의 지적에 기사들이 멋쩍은 얼굴을 했다.

폴리아나는 왕에게 인사를 드리기 위해 중앙 쪽으로 이동했다. 폴리아나가 이상하게 걷는 걸 발견한 기사들이 부축하려고 다가왔다. 아이노 경의 대리로 근무하면서 안면을 튼 친위대 소속도 있었다.

다들 기사들과 다르게 친위대 소속은 에스코트를 청하는 몸놀림부터 남달랐다. 자연스럽게 팔을 내미는 게 저도 모르게 혹해서 잡고 기댈 뻔했다!

무서운 남자들! 잘생기고 집안 좋고 짱 센데 성격에 매너까지 좋다니!

"구두와 치마가 익숙하지 않으면 내게 기대시오."

"아뇨, 괜찮습니다. 저 좀 혼자 있게 해 주세요."

"경, 혹시 부끄러워 그러시오?"

"쫌! 광대들이 전하를 웃기기 전에 이걸 보여 드려야 한단 말입니다."

"전하는 경을 보고 웃을 분이 아니시오."

"당연히 농담입니다."

"……전하와 몇 주 있었다고 몹쓸 농담이 옮으셨소."

"젠장! 그럼 안 되는데!"

폴리아나는 좌절해서 진심을 담아 외쳤다. 주군을 닮는 건 기뻐도 농담만큼은 아니라고 생각한다.

폴리아나는 룩소스 1세를 찾아가기 앞서 도나우 경과 마주쳤다. 도나우 경은 술 대신 주스를 마시고 있었다. 옆에 선 디크 경은 연회의 초입인데 이미 술에 잡아먹힌 상태였다.

도나우 경은 자꾸 문 아닌 벽으로 돌진하는 디크 경을 붙잡고 주스를 홀짝였다.

"누님, 잘 어울리시네요."

"어, 폴리아나 경? 가발을 써서 못 알아볼 뻔했습니다."

"술에 취해서겠지."

도나우 경이 붙잡고 있던 디크 경을 놔줬다. 디크 경은 용맹하게 벽으로 돌진해 이마를 박았다.

깜짝 놀라서 술이 깬 디크 경을 폴리아나와 도나우 경이 합세해 의자에 앉혔다. 술에 취해서 벽에 박은 주제에 폴리아나는 단번에 알아봤다. 눈썰미가 좋았다.

도나우 경은 디크 경에게 마시고 있던 주스 잔을 건넸다. 그리고는 빈손을 폴리아나에게 내밀었다. 폴리아나는 도나우 경의 손과 얼굴을 번갈아 봤다. 뭐하자는 건지 알 수 없었다.

"뭐."

"춤춰요."

대가리에 피 안 말랐던 소년은 어느새 열아홉 살 청년이 되었다.

여자에게 춤도 청할 줄 알게 된 소년의 성장에 폴리아나는 피식 웃었다. 하지만 기쁜 건 기쁜 것. 대견한 건 대견한 것. 춤은 춤.

"안 춰."

"와 진짜 너무하네."

"안 춰."

칼 같은 거절에 도나우 경은 낙심하지 않았다. 그의 의누나가 의사표현 하나는 딱 부러진다는 사실을 알고 있기 때문이다. 이렇게 말한다면 분명 이유가 있을 것이다. 적어도 폴리아나의 입장에선 타당한.

"춤 모르면 가르쳐 드릴게요."

"아냐. 나 여자 파트, 남자 파트 다 출 줄 알아."

춤은 어지간히 혼잡스러운 정세가 아니라면 귀족과 기사의 기본 소양이다. 안 춘지 꽤 되었지만 폴리아나는 기본 스텝을 잘 기억하고 있었다. 몸으로 익힌 건 배워 두면 잘 까먹지 않는다. 잘 춘다는 소리는 못 듣겠지만 그냥저냥 남들과 부딪치고 파트너의 발을 밟지 않을 정도론 출 자신이 있었다.

"그럼 왜?"

"너는 왜?"

"누님 치마 입은 걸 언제 또 볼 수 있을지 모르니까요."

"굉장히 타당한 설득이었어. 근데 어쨌든 안 돼."

춤추네, 마네 옥신각신하던 둘은 룩소스 1세의 근처까지 도달했다. 룩소스 1세는 폴리아나를 발견하고 굉장히 좋아했다. 웃겨서 포복절도하지는 않았다. 대신 새로운 관심거리가 생겨 공주를 떨쳐 낼 수 있다는 일로 기뻐했다.

"짐의 충성스런 기사 폴리아나 경. 잘 어울리는구나."

"감사합니다. 옷과 장신구를 빌려주셔서 감사합니다."

폴리아나는 한 번에 두 왕에게 인사했다. 갈리 3세는 눈에 담기 싫다는 듯 고개 돌렸다. 룩소스 1세가 그녀에게 질문했다.

"어울리는구나. 짐은 어떠냐."

올 것이 오고야 말았다. 폴리아나는 침을 꿀꺽 삼키고 두 주먹을 불끈 쥐었다.

과거의 그녀라면 여기서 왕의 질문에 이렇게 답했을 것이다.

"아름다우십니다!"

틀린 얘긴 아니다. 솔직하게 느낀 그대로의 심정을 밝힌 것이니까. 하지만 룩소스 1세에게 그런 대답은 통하지 않는다. 왕이 바라는 대답은 따로 있었다. 친위대에게 훈련받은 성과를 뽐낼 때였다.

"겉에 걸치신 붉은 비단이 전하의 금발과 어우러져 안색을 밝게 만듭니다. 목걸이는 낯선 것이 갈리 3세가 빌려준 물건입니까? 보석이 전하의 눈동자와 같은 색이어서 보기 좋습니다! 물론 전하의 눈동자가 보석보다 아름답습니다!"

'이럼 되나?'

폴리아나는 친위대를 찾았다. 연회장 중간에서 비크파의 귀부인과 춤을 추던 친위부대장 마호갈 경이 엄지를 치켜세웠다.

폴리아나는 속으로 쾌재를 질렀다. 룩소스 1세가 흡족하여 싱글벙글 웃었다.

"경도 가발이 얼굴색과 어울리는구나. 앞으로 경이 그리 차려입는 걸 다시 볼 날이 올까 의문이 생긴다. 어떠냐, 손을 다오."

룩소스 1세가 수작 걸듯 은근하게 웃었다.

그는 놀기 좋아한다. 연회에서 술을 마시는 것도, 음식을 먹는 것도 좋아하고 광대놀음도 좋아한다.

가장 좋아하는 건 춤이었다. 춤바람이 난 정도는 아니다. 다만 혈기왕성한 청년답게 아가씨들의 허리를 한 팔로 감싸고 호흡과 박자를 맞추는 일에서 즐거움을 느낄 뿐이다.

그러나 만약 여기서 룩소스 1세가 춤을 추겠다고 일어나면 예의 상 비크파의 공주와 춤을 춰야 한다. 그러면? 코 꿰인다. 확실하게 꿰여 버린다.

어중간한 신분의 레이디도 아닌, 일국의 공주. 비록 소국에 불과 해도 통치 가문의 혈통이니 왕비의 자리를 노릴 수도 있었다.

룩소스 1세는 남들이 이불에 대륙 전도를 그릴 어린 나이에 대륙 일통의 청사진을 그렸다. 결혼은 아직 시기상조.

게다가 비크파의 공주는 평소 룩소스 1세가 그려 온 이상형과는 거리가 있었다. 호기심으로 반짝이는 눈동자와 순진한 웃음은 매 력적이나, 그뿐이다.

그렇다고 신분 낮은 다른 여자를 잡고 춤을 추면 공주의 심기가 상할 것이다. 혹은 그날 밤 룩소스 1세의 침실로 그 여자가 홀딱 벗고 찾아올 가능성이 있었다.

'홀딱 벗고 찾아오는 여자가 싫은 건 아니지만……'

다른 성주의 배려라면 받아들인다. 여기까지 오는 원정 중에도 몇 번 비슷한 일이 있었다. 그때마다 룩소스 1세는 여자를 돌려보내 지 않았다. 그러나 비크파의 왕성에서 그러는 것은 내심 찜찜했다.

그러던 차에 폴리아나가 치장을 하고 다가왔다. 룩소스 1세는 반 색했다. 현재 자신의 호위를 맡고 있는 기사와 춤을 추면 공주에게 예의도 지키고 춤도 출 수 있었다.

'춤!'

룩소스 1세가 만면에 미소를 머금고 의자에서 일어나려 했다. 폴리아나는 딱 잘라 거절했다.

"안 춥니다."

"경?"

"누님!"

"죄송합니다, 전하. 춤추고 싶지 않습니다."

폴리아나는 그렇게 대답하고 어기적어기적 걸어 룩소스 1세의 뒤편으로 의자를 가져가 앉았다.

룩소스 1세는 혹시나 하는 마음에 도나우 경에게 귓속말로 질문했다.

"그, 혹시 폴리아나 경이 현재 달거리 중인가?"

"누님은 불순이 심해서 안 한지 몇 년째라고……."

'아.'

룩소스 1세는 순간적으로 납득했다. 전장에서 십 년을 넘게 보낸 여자가 달거리를 제대로 하는 건 어렵다. 극심한 스트레스와 예측이 불가능한 전투, 영양을 고려했어도 사람을 허전하게 만드는 군량에 불편한 잠자리에 의복, 불결한 위생까지. 차라리 달거리를 안 하는 쪽이 위생상, 체력상 나을 수도 있었다.

달거리란 말이 무색하게 달마다 찾아오는 경우가 드물 테니 갑자기 왕의 기사를 급습했을 가능성도 있다.

그렇게 생각하니 폴리아나의 과하게 굳은 얼굴과 이상한 걸음걸이를 이해할 수 있었다.

룩소스 1세가 그런 말을 하는 바람에 덩달아 도나우 경의 생각도 그쪽으로 흘러갔다.

요 몇 주, 보직이 변경되면서 새로 생긴 스트레스로 끊겼던 생리가 재개되었다면?

총각 도나우 경의 얼굴이 시뻘겋게 변했다. 룩소스 1세는 도나우 경에게 의누나를 챙겨 주라며 폴리아나 쪽으로 보냈다.

'불임이 아니면 좋을 텐데. 만일 불임이라면 안된 일이군.'

룩소스 1세는 안쓰러운 마음과 걱정스러움에 폴리아나의 안색을 살폈다.

폴리아나의 시선은 룩소스 1세에게 꽂혀 떨어지지 않았다. 비크파의 공주가 보내는 시선과는 담긴 내용이 달랐다. 몸이 불편한 와중에도 왕을 지키려는 기사의 의지에 룩소스 1세는 깊은 감동을 받았다.

왕은 충성스러운 기사를 승진시켜 줘야겠다고 다짐했다. 사실 그녀는 짬밥 먹은 기간에 비하면 승진은 늦이 편이다.

다른 기사들도 폴리아나를 인정해 주고 있으니 승진에 반발은 없을 것이다.

아이노 경이야 말이 많겠지만.

'이노는 언제 오는 거지.'

토너먼트의 승리를 축하하는 의미에서 열리는 연회이니 주인공인 챔피언이 가장 늦게 도착하는 게 맞다. 주인공과 신분고하를 떠나 모든 인물이 정시에 도착하는 아크레아와는 연회문화가 달라서 낯설었다.

'흠.'

꽤 오래 기다렸다. 기사들의 준비 과정이 이렇게 오래 걸릴 것 같진 않았다.

룩소스 1세를 위해 단체 사열식을 거행할 것도 아니고, 승리를 자축하는 시를 써 오는 것도 아니고. 만약 그런 게 있어도 이노는 사람들을 때려눕히고 왕을 찾아오고도 남을 위인이다.

벗의 성미를 잘 아는 룩소스 1세는 갈리 3세에게 물었다.

"챔피언들은 언제 오는 것이오?"

"영영 오지 않을 거다."

갈리 3세가 비열하게 웃는 순간 연회장의 문이 닫혔다. 경비를 서고 있던 경비원과 기사들이 검집에서 검을 뽑고 창을 들었다.

"꺄악!"

비크파의 공주가 화들짝 놀라 비명을 질렀다. 주위 시녀들이 공주를 껴안아 보호했다.

갈리 3세는 비열하게 웃고 비크파의 병사와 기사들은 눈에 살기를 담았다. 연회장에 있던 귀족들도 비열한 웃음을 머금은 걸 보건대 미리 계획한 것이 틀림없었다.

갑작스럽게 변모한 상황에 아크레아의 기사들은 당황해 허리춤으로 손을 가져갔으나 텅 빈 상태. 그들은 굳어 움직이지 못했다. 의자에서 일어난 기사들도 그대로 멈췄다.

룩소스 1세는 놀라지 않고 냉정하게 내부와 주위를 살폈다. 공주가 깜짝 놀라는 걸 보면 그녀만 몰랐던 모양이다.

하긴, 생각하는 대로 입에 담는 어린 딸에게 이런 일을 미리 언질해 줄 리 없다. 그도 아니면 룩소스 1세의 마음을 딸이 사로잡을 가능성을 염두에 두었거나.

어쨌든 룩소스 1세로선 내키지 않는 연회의 끝이었다.

'아직 춤도 못 췄는데.'

룩소스 1세는 비크파의 왕 갈리 3세를 노려봤다.

처음부터 마음에 드는 작자가 아니었다. 왕이면서 주위 영지를 약탈하고 내년에 파종할 종자까지 모조리 긁어 갔다. 자기만 살면 된다는 악랄한 심보는 도저히 일국을 다스리는 군주의 심사로 볼 수 없었다.

게다가 토너먼트 제안은 어떤가? 마치 자기가 로맨스 주인공이라도 되는 것처럼 되도 않는 일을 제안했고, 상대가 받아들이자 기세등등해졌다.

진짜 이길 거라고 믿었는지 대책도 세우지 않아 놓고 이런 추잡한 수를 썼다. 정말 왕이라고는 믿기 어려운 행보다.

하지만 무엇보다 룩소스 1세를 놀래킨 것은 갈리 3세가 항복 문서에 서명했다는 사실이다.

"이게 무슨 짓이지?"

"너희들은 포위됐다."

"너는 짐에게 항복했다. 충성의 서약을 했을 텐데, 잊었나?"

"그깟 항복 문서! 다 찢어 버리면 돼!"

"그깟 항복 문서가 아닌 걸 알 것이다."

군주가 서명한 항복 문서와 같은 중요한 문서로 이뤄진 계약은 절대적이다. 그것은 겨울에 전쟁을 한다는 암묵적인 상식을 넘어서 온 대륙에 통용되는 국제법이다.

계약은 오로지 귀족 이상의 지위를 가진 자만 할 수 있으며 평민은 글을 알아도 할 수 없다. 계약을 어기게 되면 어긴 자를 필두로 3대가 천민이 되고 재산을 몰수당한다. 갈리 3세는 더 이상 왕이 아니었다.

"찢어 버리고 증인을 죽이면 된다! 아니면 네가 새 항복 문서에 서명을 하면 돼. 애송이. 제 잘난 맛에 현실이 얼마나 잔혹한지 얕보았구나."

"얕보고 있는 건 너다. 짐은 설마 일국의 군주가 계약을 어기는 어리석은 짓은 하지 않을 거라 믿었건만, 인간은 알면서도 진창으로 걸어가는구나."

"언제까지 그렇게 기고만장할 수 있을까?"

갈리 3세가 일어서자 무장한 경비병과 기사들이 비무장 상태의 기사들을 압박했다.

룩소스 1세는 기막혀하면서도 할 말을 했다.

"손님으로 초대해 놓고 칼을 들이밀다니. 인간으로서도 끝이다."

룩소스 1세는 주위를 둘러보고 크게 외쳤다. 이것이 바로 대륙 최초의 황제가 될 자라는 듯 위엄 넘치는 모습이었다.

"검을 버려라! 이자는 더 이상 너희들의 왕이 아니다. 계약과 맹세를 거짓과 사기로 기만하는 자에게 충성을 바칠 것이냐?"

비크파의 기사 중 일부가 동요했다. 룩소스 1세는 쉬지 않고 말했다.

"나라를 버리고! 국방을 소홀히 하고! 토너먼트 같은 오락에 열중해 재물을 쏟으며 자국민을 약탈하고 봉신계약을 어겨 가신을 약탈하는 자에게 왕의 자격이 있나? 심지어 직접 서명한 계약까지 무시했다!

비크파는 이제 국가로 인정받지 못한다. 짐의 군세가 아니어도 주위의 다른 국왕들이 두고 보지 않을 것이다. 계약을 어긴 자가 국주로 있었으니 국민들도 모조리 천민과 노예 취급을 받으며 땅을 빼앗기고 약탈당할 것이다. 들어라! 너희의 왕은 너희를 버렸다!"

"닥쳐!"

갈리 3세가 룩소스 1세에게 주먹을 휘둘렀다. 룩소스 1세는 가볍게 피하고 고민했다. 지금 이 자리에서 갈리 3세와 공주 중 누구를 붙잡고 인질로 삼는 게 유리할까?

잠깐의 고민은 그보다 더 빠르게 허공을 가르는 단검에 조각 났다. 갈리 3세가 손등에 꽂힌 단검을 보고 비명을 질렀다.

"으아아악!"

"전하! 이쪽으로!"

폴리아나가 치마를 찢고 남은 단검 하나를 달려오는 비크파의 기사에게 던졌다. 기사가 튕겨 낸 단검을 도나우 경이 주워 디크 경에게 넘기고 기사의 가랑이를 걷어찼다. 단련되지 않는 남자의 급소에 발차기 명중하자 기사가 쓰러졌다.

도나우 경이 쓰러진 기사의 검을 뺏었다. 디크 경도 경비병의 목을 찔러 죽이고 창을 강탈했다.

잠시 사태를 파악하는 시간을 갖고, 룩소스 1세는 빠르게 머리를 정리했다.

워낙 순식간에 벌어진 일이라 갈리 3세가 비명을 지르는 것과 룩소스 1세가 미소 짓는 게 동시에 벌어진 것처럼 보였다.

룩소스 1세는 갈리 3세의 손에 박힌 단검을 뽑아서 챙겼다. 왕은 갈리 3세를 직접 붙잡아 인질로 두기보다 그의 기사를 믿기로 결정했다.

룩소스 1세가 날렵하게 폴리아나가 있는 뒤편으로 이동했다. 폴리아나는 치맛단을 완전히 뜯어내고 미끈한 비단신도 벗어 던졌다. 세 기사의 용맹하고 빠른 기지를 목격한 아크레아의 기사들은 비무장 상태임에도 죽음을 각오하고 주위의 적에게 달려들었다.

"크악!"

달려오는 비크파 기사의 얼굴에 가발이 명중했다. 폴리아나는 빠른 속도로 달려가 전력으로 기사의 가랑이를 걷어찼다. 기사가 앞으로 고꾸라지자 도나우 경이 장검으로 목을 벴다. 이름 모를 기사의 머리가 떨어져 바닥을 굴렀다.

피가 고이는 연회장 바닥을 폴리아나는 맨발로 디뎠다. 발바닥 아래로 고이는 피가 질척하고 미끄러워서 폴리아나는 인상을 찌푸렸다.

"문은 밖에서 잠겼습니다."

"짐이 혹시 모르니 외부의 병사들에게 대비해 두라고 했다. 창으로 신호를 보내."

디크 경이 폴리아나가 찢은 치맛단에 불을 붙여 근처의 창으로 달려가 흔들었다. 검을 뺏는 데 성공한 기사들이 룩소스 1세 쪽으로 조금씩 다가와 왕을 둘러쌌다.

폴리아나가 기사들과 함께 거대한 식탁을 뒤집어 전열을 가다듬었다.

"여기에 몸을 숙이고 계십시오."

"하지만 경. 경은 무기도 없고 실력도 좋지 않으니 짐이 나서야 하지 않겠나."

"실로 전하의 말씀이 옳습니다. 하지만 전하. 소신은 전하의 검, 전하의 기사. 이것은 왕의 기사가 해야 할 일입니다."

"폴리아나 경의 말이 옳습니다!"

"저희에게 맡겨 주십시오!"

"저희를 믿어 주십시오, 왕이시여!"

"룩소스 1세에게 영광을!"

"아크레아에 영광을!"

활을 장비한 경비병이 시위를 당기기 전 폴리아나와 기사들이 접시와 음식물을 던졌다. 개중 한 명이 기지를 발휘해 식탁보에 불을 붙여 적측에 집어던졌다.

갑자기 떨어지는 불똥에 사람들이 난리를 피우는 동안 창을 뺏은 기사들이 돌격했다. 연회엔 기사 아닌 귀족과 귀부인, 영애에 광대, 악단도 있었으나 그런 것 가릴 처지가 아니었다.

전투는 난잡했다. 아크레아군은 수적으로 열세에 무기와 방어구가 없음에도 불구하고 비크파와 불꽃 튀는 접전을 벌였다.

사기가 다르고, 위세가 달랐다. 필사적으로 검을 휘두르는 도나우 경을 누군가가 뒤에서 급습했다. 두 번 타인의 낭심을 걷어찬 보복으로 도나우 경 또한 낭심이 걷어차였다.

하지만 도나우 경은 앞선 두 사람처럼 쓰러지거나 고꾸라지지 않고 그대로 몸을 돌려 후방의 적을 공격했다.

'더럽게 아프네.'

아무리 애를 써도 그 부위는 단련되지 않는다. 그저 고통에 익숙해질 뿐.

평생 고마울 것 같지 않았던 의누나의 조기교육(?)을 감사히 여기며 도나우 경은 적의 살을 베었다.

무기를 뺏지 못한 기사들은 손바닥이 베이는 걸 각오하고 그릇을 깨 적을 공격했다. 포크와 나이프를 투척하는 자도 있었다.

큰 피해를 주진 못해도 얼굴을 노려 정신을 산만하게 만드는데 즉효였다. 그마저도 없는 기사들은 신체를 무기로 삼았다. 물어뜯고 할퀴고 걷어차고 주먹을 날렸다. 무장한 병사와 기사들에겐 통하지 않아도 연회장에 있던 비크파의 귀족에겐 효과적이었다.

연회장은 아수라장이 되었다. 여자의 비명과 남자의 비명이 섞였다. 물건 부서지는 소리에 불을 두 번이나 내 연기가 매캐했고 탄내가 코를 자극했다. 피 냄새에 기절하는 여자도 속출했다.

단검에 손이 관통당한 갈리 3세가 기사들에게 둘러싸여 악을 썼다. 아수라장 속에서 그의 목소리는 누구의 귀에도 닿지 않았다.

얼마나 지났을까. 내부의 소란과 외부의 소란이 섞였다.

잠겼던 연회장 문이 부서지고 토너먼트의 챔피언들이 도착했다. 그들 또한 무장이 해제당했었으나 손에 무기가 들려 있었다. 아마 오는 길에 뺏었을 것이다. 개중엔 무기가 아닌 것도 있었다.

아이노 경이 외쳤다.

"전하!"

"이노!"

룩소스 1세의 위치를 파악한 아이노 경이 오른손을 들었다. 챔피언의 옷을 입고 손에 들린 부지깽이를 전설의 검처럼 치켜드는 그의 모습은 구국의 용사와 같았다. 부지깽이가 머금은 피는 아래로 뚝뚝 떨어졌다.

도끼로 문을 부순 래비 경이 한 팔로 도끼를 휘둘러 달려오는 병사의 머리를 날렸다.

최강의 기사가 등장하자 모두의 사기가 올랐다. 재수 없는 건 없는 거고, 아이노 경은 부정할 수 없는 아크레아의 최종병기였다.

챔피언들이 모두 연회장으로 달려오지는 않았다. 벤티에 경을 포함한 반절은 성문으로 달려가 병사를 급습하고 성문을 열었다.

신호를 받고 성문을 열기 위해 노력하던 병사들이 함성을 지르며 입성했다. 그들이 지르는 소리는 성을 울리고 연회장까지 닿았다.

　비크파의 기사와 병사들은 사기를 잃고 무기를 버렸다. 귀족들과 갈리 3세가 당황했다. 갈리 3세보다 귀족들이 먼저 무릎 꿇고 바닥에 머리를 박았다.

　항복하는 자들을 보고 룩소스 1세는 낮게 읊조렸다.

　"항복할 시기는 늦었느니."

　왕은 자비를 베풀 생각이 없었다.

　상황은 순식간에 정리되었다. 연회장 내부의 사정을 몰라 반항하던 비크파 병사들은 강제로 내려지는 국기를 보고 전의를 상실했다.

　무사히 입성한 아크레아 병사는 성을 뒤져 사람들을 모조리 끌어내 한곳에 가뒀다. 벤티에 경이 그들을 지휘했다.

　외부 정리를 끝낸 벤티에 경이 연회장으로 들어와 룩소스 1세에게 보고했다.

　"정리를 끝냈습니다. 성에 있는 사람은 모두 잡아 가뒀습니다. 의사와 약제사는 따로 빼 둬 부상자를 돌보도록 명령했습니다."

　"좋아. 밖은 네게 맡기마, 벤티에."

　"명 받드옵니다."

　아크레아군의 피해는 연회장이 가장 컸다. 사망한 기사도 있고 심각한 부상을 입은 자도 있었다. 부상자와 시체가 실려 나가고 투항한 기사와 병사들도 끌려 나갔다. 붉은 피와 검은 재가 바닥을 얼룩덜룩하게 장식했다.

　연회에 참석한 비크파의 귀족과 왕족은 밧줄로 결박해 바닥에 꿇어앉혔다. 살아남은 자들은 엎드려 빌며 생명을 구걸했다.

공주는 눈앞에서 벌어진 참상을 견뎌 내지 못했다. 실금하고 구토하는 공주 옆에서 시녀들이 흐느껴 울었다. 다른 귀부인과 레이디, 심약한 귀족도 마찬가지였다.

룩소스 1세는 그들의 주인이었던 자에게 물었다.

"지은 죄는 알고 있겠지."

"지은 죄? 뭐가 지은 죄냐! 너야말로! 너야말로! 애송이가 대륙의 질서를 어지럽히고 온 대륙인을 규탄에 빠트렸다! 대륙의 관습을 무시하고 평화로워야 하는 세 계절까지 전쟁의 아비규환으로 몰아넣었어! 이제 사람들은 겨울만이 아니라 일평생을 타국의 침공을 염려하고 걱정하며 공포에 시달리게 된다! 모두 너 때문이다! 네가 대륙을 망쳤어!"

아이노 경이 말보다 빠르게 발길질을 하려 했다. 벗의 행동을 예상하고 있던 룩소스 1세가 가로막았다.

"질병, 죽음, 자연 재해는 언제나 우리 곁에 있다. 전쟁이라고 겨울에만 찾아올 리 없는 법. 과거엔 겨울에 하는 전쟁도 버거웠으나, 보라. 짐이 하지 않아도 언젠가는 다들 그리했을 테지."

갈리 3세가 광소했다.

"뻔뻔하게 칭제하는 애송이가! 이 비겁자! 폭군!"

"짐이 통치하는 나라의 백성은 절대 공포에 떨지 않을 것이다. 그런 일은 없어. 대륙엔 하나의 나라만 남게 될 터이니."

룩소스 1세가 단검을 들자 아이노 경이 갈리 3세의 머리를 붙잡았다. 갈리 3세의 눈이 커졌다.

룩소스 1세는 단검을 갈리 3세의 입안에 넣었다. 단검에 이가 부딪쳐 떨리는 진동이 고스란히 전해졌다.

"너는 짐이 원정에서 만난 최초의 거짓말쟁이야. 앞으로 다시 거짓말쟁이를 만나지 않으려면 네 입을 찢어야지."

전장에 떠도는 소문 중 폴리아나를 마녀라고 부르는 소문도 있었다. 왕을 홀린 여자이니 마녀. 그러나 진정 사람을 홀리는 마력을 가진 이는 룩소스 1세였다.

왕이 천진하게, 그리고 요요하게 웃었다. 비크파의 공주가 폴리아나에게 기대했던 요염한 미인에 가까웠다.

룩소스 1세가 손을 움직였다. 귀 끝까지 입이 찢어진 갈리 3세가 죽어 가는 비명을 질렀다.

갈리 3세에게 떨어지는 폭행은 그게 끝이 아니었다. 폴리아나는 엎어진 갈리 3세의 낭심을 전력으로 걷어찼다. 갈리 3세가 게거품을 물며 쓰러지자 룩소스 1세가 명령했다.

"거짓말쟁이를 발가벗겨 성벽에 거꾸로 매달아라."

룩소스 1세는 남은 귀족들에게 눈길을 주고 말했다.

"짐은 그리 자애로운 군주가 아니야. 연회장에 있던 자들을 모조리 붙잡아 발가벗겨 성벽에 매달아. 어린애나 여자, 노인이라고 봐주지 않는다. 그리고 공주."

룩소스 1세가 왕의 입을 찢은 단검을 비크파의 공주 앞에 던졌다. 공주가 기겁해서 물러났다.

"그대는 아무것도 몰랐던 모양이니 자결할 기회를 주지. 하루 동안 죽지 않으면 친애하는 아버지 옆에 나란히 걸리게 될 거야."

"사, 사, 사, 사, 사."

공주가 숨을 헐떡였다. 작은 몸집이 떨려 제대로 말을 하지 못했다.

"살려 주면? 천민이나 노예가 될 건가? 짐의 군세를 뒤따르는 창부들의 포주를 알선해 줄까?"

"끄흑."

공주가 숨넘어가는 소리를 내고 울었다. 병사들이 그녀 주위의 시녀들을 일으켜 세웠다. 그녀들이 비명을 질렀다.

꺄아악! 살려 주세요! 살려 주세요, 전하! 살려 주세요, 공주님!

비크파의 사람들이 모두 떠나고 공주 혼자 남자 병사가 밧줄을 풀었다. 공주는 엉금엉금 기어가 단검을 잡았다. 단검의 날이 손을 베는 것도 모르고 그걸 껴안아 엉엉 울었다. 룩소스 1세는 냉정하게 돌아섰다.

피와 살점이 가득한 연회실을 빠져나오자 공기가 달라졌다. 룩소스 1세는 엉망이 된 마음을 애써 다잡았다. 사기꾼의 여식을 불쌍히 여기느니 그를 구하느라 다친 기사들을 걱정해야 했다.

하지만 룩소스 1세는 바로 연회장 앞을 떠나지 못했다. 갈리 3세에게 고자 킥을 날릴 때를 제외하면 계속 그의 뒤에서 그림자처럼 붙어 다니던 폴리아나가 따라 나오지 않았기 때문이다.

연회장 안쪽에서 꺼흑, 하고 숨이 꺼지는 소리가 들렸다. 룩소스 1세는 고소했다.

"짐은 자애롭지 않으나 짐의 기사는 상냥하군."

폴리아나의 주군은 자애로우시나 폴리아나는 상냥하지 않다.

폴리아나는 단검을 쥐는 법도 몰라 벌벌 떨기만 하는 공주를 내려다봤다. 그녀는 공주의 손에 단검 손잡이를 제대로 쥐여 줬다. 공주의 큰 눈이 폴리아나를 향했다.

"사, 사, 사, 사."

"자결로 고통 없이 죽는 건 불가능합니다. 남자들도 어렵습니다. 그렇지만 고통이 짧은 걸 바라시죠?"

"사, 사, 사……."

애처롭게 말을 더듬는 공주를 무시하고 폴리아나는 늑골로 손을 가져갔다. 단검은 짧아 뼈 사이를 찔러도 심장까지 닿지 않을 것이다. 고통에 익숙하지 않고 근육 없는 소녀의 팔은 폐까지 단검을 박아 넣지도 못할 것이다.

"턱 밑으로 검을 박아 넣어도 되지만, 재수 없으면 구멍만 나고 안 죽습니다. 그러니까 이쪽으로. 조금 오래 걸려도 확실해요."

공주가 침과 눈물을 삼켰다. 다시 한 번 살려 달라 애원하려던 입은 밖에서 들려오는 사람들의 비명소리에 멈췄다. 성벽에 매달리는 자들의 비명이 바람을 타고 연회장까지 실려 왔다.

흐윽. 공주가 결심한 듯 이를 악물었다. 공주의 손이 천천히 늑골 쪽으로 이동했다. 단검의 끝이 맨살을 찌르자 공주가 두 눈을 감았다. 폴리아나는 공주의 자결을 도왔다.

폴리아나는 상냥하지 않다. 진정 상냥했다면 공주에게 자결을 강요하지 않고 그녀가 죽였을 것이다. 하지만 고통에 겨워하며 피부 겉가죽만 긁고 괴로워할 공주를 위해 힘을 실어 줄 정도의 상냥함은 있다. 딱 그 정도.

검잡이는 살인자다. 기사는 검잡이다. 기사는 살인자다. 누군가를 지키기 위해 누군가를 죽이고, 혹은 명령을 받아 사람을 죽이는 것이 기사의 일이다.

무저항의 소녀를 죽였기 때문일까. 기분이 이상했다. 폴리아나는 고개를 저어 애써 떨쳐 냈다. 그리고 단검을 회수했다.

'가져오길 잘했어.'

장검은 뺏겼지만 옷 사이사이 숨겨 둔 단검은 무사했다. 시녀들이 옷을 개면 들켰을 테지만 군인으로 살아온 인생이라 벗자마자 각 잡아서 개 두었더니 그대로 옷장에 들어갔다. 조금 무거운 것도 가죽의 무게로 착각했을 것이다.

무기를 죄 두고 가려니 불안하기 짝이 없어 일부러 그렇게 챙긴 단검을 허벅지 사이에 하나씩 묶어 놨다. 다행히 치마를 입고 있어서 들키지 않았다. 밖으로 묶으니 옷 선이 달라붙어 티가 나기에 안쪽으로 돌려놨다. 걸으면 부딪쳐서 소리가 날까 봐 팔자걸음으로 걸었다.

아무도 이상하게 여기지 않은 게 다행이다. 솔직히 많이 이상했을 텐데.

'아무리 치마를 안 입어 봤어도 그렇게 이상하게 걷진 않는다고.'

폴리아나라면 그럴 수도 있다고 여겼을까? 하여간 다 때려 줘야 된다.

'그래도……'

치마 입었다고 정중하게 대해 주는 동료 기사들은 나쁘지 않았다. 아니, 아주 좋았다.

폴리아나는 뚱한 얼굴로 고개를 끄덕였다. 말은 부축이지만 에스코트해 주겠다고 말한 친위대원도, 춤을 추자고 청해 준 도나우 경과 룩소스 1세까지.

사실은 폴리아나도 춤추고 싶었다. 춤을 추면 허벅지 사이의 단검이 부딪쳐 소리가 날 것 같아 꾹 참았을 뿐이다.

단검을 챙겨 온 덕분에 경애하는 왕의 얼굴을 지킬 수 있었다. 단검이 없었어도 결국 승리하긴 했겠지만 아무도 예상하지 못한 순간에 날붙이를 꺼내든 덕분에 기선도 제압하고 사기도 올리고, 선빵도 치고. 다 좋았다. 완벽했다.

폴리아나는 고개를 돌리다가 깜짝 놀랐다. 그녀가 늑장부리는 사이 모두 떠날 줄 알았는데 다들 연회실 입구 쪽에 그대로 서 있었다. 다른 기사들은 물론이고 룩소스 1세까지 그녀가 하는 양을 지켜보고 있었다.

'공주의 자결 도운 걸 명령 불복종으로 간주했나?'

그렇다고 보기엔 다들 표정이 나쁘지 않다.

룩소스 1세와 후에 합류한 챔피언들을 제외하면 다들 상태가 좋지 않았다. 피와 음식물, 술과 토사물, 살점과 내장, 재가 묻은 구역질나는 모양새.

얼른 씻고 쉬고 싶을 텐데? 왜 기다리는 거지?

개중 가장 끔찍한 것이 폴리아나 본인이었다. 거울이 없어 보지는 못해도 대충 짐작은 갔다.

얼굴에 회칠하듯 바른 화장분은 피와 땀이 섞여 무너졌겠지. 입고 있던 로브는 갈가리 찢어져 걸레 같고, 발은 신발을 벗고 날뛰어서 상처투성이. 가발을 벗은 머리엔 짧은 머리카락 사이사이 피와 살점이 엉겨 붙었다. 아마 괴물 같을 거다.

그리고 이 끔찍한 괴물의 주인은 홀로 깨끗하고 아름다웠다. 의복에 피가 튀었어도 붉은 색이라 티가 잘 안 났다.

폴리아나가 주저하며 다가가자 룩소스 1세는 태연하게 그녀를 반겼다.

"단검은 어디다 챙겼었나?"

"허벅지 사이에 한 개씩 챙겼습니다."

"준비성이 좋구나."

"그것이 소신의 일이기 때문입니다."

왕은 조용히 웃었다. 이어서 다른 기사들이 한마디씩 했다.

"그래서 그렇게 걸었군."

"난 또 바닥 미끄러워서 그러는 줄 알았소."

"아, 그래서 전하의 춤 신청도 거절한 거였소?"

"춤을 추면 단검끼리 부딪쳐서 들킬까 봐요."

룩소스 1세의 춤을 거절한 건 절대 고의가 아니었다. 왕의 뒤에서 그녀를 노려보는 아이노 경이 알아줬으면 좋겠는데.

아이노 경은 폴리아나를 노려보다가 갑자기 입을 열었다.

"잘 어울린다."

'개새끼야.'

화장 무너진 얼굴은 몰라도 대충 어떤 꼴일지 짐작이 가는데 잘 어울린단다.

폴리아나는 단검을 확 아이노 경의 면상에 던지려다 참았다. 상대는 부지깽이를 들고 백 명과 싸우는 무패의 기사다.

다른 무기도 뺏었을 텐데 왜 처음에 집어든 부지깽이냐 물으면, 그거나 다른 무기나 적을 상대하는 데 별 차이 없어서라고 대답할 희대의 천재다.

'왕재수. 저 인간은 욕을 하도 먹어서 분명히 장수할 거야.'

다른 기사들도 그렇지만 폴리아나도 자잘한 부상이 많았다. 도나우 경은 옛적에 실려 나갔다. 의사가 아니어서 확신은 못 하는데 뼈 몇 개는 금이 갔다.

폴리아나는 룩소스 1세에게 받은 과업을 이만 끝낼 때가 되었음을 깨달았다. 토너먼트도 끝났고, 부지깽이의 용사 아이노 경이 있으니 룩소스 1세의 안전은 보장되었으니까.

유종의 미로 끝낼 수 있어 다행이다. 만일 단검을 챙기지 않았더라면 이렇게 후련한 마음일 수 없었을 것이다.

룩소스 1세에게 작은 생채기라도 났다면? 상상하기도 싫은 일이다.

뼈에 금간 걸 생각하니 몸 곳곳이 부상을 호소했다. 폴리아나가 어설프게 서서 바닥에 닿는 발바닥 면적을 줄이자 왕이 물었다.

"발을 많이 다쳤느냐."

"괜찮습니다!"

'왕 앞에서 아픈 티를 내다니! 이런 실수를!'

폴리아나가 대답하기가 무섭게 룩소스 1세가 그녀를 안아들었다. 말로만 듣던 공주님 안기에 폴리아나는 기겁해서 팔을 휘젓다 왕을 팰 뻔했다.

"괜찮습니다!"

"고막이 터질 뻔했느니."

"괜찮습니다, 괜찮습니다. 내려 주십시오!"

"아까 거절한 춤 대신이다."

룩소스 1세가 폴리아나를 고쳐 안고 빙그레 웃었다.

'어쩜 이리도 관대하고 상냥하신가!'

폴리아나는 용기를 얻었다. 금 간 갈비뼈를 룩소스 1세의 손이 누르고 있었다. 많이 아팠다.

"그럼 업어 주시면 안 됩니까? 이 자세는 불편합니다."

"……."

왕의 오랜 침묵에 폴리아나는 너무 건방졌음을 사실을 깨달았다. 그녀는 즉각 사죄했다.

"시정하겠습니다!"

"아냐, 아냐. 경은 참 놀라운 사람이야."

룩소스 1세는 거듭 부정하며 폴리아나를 신중히 내려놨다. 폴리아나가 룩소스 1세에게서 도망치는 것보다 왕이 등을 들이미는 게 빨랐다.

폴리아나의 눈이 지진 난 땅처럼 흔들렸다. 흔들리는 시야에 폴리아나는 도망치고 싶어졌다. 퇴로는 아이노 경에게 가로막혔다. 디크 경은 도움이 안 된다.

폴리아나는 도망치기 좋은 핑계를 찾기 위해 열심히 머리를 굴렸다.

'이거다!'

"으으! 어, 업히면 아래가 다 드러납니다!"

로브가 다 찢어지고 속옷도 찢어져서 누군가에게 업히면 알궁둥이가 적나라하게 드러난다. 알몸으로 뛰어다니는 것과 누군가에게 업혀서 궁둥이 자랑을 하고 다니는 건 별개였다.

그럴듯한 핑계에 룩소스 1세가 돌아보는데 폴리아나의 어깨에 뭔가가 둘러졌다.

돌아보니 아이노 경이었다. 아이노 경이 챔피언의 어깨걸이를 펼쳐 폴리아나의 뒤에 둘러 묶었다.

'일생에 도움이 안 되는!'

어어 하는 사이 폴리아나는 사람들의 손에 이끌려 룩소스 1세의 등에 업혔다.

공주님 안기는 할 만했는데 업어 주는 건 뭔가 아니라고 생각하는 왕. 업히고 나니 기분 좋은 여기사. 둘의 입가에선 씁쓸함이 사라졌다.

왕이 누군가를 업으면 가장 먼저 지랄할 아이노 경이 묵인했다. 다들 흐뭇한 미소만 머금었다.

폴리아나는 가능한 닿는 면적을 줄이기 위해 노력하면서도 벌어지는 입을 다물지 못했다. 기사의 부상을 염려해 등을 내주는 왕이라니. 실로 눈물 나는 배려였다.

'역시 전하는 좋은 분이셔.'

부상자들이 모인 간이 병실에 도착하기 전. 폴리아나는 갑자기 떠오른 질문을 했다. 무례한 걸 알지만 그래도 궁금했다.

"전하, 한 가지만 여쭙고 싶습니다."

"뭐지?"

"처녀를 죽이면 원한이 겨울바람이 되어 따라간다는 속설 때문에 처녀는 안 죽이시려던 분이 공주는 왜 죽이셨습니까?"

공주 정도라면 룩소스 1세와도 격이 맞으니 하룻밤 상대를 한 뒤 목을 칠 수도 있었다.

룩소스 1세는 질문에 대답을 해 주기는커녕 갑자기 긴장했다. 팔과 어깨 근육이 굳는 바람에 폴리아나는 왕의 긴장을 눈치챘다.

"그걸 아직도 기억하고 있었느냐."

늘 당당한 왕의 목소리가 미세하게 떨렸다.

"어찌 잊습니까."

"그래……."

룩소스 1세는 남들에게 들키지 않게끔 작게 한숨 쉬었다. 아이노경은 속여도 업고 있는 폴리아나는 못 속였다.

"들어라. 그건 짐의 잘못이다. 짐은 첫 출정의 완벽함에 눈이 멀었다. 하나의 오점도 남겨선 안 된다는 오기를 부렸느니라. 그건 아주 어리석은 짓이었다."

아. 폴리아나는 이해했다.

언제나 여유 있고 자신감 넘치는 모습이어도 사람인 이상 늘 그러지는 못한다.

대륙을 정복하겠다고 나선 첫 출정이었다. 당시 국왕은 이십 대 초반의 청년이었다. 아름다운 얼굴은 적국의 왕인 것도 잊게 만들 정도로 중성적이었다. 선이 굵어져 남자 냄새가 물씬 나는 지금과는 달랐다.

"이젠 긴장이 풀리셨습니까."

"으음."

룩소스 1세는 또 한숨 쉬고 싶은 걸 참았다. 내면의 갈등이 외부로 표현되지 않도록 머릿속을 정리했다.

사실 둘의 첫 만남에 벌어진 일들은 그가 잘못했다. 사과해야 한다. 그러나 그는 왕이다. 여기서 더 이야기가 빠지면 참지 못하고 사과하게 될지도?

룩소스 1세는 거듭 다짐했다. 사과할 수 없으니 앞으로 절대 사과할 일을 만들지 말자고.

"경이 짐에게 알려 주지 않았느냐. 죽은 여자의 원혼보단 산 여자의 집념이 더 강하다는 사실을."

당시의 누구도 지금의 이 모습을 상상하지 못할 것이다. 주군을 위해 무엇이든 할 수 있는 폴리아나와 발을 부상당한 여기사를 업는 룩소스 1세를.

왕이 간이 병실에 도착하자 부상자들이 죄 일어나려고 했다. 룩소스 1세는 그들을 진정시키고 빈자리에 폴리아나를 내려놨다.

아이노 경이 품에 넣어 놓고 있던 손수건을 꺼내 줘서 폴리아나는 그걸로 발에 묻은 오물을 닦았다.

의사는 바빠 보이니 할 수 있는 건 알아서 해야 한다. 뼈에 금 간 건 누워서 쉬면 붙고, 발도 소독하고 약 발라서 누워 있으면 나을 것이다.

부상자들을 둘러보고 격려의 말을 건넨 룩소스 1세가 다시 폴리아나에게 돌아왔다.

룩소스 1세는 피가 엉겨 붙은 폴리아나의 머리를 발견했다. 사실 그녀는 치료보다 씻는 게 더 급했다. 목욕을 할 수 있게 준비해 주란 명령을 내리고 룩소스 1세는 폴리아나의 머리를 어루만졌다.

"머리 기를 생각 없느냐?"

"네?"

"빡빡이로 짐의 호위기사를 할 수는 없으니."

왕이 빙그레 웃었다.

"폴리아나 윈터. 귀경을 친위부대장에 임명한다."

어느 누가 상상이나 했을까. 깡마르고 못생긴 외국인 여기사가 왕의 호위기사가 될 수 있을 거라고.

눈물이 쏟아질 것 같아서 폴리아나는 얼굴을 벅벅 문질렀다. 그리고 손등에 묻은 화장품을 보고 기겁했다.

"명 받들겠습니다!"

"좋아! 짐은 폴 경을 믿는다."

왕이 떠나고 폴리아나는 금 간 뼈를 핑계로 드러누워 얼굴을 가렸다.

룩소스 1세는 친근한 자의 이름을 줄여 부른다. 이노가 그렇고, 바우가 그렇다. 그들 말고도 오래 알고 지낸 기사들을 친근하게 불렀다.

몰랐는데 사실은 부러웠나 보다. 폴리아나도 룩소스 1세와 사이 좋은 기사가 되고 싶었나 보다.

그녀의 주군은 굉장했다. 목적 없는 그녀에게 목적을 부여해 주고, 원대한 꿈을 공유하고, 그녀가 자각하지 못했던 욕망을 드러내게 만들었다.

폴리아나는 스스로 욕심 없다고 여겼는데, 실은 얼마나 더 많은 욕심이 내재되어 있는 건지 궁금해졌다.

'곧 알게 될 거야.'

폴리아나는 믿어 의심치 않았다. 그녀의 왕을 따르면 더 크고 넓은 세상이 펼쳐질 것을.

왕은 원대한 꿈을 품는다. 폴리아나도 그 뒤에서 미래를 꿈꿨다.

황제가 된 룩소스 1세의 뒤엔 언제나 기사 폴리아나 윈터가 그림자처럼 따라붙을 것이다.

7. 사이좋은 주종

7. 사이좋은 주종

폴리아나 윈터는 룩소스 1세의 친위대에 들어갔다.

그냥 호위기사도 아니고 부대장. 본래 부대장이었던 마호갈 경은 대장으로 승급했다.

그럼 본래 친위대장인 아이노 경은 어떻게 되느냐. 룩소스 1세는 아이노 경을 친위대장에서 해임하고 따로 특전사대를 창설해 거기의 대장으로 꽂아 넣었다. 당연히 아이노 경의 반대는 어마어마했다.

"전하! 아니 되옵니다! 통촉하여 주시옵소서!"

머리 풀고 옷도 대충 걸치고서 룩소스 1세의 막사 앞을 떠나지 않는 아이노 경은 총각의 원한도 이렇게 무섭다는 걸 증명했다.

룩소스 1세가 질린다는 얼굴을 하자 마호갈 경은 상큼하게 웃으면서 과거의 상관을 내쫓았다. 아이노 경은 쫓긴다고 그대로 발걸음 돌릴 위인이 아닌지라, 아이노 경이 마호갈 경과 실랑이하는 소리가 시끄러워 결국엔 왕이 나섰다.

왕은 오랜 친우와 술잔을 부딪치며 허심탄회한 이야기를 나눴다.

아이노 경의 무위는 훌륭하며 결코 후방에 있을 재능이 아니다.

왕은 안전하다. 다른 기사들도 다들 훌륭하다.

말은 싫다고 하면서 선봉에 설 때마다 좋아서 무쌍 찍는 거 다 안다.

"약해빠진 놈들을 어떻게 믿습니까!"

"이노. 진지의 한가운데 있는 짐의 막사까지 들키지 않고 침투해 짐을 암살할 수 있는 암살자라면 그냥 죽어 주는 것도 나쁘지 않…… 농이다."

다른 농담은 다 괜찮아도 룩소스 1세는 본인의 목숨을 걸고 농담을 해선 안 된다. 그것이 제왕의 관을 쓰고 만국민을 발아래에 엎드리게 한 위정자의 규칙이었다.

"이노. 호위기사들의 공훈이 결코 부족하다는 것이 아니다. 하지만 너도 잘 알지 않느냐. 너는 더 큰 전공을 세우고도 남음을. 짐의 호위기사로 얌전히 있는 것보다 적장의 목을 베는 것이 네 가문과 짐의 이름을 더 빛낼 수 있음을."

구구절절 옳은 말이었다.

"가라, 이노. 네가 제일 빛나는 곳으로."

이상의 이야기를 폴리아나는 전해 들었다. 다른 누구의 입도 아닌 룩소스 1세의 입으로 직접.

룩소스 1세에게 업힌 이후 폴리아나는 왕을 제법 친근하게 여겼다. 왕도 그랬다. 둘의 관계는 폴리아나가 먼저 농담을 걸 정도로 발전했다.

"그럼 소신이 가장 빛나는 자리는 전하의 곁이옵니까?"

"그건 아니다, 경."

농담으로 받아칠 줄 알았는데 룩소스 1세는 정색했다. 폴리아나는 바로 얼굴을 굳히고 무릎 꿇었다. 왕은 농담하다가 정색을 할 수 있다. 기사는 왕에게 농담 잘못 걸면 목이 날아간다.

룩소스 1세가 엄숙하게 말했다.

"경이 있기에 짐이 빛나는 것이지."

농담이 아니면 너무 낯간지러운 말이었다. 그러나 부끄럽지 않았다.

연극의 대사나 음유시인들이 노래하는 시가 속 영웅의 대사 같기도 했다. 그러나 부끄럽지 않았다.

따지고 보면 그렇다. 그들이 걷는 이 원정길은 황제의 길이다. 대륙에서 최초로 황제가 되려 하는 왕과 그의 뒤를 따르는 기사들.

이것은 하나의 전설이며 서사시.

"그리 말해 주시니, 영광입니다."

"짐과 경은 제법 죽이 잘 맞는 것 같아. 그렇지 않느냐."

"실로 그렇사옵니다."

기든 아니든 이럴 땐 맞장구 쳐 줘야 한다. 룩소스 1세는 장난을 들킨 아이처럼 웃었다. 폴리아나도 마주보고 씨익 웃었다.

잇몸이 드러나게 웃은 둘은 서로의 건치를 자랑하듯 한참을 그러고 있었다. 아쉽게도 폴리아나는 어금니 하나가 모자랐다.

"우린 좋은 군신관계가 될 것 같아."

"좋은 주인이 아니셔도 좋습니다. 소신이 좋은 기사가 되겠습니다."

"훌륭한 기사가 아니어도 좋다. 짐은 경을 버리지 않을 것이다."

도나우 경의 활약을 눈여겨 본 룩소스 1세는 그도 친위대로 집어

넣었다. 도나우 경은 감격하고 바우팔로 경은 너무 과하신 은혜라며 아들 대신 찾아와 사양했다. 룩소스 1세는 걱정하는 바우팔로 경을 달랬다.

"짐을 위해 불알을 걷어차이고도 싸울 수 있는 기사는 흔치 않다."

바우팔로 경은 바로 납득하고 아들의 장래가 무탈하길 기원했다. 하우 경은 동생이 친위대 제복 입는 것을 보고 배 아파 죽으려고 했다. 토너먼트에 참가만 안 했어도 그 제복은 자기 것이었으리라 굳게 믿어 의심치 않았다.

도나우 경은 그런 형님을 위해 일부러 제복을 입고 밥을 먹고 잠을 자고 훈련을 하다가 친위대 선배들에게 호출당해 짓밟혔다. 친위대는 가장 군기가 빡셌다.

친위대원 몇은 아이노 경처럼 전선에 서길 희망했다. 룩소스 1세는 그들의 청을 들어주고 공란을 새 얼굴로 채웠다. 집안이나 재화가 부족해 친위대의 제복을 입지 못했던 자들이 파란 옷을 받아들고 울먹였다.

새로 온 자들이 친위대에 익숙해지자 룩소스 1세는 그들을 모두 불렀다. 짬이 오래된 병사도 몇 불렀다. 룩소스 1세는 술과 안주를 준비해 오게 명령하고 환히 웃었다. 왕은 앓던 이가 빠진 것처럼 시원해했다.

"그럼! 이노를 쫓아낸 기념으로 마시자!"

"우오!"

"아이노 경의 무병장수를 위하여!"

"위하여!"

마지막 왕이 지은 죄로 비크파의 지명 자체가 공식적인 기록에서 삭제되었다. 귀족들도 모조리 천민으로 강등당할 처지에서 룩소스 1세에게 미리 항복을 한 영주들만 무사했다.

갈리 3세와 일에 연관된 사람들은 모조리 밧줄에 묶여 성벽에 거꾸로 걸렸다. 매달린 자들의 비명이 쉴 새 없이 이어졌고 이틀째부터 새들이 그들을 산 채로 쪼아 먹기 시작했다.

바람이 불면 밧줄이 흔들리면서 사람들이 성벽에 부딪쳤다. 머리가 깨져 뇌수와 피가 성벽을 타고 흘렀다. 전신의 뼈가 부러지면서 몸을 묶고 있던 줄이 풀려 아래로 추락하는 자도 있었다.

일주일째 되는 날부턴 신음 소리도 들리지 않았다.

그래도 너무 잔혹한 처형이었다고 말하는 사람은 없었다. 국민 전체가 천민이나 노예로 강등될 처지에서 룩소스 1세가 일찌감치 영주들의 항복을 받아들여 국민들을 구제했다는 말이 역으로 흘러나왔다.

사실 갈리 3세가 생각 없이 그런 죄를 저지른 것도 아니다. 룩소스 1세는 갈리 3세의 성에서 삼국연합이 갈리 3세에게 보낸 지시서를 발견했다.

"멍청한 짓을."

룩소스 1세는 갈리 3세가 한심해서 혀를 찼다.

왕이 되어서 타국의 왕들 명령이나 받고 꼭두각시처럼 움직이다가 비참한 최후를 맞이했다. 기왕 왕으로 태어나 죽을 것이라면 명예를 안고 죽어야 하지 않는가.

심지어 삼국연합에선 비크파를 돕지도 않았다. 시간과 주의를 끌기 위한 미끼로 사용했을 뿐이다.

삼국연합은 이제까지와는 전혀 다른 상대였다. 각국을 개별적으로 상대했던 과거의 원정과는 다르다.

삼국연합은 제법 오랜 시간 동안 대륙의 중부에서 긴밀한 협력관계를 유지하며 패권을 쥐어 왔다.

그 주축에 있는 국가가 코파이 왕국이다.

삼국연합을 위에서 바라보면 거대한 초승달을 닮았다. 대륙의 중앙에 위치한 므스멜 숲을 가운데에 놓았을 때 남부에 코파이, 서에 몽쉐임, 동에 오스가 위치하고 초승달의 뾰족한 끝이 닿는 부위에 비크파가 위치했다.

므스멜 숲은 가장자리는 몰라도 중앙으로 갈수록 나무가 빽빽해 한낮에도 한밤처럼 어둡다. 중앙의 삼국연합은 숲의 자원을 이용하면서도 감히 므스멜 숲을 침범하진 못했다.

므스멜 숲은 한 번 발을 들이면 살아서는 빠져나올 수 없는 마굴. 그렇기 때문에 코파이로 넘어가기 위해선 병력을 절반으로 갈라 동과 서, 두 방향으로 이동해야 했다.

삼국연합은 아크레아가 비크파를 상대하는 동안 준비를 마쳤다. 아크레아 입장에서도 무작정 쳐들어가기보단 병력을 보강하고 물자를 보급해야 했다. 야파 성에서 확보한 식량으로 비크파의 국민들부터 구휼해야 했다.

부상이 심한 기사들은 비크파에 잔존하도록 결정됐다. 사망한 기사를 위한 추모도 열렸다. 아크레아까지 운송되는 동안 썩지 않도록 시신을 삶아 뼈만 추려 갑옷을 입히고 살점은 절차를 거쳐 매장했다. 분주한 와중에도 왕은 그런 일엔 빠지지 않고 참석했다.

성에 매달린 자들은 짐승이 뜯어먹게 두었으나 공주의 시신은 천에 감싸 제대로 매장했다. 비석을 세우지 않았으니 2년만 지나도 봉분이 사라져 흔적도 남지 않을 것이다.

일련의 일들이 벌어지는 와중, 내내 룩소스 1세의 심기를 거스르는 것이 하나 있었다.

대륙의 심장 므스멜 숲이다.

삼국연합의 군사와 숲에 대해 아는 것이 하나도 없는 아크레아의 군사는 다르다. 삼국연합의 주민들과 므스멜 숲은 밀접하게 연결되어 있다. 숲의 중앙으로 향하는 건 위험해도 빛이 들어오는 가장자리는 이야기가 다르다.

숲을 이용해 우회 기습해 오거나 매복할 것을 상정해 작전을 짜는 일로 기사들은 골머리를 앓았다.

실제로 우려했던 일이 발생했다. 숲에서 갑자기 날아온 화살에 부상을 입은 병사가 속출했다.

각 부대의 대장들은 숲을 경계하게 했다. 숲과 산에서의 사냥에 익숙한 아크레아의 군사들은 키가 높은 데다 침엽수가 아니라 잔가지 많고 잎이 빽빽한 므스멜 숲의 나무들에 적응하지 못하고 헤맸다.

숲이 있다고 좋아하던 때가 옛날 같았다.

아크레아 대 삼국연합의 전쟁은 소규모의 부대가 아닌 대규모 군세의 충돌이었다. 중부엔 평야가 많아 기마병과 창병의 돌진이 용이했다. 궁수의 강세는 말할 것도 없었다. 각국 깃발을 손에 든 기수가 깃발을 높이 쳐들면 바람에 네 개의 국기가 펄럭였다.

어제 차지한 영토를 내일 다시 빼앗기고, 오늘 진군한 만큼 다음 날 후퇴하는 일이 반복됐다.

한 번의 충돌로 경상자가 속출했다. 중상자가 적은 건 병사의 사기와 훈련도의 차이 때문이다.

룩소스 1세는 장기적으로 봤을 때 승리를 점쳤다. 당장은 지역, 환경적 유리함으로 삼국연합의 승률이 높다. 그러나 결정적인 피해를 입히지 못하고 움직임이 지지부진했다.

"장기전인가. 좋지 않은데."

룩소스 1세가 원대한 꿈을 갖고 아크레아의 왕도 나나바를 떠나온 지 5년이 지났다. 대륙의 북부를 통일하고 중앙의 일국도 정벌에 성공했다.

5년은 소년이 자라 청년이 되고 태어나지 않았던 아이가 태어나 걷고 뛰게 될 시간이다. 알몸으로 진창을 구르던 여기사가 왕의 호위기사가 되는 시간이기도 했다.

룩소스 1세는 군대를 둘로 나눴다. 부사령관 벤티에 경이 서의 몽쉐임을, 룩소스 1세가 동의 오스를. 북부의 에하스와 쿠크다를 정벌할 때에도 군세를 이렇게 나눴다.

이러한 전쟁에서 아이노 경과 같은 걸출한 기사는 필요 외적인 존재다. 적의 진열을 흩트리기 쉬우나 그만큼 다수에 둘러싸이기도 쉽다. 아이노 경이 제아무리 강해도 수백, 수천의 병사를 단신으로 상대할 순 없다.

"이대로라면 십 년은 걸릴 겁니다."

군 편제는 전과 같으나 과자 먹듯 쉽지는 않았다. 지휘관들은 담담하게 장기전을 예고했다.

"길구나."

"짧은데요?"

에하스의 무의미한 소모전에 익숙해진 폴리아나 빼고 전원 길다고 주장했다. 폴리아나는 머쓱해져서 딴청을 부렸다.

룩소스 1세는 손가락으로 탁자를 두드렸다. 왕이 깊이 고민할 때 보이는 습관이었다. 회의를 하던 이들의 시선이 자연스럽게 왕의 손가락에 주목했다.

"우리는 승리한다. 짐은 승리한다. 패전의 기색은 보이지 않으나…… 무의미한 전투는 괴롭구나. 에하스와 쿠크다의 왕은 무슨 생각으로 이 짓을 수 대에 걸쳐 반복한 거지?"

폴리아나가 쓰게 웃었다. 그녀도 이해할 수 없는 일이었다. 룩소스 1세가 내놓는 의견은 모두 옳아서 어째서 왕이 이런 결정을 내렸는지 알 수가 있다. 불합리하다고 여긴 적 없고, 부당해서 억울한 적도 없었다.

"코에몽 강에선 폴 경이 기지를 발휘했다. 이번엔 누구 나서 볼 이 없느냐?"

코에몽 강에서야 폴리아나가 에하스 출신으로서의 이점을 발휘했다. 운도 어느 정도 따라 준 것이 사실이다. 공성전과 마찬가지인 군세의 전면전엔 별다른 계책이 무의미했다. 군의 수, 병사의 사기, 훌륭한 지휘관이 결과를 보일 뿐이다.

룩소스 1세의 발언에 기사들이 눈치만 보던 사이 아이노 경이 대놓고 나섰다.

"소신이 적의 부대에 돌진하겠습니다."

"자살은 짐이 보지 않을 때 하거라."

머리가 나쁘진 않은데 가끔 바보 같은 소리를 하는 아이노 경을 룩소스 1세가 깔끔하게 무시했다. 다른 기사들도 무시했다. 아이노 경은 포기하지 않았다.

"벤티에 경과 소신이 주축이 되어 돌진해 적 장군의 목을 베고."

"벤티에 경이 우리 측 장군이다. 부사령관을 죽일 셈이냐, 이노."

참다못한 왕이 명령했다.

"한 번만 더 쓸데없는 소리를 하면 쫓아내겠다."

"전하."

적장의 목을 베는 것보다 본인 목 간수하는 쪽이 중요한 벤티에 경이 신중하게 룩소스 1세를 불렀다. 적어도 아이노 경보단 나은 의견을 내놓는 부사령관이기에 다들 진지해졌다.

"므스멜 숲의 정보가 너무 부족하나이다. 숲 탐색이 필요하옵니다."

"위험하지 않겠나."

아크레아군은 므스멜 숲의 조사를 지역주민들의 보고 선에서 끝냈다. 지역주민들의 호들갑이 보통이 아니었기 때문이다.

나무꾼이 나무하러 갔다가 나무에 박힌 도끼만 발견했다는 이야기부터 숲에서 실종된 오스 국민이 반년 만에 피골이 상접한 거지꼴로 몽쉐임에서 시체로 발견되었다는 이야기까지.

룩소스 1세를 가장 황당하게 만든 소문은 숲에 용이 산다는 보고였다. 들을 가치도 없었다.

어쨌든 숲은 위험하다. 소문을 증명하듯 삼국연합의 병사들도 숲에 깊이 들어가진 않았다.

인간의 흔적은 가장자리에서만 발견되었다. 덕분에 숲을 통한 갑작스러운 기습이나 습격에도 금방 익숙해졌다.

"아시다시피 전하의 군대는 사냥꾼의 후예. 우리들은 숲을 친구로 삼아 왔습니다."

"익숙한 친구가 아니지 않나."

"곧 친구로 삼을 수 있을 겁니다."

사람 사귀는 일도 신중해서 할아버지, 할머니, 20년지기 말고는 친구도 없는 벤티에 경이 그런 말을 하다니.

기사들은 모두 입꼬리를 올리다가 표정을 가다듬었다. 교우 기간이 짧고 공적으로만 어울리는 폴리아나 혼자 웃지 않았다.

"단순 수색은 재미가 없지……."

룩소스 1세는 바우팔로 경과 상의해 병사들의 사냥을 일부 허용했다. 날리던 사냥꾼이었던 자들을 추려 사냥을 하러 가는 김에 므스멜 숲의 내부를 탐색하게끔 만들었다.

처음엔 길을 잃어 예정된 시간보다 늦게 도착하는 자도 있고 가끔 수색대를 보내야 하는 경우도 발생했다. 다행히 탐색은 순조로웠다. 가끔 숲에서 매복하고 있던 삼국연합의 병사와 부딪치는 일도 있었다.

그렇게 탐색한 결과물은 그다지 좋지 못했다.

므스멜 숲의 심부엔 습지와 늪지가 존재한다. 습지라면 코에몽 강에서 지긋지긋하게 겪었기에 다들 혀를 찼다.

단순히 진흙과 모래의 뻘이 존재했던 강기슭과 숲의 습지는 달랐다. 오래된 고목들이 썩어 부러지고, 흙과 나뭇잎, 낙엽이 쌓여 천천히 썩는다. 그 위에 이끼가 덮이고 다시 나무가 자란다. 겉보기엔 땅인지 늦인지 구분이 가지 않는데 설상가상으로 빛도 들지 않는다.

빽빽한 활엽수림은 중심부로 갈수록 적자생존이 강해졌다. 조금이라도 더 빛을 보기 위해 나무들이 경쟁하듯 자라고 잔가지는 서로 얽혔다. 틈새를 파고든 넝쿨이 위에서 빛을 가리니 숲의 바닥은 자연스럽게 습기가 고이고 흙이 썩었다.

나침반을 챙겨서 들어가지 않으면 방향을 잃기 일쑤인데. 그 나침반도 제대로 작동하지 않는 장소가 있다고 한다. 그것은 철 성분을 띈 지형이 존재한다는 의미였다.

나름의 성과도 있었다. 숲에 산다는 용의 정체를 밝혀낸 것이다.

용의 정체는 늪지에 사는 악어였다. 추운 북부에선 파충류 자체가 흔치 않았기에 악어를 목격한 병사는 발바닥에 땀나도록 뛰어서 도망쳤다.

지역 주민들은 그걸 악어라고 말했다. 악어는 냉혈동물이라 겨울과 가을이 있는 지방에선 생존이 어려운데 므스멜 숲의 겨울 악어는 특이하게 진화해 겨울잠을 잔다고.

병사들이 생포해 온 악어를 보고 룩소스 1세는 황당해했다.

"도마뱀이 이렇게 큰데 용이 아니라고?"

"악어라는 생물입니다."

"이빨이 흉측하군. 걸리면 뼈도 못 추리겠어. 이런 게 바닥에 넙죽 엎드려 있다니. 므스멜 숲을 가로지르는 건 포기해야겠다."

생포한 악어는 잡은 공으로 조사대에 돌아갔다. 바우팔로 경은 부하들을 시켜 악어를 식용으로 쓸 수 있는지 지역주민에게 물어보게 했다. 고기는 먹을 수 있지만 기생충이 많으니 피는 다 버리고 고기도 반드시 익혀 먹으라는 답이 돌아왔다.

처음 보는 동물을 구워먹을 생각에 병사들이 신이 나서 달려들었다. 악어가죽을 진상받은 룩소스 1세는 그다지 기뻐하지 않았다.

"곰이나 호랑이도 아니고 도마뱀 가죽은 흥미가 없느니라."

룩소스 1세는 파충류라면 딱 질색이나 처음 본 사냥감엔 흥미를 가졌다. 호기심이 혐오를 이겼기에 그는 악어 고기를 조금 맛봤다. 폴리아나도 얻어먹었다. 일부러 잡아먹을 맛은 아니었다.

아크레아의 사냥꾼들은 곰은 잘 잡으나 악어 사냥엔 난색을 표했다. 경험 부족이다. 악어를 잡는 데 들일 시간과 노력을 다른 데 쓰는 편이 나았다.

므스멜 숲을 경유하는 작전은 폐기되었다. 어차피 별 기대도 하지 않은 조사였기에 악어라는 미지의 생물을 발견한 걸로도 의미가 있었다.

악어가죽은 돌고 돌아 래비 경에게 전해졌다. 래비 경은 악어가죽을 꿰어 개에게 입혔다. 개가 빠르게 진지를 돌아다니면 병사들은 기절할 것처럼 놀랐다.

숲 탐색은 끝났지만 사냥 자체는 유지되었다. 병사들에게 소소한 유흥거리가 되었고 대규모 전투가 장기간 이어졌다가 다시 장기간 휴식하는 식으로 진행되다 보니 괜찮은 이벤트였던 것이다.

사냥해 온 고기가 적어서 모두에게 돌아가진 못해도 병사들은 사냥감이 잡혀 오고 가죽을 벗기고 고기를 굽는 일 자체에 즐거워했다.

어느 날은 래비 경이 어미 잃은 새끼 사슴을 사로잡았다. 폴리아나는 반색했다.

"굽자."

"누님, 이 야만인."

"뭐. 왜. 뭐. 나에게 사슴 맛을 알려 준 건 너야."

사슴만 보면 해체할 생각부터 하는 아크레아 놈들이!

폴리아나가 항의해도 사람들은 그녀를 피도 눈물도 없는 사람 보듯 했다. 억울해진 폴리아나는 래비 경을 찾아갔다. 새끼 사슴을 통으로 구워 술안주로 먹자 얘기할 속셈이었다.

그러나 래비 경은 새끼 사슴에 푹 빠져 있었다. 집에 토끼 같은 딸과 강아지 같은 아들이 있다는 아버지는 젖먹이 사슴의 귀여움 이란 함정에 갇혔다.

"폴 경도 보러 왔소? 사슴이 이렇게 귀엽소!"

"사슴이잖습니까."

"귀여워!"

'종이 다른데 당연하지.'

뿔과 뒷다리로 사람도 죽일 것처럼 크고 묵직한 북방의 사슴들과 중앙의 사슴은 종이 다르다. 래비 경이 잡아온 사슴은 꽃사슴이었다. 가느다란 다리로 추위에 떨며 바들바들 떠는 모습은 참.

"맛있어 보이네요."

폴리아나는 솔직하게 의견을 밝혔다. 그런데 돌아오는 반응이 까칠했다.

"너무하네!"

"새끼라 살이 야들야들할 것 같습니다."

"경이 그러고도 여자요? 모성본능이나 보호본능 같은 게 생기지 않소?"

"제게 사슴은 먹는 거라고 인식시켜 준 건 경들이십니다."

야만인! 피도 눈물도 없어! 마녀! 냉혈한! 여자도 아냐! 우우우우!

기사와 병사들의 비난이 빗발쳤다. 꼭 업고 있는 애가 못생겼다는 솔직한 얘기를 들었을 때의 애 엄마 같은 모습이었다.

폴리아나는 당황해서 자리를 떠났다. 억울하기 그지없기에 폴리아나는 아주 오랜만에 식물을 폭행했다. 나무기둥을 치자 위에서 잎과 벌레가 우수수 떨어졌다.

"으악! 되는 일이 없어!"

주먹질이 아닌 발길질이 쏟아졌다. 분노한 기사의 발차기에 새둥지가 추락했다. 둥지 속 알은 죄 깨졌다. 개중엔 새가 되려다 만 것도 있어서 폴리아나에게 죄책감을 심어 줬다.

'무슨 둥지를 발차기 한 번에 떨어지도록 허술하게 지어. 저렇게 허술한 새들은 생존경쟁에서 도태되어 멸종할 거야.'

자기합리화를 해 보아도 그뿐. 보는 사람이 없기에 폴리아나는 머리를 마구 헤집었다.

귀까지 오게 자른 머리는 엉키지 않았다. 오늘 아침에 감았기 때문이다. 결이 좋으면 금발, 결이 안 좋아서 지푸라기색 소리를 드는 머리칼이다.

룩소스 1세의 예상대로 그녀는 금발이었다. 금발이라고 말할 수 있다면 말이지만.

우오오오오! 어디선가 남자들이 단체로 감탄하는 소리가 들렸다. 폴리아나는 자연스럽게 소리가 난 쪽으로 이동했다.

래비 경이 손수건에 우유를 적셔 새끼 사슴에게 먹이고 있었다. 감탄한 소리는 그걸 구경하던 기사와 병사들이 낸 것이고.

폴리아나는 이맛살을 구기고 사슴을 자세히 관찰했다. 사슴의 크고 영롱한 눈망울과 작은 머리, 가느다란 몸통, 등에 난 귀여운 흰색 점. 짤뚱한 꼬리, 바들바들 떨고 있는 것이 참.

'맛있겠다.'

맛있어 보였다.

국왕이 부재하는 아크레아에서 내정을 담당하는 인물은 룩소스 1세의 사촌 루조 공작이다.

루조 공작은 5년 동안 한 번의 배신 없이 묵묵히 아크레아 원정대를 보조해 왔다. 보급은 정복지에서도 채워지나 아무리 그래도 본국에서 전해지는 보급이 더 신뢰성 있는 것이다.

그렇기에 병사들의 군량이나 군복, 무기 같은 것들은 현지에서 조달했고 룩소스 1세의 개인물품은 아크레아에서 가져왔다. 그러다 보니 가끔 중간에 문제가 발생해 보급이 늦어지는 일이 발생했다.

본래는 보급품과 동시에 도착해야 했을 편지가 물건보다 일찍 룩소스 1세의 손에 들어왔다. 루조 공작이 보낸 편지다.

내용을 줄여 쓰자면 이러했다.

형. 원로들이 날 왕으로 만들려고 해. 빨리 돌아와. 살려 줘.

가장 중요한 용건이 저것이고 부차적인 주제도 많았다. 승전 소식이 들려올 때마다 아크레아에서 룩소스 1세의 인기가 높아지고 있다. 정복지의 흡수도 순조롭다. 반란은 일어나지 않고 있다. 정복지 국민들은 세율과 치안에 만족하고 있다.

원로와 귀족들이 개수작 벌이는데 왕 하고 싶은 것처럼 간 보면서 저울질 중이다. 살려 줘.

마지막으로 붙은 추신엔 돌아오지 않는 형 때문에 본인도 노총각 될 것 같다는 문구가 비명처럼 적혀 있었다. 룩소스 1세는 편지를 접고 웃었다.

야망 없고 일 잘하는 사촌동생이란 이렇듯 유용하고 고마운 존재다. 룩소스 1세는 애정을 담아 사촌 동생에게 답장을 썼다. 현재 전황, 낌새가 이상한 귀족들에 대한 이야기, 세율과 치안, 정복지 흡수에 대한 방안 등등.

룩소스 1세는 마지막으로 추신을 달았다. 결혼하고 싶으면 하라는 문장이다.

루조 공작은 국왕이 부재해 있는 동안 결혼을 해 후계자를 낳으면 권력구도가 자신에게 쏠릴 것을 경계해 혼인하지 않았다.

본래 왕족과 고위 귀족의 혼인은 아주 빠르거나 아주 늦다. 아직은 괜찮은 나이지만 곧 있으면 결혼 재촉이 들어오기 시작할 것이다.

룩소스 1세가 괜찮은 하급귀족과 기사들을 모두 원정대로 꾸리는 바람에 아크레아에선 총각 몸값이 꽤 뛰어오른 상태다. 왕을 제외하고 최고의 신랑감인 루조 공작을 노리는 사람은 많을 테고.

그냥 결혼하는 것도 나쁘지 않을 텐데 굳이 사촌형을 걱정해 주다니. 룩소스 1세는 동생의 마음씀씀이가 고마웠다. 루조 공작이 있었기에 가능했던 원정이었다.

룩소스 1세의 아버지인 선왕 헤오과이 2세는 원로 및 고위귀족들과 사이가 좋지 않았다. 선왕은 원정을 준비했고 그것이 원로들의 반감을 샀다. 그가 급사한 후 룩소스 1세가 18세의 나이로 왕위에 오르자 원로들은 원정계획 파기를 요구했다.

그렇기 때문에 원로들이 루조 공작을 왕으로 모시고 싶어 하는 것도 이해가 가는 일이다. 아마 원로들은 룩소스 1세의 승전보를 들을 때마다 이를 바득바득 갈고 있을 것이다. 다들 이가 몽창 빠져서 갈 이나 있는지 모르지만.

동생에겐 미안하게도, 룩소스 1세는 돌아갈 수 없었다.

사령부 막사. 바우팔로 경은 더디게 전진한 진지의 궤적을 살폈다.

"지긋지긋한 놈들. 중부지방처럼 안 빠지고 있습니다."

"중부지방?"

"배와 옆구리에 붙는 지방 말이오."

"거기에 지방이 왜 붙소이까?"

총각 기사 및 젊은 기사들의 질문에 바우팔로 경이 부르르 떨었다. 최고령자인 바우팔로 경의 나이가 마흔을 넘어선지 오래. 열심히 자기 수련에 힘써도 나이로 인해 붙는 살은 떨치기 어렵다.

'바우 경도 슬슬 은퇴할 때가 되었지.'

기사들의 은퇴는 부상과 함께 이뤄진다. 부상을 입지 않아도 나이가 들면서 젊어 혹사한 신체가 마음대로 움직이지 않아 은퇴를 결정한다.

많이 쓴 관절은 닳아 관절염이 오고 수차례 얻어맞은 머리는 늙어서 갑자기 현기증이나 이명을 호소하게 만든다.

날이 궂으면 부러졌다 붙은 뼈가 쑤셔서 견딜 수 없고, 가끔은, 아주 가끔은 죽인 사람들의 망령이 자길 괴롭힌다고 우는 자들도 있다.

선왕부터의 인연으로 신뢰할 수 있으면서 노련하게 중심을 잡아 줄 기사가 필요해 은퇴하려는 이를 붙든 것은 미안한 일이다.

아들들을 모조리 끌고 온 건 더 미안한 일이고.

원로들이 왕의 원정을 반대하면서 룩소스 1세는 그의 뜻을 따르는 젊은 청년들과 하급 귀족, 신분이 낮은 기사들로 군세를 꾸렸다. 그들은 왕의 의지에 감동하고, 가문과 본인의 신분 상승을 목적으로 원정길에 나섰다.

래비 경은 원로나 선왕의 입김 없이 본인의 가문이 명망 있는 무가이기에 출정했다. 벤티에 경은 왕의 독주를 막으려는 원로들의 추천이다.

"요즘 들려오는 소문은 어떤가."

최근의 소문들이 적힌 보고서가 전달되었다. 룩소스 1세는 상단에 위치한 문장을 읽고 피식 웃었다.

아니나 다를까. 폴리아나에 대한 비방이 압도적으로 많았다. 적군의 왕을 수호하는 여기사란 존재는 참으로 사람들의 이목을 집중시키는 모양이다.

"내용들이 다 비슷비슷해서 이제는 재미도 없으니."

"실로 그러합니다."

"경은 기분 상하지 않는가?"

"전하의 위에서 요분질하는 여자는 소신이 아닙니다."

보고서엔 온갖 중상모략과 음담패설이 가득했다. 폴리아나는 낯이 뜨거워질 정도로 적나라한 문구에도 얼굴을 붉히거나 하지 않았다. 모두 사실과 다르거니와 믿는 사람도 없다. 정 화가 나면 소문을 퍼트리는 적군의 불알을 까면 된다.

나머지 소문도 별것 없었다. 룩소스 1세는 사뭇 안타까워했다.

"창의력 없는 자들이 가득하도다."

대륙을 손아귀에 넣고 제멋대로 휘두르려는 암군, 패왕, 마왕 룩소스 1세에 대한 소문은 재미없었다.

삼국연합에선 외세의 침략에서 나라를 지키기 위해 맞서 싸우자는 식으로 병사와 국민 사이에 반감과 적의를 심었다. 언제나 잘 통하는 작전이다.

북부는 문화권도 비슷했기에 별다른 반발이 없었다. 중부부터는 낯선 것들이 속속들이 등장한다. 알아듣지 못하는 이상한 사투리가 튀어나오고, 이쪽의 예의가 저쪽의 무례일 수도 있다.

룩소스 1세는 비크파의 국민들을 적극 이용하도록 했다.

"잘 퍼트리고 있나?"

"네. 순조롭습니다."

전쟁에서 가장 중요한 것은 명분이다. 놀랍게도, 단순히 룩소스 1세의 개인적인 야망에서 기인한 이번 원정에도 명분이 있었다.

목에 걸면 목걸이, 귀에 걸면 귀걸이, 소에 걸면 소걸이. 룩소스 1세가 내건 대륙일통의 명분은 '암군에게 고통받는 대륙인들을 해방시키고 행복하게 해 주는 것'이다.

대륙의 왕들을 모두 모욕하는 대단한 명분에는 나름의 이유가 따라붙었다. 에하스와 쿠크다는 무의미한 전쟁으로 국민들을 괴롭힌다. 배배로는 두 나라에 무기를 팔아 전쟁을 부추긴다. 삼국연합은 막대한 세율로 국민들을 굶긴다.

룩소스 1세는 정복지에 아크레아와 같은 세율을 적용했다. 9 대 1. 최대 7 대 3. 전자가 농민에게 돌아가는 양이고 후자가 세금이다. 작황이 그리 좋지 않아서 농사보다는 다른 산업에 집중하는 아크레아에서만 가능한 세율이다.

실제로 저 놀라운 세율에 혹해 룩소스 1세 만세를 불러도 그 외의 세금을 보면 7 대 3 정도의 평균이 맞춰진다. 놀라운 것은, 세금이 7 대 3이어도 농민들은 손해 보지 않는다는 사실이다.

현재 법적으로 정해진 삼국연합의 세율은 3 대 7. 전체 수확량의 7할이 세금으로 빠져나간다. 그리고 전시에 들어선 삼국연합의 현 세율은 1 대 9. 2 대 8만 되어도 감지덕지할 현실에서 비크파의 난민 귀족으로 위장한 첩자들은 룩소스 1세를 다 들으라는 듯 욕했다.

그 미친 왕이 세율을 7 대 3으로 매긴단다. 귀족 다 죽으라는 거다.

실제로 룩소스 1세의 세율 정책에 귀족들의 반대가 많았다. 그 정도 세율로는 귀족의 품위를 유지할 수 없다는 것이다.

룩소스 1세는 짜증 냈다. 황제가 될 짐도 검소하게 살겠다는데 너희들이 왜?

룩소스 1세는 전체적인 군사개편을 통해 영지군을 왕국군으로 통합시켰다. 영지의 치안은 치안대에게 맡긴다. 유서 깊은 귀족들이 가신으로 데리고 있던 기사들을 독립시키고 별개의 작위와 가문명을 주었다.

과한 사치를 하지 않으면 저 정도 세율로도 충분하다. 그리고 영주들에겐 영지에 따로 매길 수 있는 세율이 존재한다. 그것에 상한선을 두는 걸로 귀족 대우는 충분했다.

이미 정복지에선 저렇게 책정된 세율이 적용되고 있었다. 루조 공작은 이만하면 충분하다는 긍정적인 대답을 내놓았다.

룩소스 1세는 역으로 궁금했다. 추수한 곡식의 9할을 걷어 가면 농사꾼들은 어찌 살아남는가?

그 정도의 세금 갈취가 가능할 정도로 삼국연합의 곡물 산출량은 대륙 제일이었다. 실로 부러운 토지였다.

사람들을 가장 먼저 혹하게 하는 것이 금전적인 이야기다. 농사 지을 시기에 농기구 대신 병장기를 들고 강제 징집당하는 것도 모자라 가혹한 세금까지 내야 하는 상황에서 삼국연합이 언제까지 거대한 덩치를 유지하는 것이 가능할까.

가혹하게 쥐어짜던 것을 멈추고 베푼다면 오래갈 것이고, 어쩌면 룩소스 1세가 회군하게 만들지도 모른다. 그러나 룩소스 1세는 사태를 낙관적으로 전망했다.

그렇게 미래를 보는 군주라면 그리 가혹한 세율을 유지하지 않았을 터이니.

룩소스 1세는 자신 있었다. 그야말로 대륙인을 갈취하는 암군들에게서 구원할 유일한 황제였다.

폴리아나는 쉬는 동안 바느질에 열중했다.

어쩌다 보니 왕의 가죽장갑이 다 떨어졌는데 보급품이 부족해지는 바람에 여분이 부족했다.

마침 가죽은 남는 것이 있었다. 왕의 시종 체일은 래비 경이 애지중지 키우는 새끼 사슴의 가죽을 눈독 들였다.

폴리아나는 옆에서 가죽을 벗기고 고기는 굽자고 얘기하는 바람에 또 마녀 소릴 들었다. 바우팔로 경은 시종의 이야기에 이걸 쓰라면서 겨울 악어의 뱃가죽을 건넸다.

"전하께서 도마뱀 가죽은 싫다 하셨는데⋯⋯."

체일은 그다지 반기지 않았다.

"감촉이 그리 나쁘지는 않았습니다. 튼튼하기도 하고."

보급품이 오면 왕실 장인이 만든 장갑이 도착할 것이니 잠깐 쓰는 물건이다. 체일이 가죽을 받아들었다.

그대로 장갑이 만들어지려는데 어쩌다 보니 폴리아나에게 일이 떨어졌다. 폴리아나는 기가 막혀서 항변했다.

"나는 기사다!"

그냥 기사도 아닌 친위부대장이다! 폴리아나가 도망가려 하자 바우팔로 경이 체일을 거들었다.

"저번에 전하가 끼고 계시던 활골무는 내가 만들었소."

보급품이 부족해지면 자급자족. 그것이 군대의 규칙이다. 그렇다고 폴리아나가 장갑을 만들 이유는 없다.

폴리아나는 곧 이것이 이전에 있었던 '개죽' 사건과 비슷한 선상임을 눈치챘다.

"도나우 경이 더 잘 만드는데!"

"네?"

도나우 경은 형의 가죽 검집을 만들고 있었다.

결국 폴리아나는 가죽장갑 제작을 맡았다. 이를 갈면서 가죽을 꿰고 있으려니 체일이 옆구리 터진 튜닉도 가져왔다.

"기왕 보시는 거 이것도 부탁드립니다."

"진짜 너무하는 거 아니오?"

폴리아나는 이를 갈았다.

시종인 체일이 그녀에게 공대하고 폴리아나가 하오체를 쓰긴 하나 신분을 따지면 체일이 더 높다. 아무렴 왕의 시종인데 아무 귀족 가문이나 데려다 쓸까.

친위부대장이 되니 마주칠 일이 많은데 여전히 폴리아나는 시종들 대하기가 어려웠다. 어떻게 대해야 할지 감을 못 잡는 쪽에 가깝다. 시종들 대하는 일에 갈팡질팡하는 폴리아나와 다르게 시종들은 그녀에게 공손했다.

"사실은 제가 하고 싶은데……."

체일이 붕대를 감싼 손을 보였다.

"여성분이니 다른 기사님들보다 꼼꼼히 잘하지 않으시겠습니까."

"그건 착…… 에휴."

폴리아나는 묵묵히 튜닉을 받아들었다. 다친 사람과 실랑이하는 것도 귀찮았다.

그렇게 시작한 바느질은 나름 명상과 병행하기 좋았다.

빛을 받으려고 막사 밖에서 바느질하는 폴리아나 위로 그림자가 졌다. 룩소스 1세가 그녀를 구경하고 있었다.

"솜씨가 좋구나. 역시 여자라 달라."

룩소스 1세도 편견에 사로잡힌 건 어쩔 수 없었다. 여자에게 바느질 잘한다는 말은 곧 칭찬. 부하를 칭찬할 기회가 있다면 놓치지 않고 아낌없이 해 줘야 한다.

왕의 빠른 칭찬에 폴리아나는 어색한 미소를 보였다.

"정말 그리 생각하십니까?"

룩소스 1세는 완성된 장갑 한 짝을 살폈다. 공들여 만들긴 했는데 조금 어설펐다. 왕의 표정을 보고 폴리아나가 한숨을 쉬었다.

"보시면 아실 것입니다. 전 손끝이 야무진 편이 아니라 바느질은 잘…… 도나우 경이 이런 쪽으로 재주가 좋습니다."

"도나우 경이 손재주가 있긴 해."

"전하께오선 군주시기에 바느질의 경험이 없으시나 사실 기사들은 대부분 바느질을 할 줄 압니다. 종자를 할 때 주인을 모셔야 하니까요. 하우 경도 손재주가 있어서 저보단 잘할 겁니다."

"한데 체일은 왜 경에게 이것들을 맡겼을까?"

룩소스 1세가 궁금해하자 폴리아나는 직감했다. 지금이 투덜거릴 때라는 사실을!

"여자니까 더 꼼꼼할 것 같다고 말입니다. 너무하지 않습니까? 도나우 경은 자수도 예쁘게 놓는데."

폴리아나는 의동생이 예쁘게 수를 놓아 준 그녀의 가죽장갑을 룩소스 1세에게 보여 줬다. 왕이 긍정했다.

"맞아. 경은 꼼꼼한데 손재주 있는 편은 아니야."

"요리도 도나우 경이 훨씬 잘합니다."

어쩌다 보니 불만 토로가 아닌 의동생 자랑이 되었다.

룩소스 1세는 몇 년 전에 있었던 집단 식중독(?) 사건을 금방 떠올려 냈다. 사건의 원흉이 바로 여기 있었다.

"그러고 보니 예전, 경이 만든 스튜를 먹은 기사들이 단체로 구토한 사건이 있었지."

"그건 소신이 그때 너무 긴장한 나머지! 조금! 조금 욕심이 과해서!"

폴리아나가 요리를 못하는 게 아니다. 원래는 먹을 만한 음식을 만들 수 있다. 다만 그땐 의욕이 과해서 이것저것 많이 집어넣은 것이 대참사를 불러왔다.

'개도 안 먹는 개죽 사건'은 아크레아군에 길이길이 회자되어 이후 아무도 폴리아나에게 음식 조리를 맡기지 않았다. 개도 안 먹는 개죽을 혼자 다 먹어치운 그녀로선 억울해서 죽을 것 같은 사건이다.

어쨌든 이 모두 요리와 재봉에서 여자를 떠올리기에 벌어진 참사다. 폴리아나가 그렇게 말하자 룩소스 1세는 동의하고는 옆에 앉았다. 왕은 마침 심심하던 차였다.

악어 뱃가죽은 다른 가죽과 달라서 가죽용 바늘이 잘 들어가지 않았다. 폴리아나는 힘주어 바늘을 쑤셔 넣었다.

'새끼 사슴이면 바늘로 뚫기도 쉬울 텐데.'

새끼 사슴 가죽은 보들보들하고 야들야들해서 장갑으로 만들면 분명히 손에 착 감길 것이다.

사슴이 더 자라기 전에 죽여서 가죽을 벗겨야 더 좋은 물건이 나올 것을. 정말 아쉬운 일이다. 시종은 식견이 있었으나 그걸 추진할 권력이 부족했다.

"얼마 전부터 래비 경이 사슴 새끼를 주워 와 키우고 있는데, 보셨습니까?"

"응? 아아. 짐도 지나가면서 보았다. 바들바들 떨고 있는 것이 아주."

"맛있어 보이죠?"

"맛있겠더구나."

'이것 봐. 전하도 맛있겠다잖아.'

룩소스 1세와 의견이 일치하니 폴리아나는 기분이 좋아졌다.

룩소스 1세는 맛있겠다는 이유로 기사가 애지중지하는 애완 사슴을 뺏을 군주는 아니다. 사슴을 먹지는 못해도 폴리아나를 냉정하다고 매도하지 않는 것이 그녀를 만족시켰다.

"어디 가서 이런 말 하면 너무한다는 소리를 듣지만 말이다."

"저는 이미 들었습니다."

"사실 새끼 짐승은 다 맛있지 않느냐. 먹을 게 적어서 그렇지."

사냥꾼들에겐 나름의 규칙이 있다. 새끼 딸린 짐승은 잡지 않는다. 새끼는 잡지 않는다. 그래서 새끼를 잡아먹을 일은 별로 없다.

룩소스 1세는 옛날, 처음으로 사냥해서 잡아먹은 새끼 멧돼지의 맛을 회상했다. 선왕이 살아 계시고 그가 왕세자이던 시절, 아이노 경이 그의 놀이동무였던 시절의 일이다.

폴리아나는 룩소스 1세를 경외하는 것과 별개로 점차 마음을 열었다. 그것은 룩소스 1세도 마찬가지다. 두 주종은 제법 사이가 좋았다.

좀 더 일찍 만났다면 아이노 경과 룩소스 1세 사이 정도의 악우가 되었을지도 모른다. 세상에 이렇게 불평불만을 늘어놓아도 재밌게 들어 주는 왕은 없었다.

"그 사슴 다 크기 전에 먹어야 하는데 말입니다."

"그래도 애완용이니."

"다 크면 놔줄 거라던데, 그럼 죽 쒀서 개 주는 꼴 아닙니까."

"경이 쑨 죽은 개도 안 먹잖아."

"……."

냉정한 현실 앞에서 폴리아나는 바느질에 열중했다.

폴리아나가 한 짝을 마저 완성해 장갑이 한 켤레가 되었다. 바느질을 마친 장갑을 뒤집자 룩소스 1세는 인상을 찌푸렸다. 바느질에 집중하느라 보지 않았던 장갑의 재질이 이제야 왕의 눈에 들어왔다.

"이건…… 뭐라는 짐승의 가죽이냐."

"저번에 보셨던 그 겨울 악어 뱃가죽입니다."

"짐은 괴물 도마뱀 가죽엔 흥미가 없노라."

"역시 새끼 사슴이 좋으시죠?"

"인간에 대한 원한으로 무고한 새끼 짐승을 죽여서야 쓰겠느냐."

폴리아나가 옆구리 터진 튜닉으로 바느질감을 바꿨다.

룩소스 1세는 친히 해 보겠다며 실과 바늘을 받았다. 그도 손재주가 있는 편이라 몇 번 연습을 해 보더니 능숙하게 터진 옆구리를 꿰맸다.

왕실 장인의 솜씨에 비하면 부족한 점이 많아 누가 봐도 다른 사람의 손을 탄 게 보였다. 그래도 터진 옆구리만 꿰매면 문제없다.

"경은 그리 옹졸한 사람이 아닌데 왜 그 사슴에 집착하느냐?"

"저 속 좁습니다."

"퍽이나 자랑이구나."

"그냥……."

폴리아나가 선뜻 대답하지 못하자 룩소스 1세가 말했다.

"정 사슴이 먹고 싶으면 짐이 가볍게 사냥이라도."

"아니! 아닙니다! 소신은 그저. 부러워서 그랬습니다."

"사슴이 우유 먹는 게 그렇게 부러웠느냐?"

우유는 먹을 땐 실컷 먹어도 없을 땐 구경도 못 하는 식품군이다. 쉽게 상하고 마시면 식중독이 터지기에 어지간해선 보기 힘들고 가끔 신선한 우유가 들어와도 소수의 장교에게만 지급되었다.

사람도 못 먹는 우유를 야생동물이 홀짝이는 게 마음에 들지 않았는가. 룩소스 1세가 그리 묻자 폴리아나는 정색했다.

"그것이 아닙니다. 소신은 그저 상상해 보았을 뿐입니다."

"무엇을?"

"만일 새끼 사슴을 주워 기르는 게 래비 경이 아니라 소신이었다면 어떤 소리를 들었을까."

그리 어려운 질문은 아니었다. 바로 나올 수 있는 대답을 룩소스 1세는 쉽게 하지 못했다.

역시 여자라서 정이 많네. 역시 여자라서 새끼에 약하구나. 역시 여자라서.

좋은 의미든 나쁜 의미든 역시 여자라서. 끝나지 않는 역시 여자라서의 홍수에서 왕은 간신히 빠져나왔다.

"알겠다. 경이 하고 싶은 말을 알겠어."

"그러니까! 사슴 고기가 먹고 싶은 게 아니란 말입니다!"

"고생이 많은 경을 위해 짐이 사슴을 잡아 주지."

"아아악!"

그날 저녁은 왕이 친히 잡은 사슴으로 만든 스튜였다. 폴리아나는 도나우 경의 관리감독을 받아 직접 스튜를 요리했다. 불안한 눈동자로 스튜를 시식한 하우 경은 엄지손가락을 치켜세웠다. 도나우 경만 불만을 가졌다.

"옆에서 다 지켜봤는데 왜 맛이……."

"손맛이라는 거지."

"제 말은 그게 아닙니다, 누님. 재료도 최고급에 사슴 고기까지 넣었는데 왜 스튜에서 짬 맛이 나죠?"

"여기는 군대고 나는 군인이니까?"

룩소스 1세는 결국 악어가죽 장갑을 끼지 않았다. 말은 친애하는 기사가 만든 장갑을 귀히 여긴다고 하지만 사실은 모두 알았다. 악어가죽이 싫어서임을.

시간은 흘러간다. 전황은 어느 한쪽에 기울지 않고 평형을 유지한 것처럼 보였다. 적어도 겉으로는.

대륙의 중부는 므스멜 숲을 제외하면 평탄한 평야 지대가 많다. 지형을 이용한 전술보단 군사의 사기, 지휘관과 병사들의 명령하달 속도, 기사 개인의 무력보단 단결된 병사들의 응집력이 승패를 좌우한다.

또한 흐름이 중요했다. 룩소스 1세가 흐름을 억지로 만들어 붙잡는 자라면 벤티에 경은 흐름이 이쪽으로 올 때까지 기다렸다가 신중하게 나서는 타입이다. 왕과 래비 경이 난전과 변칙 전술에 능통하다면 벤티에 경은 현재와 같은 전황에선 더없이 믿음직스러운 사령관이었다.

룩소스 1세가 조금씩 동의 오스를 점령하는 동안 벤티에 경은 주어진 자리에서 한 발도 물러서지 않았다. 왕이 한 발 뒷걸음질치고 세 발 다시 걷는 동안에도 벤티에 경은 흔들림 없었다. 그랬던 것이 어느 순간 전세가 바뀌었다.

흐름이 벤티에 경에게로 흘러간 순간. 숨을 죽이고 있던 벤티에 경은 성난 황소처럼 군대를 진격했다.

몽쉐임 국토의 절반을 함락했다는 기쁜 소식에 룩소스 1세는 전령을 칭찬하고 벤티에 경의 신중함을 걱정한 지난날을 반성했다.

"사람이 너무 신중해 젊은이 같지 않더니. 이제는 도박하는 법을 배웠구나. 짐이 경들에게 배울 점이 많다."

왕의 기쁨은 나아가 모두의 기쁨. 평형을 이루던 천칭이 한 쪽으로 기울자 다른 한 쪽에도 흔들림이 생긴 것은 당연지사.

비슷한 속도로 몽쉐임의 대패를 전해 받은 오스의 군대가 방어에 집중하는 움직임이 포착되었다.

몽쉐임에 빈틈이 생겼다고 거기에 모든 군대를 집중시킬 순 없다. 위에서 보면 도넛을 닮았기에 결국 서로의 꼬리를 물려 빙빙 도는 꼴이 될 수도 있으니까.

그렇다고 원군을 보내지 않는 것도 아깝다. 어느 정도의 병력을 분산시켜야 하는가. 룩소스 1세가 고심했다.

본래 룩소스 1세는 따로 참모를 두지 않았다. 기사들의 창의적인 생각이나 직감, 현장에 나서서 지휘하기에 볼 수 있는 전장의 흐름과 경험에 중점을 두기 때문이다.

대부분 전쟁 경험이 없는 젊은이들이기에 왕의 파격적인 행보는 반발을 사지 않았다. 초기엔 의견을 내는 사람들만 입을 열었으나 시간이 지나면서 점차 입을 다물고 있던 이들도 조금씩 입을 열기 시작했다.

폴리아나가 참모가 아닌 호위기사직에 오른 것도 참모직이 별도로 존재하지 않기에 생겨난 일이다. 참모가 있었다면 룩소스 1세는 폴리아나를 그쪽에 꽂아 넣었을 것이다.

한 번의 대패로 절반의 국토를 빼앗긴 몽쉐임엔 균열이 생겼다. 균열에 룩소스 1세가 준비했던 소문이 파고든다. 이미 널리 퍼진 소문은 균열을 더 키우고 나라를 분열시켰다. 조금의 힘을 더하면 몽쉐임은 분열할 것이다.

어느 정도의 병력을 충원해야 하는가. 갑론을박이 이어졌다.

지금의 병력으로도 충분하다는 말이 나왔다. 천 명 정도 보내 주는 게 좋지 않냐는 얘기가 나왔다. 충원을 하지 않으면 기껏 얻은 균열을 메울 시간을 주게 된다.

치는 순간 단숨에 두들겨 패야 정신을 쏙 빼놓을 수 있다. 그렇다고 너무 많이 병력을 보냈다간 이곳이 역공당할 것이다.

"신이 가겠습니다."

어쩐지 조용하더라니. 룩소스 1세와 기사들은 딱 그런 얼굴을 하고 아이노 경을 보았다.

아이노 경은 혼자서 곰도 잡을 눈빛을 보내 스스로의 진심을 증명했다.

"이노. 자살은."

"자살이 아닙니다. 균열이 생긴 몽쉐임의 군세는 더 이상 집단이 아닙니다. 집단이 아니면 신이 얼마든지 뛰어들어 휘젓고 파괴하고 깨트릴 수 있습니다."

"고양이 장난치듯 얘기하는구나."

"많이 필요하지 않습니다. 신에게 27명의 기사와 병사만 내어 주십시오."

27이라는 애매한 숫자에 하나같이 의문을 표했다. 아이노 경은 자신만만하게 대답했다.

"쓸 만한 놈들을 추리니 그게 전부였습니다. 뒤떨어지는 놈은 있으나 마나 합니다. 신분, 나이, 출신 모두 가리지 않고 실력으로만 점찍어 뒀습니다. 그들을 제게 주신다면 몽쉐임의 나머지 절반을 전하께 바치겠습니다."

천 명, 일만 명을 달라는 것도 아니고 27명이다.

룩소스 1세가 망설이자 아이노 경은 왕 앞에 무릎 꿇었다. 룩소스 1세는 생각했다.

'이 새낀 무릎은 진짜 잘 꿇어.'

"이 아이노. 언제나 전하의 근심을 덜어 드리기 위해 존재합니다. 적이 있다면 쓰러트리고, 장애물은 부수고, 진창엔 망토를 깔 것입니다. 원하는 것이 있다면 하명하소서. 설령 용의 심장을 가져오라 명하여도 이행하겠습니다."

'파충류 심장 필요 없어.'

파충류를 볼 기회가 적은 추운 지방에서 나고 자라 스스로가 파충류를 꺼리는지도 몰랐다. 룩소스 1세는 다 커서 알게 된 파충류 혐오증을 애써 숨겼다.

이렇게까지 말하니 무시하기도 어렵다. 결국 왕은 벗의 생떼를 들어 줬다.

"원하는 이를 데려가라. 모든 권한을 네게 주마."

"황송합니다. 그럼 바로 준비하겠습니다."

아이노 경은 바닥에서 일어나 막사 내부를 둘러봤다. 순간 막사 안의 기사들은 목을 움츠릴 뻔했다.

먹이를 노리는 설산의 늑대와 같이, 동면 직전 포식하기 위해 무자비하게 먹어치우는 곰과 같은 사냥꾼의 기세가 기사들까지 겁먹게 만들었다.

동시에 기사들은 깨달았다. 방금 아이노 경은 신분을 가리지 않는다고 했다. 그 말은, 이 막사 안에 27명에 해당되는 사람이 존재한다는 뜻이다.

아이노 경이 룩소스 1세의 뒤를 가리켰다. 룩소스 1세를 지켜야 한다는 임무를 망각하고 왕의 뒤에 숨어 몸을 가리고 있었던 친위대장 마호갈 경이 소리 없는 비명을 질렀다. 폴리아나는 악귀 밑에서 고생하다가 다시 끌려가는 상관을 눈빛으로나마 위로했다.

아이노 경의 눈이 래비 경에게 닿았다. 래비 경은 결사적으로 고개를 저었다. 아무리 실력으로 뽑아도 그렇지. 래비 경은 장군이다. 룩소스 1세가 후방에 있으니 전장에 나서 직접 병사들을 이끄는 게 그의 일이었다. 그가 빠지면 누가 병사들을 지휘한단 말인가.

다행히 아이노 경도 그 정도 상식은 있었다. 그래서 래비 경은 빠졌다. 대신 옆에 서 있던 하우 경과 비크 경이 지목당했다.

하우 경은 사색이 되었고 비크 경은 묵묵히 따랐다. 형인 에이크 경과 동생인 디크 경이 이미 벤티에 경 지휘 하에 있으니 그냥 가서 형제끼리 모일 셈이다.

가기 싫어하는 하우 경의 어깨를 바우팔로 경이 밀쳤다.

"아버지!"

"승진하고 싶다며."

사자는 새끼를 절벽에서 떨어트리지 않는다. 그런데 인간은 가끔 젊어 고생은 사서 하는 거라며 자식을 사자보다 무서운 인간에게 산 채로 바치는 경우가 발생한다.

도망가려는 하우 경을 래비 경이 붙잡았다.

"대장님!"

"공을 세울 기회요."

붙잡힌 사냥감을 아이노 경이 잡아챘다. 이미 토너먼트 훈련으로 아이노 경에 대한 공포를 체득한 하우 경은 모든 걸 포기했다.

사령부 막사에서 추수를 끝낸 아이노 경은 허락을 받고 막사를 나갔다. 그 뒤를 절망 가득한 청년들이 따랐다.

룩소스 1세는 애써 감정을 속였다.

"다 모이면 실력이 궁금하구나."

"아크레아 최강의 부대가 되지 않겠습니까."

"이노가 맡고 있던 특수부대도 이미 실력들이 자자한데……."

이 집단은 훗날 아크레아 최초이자 최강의 기사단으로 이름을 떨치게 될 터이나, 시작은 이와 같이 안쓰러움이 가득했다.

한 시간이 지나기도 전에 아이노 경은 목적한 27명을 모두 모아 돌아왔다. 얼떨떨해하는 이가 있는가 하면 기뻐하는 이도 있었다. 폴리아나처럼 룩소스 1세에게 충성을 맹세한 외국인 기사도 끼어 있었다. 신분을 보지 않는다더니 병사 복장을 한 청년들도 보였다.

짐은 빠르게 꾸려졌다. 아이노 경은 순식간에 준비를 마치고 그의 부하가 된 사내들을 독촉했다.

오로지 실력만으로 뽑아 훗날 아크레아 최강의 기사단이자 '황제의 검'으로 불리게 될 이 집단의 유일한 단점이라면, 실력'만' 보고 뽑았다는 점일 것이다.

인성이 배제된 무력집단은 결국 대대로 가장 성격 더러운 놈이 대장이 된다는 비극적인 전통을 낳았다. 그러나 인간은 한 치 앞날도 예지하지 못하고 장님처럼 한 발 한 발 내딛는 존재기에.

룩소스 1세는 벗을 끌어안았다. 아이노 경은 친구의 등을 토닥였다. 왕의 등을 두드리는 힘은 쓸데없이 거셌다. 다른 이의 귀엔 닿지 않도록 왕은 목소리를 줄였다.

"내가 부족해서 항상 너를 고생시켜."

"그렇지 않아. 난 언제나 널 위해 싸울 거다. 잊지 마. 최강의 기사가 네 편이야."

유년기에서부터 파란만장했던 소년기를 지나 청년이 될 때까지, 가끔 철없는 것처럼 막무가내로 행동해 룩소스 1세를 곤란하게 해도 왕은 사실 알고 있었다. 그러한 행동들이 지나치게 철이 일찍 든 자신을 위로하기 위해서임을.

'뭐. 자기가 편해서 그러는 것도 있겠지만.'

사령부 막사에 앉아 지도를 노려보는 대신 전장에서 날뛰고 싶은 혈기를 대신해서 날려 주고 건방진 놈의 턱을 부수고 싶은 걸 말보다 빠르게 발을 날린다. 오랜 시간을 공유해 이제는 수족과도 같은 벗이고, 신하이고, 누구보다 신뢰할 수 있는 검이었다.

둘이 보이는 아름답고 깊은 우정에 주위 기사들은 코끝을 훔쳤다. 바우팔로 경은 슬그머니 폴리아나 경의 손을 잡고 손등을 쓰다듬었다.

"경이 있어 줘서 다행이오. 정말 다행이오."

"네?"

"경이 아니었다면 무슨 소문이 났을지."

폴리아나는 소문에 대해 잘 알았다. 그녀를 주인공으로 한 소문이 많기 때문이다. 그래서 그녀는 이러한 경우 적군이 악의적으로 퍼트릴 소문 몇 개를 추렸다.

게이왕. 정력왕. 기사(만 밝히는)왕.

폴리아나는 신경 쓰지 않았다. 설령 왕이 남색가여도 왕으로서 훌륭하다.

아이노 경이 조금 특별하긴 해도 룩소스 1세가 다른 기사들에게 보여 주는 감정의 교류는 깊고 진솔했다. 그러니 그저 흐뭇하게 지켜볼 수밖에.

마호갈 경이 끌려가면서 그녀가 친위대장이 되어서일까. 폴리아나는 자꾸 올라가려는 입꼬리를 누르기가 힘들었다.

아크레아 국왕 룩소스 1세의 친위대장 폴리아나 윈터.

대장이 되니 파란 친위대 제복에 금줄이 붙었다. 바람직한 기사의 표본 마호갈 경의 부하로 있으면서 보고 배운 것이 있기에 자세는 초반보다 좋아졌다.

훌륭하진 않아도 욕먹을 정도는 아니기에 폴리아나는 만족했다. 주위에서도 걱정보단 호평이 많았다.

여기사인 것이 못마땅하긴 해도 외국인 출신이 이렇게까지 국왕의 신임을 얻는 것은 정복지에 선전하기 좋은 사례다.

머리가 좋고 계산적인 쪽에선 폴리아나를 대대적으로 선전했다. 룩소스 1세가 정복지 출신을 아크레아 출신과 동등하게 대우함의 산 증인이 아닌가.

실제로 아크레아군은 정복지의 기사와 병사를 적극 수용했다. 군세가 줄어들지 않는 비결이 거기에 있었다.

호위기사는 왕의 얼굴. 그냥 호위도 아닌 친위대장에 여자를 앉혔다. 상식을 가진 이라면 왕이 아무리 애첩에 정신이 팔려도 그렇게 할 리 없다는 사실을 알아차린다.

게다가 그 왕이 순조롭게 중부를 야금야금 떼어먹고 있는 시점에서 폴리아나에 대한 소문은 코 푼 휴지처럼 바닥에 떨어졌다.

적을 욕하는 건 언제나 즐겁다. 소문의 내용이 추잡하고 저질이면 더욱 즐겁다. 하지만 폴리아나와 룩소스 1세의 쿵짝쿵짝 에브리데이 즐떡라이프를 밤낮으로 떠들던 사람들의 입이 다물렸다. 실로 입을 꿰맨 것처럼 닥치기 시작했다.

사람들은 비현실적인 왕의 침실 속 사정 대신 다른 쪽에 귀를 기울이고 입을 열기 시작했다. 전쟁이 시작되면서 끌려간 장정들과, 홀로 남은 여자들. 자국민을 강간하는 병사와 흔들리는 군기.

벤티에 경이 몽쉐임에 대승을 거두면서 패잔병과 낙오자가 발생했다. 그들은 군대로 돌아가는 대신 탈영했다. 인근의 민가를 약탈하거나 작정하고 므스멜 숲에 숨었다.

갑작스럽게 정복당한 몽쉐임의 국민들은 불안과 두려움으로 떨었으나 군기 빡세게 정렬된 아크레아의 군대를 보고 안심했다.

거기에 정복지 출신 병사들이 믿음을 안겨 줬다. 정복지 출신 병사들은 아크레아의 왕은 대륙을 품을 대인배라 정복지와 본국에 차별이 없으며 인재를 중용하고 백성을 아끼신다는 말을 늘어놓았다.

처음엔 그저 북방의 야만인이고 여자에 눈이 먼 아크레아의 왕이라고 믿고 있었던 몽쉐임의 평민들은 민간인은 건드리지 않는 아크레아 군대를 접하고 자세를 바꿨다. 아크레아 병사보다 탈영병이 위험하니 당연한 결과다.

공작은 대체로 성공적이었다.

몽쉐임의 군대가 후퇴한 뒤 전열을 가다듬을 때 즈음 원군이 도착했다. 실력만 보고 뽑은 기사 27명과 그 대장은 무자비한 속도로 군세를 휘젓고 도망가길 반복했다.

혼란을 수습하기 전엔 대군이 몰아쳤다. 연이은 승전보는 빠른 속도로 룩소스 1세에게 전달되었다.

코파이의 행보는 신중했다. 몽쉐임의 원군 요청에 그들은 오스에 주둔하는 병력을 일부 빼내 몽쉐임을 원조했다. 어떻게든 자국 내에서의 전투를 막으려는 의지가 느껴졌다.

자국의 영토가 아닌 타국의 영토를 전장으로 삼는 코파이의 행보는 룩소스 1세가 보기엔 아주 얄미웠다.

전쟁은 땅의 적이다. 수십, 수백, 수천, 수만의 군사가 땅을 짓밟는다. 군화와 군마가, 수레가 짓밟은 농토. 사망자를 모아서 태우지 않거나 깊게 묻지 않아 발생하는 오물. 오수와 오물로 오염된 수원과 토지.

장기적으로 보았을 때 시체는 거름이 될 수도 있다. 그러나 많은 양이 단시간에 썩으면 토양 자체를 부식시켜 황무지로 만들어 버린다.

기껏 갈아 놓은 밭에 투척되는 화살과 병장기에서 떨어지는 금속 가루까지. 전쟁은 토지에 이로운 게 하나도 없다. 피하는 것이 상책.

게다가 피해를 입는 건 토지만이 아니다.

숲을 진군하기 위해 나무를 베어 길을 낸다. 살 곳을 잃은 숲 짐 승들이 근처 민가를 습격하는 건 예사. 군인들이 민간인을 공격하기 시작하면 그건 정말 답이 없다. 엄격한 군기 아래에서 약탈을 하지 않는 아크레아군은 극단적인 예외일 뿐.

지리적 여건상 코파이의 대처는 옳았다. 그냥 그거다. 내가 하면 로맨스. 남이 하면 불륜.

왕의 막사엔 왕 혼자였다. 룩소스 1세는 폴리아나의 승진 축하 모임에 호위기사들을 모두 보냈다. 혼자선 막사에서 절대 나가지 않겠다고 호위기사들을 안심시킨 왕은, 너무 당연하게도 혼자 막사를 나왔다.

혼자 있으려니 심심했다. 잠도 잘 오지 않아서 룩소스 1세는 술을 챙겼다. 술로 잠을 청하는 건 좋지 않은 습관이지만 이곳은 전장이다. 술 없이는 가끔 잠들기 어려운 밤이 있었다.

부어라 마셔라 죽어라. 그렇게 놀 정도로 안심할 수 있는 상황이 아니다. 그래서 룩소스 1세는 술을 목구멍으로 넘기는 걸 금했다. 그런데도 술 냄새가 자욱했다. 말 그대로 술을 부었기 때문이다.

술에 빠진 생쥐 꼴이 된 폴리아나에게 래비 경이 다시 술을 부었다. 적정선에서 자르고 다듬는 머리카락은 술에 젖어 축축했다.

술 대신 물을 마셨는데도 술을 마셨을 때와 다르지 않는 기사들의 태도. 역시 술보단 분위기다. 사람은 그게 뭐가 됐든 참 잘 취했다.

"우리 폴 경이 친위대장이 되다니!"

왕년의 상관 래비 경이 감격해서 외쳤다. 왕년의 상관 바우팔로 경도 흐뭇하게 웃었다.

왕년의 상관들이 서로 흐뭇해하는 동안 폴리아나는 현재의 부하를 찾았다. 현재의 부하를 찾는 그녀에게 과거의 부하들이 축하한다고 덕담을 남겼다.

"대장님은 아크레아 역사상 가장 못생긴 친위대장일 겁니다!"

과거의 폴리아나였다면 스스로를 자제하느라 속으로 이렇게 생각하고 말았을 거다.

'개새끼야.'

하지만 지금의 폴리아나는 권력을 손에 쥐었다. 또한 국왕의 친위대장이라는 막중한 임무도 맡았다. 왕의 측근 중 측근이 되었으니 대놓고 말하는 무례는 적절하게 꾸짖을 줄도 알아야 한다. 비록 사석이지만 여기는 군대였다.

폴리아나는 부하에게 어깨동무를 하고 작게 속삭였다.

"난 널 후천적으로 못생기게 만들어 줄 수 있다."

"시정하겠습니다!"

부하가 쏜살같이 도망갔다. 폴리아나는 목덜미를 따라 흐르는 술방울이 간지러워서 뒷목을 긁었다.

이 정도에서 끝내는 게 좋았다. 더 나갔다간 못생긴 년이 히스테리 부린다는 소리나 듣지.

술이 없는데 남자들끼리 모이면 할 얘기가 뻔했다. 유부남을 주축으로 음담패설이 시작되었다. 갈대밭에 불붙인 것처럼 음담패설이 빠르게 퍼져 나갔다.

그러거나 말거나. 폴리아나가 심드렁한 표정을 짓자 괜히 찔려서 그녀 눈치를 보던 기사들도 슬쩍 야한 대화에 꼈다.

"아무렇지도 않으십니까?"

"짬이 몇 년인데."

귀족들 야한 얘긴 병사들에 비하면 온건한 축에 속했다. 음담패설은 몰라도 야하고 저질스럽고 더러운 욕은 일가견 있는 폴리아나가 봤을 때, 그다지 야하지도 충격적이지도 않았다.

사실 폴리아나에겐 저들의 입을 틀어막을 막강한 무기도 존재한다. 경험담이다. 음담패설 갑중갑이 경험담이요, 폴리아나에겐 그들이 다시는 그녀 앞에서 저런 얘기를 못하게 만들 짜릿한 경험을 했다.

동기 종자들과 공평하게 뒷구멍 털리는 일이 흔한 건 아니잖아? 게다가 강간은 한 새끼는 입을 털어도 당한 사람은 못 터는 경험이다.

기사로서 순진한 처녀를 농락하는 일은 지양해야 하기에 음담패설도 창부, 부인과 결혼 전 친 사고 등이 주였다. 고만고만했다.

고만고만한 이야기를 하며 좋다고 웃는 중에 도나우 경은 표정이 좋지 않았다. 뭐 씹은 표정으로 앉아 있던 도나우 경이 은근슬쩍 자리를 뜨려 하자 주위 기사들이 붙잡았다.

"도나우 경! 어디 가시오!"

"나는 잠깐."

"이 사람 은근히 비위 안 좋다니까!"

"설마 얘기 듣고 기분 나빠진 거요? 남자가 되어서 그럼 못 쓰지!"

비위는 강한데 야한 이야기 쪽으론 면역이 없는 도나우 경은 약점을 드러내자마자 표적이 되었다.

귀신같이 물고 늘어지는 약육강식, 적자생존을 지켜보면서 폴리아나는 남자로 태어나도 딱히 좋진 않다는 걸 새삼스레 느꼈다.

만약 폴리아나가 여기에서 기분 나쁜 표정을 지었다면 어떻게 되었을까? 여자니까 유별나다고 욕하면서도 그녀의 감정을 이해해 줬을 것이다. 그렇지만 남자는 다르다. 남자는 야한 얘기할 때 기분 나빠하면 안 된다.

남자니까.

삶이 그녀를 짓누르고 있을 땐 미처 몰랐다. 여자니까 안 된다는 말은 역으로 남자에게도 통용된다는 사실을.

힘을 쥐고, 권력을 쥐고, 목적의식을 갖고, 이제 인생 살 만하니까 폴리아나의 눈에 보였다. 막연하게 남자는 편하리라 여겼으나 실은 그것도 아닌 것을.

'이래서 사람은 여유가 필요한가 봐.'

그도 아니면 위치가 사람을 바꾸는 것일까? 대장과 부대장은 느낌이 달랐다. 대장이 되니 좀 더 아랫사람을 챙기고 싶은 욕구가 들었다.

이 또한 경애하는 왕께서 폴리아나에게 보여 준 또 다른 세계였다.

"내가 주인공인데 꼭 그런 얘기들 해야겠소?"

폴리아나가 불편한 심기를 내비치자 야한 얘기가 쏙 들어갔다.

야한 얘기가 사라졌으니 이제 남자들끼리 할 얘기는 정해진다. 유부남은 부인과 자식 얘기. 총각들은 직장과 훈련, 취미. 대장들이 없으면 상관 욕을 했을 것이다.

래비 경은 열심히 부인과 자식 자랑을 했다. 중간 중간 사슴 자

랑도 빼먹지 않았다. 그러다가 어느 결에 튀어나왔는지, 래비 경이
폴리아나에게 질문했다.

"그런데 폴 경은 생리 안 하시오? 내 부인은 그때가 되면 아파서
죽으려고 하는데."

래비 경은 목청이 크다. 기사들이 죄 들을 수 있을 정도로 똑똑
히 들린 질문에 이목이 집중되었다.

사정을 알고 있는 도나우 경과 바우팔로 경이 래비 경에 눈치를
줘 봤으나 래비 경은 폴리아나에게 신경을 쓰고 있어서 그들을 못
봤다.

'딱히 감출 것도 아닌데.'

"안 한지 꽤 됐습니다."

"불순이 심하오?"

"아닙니다. 그러니까, 거의 8년?"

하혈로 보이는 미세한 출혈을 제외하면 피 본 일이 없었다. 치질
로 피를 더 자주 봤지. 치질이 완치되기 전까지 화장실을 갈 때마
다 얼마나 고통스러웠나.

"그건 심각한데. 의사에겐 보였소?"

"아뇨. 통증이 없어서 찾아가지 않았습니다."

군의관에게 산부인과란 얼마나 미지의 세계일 것인가. 차라리 동
네 산파를 찾아가서 물어보고 말지.

엄청난 질문을 던져 주위를 꽁꽁 얼린 것치고 래비 경은 진지했
다. 부인이 생리통으로 고생한다더니 물어보는 질문엔 다정한 걱
정이 담겨 있었다. 그래서 폴리아나는 기분이 좋아졌다.

"통증이 없어도 혹 같은 게 자라고 있을 수도 있소. 의사를 찾아

가 보시오."

"한가해지면 그러려고 합니다."

"내 딸들도 어머니를 닮았는지 생리통이 심해서……."

아장아장 걷는 게 엊그제 같은데 딸들이 생리를 시작할 정도로 자라 버렸다. 빠른 분위기 전환을 위해 유부남 기사들은 서둘러 눈시울을 붉혔다. 내 아들이, 내 딸이, 누구 경 아들은 후발대로 지원했다더라.

바뀌는 화제에 기사들이 허둥지둥 그쪽으로 주의를 쏟았다. 하지만 래비 경은 여전히 이쪽 화제에 집중했다.

"불임인 건 걱정해 봤소?"

"애 낳을 생각도 없습니다."

"폴 경. 그건 다시 생각해 보시오. 결혼하면 나름 재미가 쏠쏠하오."

고위 귀족이라 연애결혼도 아닐 텐데, 래비 경은 부인과 어지간히 사이가 좋은 것 같았다. 자식 사랑도 끔찍하고 부인에게 관심도 많았다. 폴리아나는 한숨을 쉬었다.

"솔직히 말하자면, 아예 생각을 안 해 봤습니다. 에하스에 있을 때 하루하루 살기 급급했고, 존경하는 전하의 기사가 된 후엔 뒤를 좇는 것도 벅찼으니까 말입니다. 전쟁 중에 누군가와 결혼하고 아이를 낳는다는 상상, 잘 안 하지 않습니까."

"그건 그렇지. 그래도 이제부턴 가끔 생각도 해 보시오. 애가 없어도, 결혼하면 재미가 쏠쏠해."

폴리아나는 씨익 웃었다.

박색에, 흉터가 가득하고, 머리는 길렀어도 여전히 귀를 넘지 않도록 자른다. 손가락은 마디가 굵고 손바닥엔 굳은살이, 손톱과 발톱은 깨져서 날카롭고 쉰 목소리에 거친 행동거지. 심지어 애도 못 낳는다. 누가 그녀와 결혼하려 들까?

'이 정도가 좋아.'

폴리아나는 지금 상황에 만족했다. 왕의 신뢰와 동료들과의 우정, 부하들이 보내 주는 충성. 이만하면 그녀로선 믿을 수 없을 만큼 많이 가진 것이다. 여기서 더 욕심을 내면 간신히 얻은 것들도 잃게 된다.

사람마다 그릇이 다르고 그릇이 넘치지 않도록 주의해야 한다. 폴리아나는 넘치는 것보단 부족한 게 낫다 여겼다.

다음날을 위해 폴리아나는 일찌감치 자리를 파했다. 주인공이 그렇게 요청하고, 술을 붓기만 하고 마실 수는 없으니 기사들도 진상 부리지 않았다.

얌전히 일어나서 떠나는 무리 속에서 폴리아나는 바우팔로 경과 래비 경이 어깨를 맞대고 쑥덕거리는 걸 발견했다.

'뭐지?'

폴리아나가 호기심에 목을 빼고 살폈다. 래비 경이 바우팔로 경에게 딸들의 초상화를 보여 주고 있었다. 간간이 바우팔로 경이 고개를 저었다.

"신분이 안 맞습니다."

"에이, 전쟁 끝나면 일등공신에 경과 아들들이 주르륵 이름 넣을 거 다 아오."

'대박!'

폴리아나는 터지려는 함성을 막기 위해 손으로 입을 막았다. 그녀의 귀와 온 신경이 그쪽으로 쏠렸다. 눈이 커지고 호흡이 가빠지며 가슴이 두근거렸다.

'대박 대박 대박 사건.'

"둘 다 나이도 대충 맞고, 하우 경과 도나우 경 인품은 내가 이미 알고 있고."

"부족한 아들들을 좋게 봐 주셔서 감사합니다."

비카 가문은 아크레아에서 명망 높은 무가다. 그에 반해 리보 가문은 기사 계급이었다. 선왕 때의 인연으로 원정에 참가했다고 하는데 선왕 때에도 그렇게 빛을 보지는 못한 그저 그런 집안.

차원이 다른 두 가문 사이에 혼담이 오가고 있었다. 그것도 한 커플이 아닌 두 커플이!

래비 경에겐 딸이 둘. 바우팔로 경에겐 아들이 둘. 래비 경이 자세한 얘기는 앉아서 하자며 바우팔로 경과 함께 사라졌다. 폴리아나는 가쁜 숨을 몰아쉬었다.

'대박 사건!'

근데 말할 곳이 없다. 다른 이야기도 아니고 혼담인데 어디서 떠들기도 뭣하다. 다른 사람의 혼담도 아니었다. 그녀가 잘 알고 있는 두 기사와 왕년의 상관 딸들의 혼담이다. 이복동생이 결혼한다는 얘길 들었어도 이렇게 신나지는 않을 것이다.

폴리아나는 괜히 혼자 신이 났다. 볼 사람도 없으니 맘 놓고 히죽히죽 웃는데 도나우 경이 말을 걸었다.

"대장님."

"음. 피곤할 텐데 어서 가서 자라."

하필 당사자와 마주쳐서 표정 관리하기가 아주 난감했다. 폴리아나가 애써 엄숙하고 위엄 있는 대장다운 표정을 연기하는 동안 도나우 경이 심각한 얼굴로 말했다.

"불임이어도요."

"음."

"못생기고 외국인이어도 대장님 좋다는 남자가 있을 겁니다. 다 알고도 좋다는 남자 있으면 결혼하세요."

"으음!"

그 옛날, 바우팔로 경은 폴리아나에게 이렇게 말했더랬다. 기사로 죽고 싶으면 결혼하지 말라고. 폴리아나가 그 얘길 꺼내자 도나우 경이 정색했다.

"그땐 그때고 지금은 상황이 바뀌었잖아요! 결혼해도 기사만 계속하시면, 분명히 누님이 기사 하는 걸 반대하지 않는 남자가 있을 겁니다. 그런 남자가 있을 거니까, 결혼 안 한다는 얘기는 마세요."

'얘 왜 이래.'

그때와 지금은 다르다. 당시의 폴리아나가 소수의 기사에게만 동료로 받아들여졌다면 지금의 폴리아나는 어엿한 룩소스 1세의 친위대장이었다.

이제 그녀가 결혼을 해도 기사들은 여전히 동료로, 전우로 인정해 줄 것이라는 도나우 경의 이야기는 감동적이었다. 도나우 경의 반응이 예민해서 그렇지.

'취했나?'

"대장님은 제 의누님이기도 하니까, 행복했으면 해서. 그래서 한 얘깁니다."

도나우 경이 진지하니 폴리아나도 덩달아 진지해졌다. 불임도 괜찮고 부인이 못생겨도 괜찮고 바깥일을 해도 괜찮고 남자랑 같이 어울려 다녀도 괜찮은 남자라.

'호구잖아.'

세상에 그런 호구가 없었다. 사지 멀쩡하고 제정신인 남자라면 저런 조건을 받아들일 리 없다. 만약 있어도 폴리아나가 그 선량하고 호구 같은 마음씨에 감동해 다른 여자와 이어 줄 지경이다.

지 일 아니라고 어딘가에 존재하는 호구를 지옥에 집어넣으려는 심보가 고약하다. 폴리아나는 한 대 쥐어박으려다 말았다.

의동생이긴 해도 도나우 경은 성인이다. 스물이 넘은 청년의 머리를 쥐어박는 건 너무한 일이다. 그리고 의누나라고 챙겨 주는 게 기특하지 않은가. 기사로 인정 못 한다고 와왁거리던 게 엊그제 같은데.

"말만이라도 고마운데 어쩌냐."

고개를 숙이고 있던 도나우가 얼굴을 들었다. 폴리아나는 그녀가 지을 수 있는 가장 환한 미소를 지었다.

"난 지금 엄청 행복해."

도나우 경이 마주 웃었다. 도나우 경은 스스로의 마음을 깨닫지 못했기에, 자신이 그 호구가 될 수 있다는 상상을 못 했다.

친애와 연심의 경계에서 어디로도 향하지 않던 마음의 방향을 알았다면 호구를 자처했을까? 그러나 그건 만약의 이야기.

폴리아나를 이성으로 좋아하는 일은 도나우에게 해가 서쪽에서 뜨는 일과 같았다.

그래서 청년은 웃었다. 행복을 만끽하는 여자의 미소에 마냥 흐뭇해 만족했다.

폴리아나는 막사로 들어가자마자 옷을 벗었다. 누군가가 이미 가져다 둔 나무통엔 물이 가득했다. 당연히 찬물이다.

씻기 귀찮지만 씻어야 한다. 일주일에 한 번 씻는 것도 자주였던 과거는 이제 안녕. 친위대장이 되었으니 더더욱 위생에 심혈을 기울여야 했다.

의복에 주름이 가지 않도록 관리하고 나무를 깎아서 빗도 하나 장만했다. 그녀의 부하들은 친위대장의 빗이 나무가 뭐냐며 어디든 가서 새로 장만하라고 잔소리했다.

비싼 걸로 빗어서 머릿결이 좋아지는 것도 아니라는 폴리아나의 반항에 부하들은 좋아진다고 즉답했다.

'진짜 좋아진다면야 사야겠지만.'

상아니, 옥이니. 비싼 걸로 빗으면 좋아진다는데 사야지 어쩌겠어.

폴리아나는 이를 악물고 목욕통으로 들어갔다. 다리를 굽혀 머리까지 한 번에 처박고 숨을 참았다. 참는 동안 폴리아나의 손이 바쁘게 움직였다.

머리를 헹구고, 몸을 문질렀다. 찬물로 인해 소름이 오소소 돋은 피부를 열심히 문질러 열을 내고 때를 벗겼다. 한계에 다다를 때까지 참다가 폴리아나는 수면 위로 고개를 내밀었다.

"아이고, 추워."

그래도 술 냄새가 빠지지 않았다. 같은 짓을 세 번 반복하고서야

통 밖으로 나올 수 있었다.

수건으로 물기를 닦으려던 폴리아나는 막사 입구에서 느껴지는 인기척에 검을 집었다.

"폴 경, 왜 짐의 개가 흉측한 도마뱀 가죽을 뒤집어쓰고 돌아다니……!"

술로 달래려던 불면이 외로움을 불러와 충실한 사냥개를 만나러 갔던 룩소스 1세는 기겁했다. 그가 가장 사랑하는 사냥개가 보기에도 끔찍한 괴물 도마뱀 가죽을 걸치고 있었다.

개는 오랜만에 만난 주인이 반가워서 펄쩍 뛰어서 룩소스 1세에게 달려들었다. 룩소스 1세의 눈엔 괴물 도마뱀이 그에게 달려든 것처럼 보였다.

소리 없는 비명을 내지르고 혼비백산해 도망친 끝에, 룩소스 1세는 도마뱀이든 곤충이든 공평하게 잘 씹어 먹고(진짜 잘 먹는다), 호위기사들과의 약속을 어긴 왕을 유일하게 못 본 척해 줄 관대한 기사를 찾아가기로 마음먹었다.

물론 왕의 비행을 눈감아 줄 관대한 기사는 폴리아나다.

룩소스 1세가 폴리아나의 막사를 몰래 찾아가는 건 처음이 아니었다. 본래 룩소스 1세는 폴리아나에게 인간적인 호감이 있었다.

폴리아나도 룩소스 1세를 인간적으로 경애하고 있으며 친해지고 싶어 하는 마음이 있었다. 둘 다 서로를 친근하게 여기고 울타리 안으로 들이고 싶어 한다.

그리고 폴리아나가 호위기사가 되면서 함께 있는 시간이 많아졌다. 기사들에게 친근하게 대하는 룩소스 1세는 폴리아나에게 어떠한 예감 같은 걸 갖고 있었다.

그녀가 그에게 특별한 사람이 될 것 같다는 예감.

예를 들자면 역사상 길이 남을 왕과 기사? 혹은 친구?

아이노 경은 기사가 되기 전에 이미 친구였다. 루조 공작은 친구처럼 친해도 사촌이다. 아이노 경은 '저 새끼', 루조 공작은 '불쌍한 새끼'. 아이노 경이 친구이고 기사라면 루조 공작은 사촌이자 신하이다. 사적으로 만나 공적인 관계가 진행된 둘과 다르게 폴리아나는 공적으로 만나 사적인 친분이 생겼다.

적국의 기사와 왕. 룩소스 1세는 폴리아나 경과 친구가 되고 싶었다. 소중한 사람이 되고 싶은 마음은 들지 않았다. 폴리아나가 이미 '국왕 룩소스 1세'에게 푹 빠진 걸 알고 있기 때문이다.

폴리아나는 빠른 속도로 특권을 얻어 냈다. 왕에게 독대를 청할 수 있는 권리. 왕의 앞에서 등받이 있는 의자에 앉을 수 있는 권리. 왕의 앞에서 팔걸이 있는 의자에 앉을 수 있는 권리. 왕의 앞에서 말에 올라탈 수 있는 권리. 말 위에서 왕과 대화할 수 있는 권리. 왕과 술을 마실 때 자작할 수 있는 권리. 왕 앞에서 모자를 쓸 수 있는 권리. 왕 앞에서 드러누울 수 있는 권리. 왕이 허락하지 않아도 떠날 수 있는 권리. 마지막엔 왕과 선약을 잡지 않아도 알현을 청할 수 있는 권리까지.

'왕 앞에서 알몸으로 있을 권리는 안 줬는데…… 아, 원래 없는 거지.'

룩소스 1세는 그저 폴리아나 경과 술이나 마실 겸 찾아왔을 뿐이다. 목욕하는 줄 알았다면 들어오지 않았을 것이다. 아무리 그래도 여자 막사인데 그 동안 지나치게 편히 드나든 것이 문제였다.

왕은 갈등했다. 사과하느냐 마느냐. 그것이 문제로다.

국왕은 함부로 사과해선 안 된다. 국왕은 흠결 없는 존재이기 때문이다.

룩소스 1세가 고민하는 사이 폴리아나는 집어 들었던 검을 내려 놓고 왕을 반겼다.

"안 들어오고 뭐하십니까."

"응?"

"어차피 다 보셨잖습니까."

폴리아나는 나신으로 룩소스 1세에게 기사의 맹세를 했다. 좋은 몸매도 아니고, 룩소스 1세가 그녀를 그런 눈으로 보는 사람도 아니어서 부끄럽지 않았다. 게다가 룩소스 1세는 혼자 나와서 돌아다니던 것 같다. 돌려보내느니 그녀가 옷을 입고 호위를 서는 게 안전했다.

폴리아나는 얼른 옷을 챙겨 입었다. 룩소스 1세는 사과 서리하다가 걸린 아이처럼 놀라더니 폴리아나가 말한 대로 막사에 들어와 의자에 앉았다.

"그렇지. 음. 짐은 귀경의 알몸을 처음 보는 게 아니지."

룩소스 1세는 애써 태연한 척하며 폴리아나의 몸을 살폈다. 괜히 안 보려고 고개를 돌리면 지는 것 같았기 때문이다. 도대체 무엇을 이기려고 그러는 것인지 스스로도 의문이었으나.

룩소스 1세가 기억하는 폴리아나의 알몸은 참혹하고 처참했다. 지금의 폴리아나의 몸과는 전혀 달랐다. 룩소스 1세는 내심 뿌듯해서 웃었다.

"짐의 휘하에 들어오고 몸이 좋아졌구나. 새로 얻은 상처도 없고. 아, 그 옆구리에 큰 상처는 어쩌다 생긴 것이냐."

"래비 경 아래 백인대장으로 있을 때 얻은 겁니다."

"……."

"……."

옷을 모두 입은 폴리아나가 안주로 쓸 만한 먹을거리를 찾아 왕의 앞에 바쳤다. 룩소스 1세는 간신히 기사를 찾아온 목적을 달성할 수 있었다.

의기소침해진 왕을 염려한 폴리아나가 대화의 문을 열었다.

"어찌 귀하신 몸 홀로 오셨습니까."

혼자 얌전히 있겠다더니 왜 몰래 나와서 돌아다니느냐. 룩소스 1세는 잔소리가 듣기 싫어서 심각한 표정을 지었다. 폴리아나는 왕이 정색하니 허리를 곧게 펴고 바른 자세를 유지했다.

"심란하니 잠이 오지 않아 개를 보러 갔더니…… 그래! 어째서 짐의 귀여운 개가 괴물 도마뱀 가죽을 입고 있느냐!"

"래비 경이 입혔습니다. 나름 귀엽죠."

"그게 귀엽다고? 경은 시력에 문제가 있다. 자고로 동물은 털이 이렇게 복실복실해야 귀엽고 사랑스러운 것이다. 뱀이든 도마뱀이든 짐은 질색이야."

"래비 경 얘기가 나와서 말입니다만."

폴리아나는 룩소스 1세에게 얼굴을 붙이고 작게 말했다.

"대박 사건입니다."

"대박 사건?"

"예, 전하. 소신이 방금 목격한 것인데……."

그렇지 않아도 혼자만 알고 있기엔 아까운 사건이었다. 귀족의 결혼은 국왕 혹은 국왕 대리, 섭정과 그에 준하는 계급에게 허락받아야만 가능하다. 허락받지 못한 결혼은 사실혼이나 동거로 간주

되어 상속과 가문 승계 같은 혜택을 누릴 수 없었다. 그러니까 폴리아나는 비밀을 공유하기 가장 좋은 상대를 찾은 것이다.

"래비 경과 바우팔로 경이 사돈을 맺으려는 것 같습니다."

폴리아나가 해 준 말에 룩소스 1세도 입을 가렸다. 대박 사건이 맞았다.

두 집안사람들을 안주 삼아 술이 오갔다. 씹어 먹는 고기 안주보다 형체 없는 뒷담화가 더 술맛을 돋웠다.

귀족의 결혼은 정략혼과 계약혼. 비카 가문은 백작가이고 바우팔로 경의 집안은 기사 계급이다. 래비 경의 여식이 도나우 경과 하우 경에게 시집가면 귀족 신분을 상실하게 된다. 이 부분에 있어선 래비 경의 노림수가 있었다.

룩소스 1세는 고개를 끄덕였다. 전쟁이 끝나면 공신을 가려 작위가 있는 자들은 새 영지와 더 높은 작위를 약속하고 작위가 없는 자들에겐 귀족의 신분을 내릴 것이다.

그렇게 위험성 높은 도박은 아니었다. 잘 모르는 청년보다 됨됨이와 성품을 아는 청년들이 낫다 싶었겠지.

주제가 결혼이다 보니 이야기는 점점 뻗어나가 폴리아나의 결혼으로 이어졌다. 폴리아나는 도나우 경이 한 얘기를 간략하게 전했다. 룩소스 1세가 고개를 끄덕였다. 도나우 경의 말에 동의하는 부분이 있기 때문이다.

"그래. 결혼할 수 있으면 하거라."

"하오나 아크레아의 법률상 여자는 본래 기사를 할 수 없는데 결혼하고 나면……."

"아니니라. 법으로는 막고 있지 않다. 당연히 불가능하다고 여길 뿐."

룩소스 1세가 고소했다. 술은 달아 쓰지 않으니 현실의 일부가 썼다. 여자는 기사가 될 수 없다. 남자가 아이를 낳지 못하는 것처럼 당연히 여기기에 법이 제정되지 않았다.

그러니까 폴리아나가 결혼을 해도 남편이 허락하고 본인이 원한다면 계속 복무할 수 있다. 무엇보다 다른 누구도 아닌 왕이 그러길 원했다.

"좋은 남자 있으면 결혼해야지. 암."

좋은 남자라니. 그런 호구를 대체 어디서 구해 온단 말인가. 그리고 그렇게 좋은 사람이면 다른 좋은 처자와 짝지어 줘야지.

결혼할 마음은 없으나 만일 하게 된다면 상대가 되어 줄 호구. 그 호구를 생각하니 폴리아나도 덩달아 입안이 씁쓸했다. 술은 단데 그녀의 입맛이 썼다.

"결혼은 하지 않을 생각입니다."

"아니 왜?"

"결혼을 하게 되면 성을, 남편 성을 따라야 하지 않습니까."

에하스의 법으로 데릴사위를 들이면 남자가 아내의 성을 쓰게 된다. 아크레아도 비슷한 법이 있을 줄 알았는데 알고 보니 아크레아엔 데릴사위 자체가 존재하지 않았다.

가문에 딸만 있고 후계자가 없으면 친척의 아이를 양자로 데려와 후계자로 삼았다. 성과 가문은 철저하게 남자를 통해서만 이어졌다.

폴리아나는 그녀의 아버지가 준 성을 버렸다. 그리고 룩소스 1세가 내린 성을 얻었다. 그날의 겨울을 기억하는 '윈터'가 그녀의 새 이름이다. 폴리아나 윈터.

그녀가 새 생명을 얻고 처음으로 꿈을 꾸고 삶의 의지와 노력의 목적지를 찾게 된 순간이었다. 그렇게 소중한 이름을 결혼해서 버려야 한다니. 바로 거부감이 들었다.

"장남만 아니면 된다."

룩소스 1세가 단호하게 폴리아나의 걱정은 불식시켰다. 왕이 호언장담했다.

"누구든 데려오면 짐이 경의 성을 그대로 쓸 수 있게 설득해 주겠노라."

왕께서 친히 협박을 해 주신다니. 이 또한 총애의 표시다.

폴리아나는 감격해서 술을 마셨다. 목구멍으로 지나가는 술이 아주 달았다.

사이좋은 주종은 열심히 술잔을 나누고 대화를 했다. 진지한 얘기, 가벼운 얘기, 농담. 최근 들어 농담을 받아 주는 사람들이 줄었다는 고민.

친애하는 기사와 술을 마시는데 대화는 즐겁고, 여자의 알몸을 보고서도 음심이 들기보다 그저 인간적인 미안함이 앞섰다는 점에서 룩소스 1세는 상당히 들떴다. 폴리아나를 '여자'보다 '기사'와 인간 대 인간으로 대하고 있다는 느낌이 들어서 왕은 스스로가 대견했다.

얘기가 흐르고 흘러 폴리아나의 불임으로까지 번졌을 때에 룩소스 1세는 어쩐지 환자의 이야기를 듣는 의사 같은 표정을 짓고 있었다.

"이런 말하기 뭣하나, 경. 다른 마음이 아니라 경의 불임 때문에 묻는 것일세. 혹시 성적으로 안 좋은……."

"그냥 해 봤냐고 물어보십시오."

"너무 직설적이지 않나."

"보자마자 처녀냐고 물으셨잖습니까."

"그건!"

"적당히 얼굴 반반하고 밤일 잘하는 놈이랑 붙여 주라고도."

"워워!"

왕이 두 손을 저어 폴리아나의 입을 막았다. 국왕은 사과해선 안 되지만 그 일은 몇 번을 사과해도 부족했다.

'사과할 일 만들지 않기로 다짐했는데 또 저질렀구나.'

방금 전 폴리아나의 막사에 쳐들어와 나신을 본 것도 사실은 사과해야 한다. 폴리아나가 관대하게 넘겨서 그렇지 백배 사죄해도 모자랐다.

룩소스 1세는 머리가 아팠다. 왜인지 모르지만 폴리아나에겐 자꾸 사과할 일만 만드는 것 같았다.

"그땐 짐이 잘못했다. 그건 진짜 잘못한 일이야. 미안하게 생각하고 있다. 그때 짐은, 여자 같지도 않은, 기사를 흉내 내는 여자는 그저 인간이 아닌 귀찮은 장애물로 여겨졌던 모양이야."

두 번째로 듣는 사죄이나 폴리아나는 감흥이 없었다. 그다지 원망하고 있지도 않았다.

룩소스 1세 혼자 속을 태우며 술을 물처럼 마셨다. 폴리아나는 기왕 이렇게 된 거 다 알려드리잔 생각에 입을 열었다.

"옛날 에하스 어느 부대에 배트르 경이라는 성격 더럽고 능력 괜찮은 지휘관이 살았습니다. 그 지휘관은 이상한 데서 공평한 인간이었습니다……."

이야기를 듣는 룩소스 1세의 얼굴은 점점 창백하게 질렸다. 이야기가 끝나자 왕은 한 손으로 이마를 짚고 있었다. 폴리아나는 당황해서 왕을 챙겼다.

"술이 과하셨습니까?"

"아니…… 짐이…….."

룩소스 1세가 깊은 한숨을 내쉬었다.

"짐이 경에게 미안하다. 안 좋은 일을 떠올리게 만들었구나. 왕은 사과해선 안 되는데 경에겐 사과할 일만 만드는군."

"사과하실 필요 없습니다."

"괜한 얘기를 꺼내는 바람에 안 좋은 기억을 떠올리게 만들고, 첫 만남부터 방금 전 실수에 지금 얘기까지. 이상하지. 짐은 경에게 사과할 일만 해 버려."

다짐까지 했는데 또 사과할 일이 생겨 버렸다. 룩소스 1세는 꼬여 가는 인간관계에 다시 한 번 사과를 입에 담으려 했다. 그러자 폴리아나가 두고 볼 수 없다는 듯 나섰다.

"아닙니다. 사과하시지 않으셔도 됩니다. 설령 그러한 일이 있어도 하지 않으셔도 됩니다. 전하께서 신을 버리셔도, 자결을 명하셔도, 전하의 이익을 위해 신을 이용하셔도 좋습니다."

폴리아나가 의자에서 일어났다. 룩소스 1세의 앞에 무릎 꿇었다.

룩소스 1세는 술이 깨는 걸 느꼈다. 그의 앞에서 기사들이 이렇듯 명예와 충의를 안고 무릎 꿇을 적마다 그들의 생명의 무게가 왕을 짓누르는 것이 실감 났다. 그 마음과 결심에 보답해야 한다는 막중한 책임감까지.

그들을 실망시키고 싶지 않다. 그들이 의심 한 점 없는 가벼운 마음으로 믿고 따르는 군주가 되고 싶다.

"전하는 이 대륙의 지배자, 유일무이한 통치자가 되실 분. 허락하신다면 소신은 언제까지나 전하의 폴리아나 윈터입니다.”

이토록 순순한 충의엔 무엇으로 보답해야 하는가.

룩소스 1세는 난처해 웃었다. 웃음은 곧 진심 어린 감동이 되었다. 그가 폴리아나를 손수 일으키고 다시 의자에 앉혀 술을 권했다. 술 마시고 개가 될지언정 먹고 토하지는 않는 기사가 참 기특했다.

근심 가득하고 어쩐지 심란해 잠 오지 않았던 밤도 사라졌다. 이대로라면 기분 좋게 잘 수 있을 것 같다. 왕은 기분 좋게 눈을 감았다.

누군가 원정에서 얻은 가장 훌륭한 보물이 무엇이냐 묻거든 왕은 얼마든지 자신 있게 대답할 수 있었다.

그의 충직한 기사 폴리아나 윈터 경이라고.

룩소스 1세는 폴리아나의 막사 안, 그녀의 침대 위에서 눈을 떴다. 침대 뺏은 미안함보다 공연한 소문이 날까 두렵다. 왕은 허겁지겁 막사를 나왔다.

하지만 과음한 끝에 늦잠을 자서일까. 목격자가 널리고 널렸는데 누구 하나 둘의 사이를 의심하지 않았다.

“아무도 수군덕거리지 않는구나.”

“예, 그렇습니다.”

“남자랑 여자가 한 막사에서 밤을 보내고 나왔는데.”

"다들 전하와 저를 믿어 주고 있는 것 아니겠습니까."

"그러게. 짐이 귀경을 여자로 보지 않고 귀경이 짐에게 그런 마음을 품지 않는 걸 다들 알아 주는구나."

사이좋은 주종은 그것이 공연히 뿌듯해 쾌활하게 웃었다.

8. 터닝포인트

8. 터닝포인트

몽쉐임은 대패 끝에 항복했다. 일단 몽쉐임을 굴복시키고 나니 삼국연합을 대하기가 한결 수월했다. 오스는 움츠러들었고 코파이는 비열하고 치졸한 수를 썼다.

코파이의 사절이 룩소스 1세를 찾아와 전했다. 국왕의 모후가 죽어 한동안 휴전을 해야 한다는 것이다. 룩소스 1세는 사람 된 도리로 이겨 가던 전투를 중단했다.

그러자 코파이는 은혜를 원수로 갚았다. 케케케, 어머니 죽는 걸로 거짓말할 줄은 몰랐지? 이러면서 대놓고 기습 공격을 감행했다.

연소할 적 모친을 잃은 룩소스 1세의 분노는 어마어마했다. 국왕의 진노는 어머니를 사랑하는 병사들의 마음과 함께 불타올랐다.

때마침 찾아온 기록적인 한파에 코파이의 군세가 주춤했다. 동장군을 친구로 삼은 아크레아 군대는 서릿발보다 매서운 기세로 진격했다. 그리고 코파이 국왕 우리온 12세의 멱살을 잡았다.

다른 것도 아니고 모친을 팔아먹었다. 어렸을 때 엄마 잃은 룩소스 1세가 보기에 죄질이 더러웠다.

코파이 왕가는 다른 통치 가문이 받은 배려를 받지 못했다. 살아 있는 어머니를 본 기억보다 초상화 속 어머니의 모습이 더 생생한 청년왕은 어머니를 걸고 거짓말을 한 우리온 12세를 용서하지 않았다.

"짐은 거짓말쟁이가 싫어."

왕이 직접 갈리 3세의 입을 찢고 성벽에 매단 건 유명한 일화다. 겁을 먹고 벌벌 떨거나 승패에 눈이 멀어 모친을 팔았다고 빌 만도 한데 우리온 12세는 감히 룩소스 1세에게 대들었다.

"절대 서명하지 않을…… 컥!"

폴리아나의 무릎이 우리온 12세의 사타구니를 응징했다. 다리에 힘이 풀려 바닥에 무릎 꿇고 앞으로 고꾸라지는 우리온 12세의 턱을 발로 걷어찼다. 우리온 12세가 거품을 물고 쓰러졌다.

"악……독……한…… 마……녀……."

폴리아나가 한 번 더 걷어차는 시늉을 하자 우리온 12세가 항복 문서에 서명했다. 신하들이 보고 있는 앞에서 낭심을 두 번이나 걷어차이고 싶진 않았겠지.

친위대가 폴리아나를 찬양했다. 대장님 전광석화 같으셨습니다. 우리 대장님 고자 킥은 세계 제일.

룩소스 1세가 그녀의 재빠른 공격을 치하했다. 폴리아나는 우쭐거리지 않고 얌전히 왕의 뒤로 몸을 옮겼다. 어머니 품에 안긴 기억도 없는 그녀이기에 사심을 가득 담은 공격이었다.

어쩌다 보니 오스의 항복보다 코파이 점령이 빨랐다. 오스는 우리온 12세에게 벌어진 참상을 듣고 사절을 보내 항복 의사를 밝혔다. 국왕이 서명한 항복 문서가 전달되고 점령하지 못한 공국에서도 항복 사신을 보냈다.

몇 년에 걸쳐 삼국연합을 무너트린 룩소스 1세 앞에 남은 건 대륙의 남부뿐. 설마 여기까지 아크레아군이 내려올 것이라고는 예상하지 못한 남부 사람들은 혼란에 빠졌다.

개중 삼국연합과 맞닿아 있던 소국 몇이 싸우지도 않고 항복했다. 룩소스 1세는 기꺼이 그들의 항복을 받아들였다.

북부에 이어 중부도 제패했다. 룩소스 1세가 '과인'이 아닌 '짐'을 사용함에 불편한 심기를 드러내는 사람은 사라졌다. 슬슬 칭제를 시작해도 좋지 않냐는 의견까지 나왔다. 룩소스 1세는 그를 '폐하'로 부르려는 사람들을 보고 웃었다.

"기왕 불리는 것, 완벽하게 손에 넣은 뒤 불리고 싶구나."

사람들은 얌전히 입을 다물었다. 성급하게 입을 놀려 왕의 심기를 거스를 필요가 없다. 곧, 그들의 왕을 폐하로 부를 날이 오게 될 테니. 그때 가면 부르기 싫어도 실컷 부르게 될 것이다.

대륙의 남부엔 거대한 강이 흐른다. 강의 이름은 고라. 생명이란 뜻이다.

생명의 물, 고라는 대륙의 남부에서 생명 그 자체였다. 중부의 사람들이 므스멜 숲의 은혜에 신세진다면 남부 사람들은 흐르는 고라(생명)에 운명을 맡겼다.

고라의 물을 마시고 고라에 사는 물고기를 잡는다. 고라의 위에 배를 띄워 살고 고라에서 빨래하고 고라에서 조개를 줍고 게를 잡았다. 태어나면 고라의 물을 끼얹었고 죽으면 고라의 바닥에 수장했다.

생명 그 자체인 강은 바다처럼 거대했다. 코에몽 강을 기억하는 아크레아 병사들은 고라 강을 보고 질겁했다.

과거, 코에몽 강을 건너느니 마느니로 골치를 썩었을 무렵 폴리아나는 도나우 경과 이 강에 대한 대화를 나눈 적이 있었다. 직접 실물을 보니 전해 들은 이야기와 책에서 읽은 걸로는 부족했다.

백문이 불여일견.

"다리는 없네요."

과거의 대화를 떠올린 도나우 경이 말했다. 폴리아나가 고개를 끄덕였다. 그들은 모두 강에서 시선을 떼지 못했다.

다리가 놓여 있을 거라던 정보는 틀렸다. 작은 쪽배가 일렬로 늘어선 모습이 마치 다리 같았다. 실제로 그 배를 이용해 강을 건너는 사람도 있었다. 잔잔하게 흐르는 수면 위 물결은 자장가처럼 평화로웠다.

바다 아닌 민물 특유의 물비린내가 원정군의 코를 습격했다. 동시에 습기와 벌레들도.

원정군 모두가 남부에 도달한 순간 깨달았다. 한 명의 예외도 없었다.

'여름엔 싸우지 말자!'

이 더위, 이 습도를 견디고 여름에 싸우는 건 미친 짓이다. 룩소스 1세는 땀을 훔치고 무슨 일이 있어도 여름엔 전투를 피하기로 결심했다.

그런 왕의 옆으로 도마뱀붙이가 사사삭 기어갔다. 룩소스 1세는 암담하여 이마를 짚었다.

고온다습한 남부는 벌레와 파충류의 천국이다. 길바닥에 쥐보다 도마뱀이 더 많이 돌아다녔다.

'기절하고 싶다.'

룩소스 1세의 총애하는 호위기사 폴리아나가 시름에 젖은 왕을 보호했다. 눈에 보이는 족족, 손과 발이 허락하는 선에서 폴리아나는 열심히 도마뱀을 잡았다. 쥐는 보이면 바로 잡는다.

남부는 쥐보다 도마뱀이 많았는데 전염병을 옮기지 않고 곡식 피해가 없기 때문인지 도마뱀을 잡지 않았다. 오히려 벌레를 잡아먹게 내버려 뒀다.

더위를 피하기 위해 뚫은 큰 창을 도마뱀이 자유롭게 넘나들었다. 가끔 성인 남성보다 큰 몸통의 뱀도 들어왔다.

룩소스 1세는 문 밖에 세우던 호위기사를 문 안으로 들였다. 모두에게 비밀을 밝힐 수는 없기에 극소수의 호위기사가 왕을 위해 파충류를 잡았다.

폴리아나가 가장 열성적이어서 그녀는 꽤 많은 도마뱀을 잡아 죽였다. 그렇게 잡은 도마뱀과 뱀은 식용 가능한 것과 불가능한 것으로 나눠 전자는 모으고 후자는 버렸다.

흰 꼬리 도마뱀 저거 남자한테 아주 좋은데.

항복한 국가 중 어느 곳에서 도마뱀을 잡다 들은 이야기다. 그 얘기를 들은 이후 몇몇 기사와 병사들이 눈에 불을 켜고 흰 꼬리 도마뱀을 잡았다.

폴리아나도 합세했다. 그녀가 먹어서 이득 볼 건 없다. 그래도 다 쓸데가 있는 법. 혼담이 오고가는 의동생에게 줄 요량이다.

만약, 아주 만약에 도나우 경이 장가들어 밤일이 부실하다면 가장 먼저 누굴 원망할까?

범인은 가까이에 있다. 폴리아나다.

몇몇 기사는 왕에게 바치고자 했으나 파충류를 질색하는 룩소스 1세는 먹는 것도 꺼렸다. 겨울 악어를 먹어 봤기에 신기할 것도 없었다. "세상엔 그보다 좋은 정력제가 얼마든지 있는데 왜 도마뱀을 먹어!" 왕이 체통도 잃고 부들부들 떨면서 그렇게 말할 게 너무 쉽게 상상이 됐다.

어쨌든 오늘도 운 없는 흰 꼬리 도마뱀이 잡혔다. 틈만 나면 도마뱀을 들이대는 의누나로 인해 도나우 경이 질색 팔색했다.

"왜 자꾸 먹이려고 들어요! 쓸데도 없는데!"

"혹시 알아. 생길지."

"왜…… 왜 생기는데요?"

도나우 경이 말을 더듬었다. 그의 얼굴이 붉어지든 말든 폴리아나는 닥치고 빨리 먹으라고 도마뱀탕을 내밀었다. 굽는 게 더 맛있지만 파충류는 기생충이 많아서 뚜껑 닫고 푹 고아먹는 게 제일 안전하다.

지금 당장은 쓸 일 없어도 나중 가면 쓸 일 생길 텐데. 다 피가 되고 살이 되는 도마뱀탕인데 생각해 주는 마음을 모르는 게 서운할 지경이다.

시집 안 간 처녀가 어린 총각에게 자꾸 정력제를 들이미는 게 이상하게 보일 법도 하지만 기사들은 대수롭지 않게 보고 지나갔다. 도나우 경이 폴리아나에게 불알 차인 걸 대부분 목격했기 때문이다. 병 주고 약 준다기엔 약을 주는 게 너무 뒷북이긴 해도 호의니까 괜찮았다.

가끔 싫어하는 도나우 경 대신 도마뱀탕을 받아먹겠다는 기사가 있었지만 폴리아나는 거절했다.

"죽겠다아~."

아이노 경이 창설한 특수부대에 들어가면서 피골이 상접한 하우 경이 동생을 발견하고 다가와 하소연했다. 휴식 시간도 없이 밤낮으로 아이노 경에게 시달리기에 마주쳐도 대화할 틈도 없었다.

어쩌다 시간이 났는지, 하우 경은 기회를 놓치지 않고 입을 나불거렸다.

"얼마나 힘들면 아침에 거기도 안 서."

"형!"

아무리 편해도 폴리아나가 앞에서 그런 말을 하면 어떡하냐고 도나우 경이 하우 경을 몰아세웠다. 하우 경이 가볍게 목례하고 사과의 말을 전했다.

"미안."

폴리아나는 고개를 끄덕여 받아들이고 도마뱀탕을 내밀었다. 전쟁 끝나고 장가갈 인물은 도나우 경 혼자가 아니었다. 소문을 들어 탕의 정체를 아는 하우 경이 반색했다.

"이게 바로 남자한테 좋다는! 내가 먹어도 되나?"

"네게도 필요하지."

"나한테? 쓸데도 없는데…… 아, 정력은 체력이기도 하지."

폴리아나 혼자 알고 있던 '대박 사건'은 아직 두 형제의 귀에 들어가지 않은 모양이다.

폴리아나가 지켜보건대 '대박 사건'은 서서히 진척되고 있었다. 얼마나 진행되었는지 몰라도 래비 경은 상당히 적극적이었다. 조만간 하우 경과 도나우 경의 귀에 들어갈 것이다.

폴리아나는 올라가는 입꼬리를 붙잡는 데 실패했다. 그래서 왼쪽 입꼬리는 올라가고 오른쪽 입꼬리는 내려갔다.

아주 괴상한 표정이었다. 하우 경은 그리 신경 쓰지 않았다. 도나우 경만 이상하게 웃지 말라는 걱정을 남겼다.

"너네도 장가가야지."

"누님 걱정부터 하세요."

"돌아가면 어머니가 결혼부터 하라고 말씀하실 것 같긴 하네."

하우 경이 머리를 긁었다. 자기를 상대로 한 혼담이 오고가는 걸 모르는 눈치였다. 폴리아나는 근질거리는 입을 참다못해 도망쳤다.

형제에게서 도망친 폴리아나는 휴식 시간이 많이 남았음에도 불구하고 룩소스 1세를 찾아갔다.

왕의 침실 앞을 지키고 선 부하들이 대장을 보고 경례했다. 침실 안에서 인기척이 느껴져 폴리아나는 부하에게 수화로 인물의 정체를 물었다.

여자. 위험. 없음.

폴리아나는 고개를 끄덕였다. 정복지의 사람들이 여자를 바치는 건 흔한 일이다. 룩소스 1세는 여자를 먼저 찾지는 않았지만 바쳐지는 여자를 거부하진 않았다. 대신 기준이 까다로웠다.

여자의 미추를 고집하지는 않았는데, 룩소스 1세는 왕이기에 신분이 너무 비천해선 안 됐다. 그렇다고 너무 고귀하면 룩소스 1세가 거부했다.

그렇게 선별된 아가씨들은 하나같이 아름다웠다. 솔직히 말해 바치는 입장에선 미인 아닌 여자를 내밀었을 때 후환이 걱정되니 일단은 미녀를 고른다. 그러니 아가씨들은 모두 아름다웠다.

바쳐진 아가씨들 중 혹자는 공포에 떨었다. 혹자는 왕비의 꿈을 꿨다. 혹자는 주어질 보상에 만족했다.

왕은 그녀들이 제 감정에 취해 있을 시간을 주지 않았다. 무서우면 나가도 좋다 말하고, 나는 너를 아크레아로 데려갈 생각이 없다고 말한다.

대륙의 관습상 왕에게 바쳐진 미혼 여성은 순결을 유지한 것으로 본다. 그래서 룩소스 1세와 밤을 보낸 여성들이 시집가는 덴 아무 문제가 없었다.

원정 초기엔 겁에 질리거나 불안해하는 여성들이 압도적으로 많았는데 뒤로 갈수록 호기심에 가득 찬 사람들이 늘어났다. 룩소스 1세의 미모가 소문이 났기 때문이다.

왕이 워낙 미남자라 대부분은 좋게좋게 밤을 보냈다. 왕은 싫다는 여자를 억지로 안을 성격이 아니고, 정 힘들어하면 중간에서 물러나는 아량도 있었다.

룩소스 1세는 워낙 잘생겨서 인생에 여자가 부족한 적이 없었다. 그러다 보니 오히려 여색 쪽엔 관대하고 둔해졌다. 신분과 스스로의 능력으로 얼마든지 여자를 취할 수 있다 보니 급할 일이 없기 때문이다.

그런 왕이지만 이제 서른이다. 슬슬 혼인하셔야 하는 것이 아닐까. 폴리아나는 그런 걱정을 하기 시작했다.

갑자기 방문이 열리고 여자가 나왔다. 폴리아나도 몇 번 마주친 적 있는 레이디였다.

남부 사람 특유의 짙은색 피부가 매끈하고, 검은 생머리가 정말 부드러운데 가슴도 컸다. 기사들은 손 한번 잡아 봤으면 좋겠다고 하늘에 빌었다.

폴리아나를 볼 때마다 경계의 눈빛을 늦추지 않던 레이디는 그녀를 보자마자 새침하게 고개를 돌리곤 가 버렸다.

폴리아나는 아가씨의 반응을 신경 쓰지 않았다. 소문이 무서운 게, 아니 땐 굴뚝에 연기가 나면 사람들은 그걸 쉽게 잊지 않는다. 그녀가 요부에 마녀고 룩소스 1세와 그렇고 그런 사이라는 소문은 여전했다.

아가씨들은 폴리아나를 목격하고 소문의 진실을 알아차리나 그래도 가끔 경계하는 사람이 있었다.

폴리아나는 침실 문을 두드렸다. 허락이 떨어지기 전에 문을 열었다.

"폴리아나입니다. 들어가겠습니다."

룩소스 1세는 시종의 옷시중을 받고 있었다. 왕의 옷차림이나 침대를 보건대 거사가 치러지지 않은 것 같아 폴리아나는 의아해졌다.

'겁을 먹거나 실수를 할 아가씨론 보이지 않았는데?'

왕이 손짓해 폴리아나를 불렀다. 룩소스 1세는 여자와 함께 들어왔던 술의 잔량을 가늠하고 새 잔을 가져오게 시켰다.

"짐이 내보냈다."

그와 함께 룩소스 1세가 간략한 사정을 설명했다. 같이 술을 마시면서 대화를 나눠 보니 제법 영리하고 대화도 잘 따라와서 기분이 좋았다. 깊게 분위기를 탈 것도 아니고 슬슬 시작해 볼까 했더니 그 아가씨가 폴리아나의 이야기를 꺼냈다는 것이다.

"나와 경의 소문이 사실이라고 믿고 있더라."

"안 잡니다!"

폴리아나가 즉각 반응했다. 그녀와 관련된 소문으로 왕의 명예에 누를 끼칠 수는 없다.

"짐도 경이랑 안 잔다."

룩소스 1세는 사뭇 불쾌하다는 표정을 지었다. 여간해선 불쾌한 감정을 드러내지 않는 왕이기에 그만큼 심기가 상했음을 알려줬다.

"그것도 모자라 옛날 어느 나라엔 여러 종류의 여자를 모으는 왕도 있었다고 말하는 거다. 추녀, 미녀, 어린 소녀, 과부, 장애인. 그거 완전 상변태 아니냐! 짐은 변태가 아니야! 짐이 뭐가 아쉬워서 그런 추잡스런 짓을!"

거기까지 들은 폴리아나는 의자에서 일어났다. 술잔을 테이블에 얌전하게 내려놓았다. 그리고 돌아섰다.

"가서 때려 주고 오겠습니다."

이렇게 지독한 모욕이라니. 레이디라도 때려 줄 거다.

폴리아나는 룩소스 1세의 친위대장으로, 왕을 모욕하는 자를 폭행할 의무와 권리가 있었다. 용맹하게 주먹을 드는 기사에게 왕이 명령했다.

"됐다. 다시 앉아라. 짐의 술친구나 해 다오."

"소신은 두 시간 뒤에 근무입니다."

왕을 모욕한 자는 때려 줄 수 있어도 지킬 건 지켜야 한다. 폴리아나가 근무 시간을 밝혀도 룩소스 1세는 요지부동이었다.

"그럼 두 시간 동안."

"취한 채 근무할 수 없습니다."

"좋다! 경에게 특별 휴가를 주지!"

'이거 때문인가.'

폴리아나가 다른 여자들처럼 살지는 않았어도 그래도 여자. 타인의 속내야 알 길 없지만 비슷하게 추리는 가능하다.

룩소스 1세는 몇몇의 기사들에게 스스럼이 없었고 폴리아나는 거기에 속했다. 이렇듯 친근하고 특별하게 구는 왕의 모습에 소문의 진상을 오해할 수도 있었다. 폴리아나가 없었다면 아이노 경과 그렇고 그런 소문이 짜하게 퍼졌을 것이다.

룩소스 1세는 측근에게 특혜를 부여했고 폴리아나는 가장 티 나게 특혜를 독점하는 이였다. 그러니 소문이 거짓인 걸 알아도 혹시나 하는 의심의 싹이 움트는 것이지.

그러나 베풀어지는 은혜를 거절할 생각은 없다. 포상받을 일도 안 했는데 휴가라니. 정말 감사한 일이다.

주종은 사이좋게 서로의 술잔을 채웠다. 같이 앉아 술을 마셔도 기사와 왕이다. 현재는 전시. 할 얘기는 전쟁 얘기밖에 없었다.

"푸카치의 왕이 사자를 돌려보냈다. 전쟁의 의지를 다지고 있었다."

"그런 것치곤 국경이 허술합니다."

"푸카치는 남부의 패자. 뭔가가 있을 것이다. 방심해선 안 돼."

더위에 약한 아크레아군인들로 인해 룩소스 1세는 여름에 벌어질 전투를 염려했다. 천만다행히도 여름엔 우기가 있어 남부 사람들도 여름은 피했다. 겨울이 암묵적 합의라면 여름은 어쩔 수 없이 회피해야 하는 계절이다.

폴리아나가 열성적으로 대화에 참여하고 있었는데 불현듯 왕이 그윽한 눈빛을 보냈다.

"그걸 알고 있나, 경?"

"어떤 것을 이르십니까."

왕의 눈빛은 따뜻했다. 사뭇 사랑스럽다는 듯. 남녀간의 애정은 아니지만 인간적인 애정 가득한 눈길로 룩소스 1세가 폴리아나를 응시했다.

"짐의 모든 기사들이 귀경 같았다면 짐은 그때도 여기에서 경과 술을 마시고 있었을 거야."

"소신이 우둔해 전하의 말뜻을 잘 모르겠습니다."

"대륙일통을 끝내고 귀로에 올랐을 거란 얘기다."

숨이 막힌 것은 어쩔 수 없다. 폴리아나의 의도가 아니었다. 순간 눈물이 터지려는 것을 참는 것만으로도 이미 벅찼다.

눈물을 보이기 싫어 이를 악무는 폴리아나를 룩소스 1세가 다정한 손길로 토닥였다.

"눈물은 참게, 폴 경. 꿈이 현실이 되는 날을 위해 아껴 둬. 고지가 멀지 않았네. 짐이 황제가 되고 경이 황제의 기사가 되는 날이."

"우는 거 아닙니다. 술 때문입니다."

막혔던 숨통을 간신히 틔우고 폴리아나는 거짓말을 해 버렸다.

룩소스 1세는 거짓말을 싫어하지만 이런 거짓말은 괜찮았다. 입 안 찢긴다.

왕은 다 안다는 눈으로 손을 멈추지 않았다. 폴리아나는 손등으로 얼른 눈을 비볐다. 아주 약간 물기가 묻어나왔다.

이렇게 행복해도 되는 걸까. 그런 의문이 들 정도로 행복하고 뿌듯했다. 왕이 보여 주는 신뢰와 총애, 믿음, 노력의 보상. 그녀가 얻은 가장 귀한 보물들. 실체 없으나 분명 존재하는, 존재하여 사람을 웃고 울게 만드는 것들.

그녀가 받은 게 너무 많아 보답할 길이 없다. 그저 이 한 목숨, 이 마음 모두 긁어모아 바칠 수밖에.

폴리아나 혼자만의 일방적인 감정이 아니었다. 룩소스 1세 또한 그녀가 보내주는 무형의 애정에서 깊은 감동과 위안을 받았다. 그래서 폴리아나를 모욕한 아가씨의 말에 분노했던 것이다.

그저 소문을 믿는 정도였다면 이렇게 화내지 않았겠지. 하지만 그녀는 룩소스 1세의 기사를 모욕했다. 나아가 주종 사이에 오고 가는 깊은 애정까지.

피 섞이지 않은 남녀도 사랑보다 진한 감정과 신뢰를 교류할 수 있다. 폴리아나를 의심하는 것은 룩소스 1세를 의심하는 일이며 폴리아나를 모욕하는 것은 왕을 모욕하는 일과 같았다.

여자를 울리는 일은 내키지 않는다. 그러나 필요하면 아가씨를 울려서라도 룩소스 1세는 폴리아나의 명예를 지켰다.

대륙의 남부는 도시 국가가 많다. 고만고만한 작은 왕국들 중 푸카치는 유일한 대국이었다.

남부의 패자 푸카치는 오만하게 룩소스 1세가 보낸 문서를 구겨서 돌려보냈다. 푸카치의 국왕은 사신에게 이렇게 큰소리 쳤다고 한다.

"고라 강이 그가 얻을 수 있는 최남단일 것이다!"

큰소리를 뻥뻥 친 푸카치는 순식간에 깨졌다. 얼마나 순식간에 왕성을 함락했냐면, 벤티에 경이 푸카치의 함정인 줄 알고 중간중간 진군을 멈출 정도였다.

룩소스 1세는 승리하고서도 기뻐하지 않았다. 왕은 기막혀했다.

"실로 남부의 패자가 맞더냐? 순 뻥이잖아."

아크레아가 삼국연합을 상대하는 시간 동안 남부는 준비할 시간이 충분했다. 룩소스 1세가 에하스와 쿠크다를 정복한 직후 전쟁을 준비했다면 전투에 능한 군대를 꾸릴 시간이다. 그런데 푸카치는 허망하게, 마치 풍선처럼 뻥 터졌다. 그리고 남는 건 없었다.

푸카치가 굴복하자 주위의 소국들은 우르르 사자를 보내 항복 의사를 전했다. 공물이 바쳐지고 사람도 마구 들어왔다.

푸카치의 왕성에서 잠시 휴식하려던 룩소스 1세는 번잡스러운 환경에 골머리를 앓았다. 사자들을 맞이하고 항복 조건에 대한 협상을 하는 것도 큰일이었다.

전쟁이 기사의 일이라면 전쟁 후처리는 문관의 몫. 이제는 문관들이 바빠질 차례였다.

룩소스 1세는 오랜 기간 휴식하지 못한 기사들에게 휴가를 허락했다. 병사들도 순번을 정해 푸카치의 수도에서 놀 수 있게 했다.

물론 방심은 금물에 군기가 빠지는 건 더욱 금물이다. 아직 항복하지 않은 국가에서도 사자를 보낼 거란 소문이 돌지만 모르는 일이다.

폴리아나도 휴가를 받았다. 그래도 그녀는 왕의 곁을 떠나지 않았다. 그런 것을 휴가 받은 아이노 경이 대신하겠다고 나섰다.

두 기사의 의견이 충돌했다. 폴리아나는 친위대장으로서의 임무를 다해야겠다고 말했다. 아이노 경은 너는 휴가 받았으니 나가 놀아라, 나는 취미(?)로 전하를 지키겠다고 응수했다.

"전하를 지키는 고귀한 임무가 취미라니요!"

"난 수수깡 들고 휘두를 때부터 전하를 지켰다. 전하를 지키는 건 나의 인생이고 습관이다!"

"저도 지금부터 습관 들일 겁니다!"

"무례하다! 전하를 모시는 일을 취미 삼으려 하다니!"

적반하장도 유분수지. 나는 되지만 너는 안 된다는 아이노 경의 똥고집을 폴리아나는 도저히 이길 수 없었다. 짬이 부족하고 신분에서, 룩소스 1세와의 친분에서도 밀렸다.

"크윽."

다행히 폴리아나에겐 한 가지가 강점이 있다. 그건 아이노 경이 재수 없다는 사실이다! 바쁜 룩소스 1세가 재수 없는 아이노 경을 곁에 두진 않을 것이다!

폴리아나는 주군에게 눈빛으로 도움을 요청했다. 룩소스 1세가 일갈했다.

"이노, 폴. 둘 다 나가."

"전하!"

"전하!"

엄마를 두고 다투는 애들이 되기엔 둘 다 나이가 너무 많다. 대류의 역사상 선례가 없었던 항복 조항으로 인해 두통에 시달리는 왕은 기사를 모두 내쫓고 싶었다.

각자 한 명씩 있을 땐 조용한데 둘이 붙어 있으면 시끄럽다. 둘이 기 싸움을 시작한 이상 한 명을 남기면 뒤에 또 시끄러울 게 틀림없었다.

폴리아나는 왕명을 따르기 위해 방을 떠나려 했다. 하지만 아이노 경은 움직이지 않았다.

폴리아나가 룩소스 1세에게 봉사한 것이 10년이다. 곁에서 모신 건 그보다 짧다. 평생을 보낸 아이노 경에 비해 왕의 속내를 파악하는 게 부족했다.

룩소스 1세에 대한 정보와 파악 능력은 아이노 경을 따라올 자가 없었다. 왕을 평생 모신 시종들도 아이노 경보다 부족하단 평가를 받는다.

아이노 경은 죽마고우다운 통찰력을 발휘해 왕을 자극했다.

"전하! 모두 전하의 곁을 비우면 저 지긋지긋한 파충류들은 누가 치우겠사옵니까! 부디 소신이 전하를 위해 봉사할 수 있게 해 주십시오!"

아이노 경이 룩소스 1세의 약점을 찔렀다.

"전하, 소신이 전하의 곁을 지키겠습니다. 아크레아 최고의 명사수인 제가! 저 지긋지긋한 파충류들이 전하의 눈에 띄지 않게 이걸로!"

아이노 경은 활과 화살이 가득한 활통을 내밀었다.

'저런 방법이 있었구나!'

폴리아나가 질시에 찬 눈으로 아이노 경을 응시했다. 더위에 지치고 일에 지치고 시도 때도 없이 기어나오는 파충류엔 더 지친 룩소스 1세가 소꿉친구의 손을 들었다.

"이노. 나의 벗이여."

"역시 나의 왕. 현명한 선택이옵니다!"

두 남자는 뜨거운 우정을 과시하기 위해 와락 끌어안았다가 바로 떨어졌다. 반올림해서 30년인 우정을 나누기엔 너무 날이 더웠다.

폴리아나는 패배를 곱씹으며 쫓겨났다.

룩소스 1세와 아이노 경. 둘만 남은 건 오랜만의 일이다. 아이노 경이 친위대를 그만두면서 단둘이 있을 시간이 줄었다. 왕과 내밀한 대화를 나눌 수 있는 사람이 늘어감에 따라 둘만의 술자리 횟수도 줄어들었다.

섭섭해할 일은 아니다. 아이노 경에게 있어 룩소스 1세는 대체할 수 없는 유일한 주군이시나 룩소스 1세에겐 기사들이 많았다.

아이노 경이 문을 걸어 잠갔다. 최강의 기사다운 예리한 기감으로 대화를 엿듣는 자나 근처에 사람이 없다는 걸 파악했다.

근처에 사람이 없다는 걸 확인한 아이노 경은 장의자로 가서 드러누웠다. 그가 룩소스 1세에게 받은 특권 중 하나였다. 왕 앞에서 누울 수 있는 권리.

사람들은 아이노 경이 의자에 앉는 권리와 독대의 권리, 검을 찰 수 있는 권리 외엔 사용하지 않는다고 알고 있다. 사실은 남들이 보지 않을 때 알차게 써먹고 있었다.

도마뱀을 잡기는커녕 도마뱀에게 배를 내주고 있는 벗의 모습에 룩소스 1세는 이마를 짚었다.

"이노. 일어나."

아이노 경은 휴일 오전의 아버지 비슷한 소리를 냈다.

"으어어어어."

"날 지켜 줘야지."

"어. 그거 누워서도 할 수 있어."

"일어나, 이노."

항복만 받았다고 일이 끝나는 게 아니다. 남부의 왕국들은 자처해서 항복하는 대신 나라의 이름을 유지하길 원했다. 그러니까 완벽하게 아크레아에 융합되는 것이 아닌 속국이 될 것을 자처했다.

불공정 조약은 있어도 속국은 존재하지 않았다. 황제처럼 개념으로만 존재하는 속국이 항복의 조건이었다.

먼저 항복했으니까 특별대우 해 주세요!

남부 왕국들의 공통된 주장이었다. 범죄자도 자백하면 형을 감해 주는 걸 감안하면 그렇게 억지는 아니다. 다만 일처리가 복잡해진다.

덕분에 룩소스 1세의 문관들은 죽어 가고 있었다. 왕의 곁에서 기록만 해야 하는 기록관들까지 차출당해 끌려 나갔다.

룩소스 1세라고 쉬지 못한다. 신하들에게 맡기면 되지만 그래서는 내정을 모르고 무력만으로 대륙을 얻은 암왕 소리 듣기 딱 좋다.

부하에게 맡기는 성격이었다면 룩소스 1세가 친정을 하지 않았을 것이다. 룩소스 1세는 본인이 노력하고 가능하면 직접 나서서 일하는 걸 좋아했다. 그만큼 노는 것도 좋아했지만.

자기는 일하는데 친구는 누워서 놀고 있으니 왕의 속이 부글부글 거렸다. 룩소스 1세는 미지근해진 물을 마시고 다시 친구를 불렀다.

"이노!"

저 방만한 자세를 보라. 룩소스 1세는 원정 초기의 벗이 그리워졌다.

10년 전의 아이노 경은 저렇지 않았다. 아크레아의 국경을 넘는 순간 모든 일에 촉각을 곤두세우고 룩소스 1세를 보필했다.

나무늘보처럼 늘어지지 않았단 말이다.

'저럴 거면 왜 남은 거야.'

폴리아나가 남았으면 룩소스 1세와 농담 따먹기라도 해 줬을 텐데.

잡으라는 도마뱀이 아이노 경의 다리 위를 사사삭 기어갔다. 룩소스 1세의 전신에 소름이 돋았다.

'머리 아프네.'

사실 아이노 경이라고 생각 없이 누워 있지 않았다. 룩소스 1세는 아이노 경이 실력만 보고 뽑은 27명을 기사단으로 조직하길 원했다. 아크레아엔 제대로 된 기사단이 없으니 제국의 첫 기사단이 되는 것이다. 아이노 경은 첫 번째 단장이 되고. 참으로 기념비적이고 영광스러운 일이니 신경 쓸 일도 많았다.

"기사단 때문에 머리가 아픕니다."

"부하들이 말을 안 들어?"

"기사단 상징은 뭐가 좋을까 고민 중입니다."

누구는 나라일로 머리가 아픈데 누구는 속편하게 기사단 상징이나 고민하고 있었다.

룩소스 1세가 다 마신 물잔을 집어던졌다. 아이노 경은 보지도 않고 날아오는 잔을 잡아챘다.

"그렇게 만만한 게 아닙니다. 전하의 첫 기사단입니다. 남들 안 하는 특이하고 멋진 걸로 해야죠."

좋다 싶은 건 이미 다른 기사단에서 다 해먹었다. 심지어 북부의 상징인 곰과 늑대, 사슴까지 가져다 썼다. 아크레아에서는 나름 의미가 있는 첫 기사단 창설인데 타단체 및 가문과 겹치면 멋이 없다.

아이노 경이 머리를 부여잡았다.

'원래 이런 건 단체의 주인이 될 왕이 정해 줘야 맞는 거 아냐?'

그 왕이 바빠서 아이노 경에게 미뤘다. 주위에 물어보고 다녀도 별다른 특색 있는 동물은 나오지 않았다. 식물을 제안하는 자도 있었으나 아이노 경은 일언지하에 거절했다. 너무 약해 보였다.

"다른 기사들은 별말 없었어?"

"래비 경이 계속 개나 사슴으로 하라고 합니다."

래비 경은 결국 사슴을 풀어 주지 못했다. 다 키워서 풀어 주려는 순간 사슴을 노리는 수많은 사냥꾼을 목격했기 때문이다.

다들 폴리아나를 피도 눈물도 없다 외쳤으나 진지를 돌아다니는 살 토실토실하게 오른 사슴은 그들의 사냥 본능을 일깨웠다. 지금은 래비 경이 키우고 있으니 잡을 수 없으나 래비 경이 풀어 주는 순간 그 사슴은 야생 사슴이 된다. 그럼 먼저 잡는 사람이 임자였다.

풀어 주는 즉시 화살꽂이가 될 미래를 보았으니 래비 경은 방사를 포기했다. 대신 아예 애완사슴으로 못 박았다. 이름까지 얻어서 '꽃순이'라고 조각된 나무 목걸이도 달고 다닌다. 아크레아에 있는 저택 정원에 풀어서 키울 거라고.

"래비 경이 의외로 사람 참 재밌단 말이지."

입만 다물고 있으면 얌체 같은 생김새. 아크레아에서 가장 명망 있는 무가 출신인데 성격이 참 재밌었다. 신분의식이 있어도 그렇게 차별적이지 않아서 영세한 기사가문과 고위귀족 출신의 젊은 기사들이 잘 어울리게 만드는 데엔 그의 공이 컸다.

"벤티에 경도 꽤 괜찮아."

원로에서 추천한 인물이기에 경계해 부사령관 자리에 앉혀 놓고서도 경계를 늦추지 않았다. 10년을 함께 싸우다 보니 정이 들었다. 둘 다 재밌는 사람이라고 연신 중얼거리던 아이노 경은 문득 떠오른 동물에 고개를 끄덕였다.

"정했다."

"사슴과 개로?"

"개로."

"개는 너무 흔하다더니."

"개도 좋아. 주인이 원하면 사냥감을 쫓고, 물어 죽이고, 짖어서 위협하고, 집과 가축을 지키고, 절대 배신하지 않고, 밤에 끌어안고 자면 따뜻하고."

"정했으면 이제 일어나라."

기사단 상징도 정했으면서 여전히 일어날 기색이 없다. 괘씸한 벗에게 룩소스 1세는 문진을 집어던졌다. 아이노 경은 보지도 않고 그걸 받아냈다.

"생각할 게 있어서 그래."

"무엇을."

"그냥."

장의자에 엎드려 누운 아이노 경이 몸을 돌렸다. 그가 눈을 가늘게 떴다. 단 한 번도 의심한 적 없는 일이지만 신기한 기분이 들었다.

"네가 이제 황제가 되는구나."

아이노 경은 눈을 감았다. 그는 한 번도 친구이자 주군인 룩소스 1세를 의심한 적 없다. 그가 하는 말을 모두 믿었다. 그가 말하는 미래가 모두 언젠가는 현실이 되리라고 생각했다. 그리고 믿는 그대로 행동했다.

룩소스 1세는 따르기 좋은 왕이었다. 친절하고 상냥하고 관대하고 자애롭고 동시에 냉철하고 현실과 이상을 구분 지을 줄 안다.

룩소스 1세는 입버릇처럼 기사들에게 로망스 좀 작작 읽으라고 말한다. 하지만 왕은 모른다. 그야말로 모든 기사들이 꿈꾸는 로망스 속 이상적인 군주임을.

충성엔 신뢰를, 노력엔 그에 따른 인정과 보상을. 아이노 경과 함께 수수깡을 들고 칼싸움 놀이를 하던 아이는 어디로 갔을까. 철없이 천진난만하게 웃었던 아이는 모친을 잃고, 나아가 부친을 잃으면서 소년기를 남겨 둔 채 어른이 되었다. 그래도 가끔 소년처럼 웃는다.

황제가 된 뒤에도 그렇게 웃을 수 있을까? 아이노 경은 아주 약간 친구가 걱정됐다.

'쟤가 좀 약해야지.'

아이노 경이 봤을 때 룩소스 1세는 어릴 때부터 아주 허약(?)했다. 그러니까 지켜 줘야 한다.

세 끼를 고기만 먹으면서 하루 한 끼 고기 먹는 그와의 팔씨름에서 졌을 때부터 룩소스 1세는 아이노 경이 지켜 줘야 할 약한 새끼였다. 룩소스 1세와 다른 기사들이 알았으면 뒷목 잡고 쓰러질 생각이다.

"그러게. 황제네."

룩소스 1세가 새삼스레 뭘 그러냐는 듯 희미하게 웃었다.

"이제 어떻게 할 거야?"

"할 일이야 많지."

전쟁은 싸워서 이기면 그만이다. 적을 쓰러트리면 되니 내정보단 차라리 전쟁이 쉬웠다. 이제 전쟁이 끝났다.

무인의 전장, 무인의 싸움에서 문관들의 전장, 문관의 싸움이 시작된다. 죽는 자 없이 실체가 없는 '행정'과 싸운다. 다치는 자 없어 피는 흐르지 않으나 결코 얕봐선 안 되는 피 말리는 전쟁이었다.

"결혼도 해야 하고."

대륙 통일이 기정사실화되자 아크레아에서 가장 먼저 날아온 서신의 내용은 결혼 독촉이었다.

황제. 역사상 누구도 도달하지 못한 위대한 자리에 올랐으니 정식 부인을 두라는 이야기는 없었다. 그렇게 중요한 건 천천히 논의하도록 하고 일단 후궁이라도 들이라는 성화가 빗발쳤다.

굳이 미룰 필요도 없었다. 황제가 되었으니 룩소스 1세에게 집중된 권력을 유지하기 위해서라도 후계자가 필요했다.

"일단 돌아가자마자 착한 동생 포상부터 해 주고."

전쟁에 참여하지 않았지만 대륙 통일의 일등공신은 루조 공작이다. 룩소스 1세는 사촌동생부터 거론했다. 아이노 경도 동의했다.

만에 하나, 돌아가는 길에 원로들이 루조 공작을 부추겨 반역을 해도 그대로 밀어 버리면 그만이다. 형 덕분에 아직도 장가 못 간 루조 공작이 불쌍하니 얼른 돌아가야 했다. 일단 왕이 돌아오면 그땐 결혼을 할 수 있으려니.

"고생한 이들 포상을 해 주고."

전후 가장 중요한 것이 논공행상이다. 말 많고 탈 많은 일이라 미루고 싶어도 미루는 순간 룩소스 1세를 지키던 칼날의 방향이 바뀔 것이다. 다들 목적이 있어 따른 원정이니 적절한 보상을 해야 했다.

그것 말고도 할 일이 많았다. 너무 많아서 룩소스 1세는 중압감에 눌려 죽을 것 같은 기분이 들었다.

스스로가 생각해도 버티고 있는 게 신기했다. 자리가 사람을 만들지만 지도자는 아무나 하는 게 아니라더니.

"법을 바꾸고 천도도 하고 싶지만 내 대엔 무리야."

"충심으로 간언하는데 천도는 지금 해 버리는 게 편할 걸."

"여기서 더 일을 벌이라니!"

룩소스 1세는 미친 사람처럼 웃었다. 웃음소리가 점점 작아지다가 기운이 빠져서 고개를 끄덕였다.

천도는 지금 해 버리는 게 좋았다. 후대로 넘기기엔 너무 큰 짐이다. 왕국의 수도와 제국의 수도는 가진 위상이 다르다.

룩소스 1세라고 남들과 다르지 않다. 먹는 것 좋아하고 예쁜 것 좋아하고 노는 걸 좋아했다.

그는 노는 게 좋다. 정말 좋다! 춤추는 것도 좋아하고 사냥하는 것도 좋아하고 술 마시는 것도 즐기며 아무 일 안 하고 게으름피우는 것도 좋아했다.

그리고 그와 비슷하게 계획하는 걸 좋아했다. 일단 목표를 정하면 그걸 이루기 위해 쉬지 않고 노력한다. 달성하면 만족할 만큼 논다. 그러다 다시 새 계획을 짠다.

룩소스 1세는 대륙일통이란 원대한 청사진을 그렸다. 그리고 이뤄 냈다.

그 앞에 놓인 새로운 청사진의 이름은 천년제국. 천년은 못 가더라도 최소한 시황제의 사후 찢기듯 분열되는 일은 없어야 했다. 그러기 위해선 후계자를 생산해 가르치고, 권력을 집중시키고 제국의 앞날에 해가 되는 존재를 제거해야 했다.

룩소스 1세는 순서를 정했다. 천도와 권력 다지기, 불안의 싹 제거. 그가 할 수 있는 건 그게 전부다.

대륙을 통치할 법의 통일이나 귀족 물갈이 등은 지금 해치우기엔 너무 힘들었다. 할 수는 있어도 그렇게 일만 하면서 평생을 바치고 싶진 않기에.

룩소스 1세는 아직 젊다. 놀고 싶었다. 그래도 선은 정했다. 늙어서 놀기로!

'젊어 고생은 사서도 한다더라!'

왕이 스스로를 위로했다.

왕성을 방황하는 폴리아나를 친위대원과 아이노 경의 부하들이 반겼다. 도시의 주점으로 술 마시러 가자는 그들을 폴리아나는 못마땅하게 응시했다.

"대낮부터 술입니까."

"너무 덥습니다."

"맞아, 더워."

덥다고 말하는 기사는 서로 어깨동무를 하고 있었다. 보는 사람이 더 더웠다.

어깨동무를 한 자세가 상당히 친근했다. 하우 경과 마호갈 경은 악덕 상관을 만나 급속도로 친해졌다.

과거 하우 경은 친위대원들 다 재수 없다고 툴툴거렸다. 과거 마호갈 경은 하우 경이 지나치게 방정맞다고 싫어했다. 그래 놓고 지금은 서로 사이가 아주 좋다. 룩소스 1세와 아이노 경도 신체접촉을 피하는 날씨에 어깨동무라니.

폴리아나는 질색했다. 날은 덥다. 습도는 높다. 기사들은 신체에 근육이 많아 남들보다 더 뜨겁다. 이렇게 더운 날 뜨거운 남자들 틈에 껴 외출하기 싫었다.

폴리아나가 거절하자 뜨거운 사나이 무리가 이동했다.

"그럼 저도."

도나우 경이 눈치를 보면서 슬쩍 도주를 감행했다. 도움 안 되는 형이 동생을 붙잡았다. 동생의 불행은 형의 행복.

"술 싫다고!"

"얘가 아직 어려."

"으아악!"

'옛날엔 술에 물 타지 말라고 악악거렸는데…….'

언제부터일까요. 도나우 경이 술을 반기지 않게 된 건.

세월 참 빨랐다. 정신없을 정도로 빠르게 흘러갔다. 폴리아나는 새삼 지나간 시간을 돌아봤다. 뒤를 보지 않고 살아온 지난날이 역순으로 떠올랐다.

폴리아나의 나이가 서른이다. 룩소스 1세를 만나고 십 년. 한 번도 뒤돌아보지 않고 오직 앞만을 보고 걸었다.

왕이 그들의 앞에서 길과 방향을 제시했다. 그 뒤를 따랐다. 의심하지 않았다. 망설이지 않았다. 그저 그림자처럼 묵묵히 왕의 뒤만 지켰다.

길을 잃을 염려 따위 하지 않았다. 목적지에 닿지 못하리란 불안도 없었다. 앞서 걷는 위대한 왕의 족적과 그림자를 밟으며 십 년.

그렇게 십 년.

새 이름을 받고 목숨을 바칠 수 있는 주인을 만났다. 전장에서 보낸 십 년은 그렇게 끔찍하지 않았다.

복도에 서 상념에 잠긴 여기사의 주위로 많은 사람들이 스쳐 지나갔다. 병사, 기사, 하녀, 하인, 시종과 시녀, 푸카치의 사람들, 타국의 사절들.

누군가 나팔을 불어 새 사절의 도착을 알렸다. 폴리아나는 지도를 떠올리며 남은 나라의 수를 헤아렸다.

남부에 있는 많은 왕국들이 항복하고 이제 남은 건 셋. 남쪽 바다로 나가면 크고 작은 섬 국가들이 있으나 룩소스 1세는 바다 건너까지 계획에 넣지 않았다. 그러니까 남은 건 셋.

세 국가만 항복하면 아크레아의 국왕 룩소스 1세는 대륙을 통치하는 유일한 지배자가 된다.

왕의 나이가 올해로 서른둘. 서른이 넘어서도 왕위를 양위받지 못하는 왕자도 많다. 부왕이 더 장수해 왕도 못 되어 보고 죽는 왕자도 있다.

서른둘의 나이에 룩소스 1세는 대륙을 통일했다.

'이상해.'

참 이상한 일이다. 대륙일통. 감히 입에 담지 못할 정도로 위대한 목표를 세웠다. 쉬지 않고, 포기하지 않고, 필사적으로 노력해 이뤄 낸 성과가 코앞이다.

그런데도 실감이 나지 않았다. 과업이 너무 커 폴리아나에게서 현실성을 앗아갔다.

성문 앞에 서 있던 나팔수가 다시 한 번 나팔을 불었다. 국기를 든 전령이 성문을 통과했다. 그 뒤를 사절단이 따랐다.

앞으로 둘.

폴리아나는 다시 십 년 전의 겨울을 회상했다.

분노로 잊었으나 사지가 떨릴 정도로 추웠다. 드러난 살갗은 칼에 베인 듯 아팠다. 말초의 감각이 사라지고 분노로 움직이던 몸이 얼어붙을 정도로 추운 날이었다. 가쁜 호흡에 찬 기운이 목구멍을 얼렸고 감지 못하는 눈이 시렸다.

발가벗은 채 진창을 구르는 그녀에게 쏟아진 폭력과 모욕을 어떻게 잊을까. 천 한 장 던져 주는 이 없었던 그 겨울을.

폴리아나 크렌벨이 폴리아나 윈터로 다시 태어난 날이다. 삶의 전환점이자 인생 가장 행복한 날이었다. 뼈를 얼리는 추위도 그날의 행복을 얼릴 수는 없다. 그녀를 노려보던 차가운 눈동자들도 폴리아나가 검을 쥐었던 사실을 바꾸지 못했다.

어떻게 그 날을, 그 겨울을 잊을 수 있을까. 검을 찾는 그녀에게 왕이 친히 검을 주셨다. 곱은 손가락으로, 힘이 들어가지 않는 손으로 검을 쥔 감각이 지금도 생생하다.

노망이 들면 폴리아나는 힘없는 팔을 휘두르며 이렇게 말할 것이다.

검을 다오. 내게 검을 다오.

앞으로 두 번 더 나팔이 불리면 왕의 꿈이 이뤄진다. 대륙의 최북단 아크레아에서 남하해 대륙의 최남단을 밟겠다는 원대한 야망이 드디어 현실이 되는 것이다.

꿈을 이루고 나면 그 뒤엔 무엇이 찾아올까?

짐작 가는 것 하나 없어도 폴리아나는 두렵지 않았다. 룩소스 1세라면 분명 다시 새로운 청사진을 그리고 기사들에게 보여 줄 것이다. 그 뒤만 계속 따른다면, 그림자처럼 지킨다면 분명 폴리아나는 인간으로, 기사로 살 수 있었다.

폴리아나의 귀에 두 번의 나팔 소리가 연달아 들렸다.

아크레아는 제국이 되었다.

항복을 받아낸 것으로 군을 돌려도 된다. 서류상 대륙 전체가 룩소스 1세의 영토가 되었다.

룩소스 1세는 병사들부터 먼저 회군하게 조치했다. 그리고 희망하는 자를 모집했다. 원정대 모두가 참가를 희망하는 바람에 소동이 벌어졌다.

가슴 아프게도 희망자는 계급별로 잘렸다. 짬과 계급이 최고인 군대 만만세였다. 선택받은 자들은 룩소스 1세와 함께 대륙의 최남단으로 향하는 영광을 누렸다.

문서상으로는 이미 룩소스 1세의 영토가 된 지역이다. 그렇지만 룩소스 1세는 직접 그 땅을 밟아 꿈을 직접 목도하길 원했다.

대륙의 최북단에서 최남단까지. 영원히 녹지 않는 영구동토에서 절대 얼지 않는 바다에 이르기까지.

파도가 쳤다. 갈매기가 울었다. 해는 뜨거웠고 모래는 신발과 옷으로 마구 들어왔다. 습한 바다 냄새는 민물과는 다르게 코를 찔렀다. 짠 공기가 피부에 달라붙었다.

모래사장이 익숙하지 않은 말은 연신 투덜거렸다. 이미 해안가에 도착했음에도 룩소스 1세는 목적지를 잃은 아이처럼 방황했다. 동으로 서로, 해안가를 따라 계속 이동했다.

거기에 불만을 품은 자는 없었다. 모래사장이 끝나고 절벽이 나타났다. 말에서 내려 절벽의 끝에 선 왕은 움직이지 않았다.

바람이 불었다. 남풍이다. 룩소스 1세의 머리가 흩날렸다.

누군가는 생각했다. 망토가 있으면 좋았을 걸. 왕이 망토를 걸쳤다면 망토 또한 바람에 나부꼈을 것이다. 그럼 지금보다 더 보기 좋았으리라.

아무도 입을 열지 않았다. 아무도 왕을 부르지 않았다. 룩소스 1세는 돌아보지 않았다. 그래서 아크레아의 군대는 왕의 뒷모습과 절벽과 바다와 하늘을 눈에 담았다.

무서우리만큼 청명한 하늘과 눈부실 듯 반짝이는 수면, 그리고 그들의 왕을.

일생 잊지 못할 아름다운 광경에 그들은 깨달았다.

아크레아의 군사는 지난 10년의 보상을 받았다. 지금이, 이 순간이 왕의 뒤를 따라 걸은 10년의 보상이었다.

사냥꾼의 후예들이 혹독하나 익숙한 겨울의 땅을 벗어난 이유는 다양했다. 혹자는 봉토를, 혹자는 작위를, 혹자는 가문의 명예를, 혹자는 본인의 무용을 떨치기 위해, 혹자는 스스로의 수양과 단련을 위해, 혹자는 부모의 강요로. 그들은 원하는 보상을 약속받았다.

룩소스 1세는 그들에게 예상하지 못한 보상까지 내렸다. 압도적인 자연의 웅장함과 한 명의 왕이 보이는 비장함이 공평하게 내려졌다. 모두에게. 한 명도 빠지지 않고. 세운 공과 모신 시간에 관계없이. 신분도, 출신도, 보직도 신경 쓰지 않은 공평한 포상에 감히 불만을 품는 자는 없었다.

누가 먼저랄 것 없이 사람들은 조금씩 흐느꼈다. 바람에 밀려오는 파도가 기사들의 우는 소리를 덮었다.

"전하아. 믿고, 믿고 있었습니다."

"분명히 해내실 거라고."

"평생의, 가문의, 대대손손 영광으로 삼겠습니다."

"이제 집에 간다아악!"

"룩소스 1세 만세!"

"아크레아에 영광을!"

"룩소스 1세에게 영광을!"

"이 땅의 유일한 군주!"

"황제 폐하!"

누군가 룩소스 1세를 황제로 불렀다. 이제껏 대륙의 역사에 황제는 등장하지 않았다. 그저 어느 학자가 개념으로 만든 용어였을 뿐이다.

룩소스 1세가 중부를 제패했을 때 누군가 칭제를 권했다. 왕은 말했다. 완벽해진 뒤 이야기하자고.

그리고 이제 대륙엔 최초의 황제가 등장했다.

룩소스 1세. 아크레아를 비롯한 대륙의 주인.

"황제 폐하 만세!"

"룩소스 1세 만세!"

"황제의 치세여 영원하라!"

"제국에 무한한 영광을!"

검과 창이 뽑히고 기사들은 그걸 하늘을 찌를 것처럼 들어올렸다. 허공에서 병장기가 부딪쳤다. 함성과 금속성이 파도를 눌렀다.

약속했던 봉토를, 명예를 돌려받지 못해도 좋았다. 오늘의 이 장면으로 룩소스 1세는 기사들이 보낸 충성과 믿음에 보답했다.

그 마음을 알아채기라도 한 것처럼 룩소스 1세가 몸을 돌렸다. 녹색에 가까운 바다와 푸른 하늘은 룩소스 1세의 금발과 무서울 정도로 잘 어울렸다.

금을 녹인 것처럼 선명한 룩소스 1세의 금발이 아래로 이동했다. 룩소스 1세가 고개를 숙인 것이다.

"고맙다. 짐을 여기에 세워 줘서. 짐을 이곳까지 올 수 있게 해 줘서. 짐이 그대들을 믿는 것보다 그대들이 짐을 믿는 것이 더 어려움을 안다. 그런데도 지금의 이 한 번이, 짐이 그대들에게 보이는 처음이자 마지막 감사 인사가 될 것이다."

고개를 든 룩소스 1세가 어깨를 으쓱였다.

"황제의 관은 무거워서 목을 보전해야 하거든."

뼈 있는 농담을 남기고 룩소스 1세가 그를 믿고 따라와 준 자들에게 말했다.

"짐은 한동안 여기 있을 것이다. 너희들은 먼저 내려가도 좋다."

혼자 있고 싶어 하는 룩소스 1세의 마음을 깨닫고 기사들이 움직였다. 조금 더 여운을 느끼고 싶은 자들은 조용히 머무르다 하나 둘 떠났다. 남은 건 친위대와 아이노 경, 폴리아나였다.

친위대들도 시간이 지나면서 하나 둘 절벽을 내려갔다. 폴리아나는 끝까지 남을 작정이었기에 움직이지 않았다. 아이노 경도 그러리라 여겼는데 그가 움직였다. 절대 떠나지 않을 것으로 생각했기에 의외였다.

폴리아나가 눈썹을 치켜 올리자 아이노 경은 도리어 폴리아나의 어깨를 두드렸다. 잘 부탁한다는 듯.

황제를 방해하지 않기 위해 둘은 작게 말했다.

"저는 안 데려가십니까?"

"친위대장은 경이잖아."

폴리아나는 깜짝 놀랐다. 자기가 남고 폴리아나를 내려 보낼 줄 알았다. 평소 행동을 보면 그러고도 남았다. 아이노 경이 피식 웃었다.

"저번에 경의 일을 뺏어서 미안했다."

아이노 경의 말투가 이상하게 경박했다. 폴리아나는 금방 깨달았다.

다들 울고 있을 때 울지 않더니, 남에게 우는 걸 보여 주기 싫었던 모양이다. 그래서 도망가는 것이다. 친위대원은 핑계 삼아 데려가는 거고.

절벽엔 룩소스 1세와 폴리아나만 남았다. 폴리아나는 그림자처럼 황제의 뒤를 지켰다.

남들이 다 울 때 그녀는 울지 않았다. 울면 욕먹어서가 아니다. 눈물을 참는 일에만 급급했더니 막상 진짜 눈물이 나와야 할 때 그저 가슴만 먹먹해졌다.

게다가 그녀는 알고 있었다. 이것이 끝이 아니고 또 다른 시작임을.

대륙을 통일했다고 세계가 갑자기 끝나는 것이 아니다. 폴리아나는 살고, 룩소스 1세도 살고 다른 모두도 살아갈 것이다. 설사 그녀가 갑자기 죽어 버려도 세계는 끝나지 않는다.

설사, 만에 하나 룩소스 1세가 사망해도 그의 유지를 잇는 자들이 살아갈 것이다. 그래서 사람은 무리를 짓고 가정을 꾸리고 국가를 만들고 왕을 모신다.

이것은 전설의 끝이자 또 다른 전설의 시작이다.

절벽에 붉은 석양이 내려왔다. 룩소스 1세가 몸을 돌렸다.

"날이 지기 전에 내려가자."

"네, 폐하."

룩소스 1세의 기사가 된 것은 폴리아나가 한 일 중 가장 잘한 일이었다. 웃는 게 경망스러워도 어쩔 수 없었다. 아껴 둔 눈물 대신 절로 웃음이 터졌다.

태양을 등진 룩소스 1세로 인해 폴리아나는 눈이 부셔 주군을 잘 볼 수 없었다. 그래도 웃는 걸 멈추진 않았다.

보이지 않아도 괜찮다. 이대로 눈이 멀어도 좋다. 그녀의 주인은 실로 빛과 같은 분이시니.

그래서 폴리아나는 보지 못했다. 룩소스 1세가 자랑하는 덤덤한 위정자의 가면이 일순간 산산조각 나 부서진 것을.

'드디어······.'

룩소스 1세는 감상에 젖어 모래사장 위로 올라오는 흰 포말을 보았다. 희디흰 백사장의 모래알갱이, 녹색에 가까운 맑은 바다와 내리쬐는 햇빛. 현기증이 일 정도로 덥고 태양빛은 강렬했다.

하지만 룩소스 1세는 말을 멈추지 않았다. 그토록 그리던, 그렇게 꿈꾸던 대륙의 최남단, 대륙의 끝이었다.

대륙의 끝에서 끝까지 모두 그의 소유였다. 그의 것이다. 그가 유일했다.

들떠야 하는 마음이 아래로 가라앉았다.

기사들이 무릎 꿇을 때마다 룩소스 1세는 책임의 무게를 실감했다. 대륙이 그의 것이 되자 대륙이 그를 짓눌렀다.

망군이 되어도 상관없다. 이미 룩소스 1세는 무력을 손에 쥐었다. 그가 갑자기 돌변해 대륙 전체를 마음대로 휘둘러도 반항하는 사람은 나오지 않는다.

제대로, 잘 다스리려니 책임감이 생기는 것이다. 그냥 내버려도 좋다. 향락과 사치에 물들어도 누구도 탓하지 않을 것이다.

그래서 더 무겁다.

'혼자가 아니라 다행이야.'

룩소스 1세는 연소한 시절부터 대륙일통과 황제의 꿈을 꾸었다.

꿈속의 그는 혼자가 아니었다. 예쁘지 않아도 좋다. 현명하고 자애로운, 마치 어머니를 닮은 여인이 황제의 옆에 섰다.

머리가 좋아야 한다. 집안은 크게 떨어지는 수준만 아니면 괜찮다. 아이는 반드시 필요하니 다산하는 가문이면 좋겠다. 건강해야 하고 투기도 없어야 한다.

조건이 까다로워도 대륙에 룩소스 1세가 있다. 찾아보면 황제의 옆에 설 만한 여자가 분명히 나올 것이다.

혼자 있고 싶은 생각에 룩소스 1세는 기사들을 모두 물렸다. 조금씩 기사들의 기척이 사라졌지만 하나는 남았다. 하나만 끈질기게 남아 룩소스 1세의 뒤를 지켰다. 돌아보지 않아도 알 수 있었다.

'폴 경이구나.'

절로 웃음이 나와서 룩소스 1세는 작게 미소 지었다.

'겨울'의 성을 가진 기사는 누구보다 충실하게 룩소스 1세에게 봉사했다. 여인의 몸으로 타인과 적국의 비웃음을 받아 가면서도 한 번도 왕에게서 등 돌리지 않았다.

그 공이 결코 작지 않다. 더 힘들기에 더 보상받아야 하는 건 아니다. 하지만 그 성실함과 노력은 반드시 인정받고 보상받아야 했다.

'첫 만남은 대단했는데.'

돌이켜 보면 두 번째 만남은 더 대단했다. 폴리아나에게 룩소스 1세가 배운 게 적지 않았다. 혼자 있고 싶었지만 누군가 끝까지 뒤를 지키는 것도 괜찮았다.

해가 수면에 가까워지며 붉은 노을이 졌다. 노을로 물든 바다는 눈이 부실 정도로 반짝였다. 시끄럽게 울던 바다새들이 둥지를 찾아가고 사방이 고요해졌다. 바닷바람과 파도소리가 귀를 때린다.

이만하면 됐다. 어두워지기 전까지 돌아가지 않으면 다들 걱정할 테니까.

"어두워지기 전에 이만 돌아가자."

"네, 폐하."

룩소스 1세가 돌아서자 폴리아나 홀로 그를 기다리고 있었다. 충직한 여기사는 행복을 거머쥔 여인의 미소로 황제를 반겼다.

그 순간 룩소스 1세는 미소를 잃었다. 어지간해선 벗지 않는 '여유로운 왕'의 미소가 벗겨졌다.

거짓 아닌 진심으로, 주어진 행복을 확신하는 이의 미소란 얼마나 아름답고 눈부신가. 지금 바다 아래로 저물어 가는 태양보다 강렬하게 빛나는 것을.

돌이켜 회상하면 늘 그러했다. 끝없는 애정과 신뢰는 보답이 가능할지, 보상할 수 있을지, 기대에 어긋나지 않을지 의심이 들 정도로 올곧았다.

폴리아나는 언제나 항상 룩소스 1세에게 진심을 다했다. 왕으로, 주군으로, 주인으로, 서로의 뒤를 지키는 전우로, 평 안 좋은 농담을 나눌 수 있는 벗으로.

그녀는 늘 같았다. 앞으로도 변하지 않을 것이다. 변한 건 그였다.

룩소스 1세가 유지하던 평정이, 이성이, 감정이 여자 앞에서 산산이 조각났다. 심지어는 미래의 청사진마저도 빛을 잃었다.

폴리아나가 쏜 화살은 룩소스 1세의 심장을 꿰뚫었다. 실로 잔인했다. 활을 쏠 준비과정도 거치지 않고 대처할 시간도 내주지 않았다.

가장 잔인한 사실은 사수 본인이 모르고 쏜 화살이라는 점이다.

'어째서.'

룩소스 1세는 절망했다. 그는 사랑을 믿지 않았다. 장래의 부인을 그려 볼 때에도 거기엔 사랑이 없었다.

정이 들면 좋은 것이고, 사랑에 빠지면 더욱 좋으나 그것이 반드시 필요하다곤 여기지 않았다. 시인들이 노래하는 사랑은 노래 가사에 있기에 좋은 것이다.

사랑을 믿지 않는데 첫눈에 반한 사랑이야. 사람에 대해 뭐 알지도 못하면서 첫눈에 반했다니.

그런 걸 어떻게 믿으란 말이냐.

그렇다면 오래 지내 잘 아는 사람은 어떨까. 10년을 곁에 두어 상대를 잘 알고 있는 경우엔.

그렇게 잘 알면 그 정도로 알기 전 이미 어떤 식으로든 결말이 나지 않을까?

룩소스 1세는 그렇게 생각했다.

이때까지는.

황제의 세계가 붕괴했다. 상식이 무너졌다. 견고하게 쌓아올린 이성만 살아남아 충동을 막았다.

착각일 것이다. 착각이어야 했다. 룩소스 1세는 저 '여자'에게 반하지 않았다.

'여자.'

그랬다. 폴리아나 윈터는 여자였다. 여자인데 기사였다.

사람들은 그녀를 여기사라고 불렀다. 그래서 힘들었고 절망했고 남들처럼 쉽게 인정받지 못했다. 추잡한 소문은 그녀의 뒤를 질질 쫓아다녔다. 죽는 순간까지 그녀를 둘러싼 입방정은 멎지 않을 것이다.

여자라서 인정받지 못하고 여자라서 죽을 뻔한 그녀를 룩소스 1세가 거둬들였다. 그의 자만이 아니라 실로 그러했다.

과정은 사과할 일이 가득했으나 결과적으로 봤을 때 룩소스 1세는 폴리아나 윈터의 인생의 은인이었다.

"폐하."

폴리아나가 다정한 목소리로 룩소스 1세를 불렀다. 사람이 타인에게 보낼 수 있는 가장 큰 호의를 담은 부름이었다.

보는 눈빛은 따뜻했다. 한 치의 의심도 실리지 않은 맹목적인 애정. 그러나 그것은 남녀의 연정이 아니다. 군신의 경애요, 충의요, 애욕과 무관한 사랑 그 자체였다.

"폐하. 어디 안 좋으십니까?"

"아니다."

폴리아나가 걱정을 가득 담아 그를 응시했다. 그에 정신이 확 드는 기분이었다. 누군가가 황제의 이성에 찬물을 끼얹었다.

폴리아나가 박색인 건 그녀 본인도 인정하는 바이다. 많이 깔끔해졌어도 미녀 소리는 못 들었다. 좋게 말해 줘야 평범?

그런 폴리아나가 예뻐 보였다.

황제는 숨이 막혔다. 황제의 심장이 거칠게 뛰었다. 황제는 비로소 사랑에 빠진 순간을 인정했다.

룩소스 1세는 '여유로운 제왕의 미소'를 되찾았다. 가면을 새로 만드는 일은 어렵지 않았다.

그가 비록 이제 막 사랑에 빠진 청년이라 해도 대륙의 유일한 군주. 감정에 휘둘리는 일은 없어야 했다. 그래서 더욱 사랑을 믿지 않았는지도 모른다.

룩소스 1세는 폴리아나 윈터를 눈에 담았다. 그녀는 허리에 장검을 찼다. 몸 어딘가엔 단검과 같은 무기를 숨겨 둔다. 여차하면 단검을 던지고 사람에게 폭력 쓰는 일에 겁먹거나 주저하지 않는다. 비록 재주는 부족해도 경험으로 적을 상대하고 모시는 주군을 위해 사람 죽이는 일에 거리낌이 없다.

친위대장의 푸른 제복과 금줄은 그녀에게 잘 어울렸다. 룩소스 1세는 그렇게 보이기 위해서 그녀가 얼마나 애썼는지 알고 있었다.

해가 완전히 바다 아래로 넘어갔다. 그래도 하늘은 아직 밝다. 석양의 붉은 기운이 따사로운 봄볕처럼 둘의 위로 내리쬐었다.

"친위대 제복이 잘 어울려."

"칭찬 감사합니다!"

"검도 잘 어울리고."

"과찬이십니다!"

"경은 짧은 머리도 어울리고!"

"폐하, 기분이 좋으시군요?"

"오늘따라 경이 예뻐 보여서 그래."

"……정말 어디 안 좋으신 거 아닙니까?"

룩소스 1세는 빙그레 웃었다. 하마터면 고백할 뻔했는데 적절한 반응에 이성을 찾았다.

봄날 망아지처럼 들뜬 마음을, 자식을 모두 잃은 노파처럼 가라앉는 상반되고 모순된 마음을 정리해야 한다. 그는 더 이상 왕이 아니었다. 황제다.

룩소스 1세는 문득 청사진 속 그의 옆에 폴리아나를 놓아 보았다. 어이없을 정도로 안 어울려서 그만 웃어 버렸다. 웃고 나니 기분이 조금 나아졌다.

룩소스 1세는 억지를 썼다.

'착각일 수도 있으니.'

대륙을 통일하고 황제가 되었다는 감상에 젖어 잠시 심장의 변덕을 착각한 것이려니.

그에겐 할 일이 많다. 일단은 이렇게 변명하는 쪽이 옳았다.

사랑이야, 등신아. 어쩌라고, 병신아.

'일단은 묻어 두자.'

사람의 마음은 변화무쌍해서 지금은 사랑이어도 내일이 되면 다시 달라질지 모르는 일이다. 묻어 두자.

룩소스 1세는 묻어 두기로 결정했다. 마음을 버리지는 않았다. 묻어 뒀다. 생각나면 다시 파 볼 수 있어야지.

절벽을 내려온 둘은 말에 올랐다. 더 어두워지기 전에 돌아가야 했다.

서두르는 폴리아나와 대조적으로 룩소스 1세는 낯선 감각에 사로잡혔다. 익숙한 말을 타고 익숙한 고삐를 잡아서 왔던 길을 되돌아가는데, 모든 것이 생경했다. 처음처럼 낯설게 다가왔다.

어쩐지 이 시간을 오래도록 간직하게 될 거란 예감에 사로잡혔다.

'사랑이로구나.'

마음 속 깊은 곳에 묻어 두면 뭣하나. 그 위로 물을 주는 것을.

나오는 건 웃음뿐이라 룩소스 1세는 웃었다. 후에 어떻게 될지 몰라도 이 순간을 솔직하게 즐기고 싶었다.

행복한 여자는 솔직한 미소로 남자를 사로잡았다. 남자의 솔직한 웃음도 비슷한 효과를 발휘하면 좋았을 텐데. 남자를 남자로 안 보는 여기사는 엉뚱한 생각만 해 버린다.

'역시 왕과 황제는 격이 달라. 미소도 업그레이드 되셨구나.'

동상이몽의 남녀가 해안가를 달렸다. 둘 다 행복해 보였다.

대륙의 최북단에서 남하하던 아크레아의 군세가 방향을 틀었다.

북으로.

황제의 행차에 방해물은 존재하지 않았다.

—〈황제와 여기사〉 2권에서 계속

BLACK LABEL CLUB 027

황제와 여기사 1

1판 1쇄 발행 2016년 8월 30일
1판 6쇄 발행 2023년 2월 10일

지은이 안경원숭이
펴낸이 신현호
편집장 예숙영
책임편집 박상희
편집디자인 한방울
영업 김민원
물류 이순우 박찬수

펴낸곳 ㈜디앤씨미디어
출판등록 2002년 5월 1일 제117-90-51792호
주소 서울시 구로구 디지털로 26길 111 JnK디지털타워 503호
대표전화 (02)333-2513 팩스 (02)333-2514
전자우편 dncbooks@dncmedia.co.kr
디앤씨북스 블로그 http://blog.naver.com/dncbooks

ISBN 979-11-264-3663-7 (04810)
ISBN 979-11-264-3662-0 (세트)